【臺灣現當代作家
研究資料彙編】81

楊守愚

國立台灣文學館
出版

部長序

　　文學是時代和社會的產物，所反映的必然是「那個時代、那個地方、那些人」的面貌；倘若我們想要接近或理解某一特定時空的樣態，那麼誕生於那個現實語境下的作家及其作品往往是最好的媒介之一。認識臺灣文學、建構一部完整的臺灣文學史，意義也就在這裡，而這當然有賴於全面且詳實的作家及作品研究。臺灣現當代文學的誕生及發展，自 1920 年代以降，歷時將近百年；這片富饒繁茂的文學沃土，仰賴眾多文學前輩的細心澆灌、耐心耕耘，滋養出無數質量俱優的作品，成績有目共睹，是以我們更應該珍惜呵護，以維繫其繽紛盎然的榮景。

　　懷抱著這樣的心情，欣見《臺灣現當代作家研究資料彙編》以馬拉松的熱力和動能，將第六階段的編選成果呈現在讀者面前。這個計畫從 2010 年開展，推動至今，邁入第七年，已替 80 位臺灣現當代的重要作家完成研究資料的彙編纂輯。在這份長長的名單上，不乏許多讀者耳熟能詳的文學大家，但更重要也更有意義的地方在於，透過國立臺灣文學館、計畫執行單位以及專業顧問團隊的共同討論商議，將許多留下重要作品卻逐漸為讀者甚至是研究者遺忘的資深作家，再度推向文學舞臺，讓他們有重新被閱讀、被重視、被討論的機會，這或許是我們今日推展臺灣文學、希望讓更多人看見前輩的努力之價值所在。

　　本階段所出版的作家包括楊守愚、胡品清、陳之藩、林鍾隆、馬森、段彩華、李魁賢、鍾鐵民、三毛、李潼共十位，其出生年代從 20 世紀初期

到中葉，文類涵蓋小說、詩、散文、兒童文學、翻譯，具體而微地展現了
臺灣文學的豐富樣貌。延續前此數階段專業而詳實的風格，每冊圖書皆蒐
集、整理作家的影像、小傳、生平年表、作品評論，並由學有專精的主編
學者撰寫研究綜述，為讀者勾勒出一幅詳實精確的作家文學地圖，不僅是
文學研究者查找資料的重要依據，同時也能滿足一般讀者的基本需求，是
認識臺灣作家與臺灣文學發展的重要讀本。在此鄭重向讀者推介，也請海
內外關心及研究臺灣文學之各界方家不吝指正，以匯聚更多參與及持續前
行的能量。

文化部部長

館長序

　　在漫漫的歷史長河中回望，文學作家及其作品總是時代風潮、社會脈動最好的攝影師，透過文字映照社會的面貌、人類靈魂的核心，引領讀者進入真實美善與醜陋墮落並存的世界。認識作家，有助於對其作品的欣賞，從而理解他所置身的時空環境及其作品風貌；這不僅關乎作家自身的創作經歷和文學表現，同時也是探究文學發展脈絡的根基，並據此深化人文思想的厚度。

　　臺灣文學發展至今，歷經千百年的綿延與沉澱，在蓄積豐沛能量的同時，亦呈現盎然的生機與蓬勃的朝氣。若欲以此為基礎，建構一部詳實完整的臺灣文學史，勢必有賴於詳實且審慎的作家和作品研究，故而全面梳理研究資源、提升資料查考與使用的便利性，也就顯得格外重要。國立臺灣文學館於 2010 年啟動《臺灣現當代作家研究資料彙編計畫》，就是以上述觀點為前提，組成精實的編輯與顧問團隊，詳盡蒐集、整理臺灣現當代重要作家的生平、年表與研究資料，選錄具有代表性的評論文章，編列成冊，以完整呈現作家的存在樣貌、歷史地位及影響。至 2016 年底，此一計畫已進入第六階段，總計完成 90 位作家的研究資料彙編。最新出版的十位作家為楊守愚、胡品清、陳之藩、林鍾隆、馬森、段彩華、李魁賢、鍾鐵民、三毛、李潼，兼顧作家的族群、性別、世代以及創作文類的差異，既體現了臺灣文學研究總體成果中最優質精緻的部分，同時也對未來的研究指向與路徑，提出了嶄新而適切的看法，必將有助於臺灣文學學科發展的

擴展與深化。

　　本計畫歷年所完成的出版成果，內容詳實嚴謹，獲得文學界人士和讀者的高度肯定，各界並期許持續推展，以使臺灣作家研究累積更為厚實的基礎。在此也要向承辦單位所組成的編輯團隊，以及長期參與支持本計畫的專家學者致上最深的謝意，也請海內外關心及研究臺灣文學各界方家不吝指正，以匯聚更多向前邁進的能量。

國立臺灣文學館館長　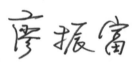

編序

◎封德屏

緣起

　　1995 年 10 月 25 日，在臺灣師範大學教育大樓的 201 室，一場以「面對臺灣文學」為題的座談會，在座諸位學者分別就臺灣文學的定義、發展、研究，以及文學史的寫法等，提出宏文高論，而時任國家圖書館編纂張錦郎的「臺灣文學需要什麼樣的工具書」，輕鬆幽默的言詞，鞭辟入裡的思維，更贏得在座者的共鳴。

　　張先生以一個圖書館工作人員自謙，認真專業地為臺灣這幾十年來究竟出版了多少有關臺灣文學的工具書，做地毯式的調查和多方面的訪問。同時條理分明地針對研究者、學生，列出了十項工具書的類型，哪些是現在亟需的，哪些是現在就可以做的，哪些是未來一步一步累積可以達成的，分別做了專業的建議及討論。

　　當時的文建會二處科長游淑靜，參與了整個座談會，會後她劍及履及的開始了文學工具書的委託工作，從 1996 年的《臺灣文學年鑑》起始，一年一本的編下去，一直到現在，保存延續了臺灣文學發展的基本樣貌。接著是《中華民國作家作品目錄》的新編，《臺灣文壇大事紀要》的續編，補助國家圖書館「當代文學史料影像全文系統」的建置，這些工具書、資料庫的接續完成，至少在當時對臺灣文學的研究，做到一些輔助的功能。

　　2003 年 10 月，籌備多年的「臺灣文學館」正式開幕運轉。同年五月《文訊》改隸「財團法人台灣文學發展基金會」，為了發揮更大的動能，開始更積極、更有效率地將過去累積至今持續在做的文學史料整理出來，讓

豐厚的文藝資源與更多人共享。

於是再次的請教張錦郎先生，張先生認為文學書目、作家作品目錄、文學年鑑、文學辭典皆已完成或正在進行，現在重點應該放在有關「臺灣現當代作家評論資料目錄」的編輯工作上。

很幸運的，這個計畫的發想得到當時臺灣文學館林瑞明館長的支持，於是緊鑼密鼓的展開一切準備工作：籌組編輯團隊、召開顧問會議、擬定工作手冊、撰寫計畫書等等。

張錦郎先生花了許多時間編訂工作手冊，每一位作家的評論資料目錄分為：

（一）生平資料：可分作者自述，旁人論述及訪談，文學獎的紀錄。

（二）作品評論資料：可分作品綜論，單行本作品評論，其他作品（包括單篇作品）評論，與其他作家比較等。

此外，對重要評論加以摘要解說，譬如專書、專輯、學術會議論文集或學位論文等，凡臺灣以外地區之報刊及出版社，於書名或報刊後加註，如中國大陸、香港、新加坡等。此外，資料蒐集範圍除臺灣外，也兼及中國大陸、香港、新加坡、日本、韓國及歐美等地資料，除利用國內蒐集管道外，同時委託當地學者或研究者，擔任資料蒐集工作。

清楚記得，時任顧問的學者專家們，都十分高興這個專案的啟動，但確定收錄哪些作家名單時，也有不同的思考及看法。經過充分的討論後，終於取得基本的共識：除以一般的「文學成就」為觀察及考量作家的標準外，並以研究的迫切性與資料獲得之難易度為綜合考量。譬如說，在第一階段時，作家的選擇除文學成就外，先考量迫切性及研究性，迫切性是指已故又是日治時期臺籍作家為優先，研究性是指作品已出土或已譯成中文為優先。若是作品不少而評論少，或作品評論皆少，可暫時不考慮。此外，還要稍微顧及文類的均衡等等。基本的共識達成後，顧問群共同挑選出 310 位作家，從鄭坤五、賴和、陳虛谷以降，一直到吳錦發、陳黎、蘇偉貞，共分三個階段進行。

　　「臺灣現當代作家評論資料目錄」專案計畫，自 2004 年 4 月開始，至
2009 年 10 月結束，分三個階段歷時五年六個月，共發現、搜尋、記錄了
十餘萬筆作家評論資料。共經歷了三位專職研究助理，近三十位兼任研究
助理。這些研究助理從開始熟悉體例，到學習如何尋找資料，是一條漫長
卻實用的學習過程。

接續

　　「臺灣現當代作家評論資料目錄」的專案完成，當代重要作家的研
究，更可以在這個基礎上，開出亮麗的花朵。於是就有了「臺灣現當代作
家研究資料彙編暨資料庫建置計畫」的誕生。為了便於查詢與應用，資料
庫的完成勢在必行，而除了資料庫的建置外，這個計畫再從 310 位作家中
精選 50 位，每人彙編一本研究資料，內容有作家圖片集，包括生平重要影
像、文學活動照片、手稿及文物，小傳、作品目錄及提要、文學年表。另
外每本書分別聘請一位最適當的學者或研究者負責編選，除了負責撰寫八
千至一萬字的作家研究綜述外，再從龐雜的評論資料中挑選具有代表性的
評論文章，平均 12～14 萬字，最後再附該作家的評論資料目錄，以期完整
呈現該作家的生平、創作、研究概況，其歷史地位與影響。

　　第一部分除資料庫的建置外，50 位作家 50 本資料彙編（平均頁數 400
～500 頁），分三個階段完成，自 2010 年 3 月開始至 2013 年 12 月，共費
時 3 年 9 個月。因為內容充實，體例完整，各界反應俱佳，第二部分的 50
位作家，接著在 2014 年元月展開，第一階段及第二階段共出版了 30 本，
此次第三階段計畫出版 10 本，預計在 2016 年 12 月完成。

成果

　　雖然過程是如此艱辛，如此一言難盡，可是終究看到豐美的成果。每
位編選者雖然忙碌，但面對自己負責的作家資料彙編，卻是一貫地認真堅
持。他們每人必須面對上千或數百筆作家評論資料，挑選重要或關鍵性的

評論文章，全面閱讀，然後依照編選原則，挑選評論文章。助理們此時不僅提供老師們所需要的支援，統計字數，最重要的是得找到各篇選文作者，取得同意轉載的授權。在起初進度流程初估時，我們錯估了此項工作的難度，因為許多評論文章，發表至今已有數十年的光景，部分作者行蹤難查，還得輾轉透過出版社、學校、服務單位，尋得蛛絲馬跡，再鍥而不捨地追蹤。有了前面的血淚教訓，日後關於授權方面，我們更是如臨深淵、如履薄冰，希望不要重蹈覆轍，在面對授權作業時更是戰戰兢兢，不敢懈怠。

除了挑選評論文章煞費苦心外，每個作家生平重要照片，我們也是採高標準的方式去蒐集，過世作家家屬、友人、研究者或是當初出版著作的出版社，都是我們徵詢的對象。認真誠懇而禮貌的態度，讓我們獲得許多從未出土的資料及照片，也贏得了許多珍貴的友誼。許多作家都協助提供照片手稿等相關資料，已不在世的作家，其家屬及友人在編輯過程中，也給予我們許多協助及鼓勵，藉由這個機會，與他們一起回憶、欣賞他們親人或父祖、前輩，可敬可愛的文學人生。此外，還有許多作家及研究者，熱心地幫忙我們尋找難以聯繫的授權者，辨識因年代久遠而難以記錄年代、地點、事件的作家照片，釐清文學年表資料及作家作品的版本問題，我們從他們身上學習到更多史料研究可貴的精神及經驗。

但如何在規定的時間內，完成每個階段資料彙編的編輯出版工作，對工作小組來說，確實是一大考驗。每一冊的主編老師，都是目前國內現當代臺灣文學教學及研究的重要人物，因此都十分忙碌。每一本的責任編輯，必須在這一年多的時間內，與他們所負責資料彙編的主角——傳主及主編老師，共生共榮。從作家作品的收集及整理開始，必須要掌握該作家所有出版的作品，以及盡量收集不同出版社的版本；整理作家年表，除了作家、研究者已撰述好的年表外，也必須再從訪談、自傳、評論目錄，從作品出版等線索，再作比對及增刪。再來就是緊盯每位把「研究綜述」放在所有進度最後一關的主編們，每隔一段時間提醒他們，或順便把新增的

評論目錄寄給他們（每隔一段時間就有新的相關論文或學位論文出現），讓他們隨時與他們所主編的這本書，產生聯想，希望有助於「研究綜述」撰寫的進度。

在每個艱辛漫長的歲月中，因等待、因其他人力無法抗拒的因素，衍伸出來的問題，層出不窮，更有許多是始料未及的。此次第二部分第三階段驟遇陳之藩卷主編陳信元教授溘逝，陳信元教授為兩岸現當代文學研究及出版之前驅者，精研之廣而深，直至逝世前仍心念其業，令人哀痛！此計畫專案執行至今，陳信元教授已擔任其中六本主編，對本計畫貢獻良多。此次他所主編的《臺灣現當代作家研究資料彙編・陳之藩》一卷亦費心盡力，然最後之「研究綜述」一文，撰述四千餘字後，因病體虛弱，無法繼續，幸賴鄭明娳教授概然應允，接續完成。

再者，又如，每本書的選文，主編老師本來已經選好了，也經過授權了，為了抓緊時間，負責編輯的助理們甚至連順序、頁碼都排好了，就等主編老師的大作了，這時主編突然發現有新的文章、新的資料產生：再增加兩三篇選文吧！為了達到更好更完備的目標，工作小組當然全力以赴，聯絡，授權，打字，校對，重編順序等等工作，再度展開。

此次第二部分第三階段共需完成的 10 位作家研究資料彙編，年齡層較上兩個階段已年輕許多，因此到最後的疑難雜症，還有連主編或研究者都不太清楚的部分，譬如年表中的某一件事、某一個年代、某一篇文章、某一個得獎記錄，作家本人及家屬絕對是一個最好的諮詢對象，對解決某些問題來說，這是一個好的線索，但既然看了，關心了，參與了，就可能有不同的看法，選文、年表、照片，甚至是我們整本書的體例，於是又是一場翻天覆地的大更動，對整本書的品質來說，應該是好的，但對經過多次琢磨、修改已進入完稿階段的編輯團隊來說，這不啻是一大挑戰。

1990 年開始，各地縣市文化中心（文化局），對在地作家作品集的整理出版，以及臺灣文學館成立後對日治時期作家以迄當代重要作家全集的編纂，對臺灣文學之作家研究，也有了很好的促進作用。如《楊逵全

集》、《林亨泰全集》、《鍾肇政全集》、《張文環全集》、《呂赫若日記》、《張秀亞全集》、《葉石濤全集》、《龍瑛宗全集》、《葉笛全集》、《鍾理和全集》、《錦連全集》、《楊雲萍全集》、《鍾鐵民全集》等，如雨後春筍般持續展開。

　　經過近二十年的努力，臺灣文學的研究與出版，也到了可以驗收或檢討成果的階段。這個說法，當然不是要停下腳步，而是可以從「臺灣現當代作家評論資料目錄」所呈現的 310 位作家、10 萬筆資料中去檢視。檢視的標的，除了從作家作品的質量、時代意義及代表性去衡量外、也可以從作家的世代、性別、文類中，去挖掘有待開墾及努力之處。因此這套「臺灣現當代作家研究資料彙編」，大部分的編選者除了概述作家的研究面向外，均有些觀察與建議。希望就已然的研究成果中，去發現不足與缺憾，研究者可以在這些不足與缺憾之處下功夫，而盡量避免在相同議題上重複。當然這都需要經過一段時間去發現、去彌補、去重建，因此，有關臺灣文學的調查、研究與論述，就格外顯得重要了。

期待

　　感謝臺灣文學館持續推動這兩個專案的進行。「臺灣現當代作家評論資料目錄」的完成，呈現的是臺灣文學研究的總體成果；「臺灣現當代作家研究資料彙編」的出版，則是呈現成果中最精華最優質的一面，同時對未來臺灣文學的研究面向與路徑，作最好的建議。我們可以很清楚的體會，這是一條綿長優美的臺灣文學接力賽，我們十分榮幸能參與其中，更珍惜在傳承接力的過程，與我們相遇的每一個人，每一件讓我們真心感動的事。我們更期待這個接力賽，能有更多人加入。誠如張恆豪所說「從高音獨唱到多元交響」，這是每一個人所期待的。

編輯體例

一、本書編選之目的，為呈現楊守愚生平、著作及研究成果，以作為臺灣文學相關研究、教學之參考資料。

二、全書共五輯，各輯內容及體例說明如下：

　　輯一：圖片集。選刊作家各個時期的生活或參與文學活動的照片、著作書影、手稿（包括創作、日記、書信）、文物。

　　輯二：生平及作品，包括三部分：

　　　　1.小傳：主要內容包括作家本名、重要筆名，生卒年月日，籍貫，及創作風格、文學成就等。

　　　　2.作品目錄及提要：依照作品文類（論述、詩、散文、小說、劇本、報導文學、傳記、日記、書信、兒童文學、合集）及出版順序，並撰寫提要。不收錄作家翻譯或編選之作品。

　　　　3.文學年表：考訂作家生平所進行的文學創作、文學活動相關之記要，依年月順序繫之。

　　輯三：研究綜述。綜論作家作品研究的概況，並展現研究成果與價值的論文。

　　輯四：重要文章選刊。選收國內外具代表性的相關研究論文及報導。

　　輯五：研究評論資料目錄。收錄至 2016 年 11 月底止，有關研究、論述臺灣現當代作家生平和作品評論文獻。語文以中文為主，兼及日文和英文資料。所收文獻資料，以臺灣出版為主，酌收中國大陸、香港、日本和歐美國家的出版品。內容包含三部分：

　　　　1.「作家生平、作品評論專書與學位論文」下分為專書與學位論文。

　　　　2.「作家生平資料篇目」下分為「自述」、「他述」、「訪談」、「年表」、「其他」。

　　　　3.「作品評論篇目」下分為「綜論」、「分論」、「作品評論目錄、索引」、「其他」。

目次

部長序　　　　　　　　　　　　　　　　　　　鄭麗君　　3

館長序　　　　　　　　　　　　　　　　　　　廖振富　　5

編序　　　　　　　　　　　　　　　　　　　　封德屏　　7

編輯體例　　　　　　　　　　　　　　　　　　　　　　13

【輯一】圖片集

影像・手稿・文物　　　　　　　　　　　　　　　　　　18

【輯二】生平及作品

小傳　　　　　　　　　　　　　　　　　　　　　　　　35

作品目錄及提要　　　　　　　　　　　　　　　　　　　37

文學年表　　　　　　　　　　　　　　　　　　　　　　41

【輯三】研究綜述

傾聽弱者聲音，揭破殖民假象　　　　　　　　　許俊雅　67
　　　　——楊守愚研究綜述

【輯四】重要評論文章選刊

諸同好者的面影　　　　　　　　　　　　　　　毓　文　91
　　　　——守愚先生

自傳　　　　　　　　　　　　　　　　　　　　楊松茂　93

赧顏閒話十年前　　　　　　　　　　　　　　　守　愚　95

在前哨　　　　　　　　　　　　　　　　　　　施　淑　101
　　　　——讀楊守愚的小說

無產者的輓歌　　　　　　　　　　　　　　張恆豪　111
　　——《楊守愚集》序

心緒茫然蕭瑟裡　　　　　　　　　　　　　黃武忠　115
　　——初探楊守愚的小說世界

書齋、城市與鄉村　　　　　　　　　　　　施　淑　123
　　——日據時代的左翼文學運動及小說中的左翼知識分子（節錄）

社會變遷與小說創作　　　　　　　　　　　黃琪椿　127
　　——楊守愚作品析論

愛的追尋　　　　　　　　　　　　　　　　康　原　141
　　——楊守愚和他的親人

憶父親　　　　　　　　　　　　　　　　　楊洽人　147

不納朱門履，情甘徹骨窮　　　　　　　　　許俊雅　149
　　——談楊守愚的小說及其相關的幾個問題（節錄）

勇敢「決裂」的楊守愚（節錄）　　　　　　蘇慧貞　173

論日治時期楊守愚的新舊體詩　　　　　　　施懿琳　179

楊守愚的文學及其精神（節錄）　　　　　　嚴小實　215

楊守愚——為弱勢仗義直言的小說家　　　　彭瑞金　225

臺灣新文學「反迷信」主題的書寫　　　　　王美惠　229
　　——以賴和、楊守愚比較為例（節錄）

神祕現代　　　　　　　　　　　　　　　　廖炳惠　237
　　——臺灣文學中的乩童及幾個參照的殖民戲劇場景（節錄）

在地口傳的殖民演繹　　　　　　　　　　　朱惠足　243
　　——「書寫」阿罩霧林家傳聞（節錄）

走入民間，臺灣新文學世代「反迷信」的思考與實踐　　　鄭清鴻　251
　　　——以楊守愚〈美人照鏡〉為例

臺灣寫實文學與批判精神的抬頭　　　陳芳明　267
　　　——楊逵與一九三〇年代的左翼作家（節錄）

殖民地臺灣社會事業的認知衝突與建構　　　石廷宇　271
　　　——兼論小說中「窮民」形象作為話語爭奪的場域（節錄）

楊守愚小說中的家國寓言及其小說價值　　　林容安　287

同樣是一個太陽　　　吳明宗　303
　　　——戰後楊守愚政治心境之轉換

【輯五】研究評論資料目錄
作家生平、作品評論專書與學位論文　　　　　　　　　　　329
作家生平資料篇目　　　　　　　　　　　　　　　　　　　330
作品評論篇目　　　　　　　　　　　　　　　　　　　　　335

輯一◎圖片集

影像◎手稿◎文物

1910年代，童年時期的楊守愚。（賴和文教基金會提供）

1920年代，青年時期的楊守愚與母親施素蘭（中）、義弟（左）合影於寫真館。（賴和文教基金會提供）

1920年代，與長兄楊滄盛（右）合影於寫真館。（賴和文教基金會提供）

1927年1月24日，楊守愚（中坐者）與自設漢私塾的結業學生合影。
（賴和文教基金會提供）

1928年，楊守愚全家福，前排左起：母親施素蘭、妻子周月馨（手抱長子勵人），後排楊守愚（手抱長女錦雲）。（賴和文教基金會提供）

1930年1月15日，楊守愚（中坐者）與自設漢私塾的結業學生合影。（賴和文教基金會提供）

1930年代，楊守愚攝於住家附近市集街道。（楊香雲提供）

1940～1950年代，楊守愚（右）與友人的合照。（賴和文教基金會提供）

1941年6月12日，與應社同仁應邀赴臺中體仁醫院，參加由「櫟社」舉辦的詩會。前排左起：莊垂勝、施江西、林獻堂、傅錫祺、周定山、佚名、郭克明；後排左起：陳渭雄、吳蘅秋、王義貞、林金生、莊銘瑄、佚名、楊笑儂、石錫勳、楊天佑、佚名、楊守愚、林糊。左上圓圈為陳虛谷，右上圓圈為賴和。（中央研究院臺灣史研究所檔案館提供）

1942年9月25日，彰化「應社」三週年
紀念聚會合影。前排左起：陳渭雄、
楊笑儂、賴和、陳虛谷、楊雪峰；後
排左起：楊石華、吳蘅秋、石錫勳、
楊雲鵬、楊守愚。（賴和文教基金會
提供）

1942年12月27日，臺中「櫟社」40週年紀念大會合影。前排：左二林獻堂、
左三陳虛谷、左六傅錫祺；次排：左一林培英、左三葉榮鐘、左六莊幼
岳、左七楊雲鵬、左十林春懷；三排：左二楊守愚、左四楊笑儂；四排左
四莊遂性。（清華大學圖書館提供）

1943年，楊守愚（左一）與友人共同募資左官（泥水業）「新興商會」。（賴和文教基金會提供）

1943年秋，彰化「聲社」三週年紀念聚會合影。與會者有楊石華（中排左三）、周定山（中排左四）、楊守愚（中排左五）、陳虛谷（中排左七）、楊笑儂（中排左八）、吳蘅秋（中排左九）。（翻攝自《楊守愚作品選集——詩歌之部》，彰化縣文化中心）

1946年夏，彰化工業職業學校派遣楊守愚（左）至臺北參加為期兩個月的行政訓練。（楊香雲提供）

1940年代，壯年時期的楊守愚。（翻攝自《楊守愚集》，前衛出版社）

1950年11月22日，楊守愚（後排左一）與出嫁前的三女卿雲（中坐者）合影。（賴和文教基金會提供）

楊卿雲出嫁前一瞬時攝影
39.11.22

約1950年，任職彰化工業職業學校的楊守愚（後排左三）與師生合影。（楊香雲提供）

約1950年，楊守愚（後排左一）與楊石華（前排左一）、楊笑儂（後排左六）等參加漢詩人聚會。（賴和文教基金會提供）

1950年代前期，楊守愚（中排右二）、母親施素蘭（中排右三）與妻子周月馨（中排右四）拍攝全家福。（賴和文教基金會提供）

1953年1月，楊守愚與文友陪同詩書畫家彭醇士遊歷彰化。前排右起：陳渭雄、佚名、彭醇士、楊笑儂；後排右起：楊守愚、石錫勳、楊石華。（賴和文教基金會提供）

1954年，楊守愚前往吳蕭秋喪禮會場追悼。左一陳渭雄、
左三石錫勳、右二楊守愚、右三楊笑儂。（賴和文教基金
會提供）

1958年10月23日，楊守愚（戴墨鏡者）同詩書畫家彭醇士（前右三）參加彰
化「應社」秋禊。（賴和文教基金會提供）

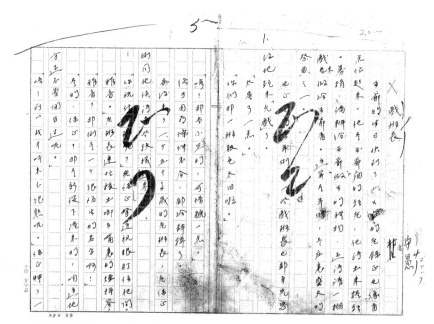

楊守愚最早可見的小說創作〈戲班長〉手稿，原署名「村生」創作於1925年12月17日，
1936年1月11日改以筆名「守愚」發表於《東亞新報》第55號。（賴和文教基金會提
供）

1929年1月1、8日，楊守愚首次發表短篇小說〈獵兔〉於《臺灣民報》第241～242號
的手稿。（賴和文教基金會提供）

1945年3月25日～4月19日，楊守愚日記手稿，記敘彰化遭到美軍轟炸，自己身在軍營，無法知曉家中情況，心情焦急如焚。（賴和文教基金會提供）

自傳

教育系師資科
第四期學員　楊松茂

松茂號守愚，民國紀元前七年生於臺灣省彰化市，爲前清廩才楊公逢春之庶子也。余生也不辰，賦齡失怙，帶丁孤苦，賴慈母施氏鞠育劬勞，以生以遂，六歲出閫外，而就教於宿儒洪以南郭克明二師，十三歲文，十五學詩，夙夜聰勉，學日益進。

迨民十二，設帳本市，師事崑余勉任總絕不已。時戒途及孟子人之患得，未嘗不深自戒懼。第以虛心自處，十五年，雖慶少有造詣，亦幸無災。

本省承五四運動餘波，民一○以來遂有新舊文學之論爭，斯時也，余卽潛心新文學。民十六，處女作「獵兔」，發表於民報週刊，是爲創作生活之開始，後此十年，除一任（兼）民報學藝欄助理編輯，再任臺灣新文學編輯外，凡當時新文學運動，莫不與有關焉。

嗣以中日戰起，日政府對國文尤深惡痛絕，而當平時所注意之國文藝、師資與國文工作，遂被認爲國文之禁止，因余之創作生活與教育工作，至今日，覺大勢已去，再無用武地矣，然當時社之組織，在今日視之影響小，然延一線於垂危，在當時實不無小補，質則抒情敘事，除此莫屬矣。

抗戰八年中，可謂余學生最潦倒之期，家有孑孑一妻一子女九，一家十餘口，因失業所受生活上之逼迫，姑無論矣，重以腎臟連年出血之故，此身亦日形衰老，然絕矢志不渝。「飢猶懶折腰腰瘦，老尚耽吟任眼昏」。眼見日人之箝制，變本加厲，本省固有之民族文化，日趨消滅，蓋以日人爲遂其帝藍自沉也。

1947年1月15日，楊守愚以本名楊松茂發表的〈自傳〉剪報，發表於《臺灣省訓練團團刊》第2卷第12期。（許俊雅提供）

楊守愚臺灣話新詩未刊載手稿，稿紙有「彰化工業職業學校」字樣，應為戰後之作，開頭寫有「春雷，不過午時雨」。（賴和文教基金會提供）

楊守愚未刊載短篇小說〈彷徨〉二作手稿。（賴和文教基金會提供）

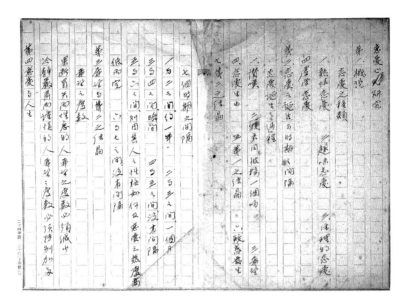

1929年5月11日，楊守愚抄錄斯丹大爾《戀愛心理研究》一書（亞東圖書館於1927年6月出版）。（賴和文教基金會提供，許俊雅詮釋）

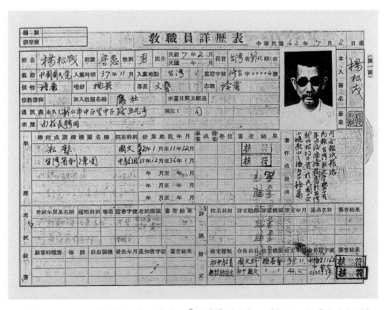

1953年7月2日，楊守愚在彰化高工填寫之「教職員詳歷表」。（賴和文教基金會提供）

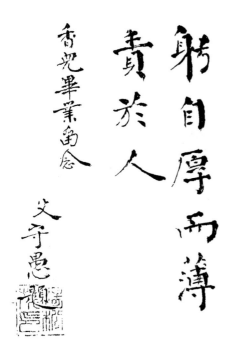

1958年，么女香雲自彰化女子中學畢業，楊守愚題「躬自厚而薄責於人」勉勵。（楊香雲提供）

楊守愚漢詩〈過馬關〉手稿，「春帆樓下水瀲瀲，弔古人來舊馬關。三百字碑空耀武，千秋遺恨割台灣」。（賴和文教基金會提供）

楊守愚酬贈楊雲萍之詩作，末文「對坐樽前應百感，重逢人已是中年」。（中央研究院臺灣史研究所檔案館提供）

輯二◎生平及作品

小傳◎作品◎年表

小傳

楊守愚（1905～1959）

　　楊守愚，男，本名楊松茂，另有筆名靜香軒主人、藝香主人、赤崁生、瘦鶴、村老、睦生、曙人、洋、翔、慕、Ｙ生、Ｙ、攝影手、街頭寫真師等，籍貫臺灣彰化，1905 年（明治 38 年）3 月 9 日生，1959 年 4 月 8 日辭世，得年 54 歲。

　　彰化第一公學校肄業。幼年時期，古典文學受業於大頭先、沈峻、郭克明等漢學先生，古典詩創作卓然有成，後自設漢文私塾教導街坊蒙童。青年時期，深受塾師郭克明先生信仰無產主義影響，深具勞動階級和文化啟蒙的意識，1925、1926 年先後參與具政治性的文明劇團「鼎新社」和「新劇社」，並加入「臺灣黑色青年聯盟」，直至 1927 年遭到日本總督府檢舉，逮捕入監 17 天，此後未再深入政治活動，然始終堅持以戲劇啟蒙民智的大眾路線，有戲劇〈兩對摩登夫婦〉一作傳世。其間，受賴和啟發與賞識，閱讀中國五四新文學作品，練習創作短篇小說和新詩，1929 年首次將短篇小說〈獵兔〉發表於《臺灣民報》，並於日後加入臺灣文藝聯盟、擔任《臺灣新文學》編輯。1937 年，日本推行皇民化運動，全面廢止漢文文藝園地，與賴和、陳虛谷、楊笑儂等八人創立「應社」，企圖延續民族精神，力挽殖民同化狂瀾下的漢文化命脈。戰後，應聘擔任彰化工業職業學校國文、歷史科兼任導師，亦參與「臺灣文化協進會」編輯及中國國民黨文化委員工作。

　　楊守愚創作文類以短篇小說、新詩、漢詩見長，另有部分民間文學創作。短篇小說和新詩鎔鑄臺灣話文、中國白話文、日式漢文，以自身經歷及觀察出發，批判日本挾帶資本主義的殖民作為，揭開勞苦大眾面對勞動剝削卻苦不能言的現實，關心女性在勞動環境中遭受性、經濟與殖民層面的多重壓迫，陳芳明認為其筆下「充滿了自然主義無力的揭露醜惡與貧乏的同情」。此外，短篇小說另敘寫新式知識分子／傳統知識分子身處在傳統文化及殖民夾縫間，不僅漢私塾無以為繼，從事文化和社會運動亦遭受名譽和經濟上的箝制，多面地呈顯臺灣不同階級在日本帝國主義下的層層困境。

　　漢詩多以酬唱及抒發鬱結的心境為主，後者揭示人生當中重要的轉折與困境，如〈戲筆〉寫下日本推行皇民化運動後，私塾學生減少，漢文化趨向凋零，自身亦無法藉由學費維持生計的慨嘆，〈感懷〉一作表露對創作趨向頹喪的心志。其它見於親朋好友逝世的悼亡詩作，少部分有對於女性遭遇的同情、批判媚日情態及現實不公的作品。

　　施淑認為楊守愚的民間文學「並不帶有鄉愁、輓歌之類的懷舊意義」，延續新文學創作的立場，持反迷信、厭斥權勢的態度，批判已與資本主義合流的民俗信仰，嘲弄深陷蒙昧的群眾，亦直指門閥豪族仗勢欺人的果報。

　　做為一名新舊文學的創作者，楊守愚寫下饒富感性的漢詩外，積極以新文學做為行俠人間的入世之道，揭露不公義而結構扭曲的殖民地現實，試圖喚醒大眾麻痺鈍感的神經，勇起反抗，其作品精神及價值誠如黃武忠所言：「一個富人道精神的作家，其悲憫與正義性格會透過作品遺留人間……我們從這些文學作品中，能獲得許多歷史的圖像與經驗；他們那顆愛人類的心，深藏在作品裡，讓後代子孫閱讀作品能了解歷史，從生活的描繪中去回憶追尋祖父的愛，這就是文史不分家，也是文學特有的魅力。」

作品目錄及提要

【詩】

楊守愚詩集／許俊雅編

臺北：師大書苑公司
1996 年 5 月，25 開，251 頁

本書蒐羅作者刊載於《臺灣民報》、《臺灣新民報》、《臺灣文藝》、《臺灣新文學》、《應社詩薈》等書籍、報章雜誌的詩作及未發表手稿，加以考訂後集結成冊。全書分「古典詩」、「新詩」二輯，收錄〈感事漫詠〉、〈應社創立小集賦呈在座諸公〉、〈東亞大戰中次笑儂偶成韻〉、〈秋懷〉、〈暮秋偶成〉等 154 首。正文前有作家照片及手稿，許俊雅〈序〉，正文後附錄〈《應社詩薈》所錄靜香軒詩存與守愚手稿本異文對照表〉、〈守愚新詩作品繫年〉、附工校歌歌詞之書影、〈有關「瘦鶴」為守愚筆名之說明〉、短篇小說〈冬夜〉剪報與手稿。

楊守愚作品選集──詩歌之部／施懿琳編

彰化：彰化縣文化中心
1996 年 7 月，25 開，169 頁
磺溪文學第四輯──彰化縣作家作品集 1

本書為楊守愚詩作選集。全書分「新詩」、「漢詩」二卷，收錄〈蕩盪中的一個農村〉、〈人力車夫的叫喊〉、〈時代的巨輪〉、〈孤苦的孩子〉、〈不眠之夜〉等 113 首。正文前有阮剛猛〈文化的重建與再生〉、楊素晴〈迎接寬容互濟的時代文化〉、施懿琳〈序〉、作家照片及手稿，正文後有〈楊守愚生平及新文學作品寫作表〉、施懿琳〈編者著作目錄〉。

【小說】

遠景出版社 1979　　遠景出版社 1997

一群失業的人／鍾肇政、葉石濤主編

臺北：遠景出版社
1979 年 7 月，32 開，422 頁
臺灣文學全集 2‧遠景叢刊 127

臺北：遠景出版社
1997 年 7 月，32 開，422 頁
臺灣文學叢書 H 14

短篇小說集。本書為楊守愚、夢華、蔡秋桐、郭秋生四人作品合集。楊守愚部分
收錄〈凶年不免於死亡〉、〈醉〉、〈誰害了她〉、〈元宵〉、〈一群失業的人〉、〈決裂〉、
〈啊！稿費？〉、〈十字街頭〉、〈瑞生〉、〈一個晚上〉、〈斷水之後〉、〈移溪〉共 18
篇。正文前有張恆豪、林瑞明、羊子喬〈出版宗旨及編輯體例〉、葉石濤〈光復前
《臺灣文學全集》總序〉、〈守愚〉。
1997 年遠景版：內容與 1979 年遠景版相同。

楊守愚集／張恆豪編

臺北：前衛出版社
1991 年 2 月，25 開，415 頁
臺灣作家全集‧短篇小說卷／日據時代 3

短篇小說集。全書收錄短篇小說〈獵兔〉、〈生命的價值〉、〈凶
年不免於死亡〉、〈捧了你的香爐〉、〈瘋女〉、〈醉〉、〈誰害了
她〉、〈十字街頭〉、〈顛倒死？〉、〈十二錢又帶回來了〉、〈過
年〉、〈女丐〉、〈比特先生〉、〈一個晚上〉、〈元宵〉、〈一群失業
的人〉、〈嫌疑〉、〈升租〉、〈開學的頭一天〉、〈就試試文學家生活的味道吧！〉、
〈夢〉、〈啊！稿費？〉、〈爸爸！她在使你老人家生氣嗎？〉、〈決裂〉、〈罰〉、〈瑞
生〉、〈斷水之後〉、〈難兄難弟〉、〈赤土與鮮血〉、〈移溪〉、〈美人照鏡〉、〈鴛鴦〉、
〈新郎的禮數〉、〈退學的狂潮〉、〈慈母的心〉共 35 篇。正文前有作家照片及手
稿、書影、〈出版說明〉、鍾肇政〈緒言〉、張恆豪〈無產者的輓歌——《楊守愚
集》序〉，正文後有古繼堂〈楊守愚及其小說〉、張恆豪編〈楊守愚小說評論引
得〉、張恆豪編〈楊守愚生平寫作年表〉。

【日記】

楊守愚日記／許俊雅、楊洽人編

彰化：彰化縣文化中心
1998 年 12 月，25 開，357 頁
磺溪文學第六輯──彰化縣作家作品集 1

本書為作家 1936 年 4 月 10 日至 1937 年 2 月 16 日的日記，記敘家庭、教書生涯及文學創作活動。全書分「日記重排本」、「日記手稿本」兩卷。正文前有阮剛猛〈長遠的磺溪・豐沛的文學〉、李俊德〈延續文風・開創文運〉、作家照片、〈編例〉，正文後有楊洽人〈憶父親〉、許俊雅〈編後記〉。

【合集】

（上冊）　　　　　（下冊）

楊守愚作品選集：小說・民間文學・戲劇・隨筆（二冊）／施懿琳編

彰化：彰化縣文化中心
1995 年 6 月，25 開，465 頁
第三輯磺溪文學──彰化縣作家作品集 2

本書分上、下兩冊，為作家短篇小說、民間文學、戲劇、雜文合集。全書分四卷，「小說」收錄短篇〈獵兔〉、〈生命的價值〉、〈凶年不免於死亡〉、〈捧了你的香爐〉、〈瘋女〉、〈醉〉、〈誰害了她〉、〈十字街頭〉、〈冬夜〉、〈顛倒死？〉、〈小學時代的回憶〉、〈出走的前一夜〉、〈過年〉、〈女丐〉、〈比特先生〉、〈一個晚上〉、〈元宵〉、〈一群失業的人〉、〈嫌疑〉、〈沒有兒子的爸爸〉、〈升租〉、〈開學的頭一天〉、〈就試試文學家生活的味道吧！〉、〈夢〉、〈爸爸！她在使你老人家生氣嗎？〉、〈決裂〉、〈罰〉、〈瑞生〉、〈斷水之後〉、〈難兄難弟〉、〈赤土與鮮血〉、〈移溪〉、〈鴛鴦〉、〈新郎的禮數〉、〈退學的狂潮〉共 36 篇；「民間文學」收錄〈十二錢又帶回來了〉、〈美人照鏡〉、〈壽至公堂〉共三篇；「戲劇」收錄〈兩對摩登夫婦〉一部；「隨筆」收錄〈小說有點可觀・閒卻了戲曲・宜多促進發表機關〉、〈小說と懶雲〉、〈赧顏閒話十年前〉共三篇。正文前有阮剛猛〈傳承彰化文風・提升生活品質〉、楊素晴〈欣賞文化鮮花・宣揚鄉土文化〉、施懿琳〈序〉、作家照片、書影及手稿，正文後附錄〈楊守愚生平及新文學作品寫作年表〉、〈楊守愚新文學作品繫年〉、施懿琳〈編者著作目錄〉。

楊守愚作品選集（補遺）／許俊雅編

彰化：彰化縣文化中心
1998 年 12 月，25 開，300 頁
磺溪文學第六輯——彰化縣作家作品集 2

本書為小說、新詩、漢詩、雜文合集，以作家現存手稿為基底，編纂前人未能收錄的作品。全書分五卷，「小說」收錄〈俞辨〉、〈彷徨〉、〈□□□（題目不詳）〉、〈處於貧病之中〉、〈齊人〉、〈盜伐〉、〈開學〉、〈彰化＝臺中〉、〈商人〉、〈戲班長〉、〈赴了春宴回來〉、〈熱鬧的珍風景（一）〉、〈熱鬧的珍風景（二）〉、〈屠場一瞥〉、〈選舉風景〉、〈賊呵〉、〈捉姦〉、〈遺產〉、〈做扣〉、〈好額一時間〉共 20 篇；「新詩」收錄〈愛的吟味〉、〈僅餘留一點點愛底吟味〉、〈神聖的戀愛〉等 20 首；「漢詩」收錄〈有寄〉、〈恨詞〉、〈偶作〉、〈閨詞〉、〈悼吳女士〉等 54 首；「雜文」收錄〈賴和《獄中日記》序言〉、〈隨感錄〉、〈□□□（題目不詳）〉等三篇；「附錄」收錄許俊雅〈楊守愚先生生平著作年表初稿〉、許俊雅〈編後記〉。正文前有阮剛猛〈長遠的磺溪・豐沛的文學〉、李俊德〈延續文風・開創文運〉、許俊雅〈不納朱門履，情甘徹骨窮——談楊守愚的小說及其相關的幾個問題（代序）〉、作者照片及手稿。

文學年表

1905 年 （明治 38 年）	3 月	9 日，生於臺中廳彰化支廳線東堡彰化街北門外 218 番地（今彰化市子尾 263 號）。父親為前清武秀才楊逢春，母親為施素蘭，家中排行第三。 因父親楊逢春極為喜愛賴和，從小便與賴和親近並深受啟發，日後受其影響，閱讀大量中國新文學、西方前衛思潮書報刊物，學習創作新文學作品，結交臺灣各地文人。
1910 年 （明治 34 年）	5 月	9 日，父親楊逢春過世。
1911 年 （明治 44 年）	1 月	私塾受業於大頭先、郭克明、沈峻、洪以綸等漢學先生多年，奠定漢文基礎。
	本年	入彰化第一公學校（今彰化市中山國民小學），接受日本現代教育，至隔年止。
1923 年 （明治 12 年）	1 月	20 日，自設私塾教授漢文於彰化柴坑、大竹等地區，其間因參與臺灣文化協會相關活動，執教屢次遭受阻攔，後將此事作短篇小說〈開學〉。
1924 年 （明治 13 年）	6 月	6 日，漢詩〈贈楊以專詞友〉（與若虛、雲鵬、華如）、〈枕霞庵小集以天留吾輩作詩人為結韻〉發表於《臺南新報》第 8007 期。
1925 年 （大正 14 年）	1 月	於郭克明府上「淡遠軒」受留廈學生陳崁、謝塗、吳滄州等人邀請創設「鼎新社」，本部為彰化周天啓住宅，以宣揚無產主義理念為劇團宗旨，為現今記錄中臺人最早具有政治性的文明戲劇團。

		30 日，與鼎新社社員自「廈門通俗教育社」引進劇本〈良心的戀愛〉於彰化座公演獲得好評，因而續演兩天，並受邀至員林演出。
	2 月	11 日，與賴和、陳虛谷、楊笑儂等九位文人，共同組成「流連索思俱樂部」，以漢詩〈紳〉聯名發表於《臺灣民報》第 3 卷第 5 號。
	4 月	鼎新社成員因演出理念的分歧而內部分裂，組內另組「臺灣學生同志聯盟會」，留於原社的楊守愚和文友勤加宣傳，招收社員，社內氣氛仍趨低迷。
	7 月	與鼎新社社員演出劇本〈回家以後〉於彰化天宮廟廟埕，此後暫時停止演出活動。
	12 月	17 日，作短篇小說〈戲班長〉，為目前最早可見的小說作品。
1926 年 （昭和元年）	1 月	18 日，與周月馨女士結婚。
	3 月	與自外旅行返臺的陳崁改組積弱不振的「鼎新社」為「新劇社」，確立改良風俗、打破迷信、諷刺勞資關係等劇團宗旨。
	4 月	與新劇社社員連續三天演出劇本〈張文祥刺馬〉（陳崁編劇）、〈我的心肝肉兒〉、〈終身大事〉、〈父歸〉、〈社會階段〉於「彰化座」（今彰化市公園路與東門街的口角地）。
	11 月	5 日，長女楊錦雲出生。
1927 年 （昭和 2 年）	2 月	1 日，與陳崁、吳慶堂、吳清實、郭克明等參與主張無政府主義的「臺灣黑色青年聯盟」遭到日本總督府檢舉，以涉嫌違反「治安維持法」的罪名，拘役 17 天。
	11 月	6 日，作短篇小說〈慈母的心〉。
		16 日，作短篇小說〈出走的前一夜〉。

1928 年 （昭和 3 年）	2 月	2 日，長子勵人出生。
		2 日，作短篇小說〈罰〉。
		11 日，作短篇小說〈升租〉。
		15 日，作短篇小說〈捧了你的香爐〉。
	5 月	19 日，作短篇小說〈生命的價值〉。
	6 月	11 日，作短篇小說〈新郎的禮數〉。
	夏	新劇社演出具有無產理念的文明劇多次遭日本總督府舉發，羈押數名成員，最終在社內資金無可籌措，經費困窘的情況下終告解散。
	12 月	16 日，治警事件周年，參與獄友成立之「同獄會」所舉辦的遊獵和宴會，並受東道主賴和鼓勵寫作，因而萌生將自身入獄經驗為創作材料，於後一日完成作短篇小說〈獵兔〉。
		23 日，作短篇小說〈自絕〉。
		28 日，作短篇小說〈女丐〉。
1929 年 （昭和 4 年）	1 月	1、8 日，短篇小說〈獵兔〉受《臺灣民報》「文藝欄」主編賴和賞識，作品首次連載於《臺灣民報》第 241～242 號。自此伊始，陸續發表新文學創作，並分擔賴和的編輯業務。
		17 日，作短篇小說〈十字街頭〉。
	3 月	31 日，短篇小說〈生命的價值〉連載於《臺灣民報》第 254～256 號，至 4 月 14 日止。
	4 月	21 日，短篇小說〈凶年不免於死亡〉連載於《臺灣民報》第 257～259 號，至 5 月 5 日止。
	8 月	11、18 日，短篇小說〈捧了你的香爐〉連載於《臺灣民報》第 273～274 號。

10 月	1 日，次女慧雲出生。	

11 月　1 日，應邀參加陳崁、王清實、郭炳榮等人組織的「臺灣勞動互助社」成立大會，於彰化天宮廟召開發會式，與會者有周天啓、李友三等三十餘名。

12 月　10 日，修訂短篇小說〈自絕〉，並易題為〈醉〉。

12 日，作短篇小說〈誰害了她〉。

15 日，短篇小說〈瘋女〉發表於《臺灣民報》第 291 號。

1930 年
（昭和 5 年）

1 月　1 日，短篇小說〈醉〉發表於《臺灣民報》第 294 號。

3 月　15、22 日，短篇小說〈誰害了她〉連載於《臺灣民報》第 304～305 號。

29 日、4 月 5 日，短篇小說〈十字街頭〉以筆名「靜香軒主人」連載於《臺灣新民報》第 306～307 號。

5 月　3 日，避免與「貢三」以同作品名刊載於《臺灣新民報》，將短篇小說〈慈母的心〉易題為〈冬夜〉，以筆名「瘦鶴」連載於《臺灣新民報》第 311～313 號，至 17 日止。

7 月　12 日，短篇小說〈顛倒死？〉發表於《臺灣新民報》第 321 號。

8 月　2 日，短篇小說〈小學時代的回憶〉連載於《臺灣新民報》第 324～328 號，至 30 日止。

7 日，新詩〈我不忍〉發表於《明日》創刊號。

9 月　7 日，短篇小說〈新郎的禮數〉以筆名「瘦鶴」發表於《明日》第 1 卷第 3 號。

16 日，作短篇小說〈俞辨〉。

10 月　11 日，新詩〈冷熱〉、〈哭〉以筆名「赤崁生」發表於《臺灣新民報》第 334 號「曙光」欄。

18 日，新詩〈暴風雨裡〉、〈詩〉以筆名「赤崁生」發表

於《臺灣新民報》第 357 號「曙光」欄。

30 日，短篇小說〈侖辨〉發表於《臺灣戰線》創刊號。

11 月　1 日，新詩〈蕩盪中的一個農村〉發表於《臺灣新民報》第 337 號「曙光」欄。

2 日，作短篇小說〈一個晚上〉。

8 日，新詩〈人力車夫的叫喊〉發表於《臺灣新民報》第 338 號「曙光」欄。

17 日，作民間文學〈十二錢又帶回來了〉。

22 日，新詩〈時代的巨輪〉發表於《臺灣新民報》第 340 號「曙光」欄。

12 月　10 日，作短篇小說〈過年〉。

12 日，作新詩〈不眠之夜〉。

13、20 日，短篇小說〈出走的前一夜〉以筆名「瘦鶴」連載於《臺灣新民報》第 343～344 號。

17 日，作短篇小說〈比特先生〉。

20 日，新詩〈孤苦的孩子〉以筆名「村老」發表於《臺灣新民報》第 344 號「曙光」欄。

1931 年　1 月　1 日，民間文學〈十二錢又帶回來了〉（筆名靜香軒主
（昭和 6 年）　　人）、新詩〈不眠之夜〉（筆名翔）發表於《臺灣新民報》第 345 號。

1、10 日，短篇小說〈過年〉連載於《臺灣新民報》第 345～346 號。

10、17 日，短篇小說〈女丐〉以筆名「翔」連載於《臺灣新民報》第 346～347 號。

31 日，新詩〈長工歌〉發表於《臺灣新民報》第 349 號「曙光」欄。

2 月　7 日，新詩〈詩〉（「曙光」欄）、短篇小說〈比特先生〉

以筆名「翔」發表於《臺灣新民報》第 350 號。

28 日，臺灣話新詩〈貧婦吟〉以筆名「靜香軒主人」發表於《臺灣新民報》第 353 號「曙光」欄。

3 月　7 日，新詩〈除夕戲作〉以筆名「村老」發表於《臺灣新民報》第 354 號「曙光」欄。

7、14 日，短篇小說〈一個晚上〉以筆名「村老」連載於《臺灣新民報》第 354～355 號。

10 日，作短篇小說〈一群失業的人〉。

28 日、4 月 4 日，短篇小說〈元宵〉連載於《臺灣新民報》第 357～358 號。

30 日，作短篇小說〈嫌疑〉。

4 月　4 日，因姊姊病逝，作新詩〈哭姊〉發表於《臺灣新民報》第 358 號「曙光」欄。

5 日，作短篇小說〈沒有兒子的爸爸〉。

18 日，新詩〈困苦和快樂〉以筆名「翔」發表於《臺灣新民報》第 360 號「曙光」欄。

18 日，短篇小說〈一群失業的人〉連載於《臺灣新民報》第 360～362 號，至 5 月 2 日止。

5 月　9 日，短篇小說〈嫌疑〉以筆名「翔」連載於《臺灣新民報》第 363～365 號，至 23 日止。

23 日，新詩〈雨夜〉以筆名「慕」發表於《臺灣新民報》第 365 號「曙光」欄。

30 日、6 月 6 日，短篇小說〈開學〉以筆名「慕」連載於《臺灣新民報》第 366～367 號。

6 月　13、20 日，新詩〈輓歌——為可憐的陳鴻祥君〉連載於《臺灣新民報》第 368～369 號「曙光」欄。

13 日，短篇小說〈沒有兒子的爸爸〉以筆名「瘦鶴」連

載於《臺灣新民報》第 368～370 號，至 27 日止。

27 日，新詩〈頑強的皮球〉以筆名「洋」發表於《臺灣新民報》第 370 號「曙光」欄。

7 月　4 日，新詩〈車夫〉以筆名「村老」發表於《臺灣新民報》第 371 號「曙光」欄。

4 日，短篇小說〈升租〉以筆名「洋」連載於《臺灣新民報》第 371～373 號，至 18 日止。

8 月　1、8 日，短篇小說「碰壁」系列之一〈開學的頭一天〉以筆名「Y」連載於《臺灣新民報》第 375～376 號。

22 日，新詩〈一個夏天的晚上〉以筆名「靜香軒主人」發表於《臺灣新民報》第 378 號「曙光」欄。

9 月　19、26 日，短篇小說「碰壁」系列之二〈就試試文學家生活的味道吧！〉以筆名「Y」連載於《臺灣新民報》第 382～383 號。

10 月　5 日，三女卿雲出生。

10 日，新詩〈中秋之夜〉發表於《臺灣新民報》第 385 號「曙光」欄。

15 日，漢詩〈秋日雜感〉、〈花影〉、〈十五望月〉、〈秋風〉、〈漁父〉以筆名「瘦鶴」發表於《新高新報》第 293 號漢詩欄「詩林」。

17 日，短篇小說「碰壁」系列之三〈夢〉以筆名「Y」發表於《臺灣新民報》第 386～388 號，至 31 日止。

24 日，新詩〈三秋到了〉（筆名村老）、〈無題〉（筆名洋）發表於《臺灣新民報》第 387 號「曙光」欄。

11 月　7 日，新詩〈愛〉以筆名「瘦鶴」發表於《臺灣新民報》第 369 號「曙光」欄。

7 日，短篇小說「碰壁」系列之四〈啊！稿費？〉以筆名

「Y」連載於《臺灣新民報》第 389～391 號，至 21 日
止。

14 日，新詩〈格鬥〉以筆名「慕」發表於《臺灣新民
報》第 390 號「曙光」欄。

15 日，漢詩〈大里漁燈〉發表於《詩報》第 24 期。

21、28 日，新詩〈元宵的街市〉以筆名「靜香軒主人」
連載於《臺灣新民報》第 391～392 號「曙光」欄。

28 日，短篇小說〈爸爸！她在使你老人家生氣嗎？〉連
載於《臺灣新民報》第 392～394 號，至 12 月 12 日止。

12 月　16 日，作短篇小說〈瑞生〉。

26 日，作短篇小說〈斷水之後〉。

作短篇小說〈退學的狂潮〉。

1932 年　　1 月　　1 日，新詩〈我做夢〉以筆名「村老」發表於《臺灣新民
（昭和 7 年）　　　　報》第 396 號「曙光」欄。

1 日，短篇小說〈決裂〉連載於《臺灣新民報》第 396～
399 號，至 23 日止。

1 日，新詩〈南國之音〉以筆名「慕」發表於《南音》第
1 卷第 1 號，慶賀由賴和、葉榮鍾等九人成立之「南音
社」創刊《南音》，期許該刊物能啟蒙民智，為階級代
言。

23 日，新詩〈清明〉以筆名「瘦鶴」發表於《臺灣新民
報》第 399 號「曙光」欄。

2 月　　13、20 日，短篇小說〈罰〉以筆名「翔」連載於《臺灣
新民報》第 402～403 號。

22 日，新詩〈我是笨劣的人〉以筆名「慕」發表於《南
音》第 1 卷第 4 號。

27 日，短篇小說〈瑞生〉以筆名「靜香軒主人」連載於

《臺灣新民報》第 404～406 號，至 3 月 12 日止。

3 月　5 日，新詩〈洗衣婦〉發表於《臺灣新民報》第 405 號「曙光」欄。

19、26 日，短篇小說〈斷水之後〉以筆名「村老」連載於《臺灣新民報》第 407～408 號。

4 月　9 日，新詩〈雨中田舍〉以筆名「村老」發表於《臺灣新民報》第 410 號「曙光」欄。

1933 年
（昭和 8 年）

9 月　22 日，短篇小說〈彰化＝臺中〉連載於《新高新報》第 392～399 號，至 11 月 10 日止。

10 月　4 日，次男少陵出生。

27 日，新詩〈僅餘留一點點愛底吟味〉以筆名「睦生」發表於《新高新報》第 397 號。

1934 年
（昭和 9 年）

3 月　23 日、4 月 29 日，新詩〈女給之歌〉連載於《新高新報》第 417、422 號。

5 月　6 日，與賴明弘、張深切等人籌組「臺灣文藝聯盟」，整合遭受日本總督府監控下受挫的社會運動青年，以及「臺灣作家文藝聯盟」前輩作家相繼逝世後益趨鬆散的文壇，推動文藝大眾化的創作路線和新劇運動。

16 日，作短篇小說〈出走的前一夜〉。

7 月　15 日，〈小說有點可觀‧閒卻了戲曲‧宜多促進發表機關〉發表於《先發部隊》創刊號。

16 日，次男少陵夭折。

8 月　22 日，中國政要文人江亢虎應日本總督府來臺訪視 19 天，並於旅次中召開文化講座，其間以「東方文化復興」為講題在彰化開講，演講內容因涉及新舊文學及儒教文化復興等議題，不容異議，引發新文學作家楊守愚、楊逵等人強烈不滿。

9 月　7 日，〈呈贈江亢虎博士〉以筆名「靜香軒主人」與甫三
　　　（賴和）共同發表於《新高新報》第 441 號，諷刺江亢虎
　　　擁護儒教文化，忽略臺灣現狀：「……卓論高談蓋世無，
　　　教人盡向古歸趨。縱能倒退千年後，俾汝完成此壯圖。是
　　　古非今論一場，中華國粹賴宣揚。臺灣民智慚低劣，請到
　　　歐西去主張。」

　　　20 日，作新詩〈即景〉。

　　　28 日，新詩〈難忘的黃昏〉以筆名「靜香軒主人」發表
　　　於《新高新報》第 443 號。

10 月　5 日，新詩〈即景〉以筆名「村老」發表於《新高新報》
　　　第 444 號。

　　　26 日，新詩〈可憐的少女喲！〉以筆名「睦生」發表於
　　　《新高新報》第 447 號，後易名〈可憐的少女呦！珍重〉
　　　發表於《臺灣新文學》第 1 卷第 1 號。

　　　27 日，〈喪禮婚禮改革的具體案〉、〈就迷信而言〉與懶雲
　　　共同發表於李獻璋主持之「大溪革新會」紀念雜誌《革
　　　新》。

11 月　5 日，戲劇〈兩對摩登夫婦〉發表於《臺灣文藝》第 1 卷
　　　第 1 號，為生平唯一可見之戲劇作品。

　　　16 日，漢詩〈中秋夜趣興〉以筆名「靜香軒主人」發表
　　　於第《新高新報》第 450 號。

12 月　16 日，加入「臺灣文藝聯盟」，並成為該會機關刊物《臺
　　　灣文藝》執筆之一。

　　　16 日，作短篇小說〈鴛鴦〉。

　　　18 日，短篇小說〈熱鬧中的珍風景（一）〉以筆名「街頭
　　　寫真師」發表於《臺灣文藝》第 2 卷第 1 號。

　　　20 日，作短篇小說〈難兄難弟〉。

本年　擔任歌曲〈老青春〉、〈教學仔仙〉作詞人，由太平蓄音器
　　　株式會社以「泰平唱片」名義發行。

1935 年　　2 月　1 日，短篇小說〈難兄難弟〉（筆名村老）、〈熱鬧中的珍
（昭和 10 年）　　　風景（二）〉（筆名街頭寫真師）；新詩〈拜月娘〉（筆名 Y
　　　　　　　　生），發表於《臺灣文藝》第 2 卷第 2 號。

　　　　　　　　8、22 日，漢詩〈農村什詠〉以筆名「藝香主人」連載於
　　　　　　　　《新高新報》第 460 號、第 462 號。

　　　　3 月　5 日，臺灣話新詩〈女性悲曲〉、新詩〈賣花女之歌〉、
　　　　　　　〈一對情侶〉以筆名「Y 生」發表於《臺灣文藝》第 2 卷
　　　　　　　第 3 號。

　　　　4 月　1 日，新詩〈痴人之愛〉（筆名 Y 生）、〈農忙〉發表於
　　　　　　　《臺灣文藝》第 2 卷第 4 號。

　　　　　　　6 日，三男達人出生。

　　　　　　　21 日，關刀山大地震造成臺灣中部一帶災情嚴重，建物
　　　　　　　傾頹，死傷慘重。翌年地震周年，在日記中追述此事，並
　　　　　　　作新詩〈一個恐怖的早晨〉。

　　　　5 月　5 日，新詩〈暴風警報〉以筆名「Y 生」發表於《臺灣文
　　　　　　　藝》第 2 卷第 5 號。

　　　　秋　應北部文人廖漢臣、王詩琅等數人邀請，與彰化、嘉義、
　　　　　　　臺南地區文人前往北部參加「始政四十周年紀念博覽
　　　　　　　會」，當天設有晚宴招待，高談臺灣新文學的現況及未
　　　　　　　來。

　　　　12 月　28 日，新詩〈冬夜〉（筆名翔）、〈人是應該勞働的〉（筆
　　　　　　　名翔）、〈可憐的少女喲！珍重〉（筆名瘦鶴）、〈光榮〉；短
　　　　　　　篇小說〈商人〉（筆名曙人）、〈赤土與鮮血〉（筆名洋）、
　　　　　　　〈屠場一瞥〉（筆名攝影手，「街頭寫真」欄）、〈選舉風
　　　　　　　景〉（筆名攝影手，「街頭寫真」欄）發表於《臺灣新文

學》第 1 卷第 1 號。

本年　感於張深切、張星建因思想導致文藝大眾化的路線殊異，
無法在《臺灣文藝》擇搞標準上取得共識，因而與賴和、
吳新榮、郭水潭、葉榮鐘、王詩琅、高橋正雄等 19 位臺
日文人，應聘擔任楊逵、廖漢臣另闢之文學社團「臺灣新
文學社」日文、漢文並行機關刊物《臺灣新文學》編輯職
務。

與岳父周老廉合資經營製飴業，三個月虧折兩百元。

1936 年
（昭和 11 年）

1 月　11 日，短篇小說〈戲班長〉發表於《東亞新報》第 55
號。

短篇小說〈赴了春宴回來〉以賴和名義發表於《新高新
報》新年號。

3 月　3 日，新詩〈一個恐怖的早晨〉；論述〈妄言妄聽〉（筆名
Y）；短篇小說〈賊呵〉（筆名街頭寫真師，「街頭寫真」
欄）、〈捉姦〉（筆名街頭寫真師，「街頭寫真」欄）發表於
《臺灣新文學》第 1 卷第 2 號。

4 月　1 日，新詩〈人生路上（土腔）〉（筆名曙人）、短篇小說
〈遺產〉（筆名街頭寫真師，「街頭寫真」欄）發表於《臺
灣新文學》第 1 卷第 3 號。

11 日，對於楊逵未經編輯程序，擅自在《臺灣新文學》
刊登稿件感到不滿。

27 日，作〈蘭子的命運〉未完稿。

29 日，根據鄉里請符仔仙治病的傳聞，作短篇小說〈做
扣〉。

5 月　8～14 日，作短篇小說〈移溪〉。

12 日，校閱李獻璋編《臺灣民間文學集》，並寫作該書廣
告文案，協助出版事宜。

23 日，劇本〈兩對摩登夫婦〉由「蝴蝶劇舞會」改編於「彰化座」公演，未能親自到場，自黃朝東得知劇作改動甚大，頗為氣憤。

6 月　2 日，作短篇小說〈好額一時間〉。

5 日，短篇小說〈移溪〉（筆名村老）、〈做扣〉（筆名街頭寫真師，「街頭寫真」欄）發表於《臺灣新文學》第 1 卷第 5 號。

13 日，民間文學〈美人照鏡〉、〈壽至公堂〉、〈十二錢又帶回來了〉收錄於李獻璋編《臺灣民間故事集》，其中〈壽至公堂〉牽涉林幼春之祖先林有田及豪族門閥的相互鬥爭，出版後引起軒然大波。

7 月　3 日，家計及編輯工作無法負荷，始有辭退《臺灣新文學》編輯職務的念頭，創作新文學作品的意志也益趨頹喪。

7 日，短篇小說〈好額一時間〉以筆名「街頭寫真師」發表於《臺灣新文學》第 1 卷第 6 號「街頭寫真」欄。

9 月　19 日，整理十年前與賴和抄錄自說唱藝人楊清池演唱的臺灣歌仔《辛酉一歌詩》，以筆名「宮安中」連載於《臺灣新文學》第 1 卷第 8 號～第 1 卷第 10 號，至 12 月 3 日。

27 日，修訂短篇小說〈鴛鴦〉。

10 月　6 日，長兄楊滄盛病逝，悲慟作輓聯悼祭：「失怙我僅六歲，問飢問寒，全靠著阿兄友愛，方幸同氣提攜，俾得自立。患病你纏一月，侍湯侍藥，未盡小弟情分，何期雁行折散，怎不傷心。」

20 日，悼念前一日逝世的魯迅，作〈悼周樹人文豪〉一文。

| 11 月 | 18 日，為編纂臺灣新文學代表作品集《臺灣小說集》，與王詩琅、賴和等人遴選欲收錄的小說作品。 |

25 日，四男洽人出生。

| 12 月 | 5 日，短篇小說〈鴛鴦〉以筆名「洋」發表於《臺灣新文學》第 1 卷第 10 號，該刊號為「漢文創作特輯」，遭日本總督府查禁，後易題為「阿榮」重刊於《臺灣文化》，內容略有改動。 |

| 本年 | 辭退《臺灣新文學》編輯職務。 |

| 1937 年
（昭和 12 年） | 1 月 | 14 日，作短篇小說〈賭帳〉諷刺鄉野間貪婪的習性，寄予當時代理《臺灣新文學》編輯職務的王詩琅審稿，預發表於《臺灣新文學》第 2 卷第 3 號，今未見刊載內容。 |

16 日，日本總督府下令廢除漢塾，主要經濟來源頓失，而投稿書報雜誌的稿費亦無法維持家中生計，感慨作漢詩云：「嗟我讀死書，竟爾無用處讀，一家養不來，一事南綜理。教書遭禁令，賣文文章賤，雕蟲技只此，除此盡茫然。」

17 日，李獻璋接受林幼春的提議與補償，同意不予以收錄〈壽至公堂〉，重印《臺灣民間故事集》，作漢詩〈感事漫詠〉抒發：「忍將大局殉私情，雙手瞞天信可驚。道是良心猶未泯，竟拋正義共犧牲。」

| 2 月 | 8 日，參加陳虛谷府上吟宴，與會者有楊笑儂、楊雲鵬、陳渭雄、楊石華、楊木、吳蘅秋等漢詩人。 |

11 日，吳新榮來訪彰化，原訂拜訪賴和、楊逵，因兩人各自另有外務，遂與賴通堯同訪楊守愚家中，偕同遊街、賞玩新書。

16 日，與賴和、吳澄秋、碧峰、宣方等八人至陳渭雄府上「杏園」作客，作漢詩〈丁丑初春小集即事〉。

	4 月	日本殖民政府推行皇民化運動,廢止全臺諸多報紙漢文欄,新文學創作遭受挫折,轉以漢詩為主要創作。
		1 日,漢詩〈丁丑初春小集即事〉、〈贈渭雄兄〉發表於《詩報》第 150 期。
	6 月	15 日,漢詩〈感事漫詠〉以筆名「靜香軒主人」發表於《臺灣新文學》第 2 卷 5 號。
1938 年 (昭和 13 年)	3 月	6 日,漢詩〈例疊滿堂原玉〉發表於《詩報》第 172 期。
	9 月	16 日,四女碧雲出生。
1939 年 (昭和 14 年)	9 月	28 日,與賴和、陳虛谷、吳蘅秋、楊笑儂、楊雲鵬、楊雪峰、陳渭雄、楊石華等八人,假陳渭雄府上「杏園」成立彰化「應社」,人稱應社九子、磺溪九老。「應社」由吳蘅秋命名,取其「同聲相應」之義。
		作漢詩〈應社創立小集賦呈在座諸公〉二首。
1940 年 (昭和 15 年)	2 月	18 日,應和王友芬酬唱漢詩〈寄守愚〉,作漢詩〈友芬君以詩見寄賦此答之〉發表於《臺灣新民報》第 3253 號。
	8 月	20 日,五女藹雲出生。
	9 月	14 日,漢詩〈書懷〉、〈感作四絕〉、〈戲作〉、〈偶成〉發表於《臺灣新民報》第 3253 號。
		26 日,漢詩〈病中漫詠〉發表於《臺灣新民報》第 3473 號。
	12 月	短篇小說〈斷水之後〉易名為〈辱魚〉,收錄於李獻璋編《臺灣小說選》,該書提交當局審查,遭到銷毀,未能出版。
1941 年 (昭和 16 年)	6 月	12 日,與「應社」同仁招待林獻堂參加應社集會於臺中體仁醫院,與會者有鶴亭、莊垂勝、周定山、王義貞、郭克明、林糊數十餘人,以「茗談」、「詩趣」為題作漢詩。
	8 月	1 日,漢詩〈應社創立小集賦呈在座諸公〉二首發表於

《南方》第 135 期「南方詩壇」欄。

| 11 月 | 27 日，林荊南籌辦《南國文藝》創刊，林慶堂、吳漫沙等人職掌編輯部，召集漢詩人、通俗文學作家、民間文學研究者、帝大學者擔任執筆人，楊守愚雖受邀請卻因病中未能執筆，並回信表示：「我的病若是能夠早一天痊癒，我就早一天給你寫稿！」 |

本年　作漢詩〈東亞大戰中次笑儂偶成韻〉、〈秋懷〉。

與友人開設左官（泥水業）「新興商會」販售建材，以維持私塾失業後的家計，至 1943 年。

1942 年
（昭和 17 年）

8 月　15 日，與陳虛谷、吳蘅秋、楊笑儂等文友招待葉榮鐘、林獻堂、吳子瑜，並於高賓閣（今為彰化鐵路醫院）召開宴會，以擊缽吟「秋煙」為題作漢詩。

9 月　10 日，漢詩〈夏夜偶作〉發表於《興南新聞》第 4182 期。

15 日，漢詩〈閒居什詠〉、〈偶成〉發表於《興南新聞》第 4187 期。

25 日，應社成立三周年，同仁集會並合影留念，作漢詩〈應社三周年紀念吟會次笑儂同社韻〉。

10 月　26 日，漢詩〈秋光〉發表於《詩報》第 282 期。

11 月　20 日，與「應社」同仁招待林獻堂於高賓閣，與會者有石錫勳、陳虛谷、陳渭雄、施梅樵等 11 人。

12 月　7 日，么女香雲出生。

漢詩〈次笑儂韻並質應社諸君子〉發表於《詩報》第 285 期。

27 日，參加臺中「櫟社」40 周年紀念大會於林獻堂府上一隅「環翠廬」，作漢詩〈祝櫟社四十周年紀念〉兩首。會後，眾文友另以「萊園雅集」為題作漢詩。

1943 年 （昭和 18 年）	1 月	30 日，賴和逝世，悲慟不已，作〈輓懶雲社兄〉四首哀悼，日後亦有多首漢詩追懷。
	2 月	1 日，漢詩〈祝櫟社四十周年紀念〉、〈萊園雅集〉兩首發表於《南方》第 168 期「南方詩壇」欄。
		15 日，漢詩〈應社三周年紀年吟會次笑儂同社韻〉發表於《南方》第 169 期「南方詩壇」欄。
	4 月	28 日，日文評論〈賴和と小說〉發表於《臺灣文學》第 3 卷 2 號。
	7 月	24 日，「應社」同仁招待林獻堂參加應社集會，與會者有傅錫祺、陳虛谷、吳藟秋、楊石華等 17 人，祝賀文友賀翁健朗，並歡慶王克士加入應社。
	秋	參加彰化「聲社」三周年紀念聚會，擔任詞宗，並作漢詩〈聲社三周年紀念〉。
	9 月	15 日，漢詩〈殘夏客居偶成寄懷應社諸同人〉發表於《南方》第 183 期「南方詩壇」欄。
		24 日，漢詩〈竹影〉發表於《詩報》第 289 期。
	10 月	11 日，漢詩〈秋江〉、〈聲社三周年紀念〉發表於《詩報》第 304 期。
	本年	作漢詩〈應社大暑雅集〉、〈大暑雅集吟興未盡續成一律〉、〈病中追憶亡友懶雲〉、〈無聊之餘追憶懶雲並懷雲鵬石華〉、〈中秋觀月之會相繼十有二年今以懶雲逝世會亦中斷月圓人缺能無孤獨感因成是作〉、〈暮秋遣興〉、〈追懷〉。
1944 年	4 月	29 日，參加「應社」同仁楊笑儂的續絃宴，與會者有林獻堂、楊石峰、王克士等十餘人。
1945 年	10 月	21 日，應省立彰化工業職業學校（今彰化師範大學附屬高級工業職業學校）校長吳鑑湖之聘，擔任該校臨時教

		員，後成為國文、歷史科兼任導師，任內創作該校校歌。
	11 月	10 日，整理賴和遺稿「獄中日記」連載於《政經報》第 1 卷 2 號～第 1 卷第 5 號，並附〈賴和「獄中日記」序言〉於前說明賴和的重要性及其精神，至 12 月 25 日。
	本年	作漢詩〈遣懷〉。
1946 年	1 月	11 日，漢詩〈元旦書懷並賦呈諸戚友〉發表於《民報》。
	7 月	22 日，擔任「臺灣文化協進會」文學委員。
	11 月	1 日，短篇小說〈阿榮〉發表於《臺灣文化》第 1 卷第 2 期，內容為避嫌而略有更動。
	12 月	參加臺灣省訓練團中教組修業，直至隔年 1 月結業。
1947 年	1 月	1 日，擔任省立彰化工業職業學校訓導主任，直至 1948 年 1 月 31 日因病卸任止。
		15 日，〈自傳〉發表於《臺灣省訓練團團刊》第 2 卷第 12 期。
		15 日，漢詩〈哭懶雲同社〉發表於《文化交流》第一輯。
	3 月	9 日，漢詩〈惜別諸同學〉發表於《臺灣省訓練團團刊》第 3 卷第 9 期。
1948 年	9 月	18 日，應社召開詩會於吳蘅秋府上「蘅園」，與會者有林獻堂、楊培英、葉榮鐘、莊銘瑄、賴玉廉、姚石如、邱恕鑑等數十餘人，以「中秋暴風雨」、「秋燈」為題作漢詩。
	10 月	新詩〈同樣是一個太陽〉發表於《臺灣文學》第 1 輯。
	11 月	經石寶介紹入籍中國國民黨。
1949 年	2 月	25 日，應社召開詩會於吳蘅秋府上「蘅園」，與會者有林獻堂、李次貢、王達德、黃爾璇、葉榮鐘、莊銘瑄、姚石如、黃爾竹、陳虛谷等十餘人，以「秧船」、「廣播機」為題作漢詩。

	11 月	參加初中教員國文科檢定考試合格。
	本年	作漢詩〈應社成立十周年雅集張達修有詩見次韻奉酬詩〉。
1951 年	11 月	擔任彰化縣國民黨黨部文化委員。
	本年	「應社」同仁楊石華逝世，作漢詩〈懷石華同社〉追思。
1952 年	本年	「應社」同仁王克士逝世，作漢詩〈輓聲社王茶客〉、〈輓王克士同社〉追思。
1953 年	1 月	偕同楊笑儂、楊石華、石錫勳、陳渭雄等人伴詩書畫家彭醇士遊歷彰化，作漢詩〈渭雄先生朝宴醇士先生席上作畫分贈呈〉。
	2 月	28 日，作漢詩〈元宵賦步月會宴歸途欲雨〉。
	5 月	20 日，漢詩〈渭雄先生朝宴醇士先生席上作畫分贈呈〉發表於《詩文之友》第 1 卷第 2 期。
	9 月	21 日，至吳蘅秋府上「蘅園」作客，與會者有陳虛谷、楊笑儂、楊雪峰、石逸南等人，作漢詩〈蘅廬小集〉發表於《詩文之友》第 2 卷第 2 期。
	本年	作漢詩〈承醇士嘯天逸南三先生邀飲卦山溫泉酒榭〉、〈元宵赴步月會歸途遇雨〉。
1954 年	2 月	作漢詩〈五十自述〉。
	8 月	20 日，〈剝顏閒話十年前〉發表於《臺北文物》第 3 卷第 2 期。 作漢詩〈甲午八月既望小集蘅廬〉。
	本年	「應社」同仁吳蘅秋逝世，參加喪禮，作漢詩〈哭蘅秋同社〉五首追思。
1955 年	1 月	至陳虛谷府上「默園」作客，感慨昔日文友多杳然長逝，自身已白鬢，有病在身，作漢詩〈乙未元旦後一日訪默園賦呈虛谷〉。

　　　　春　參加「臺灣省中北部七縣市四十四年春季聯吟大會」，與
　　　　　　會者有楊笑儂、張達修、賴張玉廉、楊雲鵬等，以「卦山
　　　　　　春望」為題作漢詩。

　　　　　　參加無試驗檢定初中國文教師考試合格。

　　　5 月　漢詩〈卦山春望〉發表於《詩文之友》第 4 卷第 1 期。

　　　　秋　至楊嘯天府上「嘯園」參加「中彰二市小集」，與會者有
　　　　　　陳渭雄、楊笑儂、江夢華、許文葵等數十人，以「嘯園雅
　　　　　　集」為題作漢詩。

　　10 月　漢詩〈嘯園雅集〉發表於《詩文之友》第 4 卷第 3 期
　　　　　　2 日，參加「詩文之友三周年紀念中彰二縣市中秋雅
　　　　　　集」，與會者有詹作舟、楊嘯天、林荊南、洪寶崑等，以
　　　　　　「中秋後二日礦溪賞月」、「鏡中月」為題作漢詩。

　　11 月　漢詩〈中秋後二日礦溪賞月〉、〈鏡中月〉發表於《詩文之
　　　　　　友》第 4 卷第 4 期。

　　　本年　「應社」老輩凋零，在楊笑儂籌畫下，邀請詹作舟、詹友
　　　　　　梅、楊宗城、施澄江、曾材庭、高泰山、王桂木等七人加
　　　　　　入「應社」，楊守愚作漢詩〈歡迎作舟友梅二昆仲入應社
　　　　　　席上賦呈〉。

　　　　　　作漢詩〈偶成〉。

1956 年　　春　至陳虛谷府上「默園」聚會，作漢詩〈丙申新春默園雅
　　　　　　集〉。

　　　9 月　8 日，林獻堂過世，作漢詩〈灌園先生輓詩〉。

　　11 月　1 日，擔任《詩文之友》第 6 卷第 3 期徵詩詞宗。

1957 年　　6 月　1 日，與「應社」同仁以及張達修、劉泗英、曾今可、施
　　　　　　禹秦等漢詩人於八卦山聚會，作漢詩〈端午前一日應社小
　　　　　　集賦呈諸詩友〉。

　　　　　　2 日，參加「詩文之友雜誌社」假中山堂（今彰化藝術

館）舉辦的「丁酉詩人節自由中國詩人大會」，與會者高達一千五百餘人，以「午日登八卦山」和「鹿港觀潮」為題作漢詩。

7 月	1 日，漢詩〈午日登八卦山〉、〈鹿港觀潮〉發表於《詩文之友》第 7 卷第 4 期
8 月	1 日，參加「中北部七縣市秋季聯吟大會」，以「日月池泛棹」為題作漢詩，發表於《詩文之友》第 7 卷第 5 期，並擔任該期徵詩的詞宗。
秋	作漢詩〈丁酉初秋戲寄虛谷〉。 參加「王桂木先聲令萱堂鄭太夫人七秩晉一壽慶」，以「皓月」為題作漢詩。
10 月	漢詩〈皓月〉發表於《詩文之友》第 8 卷第 1 期。
12 月	1 日，漢詩〈王桂木先生令萱堂鄭太夫人七秩晉一壽言〉、〈菊酒〉（「彰化聲社課題」欄）發表於《詩文之友》第 8 卷第 3 期。
冬	重陽節前，與「應社」同仁以及張達修、彭醇士等漢詩人聚會。
1958 年 1 月	1 日，漢詩〈閏中秋賞月〉發表於《詩文之友》第 8 卷第 5 期「彰化『魁社』課題」欄。
5 月	1 日，漢詩〈寒露〉（「魁社課題」欄）發表於《詩文之友》第 9 卷第 2 期，並擔任詩題「醉春」（「彰化杏春吟社課題」欄）詞宗。
6 月	1 日，漢詩〈人造衛星〉（「魁社課題」欄）發表於《詩文之友》第 9 卷第 3 期，並擔任詩題「春樹」（「彰化杏春吟社課題」欄）詞宗。 21 日，參加「戊戌詩人節彰化市聯吟大會」，以「夏日登八卦山」為題作漢詩。

	7月	1 日，擔任詩題「曙色」詞宗於《詩文之友》第 9 卷第 4 期「彰化聲社課題」欄。
	8月	1 日，漢詩〈夏日登八卦山〉發表於《詩文之友》第 9 卷第 5 期，並擔任詩題「荷池消夏」（「彰化聲社課題」欄）詞宗。
	9月	1 日，擔任詩題「茅屋」詞宗於《詩文之友》第 9 卷第 6 期「彰化杏春吟社」欄。
	10月	23 日，與詩書畫家彭醇士、黃文苑、王友芬、詹作舟等 15 人參加「應社」秋禊。
1959 年	4月	8 日，因鼻咽癌逝世於彰化慈惠醫院（今慈惠老人養護中心），彌留之際以臺語反覆低語：「社會主義萬歲！」
1979 年	7月	鍾肇政、葉石濤編《一群失業的人》，由臺北遠景出版公司出版，收錄楊守愚部分短篇小說。
1984 年	8月	《文學界》第 11 集推出「楊守愚特輯」，再度刊載短篇小說〈慈母的心〉、〈新郎的禮數〉，並發表未刊載的短篇小說〈退學的狂潮〉（「碰壁」系列之五）。
1991 年	2月	張恆豪編《楊守愚集》，由臺北前衛出版社出版。
1995 年	6月	施懿琳編《楊守愚作品選集：小說、民間文學、戲劇、隨筆》，由彰化縣文化中心出版。
1996 年	5月	許俊雅編《楊守愚詩集》，由臺北師大書苑出版。
	7月	施懿琳編《楊守愚作品選集——詩歌之部》，由彰化縣文化中心出版。
1997 年	1月	《文學臺灣》第 21 期推出「楊守愚特輯（一）」專輯，刊載短篇小說〈侖辨〉、〈彷徨〉、〈□□□〉、〈處於貧病之中〉（「碰壁」系列之六）、〈盜伐〉、〈戲班長〉。
	4月	《文學臺灣》第 22 期推出「楊守愚特輯（二）」專輯，刊載楊洽人〈憶父親〉和「新詩遺稿 15 首」。

《文學臺灣》第 23 期推出「楊守愚特輯（三）」專輯，刊載許俊雅〈楊守愚先生生平著作年表初稿〉和「楊守愚漢詩作品」。

| 1998 年 | 12 月 | 許俊雅、楊洽人編《楊守愚日記》，由彰化縣文化中心出版。 |

許俊雅編《楊守愚作品選集（補遺）》，由彰化縣文化中心出版。

| 1999 年 | 10 月 | 《聯合文學》第 180 期推出「殖民的傷痕、世紀的回眸・日據時期臺灣精典小說選讀」專輯，再度刊載短篇小說〈決裂〉。 |

參考資料：

・莊永明，〈臺灣黑色青年聯盟〉，《臺灣紀事──臺灣歷史上的今天（下）》，臺北：時報文化出版公司，1989 年，頁 990～991。

・施懿琳，〈彰化應社研究〉，「賴和及其同時代的作家：日據時期臺灣文學國際學術研討會」論文，1994 年 11 月 25～27 日。

・許俊雅編，《楊守愚日記》，彰化：彰化縣立文化中心，1998 年。

・嚴小實，「附表一：楊守愚生平與作品部分」，〈楊守愚生平及其作品研究〉，靜宜大學中國文學系研究所碩士論文，2002 年，頁 83～115。

・網站：「楊洽人先生自我介紹」，賴和文學館。最後瀏覽日期：2016 年 3 月 28 日。
http://cls.hs.Yzu.edu.tw/laihe/A/a_2b.htm

・網站：「永靖國小──應社」。最後瀏覽日期：2016 年 3 月 28 日。
http://www.Yces.chc.edu.tw/arts/pd/m4-2.htm

・網站：洪健智、賴孟群、吳宗榮、粘晏瑜，「第一屆全國高中臺灣人文獎・臺灣語文組」第一名〈楊守愚小說研究〉，「賴和文學館」。最後瀏覽日期：2016 年 6 月 8 日。
http://www.laiho.org.tw/wp-content/uploads/2015/07/2001THAl01.pdf

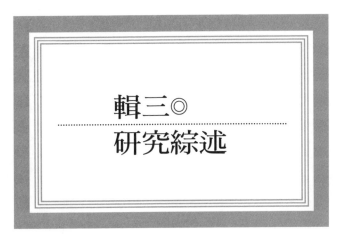

輯三◎
研究綜述

傾聽弱者聲音，揭破殖民假象

楊守愚研究綜述

◎許俊雅

一、前言

　　在為數不少的臺灣日治新文學作家中，楊守愚無疑是重要作家之一。其中文素養深厚，時常閱讀中國大陸之書刊，熟悉大陸文壇動態，因此其白話文流暢，同時接觸無政府主義色彩的政治哲學思潮，在反抗社會黑暗上有其熱衷之處，而當時以階級論為核心的歷史意識也在文學中逐漸占據思維優勢，這些因素使得他的小說帶有對「被壓迫、被剝削、被損害」的文學特質，據其女婿陳進興口述：「我的岳父，因癌病逝慈惠醫院。住院期間，病痛彌留之際，好像是為了減低身體的痛苦，時時以低吟的聲調，以臺語呼喊著：『社會主義萬歲』！」[1]從其創作觀之，他對被壓迫者的人道關懷，對下層社會自然主義式的描繪，揭露了臺灣農村勞動者生命的輕賤，與剝削者無理的暴劣。其作品取材相當廣泛，觸及日治下臺灣政治、經濟、社會、警察、法律、習俗等各個層面，反映了當年臺灣社會的各種風貌及問題，而他所使用的語言形式有著濃烈的「臺灣味」，足以提供若干有趣訊息。1954 年，守愚在回顧他半生的文學生涯時，在〈赧顏閒話十年前〉一文中，對日治下臺灣新文學的創作，曾提及「小市民和農民的生

---

[1] 洪健智、賴孟群、吳宗榮、粘晏瑜，「楊守愚小說的黑暗色調」，〈楊守愚小說研究〉，見「第一屆全國高中臺灣人文獎・臺灣語文組」第一名（http://www.laiho.org.tw/wp-content/uploads/2015/07/2001THAI01.pdf，2016 年 5 月 28 日），頁 13。該文交代調查口述時間是 2001 年 10 月 13 日於陳進興自宅採訪所得。

活，成為各作品的題材」。又說「作品中，大都充滿了自然主義的無力的揭露醜惡與貧乏的同情。」其實這也正是楊守愚的小說特質。

其小說創作從 1929 年發表處女作〈獵兔〉開始，此後也積極創作新詩，1930 年 8 月於《明日》發表了第一首新詩〈我不忍〉後，同年 11 月也在《臺灣民報》「曙光」專欄發表了〈蕩盪中的一個農村〉，之後便大量的在《臺灣民報》「曙光」專欄發表新詩。可說是右手寫小說，左手寫新詩。因此，其新詩的起步雖略晚於小說，其題材與反抗精神跟小說卻也相近，例如散文詩〈頑強的皮球〉與〈困苦和快樂〉。而寫於戰後初期，深具諷刺與批判精神的有〈同樣是一個太陽〉。漢詩雖多感懷、詠物、寫景與酬贈，但也有延續新詩人道主義的精神的作品，如〈農村什詠〉，此外，他也寫劇本及民間文學。在踏入文壇五年，1934 年已可看到文學界對於守愚作品的評論，楚女（張深切）發表的〈評《先發部隊》〉[2]文章，有一段對守愚〈小說有點可觀・悶卻了戲曲・宜多促進發表機關〉的回應，稱讚守愚此文觀點正確。因為小說漢文是識字階層的「小眾文學」，而戲曲則不論識字與否，老幼皆可觀賞。推行臺灣新文學運動，提倡新劇是極緊要的事，同時一條可行的路向。1935 年，HC 生〈文藝時評〉對〈兩對摩登夫婦〉亦有評論：「〈兩對摩登夫婦〉，守愚氏的歌劇，臺灣過去有人寫過這種歌劇沒有，我不知道，但對他這樣勇敢的嘗試，我很欽佩！題材雖然平凡，但是描寫得很有趣，歌詞也不壞又用臺灣話寫著，於上演上很便利，唯參雜日本歌的地方，有的似乎不甚自然，……雖然就全體上看來這篇為趣劇可說寫得很好，但為諷刺劇就有點不足啦！」[3]有肯定也有建議。首先被關注的反而是其新劇劇本，與戰後研究較不及其劇本討論有異。

至於對其新詩、小說評論，見於 1935～1936 年。雷石榆〈我所切望的詩歌──評論四月號的詩〉有一段對〈農忙〉作評論：「找不到展開的藝

---

[2] 楚女，〈評《先發部隊》〉，《臺灣文藝》創刊號（1934 年 11 月 5 日）。
[3] HC 生，〈文藝時評〉，《第一線》第 1 期（1935 年 1 月 6 日），頁 56。楊守愚熱愛新劇，〈兩對摩登夫婦〉為其首篇劇作，刊登於《臺灣文藝》，且於 1936 年 5 月由「蝴蝶劇舞會」在「彰化座」公演。

術，觀察也不夠，……作者好引用舊的句調也是減少情感的熱力一缺點。」[4]雷石榆為「東京左聯」詩人，批評力道強勁。1936 年，宮安中〈開刀〉一文，評論小說〈赤土與鮮血〉[5]，徐玉書〈「臺灣新文學」創設及《新文學》第一、二、三期作品的批評〉亦評論此篇小說，「他不僅以純粹類的中國白話的簡潔、明快、描寫技術也有相當的成果，以這樣的文學和描寫技巧，去描寫正確的新的題材，定必會產生很好的作品。」[6]又評其詩：「守愚君的〈一個恐怖的早晨〉是寫震災的作品，自去年四月，中部發生未曾有的慘痛以來，迄今已有一年經過了，但我們很少看到有關於震災作品的發表，故這篇〈一個恐怖的早晨〉可說是很珍奇的作品。」[7]林克夫〈詩歌的重要性及其批評〉亦說：「值得我們紀念的守愚君的〈一個恐怖的早晨〉，這首詩是描寫昨年臺中大地震的慘況，一帶清平的大地，瞬間化作阿鼻叫喚的地獄，讀了這首詩好像當時的慘狀出現在我們的眼前。」[8] 對於其詩作批評肯定、鼓勵為多，與中國詩人雷石榆的負面批評不同，或許〈一個恐怖的早晨〉詩作對臺灣人而言有身歷其境的感動，而〈農忙〉對於文青雷石榆是陌生的，對於楊守愚運用對話入詩以突顯農民的困苦的表現手法，直視為主觀，或者我們也可看作其時剛起步不久的新詩界還在摸索中。以上所述是日治時臺灣對楊守愚文學的評論，戰後的評論研究則可從幾個部分說明，略分題材內容、藝術形式及小說、詩、劇本、民間文學等面向論述。

---

[4]雷石榆〈我所切望的詩歌──評論四月號的詩〉，《臺灣文藝》第 2 卷第 6 號（1936 年 6 月），頁125～126。

[5]宮安中，〈開刀〉，《臺灣新文學》第 1 卷第 4 號（1936 年 4 月 30 日），頁 94。

[6]徐玉書，〈「臺灣新文學社」創設及《新文學》第一、二、三期作品的批評〉，《臺灣新文學》第 1 卷第 4 號（1936 年 4 月 30 日），頁 99。

[7]徐玉書，〈「臺灣新文學社」創設及《新文學》第一、二、三期作品的批評〉，《臺灣新文學》第 1 卷第 4 號，頁 99。

[8]林克夫，〈詩歌的重要性及其批評〉，《臺灣新文學》第 1 卷第 7 號（1937 年 8 月 5 日），頁 85。

二、相關研究評述

（一）關於筆名

　　楊守愚本名楊松茂，是位作品豐碩的作家，因為擔任《臺灣民報》、《臺灣新文學》的編輯工作，「凡遇稿件不夠時，就得趕寫一篇補上去。」為避免同一期有兩篇以上相同作者的作品，及填補報刊雜誌的空白版面，同時也有避禍考量吧，楊守愚經常使用不同的筆名發表作品。在賴和的提攜與鼓勵下，1929 年 1 月 1 日在《臺灣民報》發表首篇小說〈獵兔〉，並開始以「守愚」的筆名投稿，廖漢臣於《臺灣文藝》第二卷第一號發表之〈諸同好者的面影〉：「在研究文藝的諸同好者中，恐怕守愚先生的雅號，要算第一多了。」其筆名經考證陸續可知有靜香軒主人、瘦鶴、洋、村老、慕、Y、曙人、睦生、翔、Y 生、藝香主人、街頭寫真師、攝影手等等。筆者曾透過楊守愚習慣使用的詞彙，如「一壁兒」（一面）、「漸時」（暫時）等詞，說明這是楊守愚自創的閩南方言詞彙，舉證「瘦鶴」乃是守愚的另一個筆名。由於小說尚處萌芽階段，以臺灣話文行文，其用法尚未約定俗成，除了一些詞彙用法，諸作者略有共識外，每位作者都有一些個人慣用的擬音漢字、日文借字、閩南詞彙等，而這些慣用語彙亦成考訂作者之旁證。[9]守愚四子楊洽人先生說：

　　　筆名很多，有一個可能是避免同一人出現次數過多，譬如《臺新創刊號》守愚作品就有小說〈赤土與鮮血〉、〈商人〉、〈街頭寫真〉三篇；新詩〈光榮〉、〈冬夜〉、〈人是應該勞働的〉還有〈可憐的少女喲！珍重〉，這幾篇幾乎占了該期的三分之一，如用同一筆名，是否惹來議論？再者，先父作品一向站在弱勢族群，如佃農、勞工、攤販、女性等的立場，批判權勢者，如警察、地主、資產階級、製糖會社的剝削，這樣極易引來警察機關的干

----

[9]先是見於許俊雅，《日據時期臺灣小說研究》，後又另撰楊守愚專論，收入《臺灣文學散論》（臺北：文史哲出版社，1994 年），頁 257～258。

涉，為減少此困擾，可能也是父親筆名多的原因之一。[10]

他也懷疑「『宮安中』是否有可能是守愚的筆名」？當年筆者與洽人先生即就〈辛酉一歌詩〉註解者「宮安中」與日記所載合觀，認為宮安中應即是楊守愚，但在一些文藝雜誌署名「宮安中」者亦多次評論楊守愚作品，且不乏負面之詞。因而暫時擱置此一筆名之歸屬。洽人先生又云「赤崁生曾於《臺灣新民報》第 334 號（1930 年 10 月 11 日）發表新詩〈冷熱〉、〈哭〉，第 335 號（1930 年 10 月 18 日）發表〈暴風雨裡〉、〈詩〉兩首。《光復前臺灣文學全集》曾介紹「赤崁生」原名「石暘睢」，生年不詳，臺南市人。然而，當我讀到〈暴風雨裡〉、〈詩〉這兩首時，卻覺得眼熟，急忙找出先父新詩原稿集（原稿集就是守愚將其詩作謄抄裝訂成冊）對照，果真該兩首與原稿中的〈暴風雨裡〉、〈人生的苦痛〉一樣，那麼是不是赤崁生也應該是守愚筆名？」[11]至於「慕」、「曙人」、「睦生」筆名之推論則可見筆者《楊守愚作品選集（補遺）》頁 176、300，不另贅語。此處另補後來洽人先生的補充，在 1931 年 5 月 30 號，還有 6 月 6 號發表於臺灣新民報第 366 期、第 367 期的一篇文章裡面，「主角是一個私塾的老師，他具有文化協會會員的身分，因為有一段時間失業他的朋友替他在彰化一個叫柴坑仔庄的所在設了一私塾，請他去任教，結果就由郭老師選了一個日子，這個私塾老師準備妥當後就和他的朋友到柴坑就任。他們兩個人一壁兒說說笑笑一壁兒跑路倒也不覺得怎樣無聊，可是到柴坑時發現主人不在，於是兩個人就相約到大竹庄去看另外一個朋友，那位朋友也不在，倒是他們兩個碰到了一個警察，警察就對著私塾老師看了一眼也沒吭聲，他們又回到要設立私塾那裡，結果就有一個學生跑來告訴私塾老師說：『剛才有一個警察說你們選的老師是有文化協會會員的身分，所以不能夠設立私

---

[10]楊洽人，〈楊守愚寫作雅號〉，見「賴和數位博物館」網站（http://cls.hs.yzu.edu.tw/laihe/A/wmv/yang_qi a_ren/pdf/cca300001-li-dv002-0003-i.pdf，2016 年 5 月 24 日。）

[11]楊洽人，〈楊守愚寫作雅號〉，見「賴和數位博物館」網站。此說筆者暫存疑。「赤崁生」或許與出生地「赤崁」有關，而守愚生於彰化。此兩詩可能為守愚抄錄之作。

塾。』就這樣，因為警察的干涉而私塾又設立不成。在這文章裡面，私塾
老師和文化協會會員就跟守愚的身分是相同，選擇開學的日子是由郭老師
看的，守愚的老師就是郭克明，地點設在柴坑，還有去大竹，這些地點都
在彰化。以前先父也曾在那裡設過私塾，兩個人一壁兒說說笑笑一壁兒跑
路，這個『一壁兒』就是父親特有的辭彙，所以以此斷定〈開學〉這一篇
一定是守愚的作品。」[12] 又因其一筆名是「慕」，所以筆者當時編《楊守愚
作品選集（補遺）》時，另收入其新詩四首：〈雨夜〉、〈格鬥〉、〈南國之
音〉、〈我是笨劣的人〉。

（二）題材內容

　　楊守愚的小說題材，以日警的殘暴、女性的命運、農工階級的苦況、
知識分子的掙扎等為主，典型的臺灣日據時期反殖民文學的主題。如以日
警的殘暴貪婪為主題的〈十字街頭〉、〈顛倒死？〉、〈罰〉、〈斷水之後〉
等。地主欺壓佃農的〈凶年不免於死亡〉、〈醉〉、〈升租〉等。工人的困
境：〈赤土與鮮血〉、〈元宵〉、〈過年〉、〈一個晚上〉、〈一群失業的人〉等。
女性的悲哀：〈生命的價值〉、〈女丐〉、〈瘋女〉、〈誰害了她〉、〈鴛鴦〉等，
以及知識分子的思想掙扎，如〈決裂〉等[13]。先述「農民」，根據陳南宏的
研究，「楊守愚是日治時期書寫農民階層議題產量最豐的小說家，在其創作
量的表現上，53 篇作品中就有 15 篇描寫到農民、農村或者農業議題。不
過，臺灣文學研究對於楊守愚小說創作的價值，卻有著不同的評價。許俊
雅認為楊守愚灰暗、破滅的人生觀是作者對殖民統治的抨擊；葉石濤倒是

---

[12] 楊洽人，「楊守愚寫作的特有詞彙之二」，見「賴和數位博物館」網站（http://cls.hs.yzu.edu.tw/laihe/
A/wmv/yang_qia_ren/pdf/cca300001-li-dv002-0006-i.pdf，2016 年 6 月 15 日）。關於「一壁兒」確
實為楊守愚喜用詞彙，臺灣作家少見。不過「一壁兒」在古典通俗小說時常使用，後來早期白話
文也常見，未必只有守愚特有。

[13] 黃武忠分析楊守愚小說中的特點，認為其對地下階級人民生活境狀的描寫可分為三類：（一）地
主與佃農間的糾隔；（二）失業者的悲苦；（三）小民的窮困三大類。見〈心緒茫然蕭瑟裡——初
探楊守愚的小說世界〉，《親近臺灣文學》（臺北：九歌出版社，1995 年），頁 129。而除了這樣的
面向之外，施淑〈在前哨——讀楊守愚的小說〉一文中指出：提供知識分子左傾現象的出現，和
人道主義的關懷，是楊守愚小說中不可或缺的角色。《兩岸文學論集》（臺北：新地文學出版社，
1997 年），頁 139～148。

認為楊守愚未能描寫殖民地人民如何從被壓迫走到覺醒，再從覺醒付諸實際行動的過程，而只是敘述了受剝削的痛苦畫面，使作品缺少鼓舞的力量。基本上，許葉兩人都是在抵抗史觀的立場與標準，來討論楊守愚的作品（頁 54）。」以上是陳南宏碩論〈日治時期農民小說中的菁英主義與農民形象（1926～1937）〉對楊守愚農民小說的批評，本文反思過去對殖民地知識菁英的研究，往往著墨於菁英分子與殖民政府之間的互動關係，而極少以庶民為主體的面向出發，進行各種課題的分析[14]。筆者認為對日治時期農民小說中的再檢討有其獨特見解。他曾以〈移溪〉展開討論，獲致了以下的看法：

> 楊守愚對農民形象的經營，確實避開了將農民置入菁英主義等級制意識形態的脈絡，而表現出農民理性行為的自主性與能動性，但可惜的是，王爺移溪場景的後半部卻將整個小說導入了另外一個困境。
>
> 最後，農民集體決策下的王爺移溪是失敗的，悲劇式的結尾帶來了的整個村莊與數個家庭的悲慘命運。劇情轉以王爺信仰作為結局時，使得我們不得不在分析小說情節時，將王爺信仰放置在當時社會脈絡：公共領域中，菁英主義以文明等級制進行對庶民迷信狀況的刻板化。尤其，這次失敗是構築在第一個、第二個農民爭議失敗的場景上才發生的，而且所占篇幅不小。可是，卻因為王爺信仰在菁英主義等級制意識形態文明位階，其失敗容易使小說中屢試屢敗然後慢慢朝向開始集體協商、決策而採取行動的農民形象，落入這個小說外部的菁英主義脈絡，而王爺移溪失敗產生的作用便帶有對先前經營的農民形象的否定。
>
> 總的來說，〈移溪〉……仍舊很難脫離菁英主義對庶民形象的束縛。[15]

---

[14] 陳南宏，〈日治時期農民小說中的菁英主義與農民形象（1926～1937）〉（成功大學臺灣文學研究所碩士論文，2007 年）。

[15] 陳南宏，〈日治時期農民小說中的菁英主義與農民形象（1926～1937）〉，頁 56～57。

再述「女性」，在日治的臺灣作家中，他對女性的尊重和關懷，表現在詩文中的作品遠比其他作家為多，可看出他的不平之鳴。〈生命的價值〉透過一個小男孩在美夢中被現實的哀號聲驚醒，天明後目睹小婢女秋菊垂死的慘況，只因主人丟了一個銀角而失去生命，難道生命的價值就值那麼一個銀角嗎？秋菊悲慘的遭遇，和朱自清筆下的〈生命的價格——七毛錢〉一樣，都是賤得令人膽寒。在〈冬夜〉這一篇小說，女人的存在還遠不如一頭牛。在他的新詩中：〈貧婦吟〉、〈洗衣婦〉、〈女性悲曲〉、〈新地冶遊詞〉（六首）大抵都同樣呈現對女性維護和尊重的思想特質。〈新地冶遊詞〉描寫過著皮肉生涯的青樓女子的生活，他不僅希望這些受壓迫的女性能擺脫生活困境，更希望女性能獲得應有的公平的地位，他在〈告生女者〉一詩裡說：「世事原來有變遷，休將弄瓦怨蒼天。不看歐美文明國，反薄男權重女權。」他也希望女性能自覺的為自己爭取權利，〈哭世妹碧雲女士〉一詩表達了這樣的願望：「一燈悽絕雨餘天，紫玉無端忽化煙。應是女權蹂躪甚，不甘牛馬度花年。……從今女界求平等，提倡應怨少一人。」對從事婦運改革的奇葩的凋零，他充滿難以言喻的傷痛。

〈街談巷議，紛擾相傳——筆記《楊守愚集》〉：「楊守愚描繪了許多中下階層的家庭，因此常有許多面目愁苦的『妻子』、『老母』，另外，也有一些篇章是以女性為主角（或主題）的。這些作品基本不脫被欺壓、被逼迫的抗議（寫實？）小說典型，只是主角換成弱女子，多了一種壓迫手段叫做『性』。……楊守愚筆下的女子大約都無法掙脫衣衫褪盡的『恥辱』，這或許反應了身為一個男作家對於女性角色想像的極限。女性在他筆下只是指責壓迫來源（禮教、政府）的工具，這並不代表他特別關心女性。」[16]但如果通觀楊守愚日記及前述詩作，其人對女性命運之關懷無庸置疑，這兩者並不衝突。1991 年，施淑〈在前哨——讀楊守愚的小說〉，將楊守愚定位於「屹立在臺灣新文學的最前哨」的作家，作品內容充斥關懷悲苦大眾的

---

[16]朱宥勳，〈街談巷議，紛擾相傳——筆記《楊守愚集》〉，「謊言與真理的技藝」部落格（http://chuck158207.pixnet.net/blog/post/7318411， 2016 年 5 月 29 日。）

意識的色彩、站立在最前線為弱勢大眾發聲、重視現實問題的探討，論述中也有涉及女性形象的分析。2007 年，陳兆珍〈試論楊守愚小說中的女性關懷〉，專論分析楊守愚小說中的女性形象。謝美娟〈日治時期小說裡的農工書寫——以賴和、楊逵和楊守愚為中心〉以楊守愚的小說主要探討日治時期女性農工，認為「無論面對外面的職場或面對家庭，女性總是成為被剝削與犧牲的角色，所以，女性農工成為日治時期犧牲得最徹底的一群。」

除女性書寫外，另有知識分子題材，呈顯知識分子及思想問題之作，其中〈退學的狂潮〉、〈夢〉、〈啊！稿費？〉、〈嫌疑〉、〈決裂〉諸篇，在守愚筆下的知識分子，基本上都帶有烏托邦的理想。他們所學所思自具進步意義，他們極力反對非理性的傳統，也往往批判社會現狀。如〈一個晚上〉中的穆生夫婦。他們對資本主義便加以唾棄，對「黃金的世界」、「商品化了的世間」，有著憎惡的仇視，另一方面時而去營造一個沒有欺騙、壓迫的夢土。施淑〈在前哨——讀楊守愚的小說〉一文對知識分子的分析請見選文[17]。陳春妤碩士論文〈日治時期知識分子對殖民現代工程的批評〉選取楊守愚、劉吶鷗、吳新榮三位不同典型的知識分子的日記，以了解當代知識分子對殖民現代工程和日治時期社會的批評與回應。

（三）民間文學的討論

對民間文學之重視，其實這也是賴和、楊守愚等文壇先進在從事新文學運動當時，所著重推動之事，這與其「新思想」並無矛盾與衝突之處。因為民間文學素為民眾所接受，具有強烈的鄉土色彩，在「文藝大眾化」命題的制約下，民間文學的整理，改寫與研究，顯得對庶民百姓、鄉土民情的關懷來得更真切。鄉土、民間文學整理方面，幾乎是當時重要的工作，如王白淵、張文環等創辦的「臺灣藝術研究會」及其會刊《福爾摩沙》的發行，即是以鄉土傳說、歌謠的整理作為立會及會刊發刊的兩大目

---

[17]原刊《兩岸文學論集》，頁 144～147。

標。劉捷在《臺灣文藝》發表了〈民間文學の整理及びその方法論〉,《第一線》「民間文學專輯」,收錄作家將口述形式的民間傳說寫定為文字的作品,1937 年李獻章經過多年搜羅,出版了《臺灣民間文學集》,這也說明了左翼的無產階級運動、強烈的階級意識並未吞沒臺灣本土意識。因為新文學運動家對民間文學抱持如斯的態度,因而民間文學在日據時期頗為蓬勃,而楊守愚亦以帶有啟蒙的姿態選擇了風水迷信、慳吝陋俗的題材撰文。時代感較淡的民間故事,如〈十二錢又帶回來了〉、〈美人照鏡〉、〈新郎的禮數〉及 1936 年所寫的民間故事〈壽至公堂〉,此作自《楊守愚日記》出版,揭示〈壽至公堂〉與林幼春交涉過程及楊、賴的態度後,〈壽至公堂〉是討論臺灣民間文學難以迴避的課題。

〈美人照鏡〉是謠傳於五十年前,火燒鄭秀才大厝的一則民間故事,可以看到民眾崇祀神明幾至瘋狂的程度,同時也暗諷著迷信地理風水的非理性行為。〈十二錢又帶回來了〉寫邱罔舍傳奇,擅於愚弄他人的邱罔舍,這回又和別人打起賭來了。這一次是賭帶著十二錢出去,做三種必需花費的交易,但最後必須要再將這十二塊錢帶回來,順利完成任務的人,就算贏了,邱罔舍利用了他的小聰明再次贏了這場賭局。〈新郎的禮數〉則表現民間習俗。

〈壽至公堂〉將清同治年間霧峰林家林有田與草湖林家、草屯洪家,這幾個豪門望族之間的紛爭與恩怨,經由民間傳說的搜集,加以改寫的故事。或謂林有田之所以被殺害於公堂上,是因與凌定國結下宿怨,另一說則是林有田平時藉勢欺人,霸占土地,橫行鄉里的惡報。林有田就是提督林文察的胞弟,曾經和林文察轉戰閩浙,屢建功勳,累官至副將,誥授建威將軍。是林幼春的祖父,但因其中情節涉及林有田仗勢欺人,占人田產,與人結怨,最後被設計陷害,死於公堂之上,因而引起林幼春的關切,認為故事內容有失實之虞,要求將此篇抽起,透過許多人向楊守愚說項,希望能當面和楊守愚談論這件事情,或改寫或撤寫。當時民文集已經付印,賴和出面為楊守愚寫信給林幼春,表示此故事的目的僅是「妒恨強

者，同情弱者底，普遍社會心理與民眾思想的反應，並不足怪。」但未能
獲得林幼春的諒解，幼春乃多次商請編者李獻璋抽出此文，且表示願意支
付賠償金，李獻璋頗同情林幼春的心情，於是同意抽起。但李獻璋此舉引
發彰化作家的反彈，因此《臺灣民間文學集》遂有兩種版本。由此事件可
見賴和與楊守愚具有「批判強者」、「同情弱者」的民間性格。王美惠
〈1930 年代臺灣新文學作家的民間文學理念與實踐——以《臺灣民間文學
集》為考察中心〉博士論文以「理想與現實的衝突——〈壽至公堂〉事件
探討」、「文壇與學界的回應——〈壽至公堂〉事件餘波」兩節討論。朱惠
足〈在地口傳的殖民演繹——「書寫」阿罩霧林家傳聞〉以「借勢欺人，
橫行鄉里的果報」討論〈壽至公堂〉，對非線性發展的敘事方式特別著墨，
以此突顯民間傳聞的特徵。

　　陳婉嫈〈日治時期臺灣新文學中的民俗議題與文化論述：以小說為中
心（1920～1937）〉選取楊守愚〈移溪〉、〈瘋女〉和〈新郎的禮數〉三篇小
說中的迷信、傳統婚儀，探討楊守愚的人文主義思想；「〈壽至公堂〉敘述
地方豪族與官方及其他豪族間掠奪爭鬥的勢力角力，〈美人照鏡〉則是藉由
人神爭奪地理風水的事件記錄了普羅大眾藉由信仰的力量對鄉紳官府的的
抗爭故事。」（頁 169）陳婉嫈認為〈美人照鏡〉中的鄭秀才與官府是父權
與壓迫者的象徵，群眾則為女性、被壓迫者的象徵，在現實世界的無力只
能轉向信仰借力使力地反抗，香客用壽金引火燒鄭家大厝，大火帶來毀滅
的力量，將象徵封建壓迫勢力的鄭厝摧毀殆盡。「楊守愚用極盡美麗炫目的
語彙描述鄭家大厝被大火吞噬的景象，封建政權及資產階級在這場反抗的
祭典中成為犧牲，祭典中華麗的景象（蝴蝶飛舞）與摧毀的力量（毒蛇舐
箸）並存，而群眾身處於祭場中如痴如醉的沉浸於勝利的狂喜」（頁
452）。陳文同時認為在故事末楊守愚仍不免從啟蒙者的視角批判了宗教的
迷信與愚蠢，顯現其在文化觀察上的多重視角與敏銳。

　　由於民間文學不免牽涉民俗議題與文化論述，這類討論見於彭瑞金的
〈臺灣新文學對民間信仰的態度及其影響〉及王美惠〈臺灣新文學「反迷

信」主題的書寫——以賴和、楊守愚比較為例〉以及鄭清鴻〈走入民間，臺灣新文學世代「反迷信」的思考與實踐——以楊守愚〈美人照鏡〉為例〉諸文。彭文認為源出於社會運動的臺灣新文學作家，以科學精神為新文化前提，對民間信仰高舉反迷信、破除迷信陋習的大旗，反迷信成為臺灣新文學當仁不讓的天職。王美惠則認為對於個別作家的宗教意識與社會關懷，應更審慎地處理。王文「以賴和為例，他並沒有反對民間信仰，他要批判的是日本殖民統治政策。而楊守愚的宗教觀更接近無政府主義的無神論，他從反殖民立場進一步論及階級對立的問題。」[18]鄭文再次爬梳日記資料，以了解楊守愚對「迷信」、「宗教」的看法：「不完全相信，卻也未到全面否定」的曖昧態度。徐禎苓〈理性與感性——漢人社會的診斷〉以〈美人照鏡〉討論迷信與殖民的批判。此外，值得一提的是非民間文學的小說〈移溪〉，雖過去也常納入迷信主題討論，但廖炳惠〈神祕現代——臺灣文學中的乩童及幾個參照的殖民戲劇場景〉，特別就臺灣文學中的乩童討論在臺灣殖民與現代性經驗中的現象，作品與作者間曖昧兩難的關係，有必要考慮「神祕現代」及其諸多問題。

（三）寫作技巧

　　黃武忠認為楊守愚確實有受到賴和的影響，但是就作品技巧與題材運用，比賴和略勝一籌，不過反抗意義溫和許多，且作品趨向嘲弄的意味。張恆豪則認為楊守愚的作品具有鮮明的社會主義傾向，題材呈現出繁複的多樣性；小說技法寫實的多，反諷的少，可說是個批判現實的寫實主義者。並舉守愚自述「作品中，大都充滿了自然主義的無力的揭露醜惡與貧乏的同情。」所謂「自然主義」，乃是直接呈現社會生活的實相，猶如照相機一般，讓作者所觀察到的現實，客觀地以文字描繪出來。它沒有像寫實主義那樣充滿了戰鬥性，反而表現了無力的悲哀與無盡的黯淡。但是把他的作品放置在 1930 年代殖民地社會，仍具有高度的批判意識。

---

[18]王美惠〈臺灣新文學「反迷信」主題的書寫——以賴和、楊守愚比較為例〉，《崑山科技大學學報》第 2 期（2005 年 11 月），頁 151。

　　黃琪椿於〈社會變遷與小說創作——楊守愚作品析論〉中，將楊守愚作品在寫作技巧上分為前後期變化：「前期作品中無論是敘事的角度或是情節的發展都是傾向於採用記錄見聞的方式，隱隱然帶有傾聽農工大眾聲音的意味。後期則敘事者不再主導一切，透過以人物行動展開情節以及人物心理描寫的手法，讓人物的形象由平面成為立體，由靜止而行動：如此的表現方式意味著守愚更進一步了解了農工大眾。」[19]又提到：「楊守愚的表現手法敘述多於描寫，顯的素樸、青澀，呈現創作初期的特質。如果再進一步觀察守愚如何敘述故事情節，可以發現他傾向於採用記錄見聞的手法。最顯而易見的是直接以第一人稱來敘述『我』的所見所聞。」[20]而以「我」這個第一人稱來描述情節發生的過程，在楊守愚的小說中有多篇是以這樣的方式呈現出來。在這裡特別標舉記錄見聞的手法，〈女丐〉、〈生命的價值〉即「聽說——記錄」的形式成為作品的主要架構，是典型的記錄見聞的方式。後來〈街談巷議，紛擾相傳——筆記《楊守愚集》〉改以「街談巷議」的書寫特徵談守愚小說。「所謂『街談巷議』式的書寫，是指他在敘事上，常常採用一種『轉述』的手法，主角往往不涉入劇情，而能有一種『後見之明』的全知觀點。」並舉〈生命的價值〉透過一個小男孩聽鄰居轉述隔壁家小女孩的慘死、〈凶年不免於死亡〉對妻離子散慘劇的事後轉述。再者，筆者整理的的刊稿殘篇〈彰化＝臺中〉小說敘述一群朋友相約到臺中遊玩，然而卻有兩人落單，亦藉由落單人之口，道出小人物的悲哀，自卑、自怨自艾，卻也自傲。

　　另外關於場景的描繪。一群高中生參加賴和高中人文營，提出頗有意思的看法，透過楊守愚後代的口述得知楊守愚自幼就瞎了右眼，懂事後就戴墨鏡了。這樣的背景對他的文學作品的影響是「楊守愚小說的黑暗色

---

[19]黃琪椿，〈社會變遷與小說創作——楊守愚作品析論〉，發表於《第二屆臺灣本土文化國際學術研討會論文集——臺灣文學與社會》（臺灣師範大學文學院國文學系主辦，1996 年 4 月 20～21日），頁 99。

[20]黃琪椿，〈社會變遷與小說創作——楊守愚作品析論〉，《第二屆臺灣本土文化國際學術研討會論文集——臺灣文學與社會》，頁 101。

調」。他們整理統計了楊守愚小說裡出現最多的場景意象，是黃昏與暗夜。
比如：

〈獵兔〉的場景雖以秋高氣爽起，卻以「歸途已夕陽西下」結束。〈生命
的價值〉故事發生在「三年前的一個冬夜」的場景。〈凶年不免於死亡〉
也是「如豆的燈光下寒冷的夜裡」、「冷清清的四壁，一盞半明的燈光」。
〈瘋女〉裡故事發生在「事後的那一晚」。〈醉〉屢次出現的「寒冷的冬
夜」、「冬至前的好幾夜」。〈誰害了她〉裡「暮氣沉沉的暗下來」。
〈過年〉的場景是「天色更加黑暗了」、「淒風苦雨的黯淡之夜」。〈女
丐〉的天空是「黃昏一抹斜陽黑暗的氣色」。〈一個晚上〉是「夜色更加
的荒涼寂寞」的晚上。〈一群失業的人〉掙扎在「被夜之神所管領著的這
個陰沉、悲寂的黑暗世界」裡，面對的是「這世間總是充斥著昏昏的暮
色」、「天色又是加速度地變黑」、「一個泥濘滿途的暗夜」。〈升租〉的場
景也是「夜色漸漸昏黑了」、「坐在這烏煙瘴氣的煤燈之下」。
〈夢〉裡「檯桌上的舊煤油燈已搖搖於明滅不定之中」。〈罰〉裡「除卻
點點如豆的小星兒之外，真是再也不能有一絲一毫的光亮」、「黑暗到咫
尺不能見人」。〈瑞生〉裡「前面仍是一條暗黑的小巷，但，這裡卻連閃
爍不明的小街燈也沒有」、「前途真是黑暗！」。〈斷水之後〉的「昏黃昏
黃的，大地將被夜慕侵蝕」。〈赤土與鮮血〉裡「快要西沉的夕陽，也像
哀憐似的、憑弔似的」。〈移溪〉「在黑暗的床頭」、「點亮了放在桌上的小
油燈」、「黑黝黝的，天上地下，簡直就像一團濃墨……什麼也看不見」。
〈鴛鴦〉裡「黑黝黝的，冷清清的……什麼也看不見」、「夕陽已接近地
平線」。〈慈母的心〉裡的「新月上升……嚴寒之夜」等等。[21]

除了少數例外，守愚小說暗夜、昏黑、黑黝黝的黑暗世界的安排，絕不是

---

[21] 洪健智、賴孟群、吳宗榮、粘晏瑜，〈楊守愚小說研究〉，見「第一屆全國高中臺灣人文獎・臺灣
語文組」第一名，頁13。

偶然，也不是無所謂的巧合。可能是「是楊守愚亟於曝露、揭發的，殖民地臺灣人民『前途真是黑暗』的隱喻，也是象徵殖民地臺灣工、農、女性等完全沒有出路的事實」。

　　研究者進一步從小說場景切入，故事發生的地點，以及小說的主要內容等，敘述其小說世界的風貌，根據其統計的結果：楊守愚的小說場景，發生在家庭裡的有 20 篇，在彰化街頭的有 8 篇，農場的有 6 篇，書房 3 篇。至於小說人物農工無產者有 20 篇，女工有 3 篇。警察欺壓小販百姓的有 5 篇，地主欺壓佃農的有 4 篇，被封建制度犧牲的有 6 篇。根據口述調查，楊守愚生前的朋友吳慶堂子吳正風的回憶：「楊守愚因為眼睛不方便，不太出門」[22]，是否因此影響了楊守愚的小說場景的限制，發生在家中的小說場景特別的多。此外，楊守愚外曾孫女林容安在碩論〈楊守愚的家國寓言小說研究〉指出楊守愚的小說中大量以家庭為場域，家屋為社會的縮影，藉由陰暗家屋的書寫，可以將視野擴張至家國論述，藉此看出日治時期社會風氣敗壞、貧富差距嚴重、女性勞工遭受歧視與壓迫等問題。

　　筆者在 1990 年代提出守愚小說充滿「瘋狂或死亡」的敘事模式，此後研究者亦進一步延續、擴充此一議題，而與「疾病」書寫連結討論。守愚作品中的人物，在故事中往往以死亡或瘋狂為敘述手法，本來作品中以死亡、瘋狂交待人物的結局，原非上上之策，但此一不團圓的悲劇正揭示著：殖民統治下的社會是絕不可能讓一個毀滅中的勞動者有任何自救的機會。這樣的結局處理方式，不能說沒有作者個人有意的安排。王靜禪〈日治時期疾病書寫研究：以短篇小說為主要分析範疇（1920～1945）〉：「長期與疾病共處的病者，則是疾病書寫中為數最多的一群，從書寫數量及內容面向較為豐富兩個方向作為考量，楊守愚與楊逵為寫作數量最為豐沛的兩位」[23]，該文選取了〈做扣〉，描寫俗稱符仔仙之流的神棍以詐騙的手法，

---

[22] 洪健智、賴孟群、吳宗榮、粘晏瑜，〈楊守愚小說研究〉。作者交代本次調查口述是於 2001 年 8 月 11 日在於吳正風自宅採訪所得。

[23] 王靜禪，〈日治時期疾病書寫研究：以短篇小說為主要分析範疇（1920～1945）〉（成功大學臺灣文學研究所碩士論文，2007 年 7 月），頁 28。

使已有精神疾病者的家庭更加瀕臨分崩離析的悲劇。〈一個晚上〉〈處於貧病之中〉「貧窮」與「疾病」，加上醫療的無法負擔，形成貧、病、無醫三者共構的惡性循環，標舉與小家庭的結構、變動性有關，[24]其中守愚關於疾病書寫的部分占了小說作品的三分之一強，作品數量豐厚，字裡行間也展現了從疾病透視社會現象的省思：「殖民者藉由殖民醫學傳遞『殖民性』與『現代性』以影響臺灣島民認同的企圖。日治作家們藉由小說中的疾病書寫，一方面解構殖民者所帶來的『現代性』神話，以及揭露掩藏在後的『殖民性』，另一方面也經由進一步批判在地的傳統性，試圖釐清並找出自我文化的主體性，進而達到自救救人的書寫治療與人道關懷」。[25]林容安〈楊守愚小說的家國寓言研究〉也就楊守愚作品疾病、瘋癲與死亡書寫討論，依據疾病的隱喻，認為瘋癲與死亡是一種表達內心情緒的方式，也是一種逃避的手段，守愚並以此做為對當代社會結構失衡的反擊與省思。林秀蓉《反抗與真理：臺灣小說「瘋癲」之敘事意涵》[26]，以守愚〈瘋女〉為例，石廷宇〈日治時期臺灣新文學小說中的貧困書寫──以社會事業作為參照閱讀的策略〉舉守愚小說處理「以『死亡』作為勞動力解放的書寫策略」。

　　以上所述多為小說，至於新舊詩作，筆者之文曾提到他在新詩〈一對情侶〉開頭三行即直接反映社會現實之作：「家庭束縛社會不容／但是為著愛情／一對情侶只有離開故鄉」[27]，此一直接評議的手法，使文學藝術感人的力量多少為之銷減，其實新文學歷史本極短暫，在初時處於晨光和黑暗交替的破曉之際，必然會呈現出乍晴還暗的現象，這不僅是楊守愚個人的，也是時代的，在當時臺灣、中國大陸的文學發展歷程中，這都是在所難免的。施懿琳在《彰化縣文學發展史》〈時代的浮雕──楊守愚〉說：

---

[24] 王靜禪，〈日治時期疾病書寫研究：以短篇小說為主要分析範疇（1920～1945）〉，頁 102～103。

[25] 王靜禪，〈日治時期疾病書寫研究：以短篇小說為主要分析範疇（1920～1945）〉，頁 151。

[26] 林秀蓉，「屈從者：反省傳統婚姻的桎梏」，《反抗與真理：臺灣小說「瘋癲」之敘事意涵》（高雄：春暉出版社，2013 年），頁 94～98。

[27] Y 生，〈一對情侶〉，《臺灣文藝》第 2 卷第 2 期（1935 年 3 月 5 日），頁 21。

從新詩的文字運用、結構安排與意象的掌握來看，楊守愚的詩作顯然不如他的小說有那樣深沉的感染力。這或許是由於他對新詩的寫作手法尚未熟練，使得詩作過於白描，想像空間的彈力減弱，又缺少小說的劇情張力，因此，相對於小說，新詩顯然是遜色不少。……但是最主要的是，我們在日治時期的其他作家作品中，還未能看到一個作家可以如楊守愚一般，將其全部作品視做一個整體，可以具現 1930 年前後臺灣經濟大恐慌的社會背景，以及當時弱者的處境。[28]

回到守愚新詩時代，卻也有乍現光芒之作，嚴小實就指出其詩「由視覺到聽覺的描寫，一幅農村的景象躍然紙上，楊守愚善於運用寓情於景的手法」、「用臺語書寫，且注重押韻，使得整首詩朗朗上口，甚至可吟唱，富有民謠的味道」（〈我不忍〉，《明日》創刊號，1930 年）藉敘事人稱的變換，形成「我」與「你」的一種互動形式，猶如筆者與無產大眾的對談一般。首先寫「我」以主觀的立場不忍見、聞無產的悲鳴與悽楚，然後「我」傾聽無產大眾的心聲，最後「我」以勸慰的姿態，呼應被壓迫的群眾起而向萬惡的社會攻去[29]。1934 年 9 月與賴和聯名發表〈呈贈江亢虎博士〉，刊登於《新高新報》，後又陸續發表〈中秋夜興〉、〈農村什詠〉，與新文學作品比較起來，數量並不多。直到 1937 年 4 月禁用漢文，楊守愚參與應社，方又回到漢詩的創作，但與新文學作品相較，楊守愚漢詩受限於舊詩的形式與特質，因此，在創作的內容上，較無法表達新思想。[30]不過林巧

---

[28] 施懿琳、楊翠合撰，《彰化縣文學發展史》（上）（彰化：彰化縣立文化中心，1997 年 5 月），頁 196。施懿琳在他文亦論述在表現技巧上「由於新詩寫作在當時的臺灣尚為一新興文體，因此，大多是『開口見喉』直接書寫，較缺乏含蓄蘊藉之美。但是，就思想的深度及寫作的視野來看，較之舊詩的老熟而陳舊，我們仍然可以肯定楊守愚在新詩作品上有其可取之處。」參見施懿琳，〈論日治時期楊守愚的新舊體詩〉，江自得主編，《第一屆臺杏臺灣文學學術研討會論文集──殖民地經驗與臺灣文學》（臺北：遠流出版公司，2000 年 2 月），頁 157。
[29] 嚴小實，〈楊守愚生平及其作品研究〉（靜宜大學中國文學系碩士論文，2002 年 7 月），頁 68。
[30] 施懿琳認為楊守愚舊詩略見遜色，無法多元表達新思想。參見施懿琳，〈論日治時期楊守愚的新舊體詩〉，江自得主編，《第一屆臺杏臺灣文學學術研討會論文集──殖民地經驗與臺灣文學》，頁 113。

崴〈楊守愚古典詩意象研究〉一篇從楊守愚古典詩中的意象與意象群分析著手，探討楊守愚古典詩中的鳥、鳴蟲、菊花、月意象，呈現關於「理想的追尋與失落」、「時光流逝與人世的變幻無常」主題的意涵，並藉由疊字、動態字詞，以及敷色摹寫，對偶的運用，和口語入詩的手法來呈現楊守愚古典詩的外在形式表現。最後指出楊守愚古典詩在社會變遷與遺民情結、關懷農民與尊重女權、忌憚時局與避世思想、生活困阨與自我矛盾的內容特色。[31]吳明宗則著重楊守愚較被忽略的戰後作品，〈同樣是一個太陽：戰後楊守愚政治心境之轉換〉一篇即以楊守愚寫於戰後之新詩、漢詩與雜文為研究材料，勾勒出他對國府由期待到失望，進而又從失望到憤怒的人生軌跡。

（四）關於語言的特色

　　關於作品的語言使用，也是楊守愚研究的重點，筆者曾以楊守愚的 36 篇小說，以其臺灣話文使用的頻率，分別以 A、B、C 三個等級加以分類。楊守愚的作品除了有以流暢的中國白話文來寫作之外，也有幾篇是以臺灣話文的方式來呈現，文章中偶爾也會夾雜些俚語俗諺、日語借詞或音譯詞等。尤其是他小說中的人物大都屬於中下階層的人，當時在臺灣普遍語言大多是講閩南話，為了真實地描繪人物的典型，紀錄當時社會的景況，人物間的對話大都會以閩南語的口氣來表達，以此來烘托小說人物的身分、階層。一群高中生很認真去整理已出土的楊守愚新文學小說，根據細讀統計，發現楊守愚小說的臺灣話語的使用非常普遍，可能不能僅僅以多產的『中文作家』一語以概之。[32]在 62 篇短篇小說，其中運用到臺灣話文的，就超過 41 篇，所占比例篇占三分之二。臺語的使用，可說俯拾皆是。

---

[31] 林巧崴，〈楊守愚古典詩意象研究〉（彰化師範大學國文研究所碩士論文，2007 年）。

[32] 洪健智、賴孟群、吳宗榮、粘晏瑜，「楊守愚小說的黑暗色調」，〈楊守愚小說研究〉，見「第一屆全國高中臺灣人文獎·臺灣語文組」第一名。強調楊守愚的小說大量使用臺灣話文之緣由，「除了考慮臺灣普遍的讀者群，以突顯臺灣普遍大眾的立場與美學，臺灣話文的運用，應該也有掙脫日本帝國殖民，追求臺灣文學的特色與自主的意識。」因此，與其說楊守愚「是日據時代中文作品數量最多的作家」，不如說，他是日據時代臺灣小說創作量最多的作家。」

　　守愚尋求在自己的土地上書寫自己真實的聲音，他的詩歌中的世界，盛開著本土與母語並開的花蕊。為了如實呈現人物的身分、鮮明的性格，確實小說、新詩都使用了不少口語化的鄉土語言，如「顛倒死？」是反而糟糕的意思，但用「顛倒死？」才能深刻感受人物的心情。在新詩〈貧婦吟〉裡，作者以第一人稱敘述觀點，敘說了貧家婦女終日辛勞卻又衣食無著的困境，丈夫病倒、官廳徵調徭役，她只好放下重病的丈夫、襁褓中的幼子，「甲人去造路」。全詩用閩南語書寫並於句末押韻，頗有民歌的味道[33]。〈女性的悲曲〉也同樣以閩南語入詩，用第一人稱「我」陳述「男權擁護的社會」對女性的卑視輕賤。他以詩的形式提出他對現實社會的看法，雖然對歷史和現實的關注，也許已不合乎今人的審視品味，但可以想像他總是以閩南語娓娓敘說著一則又一則動人的哀歌，那感覺（臺灣味）是那麼熟悉而且貼近。

　　楊守愚雖是日治時期中文小說最豐富的作家，但所受的關注與其作品量並未成正比，在大部分作品整理出版之後[34]，依舊有不少作品並未被納入討論，尤其是「補遺」早在近二十年前已出版，而被討論的作品仍以前衛版的《楊守愚集》的小說作品為主，其他小說及新舊詩的討論屈指可數。

　　此中利用較多的是《楊守愚日記》提到的〈壽至公堂〉及〈辛酉一歌詩〉，嚴小實的研究較能觸及不被討論的作品，比如以〈俞辨〉和〈嫌疑〉裡共通的嫌疑牽連入獄為背景，呈現在經歷「黑色青年聯盟」事件後，作者的心理轉折。經其查證，〈俞辨〉意指無業遊民、流浪漢，小說主角李進益自從牽連涉嫌「某大事件」被警察署檢舉，獲釋後卻丟了工作，於是成為「普羅俞辨」，終日街頭閒逛，有一日在街頭竟受到勞工朋友的奚落，讓李進益感到相當的震驚，而深覺喚醒無產大眾階級意識的重要性。此外，對於不同版本的比對，嚴小實也留意到 1936 年《臺灣新文學》第 1 卷第

---

[33] 嚴小實評述此詩「楊守愚通篇運用臺語書寫，且注重押韻，使得整首詩朗朗上口，甚至可吟唱，富有民謠的味道，與賴和〈農民謠〉具有異曲同工之妙。此後的臺語詩〈女性悲曲〉、〈拜月亮〉、〈人生路上〉也都承繼此一風格。」參見嚴小實，〈楊守愚生平及其作品研究〉，頁67。

[34] 趁此次編輯之便，筆者提供楊守愚〈自傳〉，對其生平自述有第一手文獻供研究者參考。

10 號的〈鴛鴦〉改題為〈阿榮〉發表於 1946 年《臺灣文化》第 1 卷第 2 號，二者故事內容與基本結構大致相同，但在文字上卻有些許的修改，其中一段農場女工鴛鴦無故受監督的設計並遭玷辱時，氣得大叫的經過，舊作〈鴛鴦〉這樣寫著：

> 「沒天良的狗！沒天良的狗！」歇斯底里地，她痛哭著，謾罵著。
> 「哈哈哈！」主任卻自若地哈笑著。
> 「沒天良的狗，膽敢強汙人家——狗，色鬼色鬼！」

〈阿榮〉則改為：

> 「沒天良的狗！流氓！日本流氓！」歇斯底里地，她痛哭著，漫罵著。
> 「哈哈哈！」主任卻自若地哈笑著。
> 「膽敢強汙人家，流氓，日本流氓，狗…」

將「色鬼」直接改作「日本流氓」[35]，筆者認為除了原作當時不便直指日本外，在戰後時期直書是日本人行徑，也可避免國民政府時期的對號入座，給自己帶來無謂的麻煩。

四、結語

　　想像中的楊守愚，總是以他略帶弱視的眼睛，凝視著桌面上的稿紙，用那凝練而昂揚的一枝筆，在若隱若現的燈火中，奮力刻畫著殖民地臺灣人民的群像。那遙遠的燈火，二十年前曾那樣讓我心馳神往，沉甸甸的歷史感與生活滄桑感，及扭曲的生命型態，迄今仍我顫慄不已。他的作品反映了他對文學的立場與真摯態度，他以文學的形式提出他對現實社會的看

---

[35] 嚴小實，〈楊守愚生平及其作品研究〉，頁 19～20。

法。他曾書寫他的朋友陳鴻祥君：這剛強不肯屈服的窮知識分子，在人生路上處處碰壁，一再失敗後終至毀滅，他忍不住為陳君妻兒悲嘆。實則也為自己而悲。雖然，殖民地臺灣的現實環境如此惡劣，死亡在暗處呼喚，瘋狂在近處招手，但和對女性命運的關懷一樣，他總是不肯絕望，最後他總是會燃起希望之火，照亮黑暗，以筆桿積極向萬惡社會擊去，他總是堅持著社會主義者對理想的追尋，即使臨終之際，仍喊著「社會主義萬歲！」

他以文學探訪被傷害的心，用文學鼓舞受重創的心靈。散文詩〈困苦和快樂〉基本上即稟持「食苦，當作食補」的勇氣與意志，藉此以磨練自己，最後更要將快樂普及到勤勞大眾裡去。〈生命的巨舟〉也充滿不妥協的人生態度，詩云：「澎湃的波濤／巉岩的礁石／雖然把前程阻礙／戰場卻只靠自己的勇力／苦海雖尚遼闊／已不是無法可渡／要想速登彼岸呀／也只有努力奮鬥／努力努力／前進前進／那不是自由的鄉國嗎／距離已經很近」。在歷史前進的過程中，他永不缺席的發言，散發出詩人入世而真摯的情懷。當我跋涉在山水臺灣的文學史裡頭，與一頁頁風乾的作品對話時，楊守愚那已離開半百的歲月人生，其實已然復活，詩人的悲戚、夢想和奮鬥，猶如一群浮游的島魚優游嬉戲，翻沙弄藻，躍上水面，然後怡然擺尾而去。

從他的作品可以讀到他為弱勢仗義直言的悲憫胸懷及好打抱不平的急切心情。在實際生活裡，他也是如此，他的哲嗣楊洽人說：「父親由於同情挑賣薪材者工作粗重辛苦，曾交代母親購買時，不可還價。」在昔日父權高張的時代，他不曾對子女打罵過，對於學生、子女的犯錯，他總是以溝通論理的方式來教導。他的女婿陳進興先生說：「從他的身上，我體會到『一日為師，終身為父』的意義。也知道愛屋及烏的道理；愛自己的學生，就把自己女兒許配給學生；在六個女兒中，有三位嫁給彰化工職的畢業生。」可以體會在他威嚴的表面下隱藏一顆慈祥的心。而此刻，我似乎聽到他正在自家庭院裡「珠──珠──珠」餵養著幾隻雞，意態舒暢而快

活。及至雞隻長大，面臨即將被宰殺的雞，他對太太說：「這隻不行，牠很聰明」，換另一隻時，又說：「這隻也不行，牠很可愛」，再換一隻吧，「那隻更不行，牠很可憐」[36]。我想也許很多雞兒要恨自己沒能早生半世紀到彰化楊家那兒去吧？從這些生活的點點滴滴，研究者當可更貼近楊守愚的感情與思想。

---

[36]楊洽人，〈憶父親〉，一文談父親瑣事，刊《文學臺灣》第 22 期（1997 年 4 月）。又收入《楊守愚日記》（彰化：彰化縣立文化中心，1998 年），頁 353。

輯四◎
重要評論文章選刊

諸同好者的面影
守愚先生

◎毓文*

　　在研究文藝的諸同好者中，恐怕守愚先生的雅號，要算第一多了。如
靜香軒主人、Ｙ等，此外筆者所知道的也許有二三個吧？楊是他的尊姓、
松茂是他的大名。我記得他是和盤銘君同日誕生的。鄭盤銘君今年 30 歲，
守愚先生大概也是 30 歲吧？但是他的臉兒，好像受過好久的風霜的吹曝，
早生了幾痕的皺紋了，又他上顎部的二道八字鬚，早已蓄得很長很長的
了。

　　人家讀魯迅的〈徬徨〉、〈吶喊〉，或魯迅其他的作品，都寫在自己的腦
海裡，自推自度的摹寫魯迅的面兒怎樣？則我要勸他，到彰化去看一趟守
愚先生的臉兒的構成全體怎樣？不過守愚先生的臉兒是長方形，魯迅先生
的臉兒是正方形而已。至於其他的部分，也許沒有什麼相殊的地方吧了！

　　筆者還沒會過守愚先生以前，常常聽見人家說他是在幹表具業師（鐘
錶師傅），直至會過他，才知道人家的話，盡是虛偽，而自己的臆測是錯誤
的。又沒有會過先生以前，常常聽見人家說守愚先生的家庭富裕，但是到
守愚先生的家裡，看過守愚先生家裡的生活狀態，都不能深信人家的話是
事實的。筆者雖不能知道守愚先生事實上有幾多的業產，但是在週刊時代
的《臺灣新民報》上，看過的「碰壁」之一、「碰壁」之二……的諸作品中
的老主人翁，都是和筆者一樣窮得要命的。尤其是受某方面的壓迫把「子
曰店」倒閉以後的他的生活的窮困，恐怕有出於我們的想像以上。筆者曾

---

*毓文（1912～1980），本名廖漢臣，另有筆名文瀾，臺北人。詩人、小說家、評論家，與郭秋生共
　同創立「臺灣文藝聯盟」，發表文章時為「臺灣文藝聯盟」成員。

聽過郭秋生君批評他——好像是個「村學究」的地方。守愚先生不特會板
著臉兒、提高嗓子吟起些書懷近感，且會揮起他如椽的健筆，寫些滑稽的
歌兒。你看太平唱片會社這期發行的他的傑作〈老青春〉——原題「嘴鬚
翹翹無合臺」，多麼滑稽、而富有諷刺性？事實，如「媱媒受的是銀票，老
猿伊是看無著，受氣忍咧格假笑，想爾态肉給伊刮」，或「就是錢銀開幾
多，也沒人愛你這個，媱媒若敢想愛嫖，甘心著食鳥面秣」，一樣細膩坦白
的描寫，是別人所趕不到的。

　　守愚先生研究新文學和甫三、虛谷、雲萍諸先生要算是最早的了。雖
然，在創作上，他的活動似乎最為活潑，而他所發表的作品，也占第一
多。不過，創作上的取材，難無有極限在一身的經驗而已之嫌。但是他從
來對於島內的新文學運動的貢獻不少，這是眾口皆碑，無須筆者再誇張
的。

——選自《臺灣文藝》第 2 卷第 1 號，1934 年 12 月

自傳

◎楊松茂

松茂號守愚，民國紀元前七年（1905 年）生於臺灣省彰化市，為前清茂才楊公逢春之庶子也。

余生也不辰，髫齡失怙，零丁孤苦，賴寡母施氏鞠育劬勞，以生以長，六歲出就外傅，計十三年而五易塾；後奉束脩，而就教於宿僑洪以綸、郭克明二師，十三學文，十五學詩，夙夜匪勉，學日益進。

迨民十二（1923 年），設帳本市，蓋以當時斯文將喪，師特勗余勉任繼絕耳，非敢好為人師也。時或念及孟子人之患句，未嘗不深自戒責。第以虛心自處，以故舌耕十五年，雖慶少有造就，然不至自誤誤人，亦幸事矣。

本省承五四運動餘波，民一〇（1921 年）以來遂有新舊文學之論爭，斯時也，余即潛心新文學。民十八（1929 年），處女作〈獵兔〉發表於《臺灣民報》週刊，是為創作生活之開始，後此十年，除一任（兼）《民報》「學藝欄」助理編輯，再任《臺灣新文學》編輯外，凡當時新文學運動，莫不與有關焉。

嗣以中日戰起，日政府對國文尤深惡痛絕，而對平時所注意之國文塾師與國文作家，監視頗嚴，因之余之創作生活與教育工作，遂並國文之禁止，俱告結束矣。

時至今日，覺大勢已去，再無用武地矣，然鬱鬱以終日於心仍有未甘，遂有詩社之組織，蓋當日《臺灣新民報》，尚有一角園地存焉。此種舊詩社之組織，在今日視之彫蟲小技固無足多者，然延一線於垂危，在當時

國學界，不能不謂有勝於無，實則抒情敘事，除此莫屬矣。

　　抗戰八年中，可謂余畢生最潦倒之期，家有母一妻一子女九，一家十餘口，因失業所受生活上之窘逼，姑毋論矣，重以腎臟連年出血之故，此事亦日形衰老，然終矢志不渝。「飢猶懶折憐腰瘦，老尚耽吟任眼昏」。蓋自況也。

　　眼見日人之箝制，變本加厲，本省固有之民族文化，日趨消滅，蓋以日人為遂其帝國主義的侵略之野心，而加重於省民之人的物的負擔，其可痛心疾首者，迄今猶隱隱不能忘懷也。

　　幸而祖國勝利，臺灣光復，久被禁絕之國文得以發揚光大，久被桎梏之同胞得以解放自由，而蠖屈之身，亦藉餘光而一伸，此不能不令人感激而流涕者也。

　　「雪深益信梅能傲，玉碎何期瓦幸全」此為余去年除夕感賦中語也，顧念我民族之偉大，忠勇戰士之犧牲，後此建國工作，後死者，咸不容卸責也。

　　亂後歸來，身雖幸存而家已破，歧路徬徨，容身何地？旋受彰化工業職業學校之聘登壇講學，今年秋，又承「臺灣文化協進會」之聘，任文學委員，迄於今日。

　　顧余生也愚，生平更無所長，所好惟文藝已耳，至得英才而教育，則一生熱望，而愧力有未逮者也。

——選自《臺灣省訓練團團刊》第 2 卷第 12 期，1947 年 1 月

赧顏閒話十年前

◎守愚

　　臺灣新文學，雖說是由懶雲先生打下第一鋤，撒下第一粒種子，因而引起青年同志們的關懷，從而展開了一個小得可憐的新文學運動。但，在賴先生出生地的彰化，卻並未因此而起過有力的響應，就說間有幾個同好者，前後繼起，老實也殊無輝煌的成就。所以現在一提到新文學運動中，彰化地方的活動情形，反而叫我覺得不好意思。

　　當時，彰化地方的同好者，據小弟所知，除賴先生外，也不過虛谷、病夫、夢華、老塵客、繪聲、玄影先生和小弟這寥寥幾個人。

　　在民國 14 至 16 年這幾年，只有賴先生篳路藍縷地開始他大膽的嘗試，虛谷先生似尚留學日本，雖也從事於自由詩的試作，還未敢輕易示人，自無甚作品發表。這原是初期的現象，也不見得有什麼奇怪。至於這一段期間，新文學何以引不起人家的共鳴？鄙見以為自有其時代背景。

　　第一，因為這時島民民族意識的覺醒，一些青年志士，正在一齊想從政治上爭取平等和自由，對於這說是能改變人們的精神卻又不能立見功效的冷工作，自然不被人家重視。

　　第二，當時的報紙雜誌，很少歡迎文藝作品；縱有，也都站在反對新文學的立場。雖有個《臺灣民報》，但篇幅無多，對新文學也無法做積極性的鼓勵。因沒有一個可供耕耘的園地，也自不能刺激一般愛好新文學的人底創作慾，所以這一時期，可以說是賴先生孤軍奮鬥的時期。

　　我想，這該不僅彰化一地，就是全島，也是同此現象吧？新文學運動的展開，我們不能不說是始於《臺灣新民報》「學藝欄」的創設。當時，該

欄的編輯人是醒民先生，他是彰化人，也是賴先生的好友，黃先生對新文學雖頗具興趣，但他是寫慣政論社評的人，對於小說、戲劇、詩歌的取捨，總有點客氣。再則，這一新設的部門也需請出一個萬人信服的作家主持，這麼一來，編輯的實際任務，也就落在賴先生身上了。

賴先生除於民 15 年春，發表〈鬥鬧熱〉、〈一桿「秤仔」〉之外、〈豐作〉、〈浪漫外記〉、〈辱〉……等創作，和〈流離曲〉……等新詩，都是於《臺灣新民報》「學藝欄」刊出。

誰都知道，賴先生的醫業是忙的，每天總有百多個患者包圍著他，這在講究享受，或體力較弱的人，已夠吃力了；晚上十點鐘以後，洗過澡，吃完了飯，又得執起筆來為刪改稿件或自己創作而加班，老實說，要不是他有著剛健的軀體與充沛的精力，不磨折死才怪呢。這一來，他也就挽出小弟來了。

記得是民 17 年的一個歲末，是治警法案入獄的紀念日，這次恰輪值賴先生做東請客，還舉行遊獵。前一天，賴先生因腳痛，要我代理他參加，並告訴我，可以遊獵中順便找些寫作材料，因為這時我已開始習作哩。

結果，我創作了一個短篇〈獵兔〉，拿給他看，他也就把這一篇不成樣子的作品給送出去了。這就是拙作獻醜於讀者面前的頭一次。

大家曉得，《民報》雖則是週刊，「學藝欄」的篇幅雖也狹小，但在萌芽期的臺灣新文學界，同好者還是寥若晨星，慎重一點的人，又不輕易把作品發表，所以每期的稿件仍無法湊齊。因此，我也就不得不為替賴先生分勞而大絞腦汁了。

在這三四年前，小弟曾以幾個不同的筆名，發表過〈斷水之後〉、〈嫌疑〉、〈一個同志的日記〉……等十多篇創作，和幾十首新詩，在量的方面，總算分了賴先生的勞，也湊過了新文學運動的熱鬧了；但，提到作品本身的文學價值，卻等於零。及今思之，尚有愧悔呢。

這時，虛谷、夢華二先生，也相當活躍。

虛谷先生的寫作，大都為新詩，他那〈小汽車中〉、〈美人〉……小詩

都於該欄刊載，小說除他的代表作〈榮歸〉，殊不多觀。

夢華先生發表的作品，到是小說居多。他在該欄曾發表過〈鬪〉，〈她〉……等創作。

不過，除《臺灣新民報》「學藝欄」外，這兩位先生，就好像很少為別的雜誌執過筆。

我前頭講過，臺灣新文學運動，就由於這一「學藝欄」的創設而展開。從此，各地同好者，都踴然而起了。跟著，什麼《伍人報》、《洪水》、《赤道》、《大眾時報》、《明日》、《曉鐘》、《現代生活》、《臺灣文藝》、《南音》、《先發部隊》、《臺灣新文學》也像雨後春筍，先先後後的相繼發刊了。這些刊物，雖不全是文學刊物，卻都讓出很大的紙面，登載文學作品；這些刊物，都是同人雜誌，是各人自掏荷包的，雖然明知這是虧本生意，但一班同志，還是硬著頭皮做下去，這足以表示臺灣新文學運動，也有蓬蓬勃勃的一段時期。

恕我說句吹牛的話，在當時，因為有懶雲先生在，彰化儼然成為新文學運動的中樞，各誌的編輯先生，沒一個不問彰化要稿，這樣一來，直接間接的，或多或少的，賴先生與小弟也就不得不幫他們一點忙了。

像賴先生的〈前進〉就在《大眾時報》，〈棋盤邊〉就在《現代生活》，〈善訟的人〉在《臺灣文藝》，〈惹事〉在《南音》分別發表。而拙作〈盜伐〉在《曉鐘》，〈新郎的禮數〉在《明日》，〈兩對摩登夫婦〉在《臺灣文藝》，〈移溪〉、〈赤土與鮮血〉……等都是為臺灣新文學而賣力，就是一個例子。

病夫先生的正式露出頭角，還是到《臺灣新民報》改為日刊的時候。

記得是該報發行之初，就來一次小說、戲劇的徵稿，病夫先生的創作〈幸福〉，居然被選中了，從此，他也就被各地同好者所認識，無如他的身子太弱，生計又窮，獨本生意，他當然是做不來，想靠賣文過活，更非其時，所以他除後來又替《臺灣民間文學集》寫了篇〈汪師爺造深圳頭〉，殊少寫作。

　　至於老塵客、繪聲兩先生，都是以詩名世的，前者曾於《新高新報》，後者曾於《臺灣新文學》發表過作品，就中繪聲那富於熱情的小詩，更引人注目。只可惜因環境的限制，生活的壓迫，他們也和病夫先生一樣，不能不放下筆桿。

　　在彰化，被目為後起之秀的，就當推玄影先生了。他是懶雲先生最小的弟弟，他在臺灣念完了小學，就到祖國留學去了。可惜的，就是當他從北平回來，為《臺灣新文學》寫稿子，臺灣的新文學運動，已將近尾聲了。

　　他發表於《臺灣新文學》誌上的〈稻熱病〉、〈女鬼〉等作品，其取材、筆致，都給人一種清新之感。

　　可是，七七事變爆發了，國文被禁止了，我們活動的領域被封鎖了，等到臺灣光復，玄影先生再度從北平回來，懶雲先生死了，病夫，老塵客死了，剩下來的幾個，誰又不為生活擔子所壓扁？！

　　前塵回首，宛如一夢，死別生離，也只有徒增惆悵！

　　不過，能成為一種「運動」的文學，自必須有其思潮主流，短短十餘年的這所謂「臺灣新文學」運動，一方面受日人統治的壓制，另一方面在多樣的思潮洶湧之中，它是否構成了一股思潮？說也可憐，因作品的貧乏，已難舉出一公認的代表作，就在僅有的作品中，要找出趨向相同的作品，也頗不易。

　　現在，憑個人所見，勉強列舉幾點，做為本文的結論。

　　1.反日的民族運動，這是自《民報》創刊訖於光復，一貫的作品底內容，在白話文作家方面，還因為他取了「漢文」的寫作形態，故其所受日人的摧毀，更甚於「和文」作品。

　　2.小市民和農民的生活，成為各作品的題材，因為作者的階級意識的模糊及一致的反抗異族的統治，遂構成了利害與共的觀念，所以作品中，大都充滿了自然主義的無力的揭露醜惡與貧乏的同情。

　　3.反庸俗、反封建的啟蒙，因受到國內「五四」運動的影響，尤其是

白話文作者是直接接受了「白話」這一個新武器，也就當然承繼並負起了
啟蒙的職責，例如民歌、民謠、傳說的蒐集與整理，都可歸於這一項。

——選自《臺北文物》第 3 卷第 2 期，1954 年 8 月

在前哨
讀楊守愚的小說

◎施淑[*]

> 被主人痛打致死的婢女、
>
> 被日本官府欺壓的農民、
>
> 被 1920 年代經濟大蕭條逼上絕路的民眾，
>
> 生命的價值只在一個銀角，
>
> 這成甚麼世界？

　　楊守愚，本名楊松茂，1905 年生，1959 年逝世，彰化市人。在日據時代以中文寫作的臺灣小說家中，他是作品最多的一位。他的創作活動從 1929 年發表處女作〈獵兔〉，到 1936 年發表〈鴛鴦〉為止，前後不到十年，這階段正屬於日據時代臺灣新文學運動由萌芽到成熟的時期。1937 年，日本總督府禁止使用中文，楊守愚即轉向傳統詩詞的寫作，與賴和、陳虛谷等人同為彰化舊詩社「應社」的會員，少有白話小說問世。

寫作的重心在於現實問題的探討

　　在日據時代臺灣新文學作家中，楊守愚和王詩琅是比較相似的兩個，除了同樣具有深厚的中文基礎，畢生以中文寫作外，在思想傾向上，他們兩人年輕時代都曾參加臺灣無政府主義組織，因「臺灣黑色青年聯盟事件」遭到日本統治者整肅。在創作過程方面，兩人都閱讀中國大陸書刊，

[*] 本名施淑女。發表文章時為淡江大學中國文學系副教授，現為淡江大學中國文學系榮譽教授。

熟悉大陸文壇動態，受五四新文學運動影響。這些因素，使他們的小說除
了深具臺灣本土特色之外，還與當時的中國左翼作家一樣，在思想上帶有
1920、1930 年代「世界新興文學」的批判的、前哨的、理想主義的性質。
這屬於被壓迫、被殖民國家的新興文學的特質，形成楊守愚在臺灣新文學
史上的突出地位，使他的小說具有時代見證的意義。1954 年，他在〈靦顏
閒話十年前〉一文中，回溯他參加新文學運動的經過，文中指出 1937 年日
本廢止中文以前的十年間，臺灣新文學創作的三個主要方面，第一，內容
上，「反日的民族運動」；第二，取材上，「小市民和農民的生活，成為各作
品的題材」；第三，思想上，「反庸俗、反封建的啟蒙」。關於第二點，他特
別說明：「因為作者的階級意識的模糊及一致的反抗異族的統治，遂構成了
利害與共的觀念，所以作品中，大都充滿了自然主義的無力的揭露醜惡與
貧乏的同情。」以上這些傾向，正好可以概括楊守愚本人的小說世界及小
說藝術，其中對於階級意識及自然主義手法的反思，更深刻地提示著他的
創作實踐和現實發展之間的裂痕，而這裂痕正顯現了殖民地作家和殖民地
歷史面臨的根本難題。

　　根據作品所表現的問題來看，目前已知楊守愚的 35 篇短篇小說（見張
恆豪編註《楊守愚集》，前衛出版社，1991 年），大約可以分為五大類，其
一是直接描寫日本警察的暴虐的，如〈十字街頭〉、〈顛倒死？〉、〈罰〉、
〈斷水之後〉。其二，關於小市民和工農生活的，如〈凶年不免於死亡〉、
〈升租〉、〈赤土與鮮血〉、〈元宵〉、〈一群失業的人〉等。其三，關於婦女
問題，如〈生命的價值〉、〈女丐〉、〈誰害了她〉、〈鴛鴦〉。其四，關於知識
分子及思想問題，如〈退學的狂潮〉、〈夢〉、〈啊！稿費？〉、〈嫌疑〉、〈決
裂〉。以上四類小說反映的都是 1920、1930 年代的臺灣社會問題，最後一
類是時代感較淡的民間故事，如〈十二錢又帶回來了〉寫邱罔舍傳奇，〈難
兄難弟〉寫傳統的慳吝人，〈美人照鏡〉處理風水迷信問題，另有一篇〈新
郎的禮數〉表現的是民間習俗。

　　由作品數量的比例，明顯可以看出楊守愚寫作的重心是在現實問題的

探討，僅有的四篇傳統的鄉里故事，在他的小說世界中，並不帶有鄉愁、輓歌之類的懷舊意義，反而是以資本主義社會的新生市民的態度，對待幾乎只具「消費性」價值的奇風異物。在那四篇小說中，以全知觀點出現的敘事者，絕少有個人感情涉入，而是像以愉悅觀眾為目的的說書人，以「古早古早」的講古語調和提供「奇趣」的姿態，把故事的原委，一一加以記錄。這些現象多少證明了楊守愚思想上的前哨的、啟蒙的性質。由啟蒙思想出發，日據時代殘存的封建積習，以及橫加到臺灣人身上的新的殖民噩運，成了他的小說的主要反抗和攻擊對象。這兩重主題遍及前面列舉的小市民、工農、婦女、知識分子問題的四類小說，其中占最大比例的小市民、工農和婦女生活的描寫（總計 22 篇，占全部作品的三分之二），顯現了啟蒙思想者楊守愚的人道主義的一面。

生命的價值—— 一個銀角

〈生命的價值〉是楊守愚有關婦女問題的七篇小說中，發表最早的一篇（1929 年）。小說由一個小男孩的觀點，敘述鄰居的一個小婢女，因為丟掉一個銀角，被主人痛打致死的慘劇。故事發生於冬夜，敘述者被哀號聲驚醒時，正在睡夢中「脫離了肉的、汙濁的人世間，魂遊於極自由、極美麗的天地」，相對於這夢的世界，是天明後目睹婢女垂死的慘象。男孩於是回溯她被賣以後的生活：

> 從今以後，她就像入籠之鳥似的，永遠地過著不如意的生活，不自由的生活，和非人的生活了。她那做小孩所應有的天真爛漫的態度，和愉快的享樂，就被那青面獠牙的惡魔，掠奪了去，什麼娛樂呀！教育呀！她更加連做夢也想不到。

在對於婢女一連串悲慘經歷的描述後，小說結束於男孩無力解決的驚懼和疑問：

> 只要我閉一閉眼睛，就活真活現地、看見了她仰臥著的身子，傷痕遍遍
> 的臉面，涎沫直流的紫黑色唇兒；這一來，給我一個垂死的慘狀，和一
> 個銀角的影子，永遠地，印象在我這脆弱的小心靈裡。
> 唉！生命的價值──一個銀角！

這個由小孩眼中所見的成人世界，那被奴婢制度和金錢虐殺了的弱小生
命，除了現實層面的意義，可不正象徵著日據時代，生活在封建餘威和資
本帝國主義壓榨下的臺灣人民的處境？在這個意義上，小說中藉著男孩之
口傳達出來的有關自由、美麗、娛樂、教育等屬於「人的生活」的信念，
以及對於「生命的價值」的思索，事實上正是以「反庸俗、反封建」為職
志的楊守愚的啟蒙思想的表現，是曾參加過無政府主義組織的他，對於一
個人道的世界的希望和要求。這原本與資本主義社會一起誕生，而後卻被
資本主義的發展無情地否定了的人道主義理想，是楊守愚創作活動的源
泉，它貫串在他的作品中，成為他的現實批判的標尺。

金權橫行，這還成甚麼世界？

　　繼〈生命的價值〉之後，在婦女問題方面，楊守愚另有〈女丐〉、〈慈
母的心〉同樣探討女性被賣的悲慘遭遇。〈瘋女〉描述不自由的婚姻，〈誰
害了她〉和〈鴛鴦〉控訴日本農場監督汙辱女工，導致她們羞憤自殺，家
破人亡的慘況。農村方面，表現封建地主剝削的有〈醉〉、〈移溪〉；表現封
建地主勾結日本府欺壓農民的有〈凶年不免於死亡〉、〈升租〉。在這農民的
流亡圖的旁邊，是被 1920 年代的經濟大蕭條逼上絕路的工人和市民，如
〈過年〉、〈元宵〉、〈瑞生〉、〈一群失業的人〉，還有被日本警察陰魂不散地
追趕著的街頭小販，如〈十字街頭〉、〈顛倒死？〉，在這被絕望籠罩的小說
世界中，我們聽到的常是無力的嘆息：

> 他覺得自己就像一頭牛，自從能夠做小勞動時，就一直地辛辛苦苦地工

作著，沒有快樂，沒有慰安，更不曉得什麼叫做幸福，一生就只有被窮苦和過度的勞動支配著，直到殘廢而不能再任驅使為止，還是脫不離這難堪的磨折。

——〈鴛鴦〉

當此景氣日非，失業者一天多似一天，有的舉家挨餓，有的朝不保夕，他們倒得意揚揚地奢靡浪費，這，這少數人的財物，從那裡來的呢？該死的只有挨凍挨餓的農工兄弟，他們克勤克苦所掙來的，也只好給不勞而食的富人們剝奪，唉！千金買一笑，誰又知道這反面卻含有多少血淚，斷送了多少生命呢？

——〈元宵〉

陪伴著嘆息的是被壓抑的憤恨、怨艾和怒火：

「現在的xx世界，做生理、賣點心，實在比做賊過較艱苦！」

——〈顛倒死？〉

「人家不要我們做工，法律不許我們為了生而拿東西吃，現在，唉！連天公也欺負到我們來了！祂當著我們丟了包袱的當兒，竟故意降下雨來。」

「這樣的世間，還成一個什麼世間呢？窮人一輩子都是受凌夷。」

——〈一群失業的人〉

「錢，這世間真是要不得了，沒有錢就得到處受人家鄙視、蹧躂，媽的，金權橫行，這還成什麼世界？唉！」

——〈瑞生〉

在這個完全喪失人的尊嚴和生命意義的絕境裡，出現了楊守愚小說的另一批人物，一些在工農和市民眼中頗為神祕的「講文化的人」，這些有文化的知識分子，除了活躍於社會運動的「臺灣文化協會」和「農民組合」

的成員，還有傳統臺灣「書房」的教書先生，以及貧困的小公務員。他們多數與作者楊守愚一樣，都是日據時代受過新式學校教育，為資本主義文化養成的新人物。

你也該知道人類的社會是進化的

作為日據時代臺灣社會的新人類，相對於傳統知識分子，他們的思想和知識自有其進步意義，因此他們都成了反封建的急先鋒，成了社會現狀的批判者。在個人生活方面，如〈一個晚上〉的穆生夫婦，從大家庭的權威之下背叛出來，自己組織「新的、小的家庭」，努力於理想社會的建立，雖然貧病無援，最後妻子甚至因此自殺，但臨死前仍舊以她「最後的愛與希望」，鼓勵丈夫致力於工會運動。在思想上，這些與舊制度毅然決裂的新人，首先是以他們的被稱為「危險思想」的新知識，與傳統中國文化的獨斷、蒙昧的一面決鬥。這情形主要發生在舊式「書房」的教書先生身上，如〈捧了你的香爐〉裡，信而好古，祖述堯舜，堅持「凡是讀書人，非讀四書不可」的尚古先生，還有雖然也在「書房」教書，但每天教授「危險思想的書籍」的新民先生，他們二人對於時代和思想的問題，有這麼一場論辯：

> 「（尚古先生：）不曉得嗎？我想如果大家能夠依照四書裡頭說的話，一句句地做去，不是可以造成一個『忠孝節義』的好時勢麼？這不是叫做時勢不合四書是什麼呢？」
>
> 「（新民先生：）真的好一個尚古先生呀！你試想一想，假如現在的人，尚行著二千年前的道，還了得麼？那不成為退化，或不進化的人嗎？你也該知道人類社會是進化的吧！」

這啟蒙思想者特有的樂觀的進化觀念，加上同樣屬於啟蒙者的天真的人道主義思想，形成楊守愚筆下的新知識分子，一方面對資本主義庸俗的「黃

金的世界」、「商品化了的世間」，有著刻骨的憎惡，如〈元宵〉中的失業青年宗澤，〈退學的狂潮〉中的書房先生。另一方面，面對當時社會的普遍貧困現象，卻以無比的熱情，渴望一個屬於全人類的、全新的、幸福的「黃金的國土」的到來。如〈一個晚上〉裡，穆生的垂危的妻子，殷切希望有一天，窮人能活在一個有公共育兒院、公共食堂等「集團組織」的理想社會裡。〈啊！稿費？〉中，因不景氣而破產了的小資產者王先生，在等待稿費還債時，以他全部的幻想去營造沒有「殘酷、陰險、無情、罪惡」的夢土。

更有意義、更偉大的××工作

相對於上述的期待和夢想，楊守愚小說的另一些知識分子，卻把他們的「危險思想」付諸行動，為那理想的烏托邦催生，〈嫌疑〉、〈決裂〉就是寫這類人物。〈嫌疑〉的主角曾啓宏，因無政府主義的「黑色青年」事件，被加上「治安維持法嫌疑」的罪名，遭到搜查、審問、囚禁。在獄中，他牽掛的是：「不知要到那一天，再能回復了我的自由，再能與無時無地都在活躍著，鬥爭著的人類見面？」緊跟著這違反日本統治者治安的嫌疑犯之後，〈決裂〉的主角朱榮，是「農民組合」的領導人物，因為「日也運動，夜也運動」，從東京留學回來後，被官廳阻撓而找不到工作，他不屑於當時新人物的戀愛至上主義，不願做家庭的奴隸、妻子的俘虜，他要的是與群體有關的「更有意義，更偉大的××工作」，他心中只有「××觀念」。這個徹底的人物，當面臨抉擇時，毅然站在他的同志的一邊，跟他的資本家的妻子說：

> 「你既然反對我的主義，阻礙我的工作，那我倆當然是勢不兩立了。你的反對行為，在我的眼中，也只是我的一個仇敵……。」

在楊守愚的小說世界中，這是個僅見的徹底人物，他那在殖民統治的嚴苛

現實下，向未來和未知預約必須的力量的「××觀念」和「××工作」，幾個世代以後的現在讀來，仍被那決裂的悲壯震撼。但正如楊守愚自己說過的，在階級意識模糊，反抗異族統治成為急切目標

的時代，包括他自己以及他筆下的絕大多數知識分子形象，並未能決裂得這麼徹底。他的自傳性的四個短篇系列：〈開學的頭一天〉、〈就試試文學家生活的味道吧！〉、〈夢〉、〈啊！稿費？〉，反映了這一真實。

屹立在臺灣新文學的最前哨

正如這些小說的篇題顯示的，故事的主角王先生，一個舊式書房的教師，但對包括中國在內的世界文壇和當代作家作品相當熟悉。由於新式學校和經濟蕭條的衝擊，他的書房乏人問津，「孔子飯」吃不得。生活困境迫使他煮字療飢，寄望稿費改善一家生活。在這系列作品的第三篇〈夢〉，楊守愚藉這位新舊文學修養俱佳的王先生的南柯一夢，表現了 1920、1930 年代在臺灣成熟起來的，具有現代意義的文學性知識分子的心理和思想實質。夢境是這樣發展的：王先生被上海一家大出版社羅致，擔任「新時代的文藝刊物——《前哨》的編輯。在一些聚會上先後認識魯迅、鄭振鐸、趙景深、冰心、郭沫若、郁達夫、葉紹鈞等「中國第一流作家」，而身為大雜誌編輯，除了忙不完的演講、宴會、訪問，「好像他的片言隻字，都值得珍貴的」，他終於成了一個「時髦的作家」，終於覺得自己可以躋身他一向羨慕的世界文豪蕭伯納、菊池寬的行列，覺得自己「站在黃金時代的前頭」。後來雜誌因為多登了郭沫若、蔣光慈等左翼作家的稿子，多介紹了一些普羅文學理論，雜誌被查禁，他自己也在上海公安局人員毆打、押解的掙扎中，口喊「橫暴」地醒了過來。

正是這個橫暴的、連做夢也逃避不了的殖民階級社會，它的無所不在的白色恐怖，使作家楊守愚及其筆下的知識分子，他們那原本模糊的階級意識失落掉了可能對準的焦距。但不論如何，在被殖民的暗夜裡，就像那夢境中唯獨缺少「反動派」作家的一系列文學者名單一樣，他自己和他筆

下的知識分子，連同無聲地被時代消滅了的工農大眾，仍將永遠地屹立在
1920、1930 年代橫暴的臺灣歷史和臺灣新文學的最前哨。

──選自《國文天地》第 77 期，1991 年 10 月

無產者的輓歌
《楊守愚集》序

◎張恆豪[*]

　　楊守愚，本名楊松茂，1905 年 3 月 9 日生於彰化，1959 年 4 月 8 日逝世。其父是前清秀才，漢學造詣深厚，從小即為他奠立了紮實的中文底子，彰化第一公學校畢業，少年時曾與王詩琅、蔡孝乾、陳崁……等人在「臺灣黑色青年聯盟」事件中遭到檢舉，後來受到賴和的鼓勵和影響，全力投入文學創作，處女作〈獵兔〉便是經賴和之手，發表於《臺灣民報》。他產量豐富，後加入「臺灣文藝聯盟」，從 1929 年 1 月起，到 1936 年發表〈鴛鴦〉為止，1930 年代前半期是其一生創作的巔峰。1937 年，臺灣總督府廢止中文後，乃轉向舊詩詞之創作，與賴和、陳虛谷等人，皆是彰化舊詩社「應社」的創社會員。

　　戰後，一度是「臺灣文化協進會」所發行《臺灣文化》月刊的撰稿人之一，後來取得中學教師檢定資格，在省立彰化工業職業學校擔任國文教師。他的小說，有〈獵兔〉、〈生命的價值〉、〈凶年不免於死亡〉、〈捧了你的香爐〉、〈瘋女〉、〈醉〉、〈誰害了她〉、〈顛倒死？〉、〈過年〉、〈元宵〉、〈一群失業的人〉、〈決裂〉……等作，新詩有〈長工歌〉、〈哭姊〉、〈輓歌〉、〈中秋之夜〉等，隨筆則有〈小學時代的回憶〉、〈就試試文學家生活的味道吧！〉……等，多發表於《臺灣民報》、《臺灣新民報》、《臺灣文藝》、《臺灣新文學》；戰後尚有小說〈阿榮〉、新詩〈同樣是一個太陽〉，分別發表於《臺灣文化》及《臺灣文學》。

[*]文學評論家。

1954 年，楊守愚在回顧其半生的文學生涯，於〈赧顏閒話十年前〉一文，對於日據下的新文學運動，有如此定位和感觸：

前塵回首，宛如一夢，死別生離，也只有徒增惆悵！

不過，能成為一種「運動」的文學，自必須有其思潮主流，短短十餘年的這所謂「臺灣新文學」運動，一方面受日人統治的壓制，另一方面在多樣的思潮洶湧之中，它是否構成了一股思潮？說也可憐，因作品的貧乏，已難舉出一公認的代表作，就在僅有的作品中，要找出趨向相同的作品，也頗不易。

現在，憑個人所見，勉強列舉幾點，做為本文的結論。

1. 反日的民族運動，這是自《民報》創刊訖於光復，一貫的作品底內容，在白話文作家方面，還因為他取了「漢文」的寫作形態，故其所受日人的摧毀，更甚於「和文」作品。

2. 小市民和農民的生活，成為各作品的題材，因為作者的階級意識的模糊及一致的反抗異族的統治，遂構成了利害與共的觀念，所以作品中，大都充滿了自然主義的無力的揭露醜惡與貧乏的同情。

3. 反庸俗、反封建的啟蒙，因受到國內「五四」運動的影響，尤其是白話文作者是直接接受了「白話」這一個新武器，也就當然承繼並負起了啟蒙的職責，例如民歌、民謠、傳說的蒐集與整理，都可歸於這一項。

這一「大都充滿了自然主義的無力的揭露醜惡與貧乏的同情」，其實正是楊守愚的文學特質。此與同情無產階級筆鋒常帶激情的楊逵，對於醜惡現實之「強力抗爭」，以及懷抱不可言喻熱愛的呂赫若，對於臺灣農村封建體制所進行的「冷酷剖析」，有莫大的差異。

楊守愚和賴和、陳虛谷等都是彰化人，是同鄉也是文壇至交，其一生尤受賴和的提攜及啟發，是「草創期」的代表性作家之一。一生之小說，大多蒐於這本《楊守愚集》裡，其重要性有三：

一、他是「草創期」及「成熟期」中，創作力充沛、產量最豐碩的一位，一生皆以中文寫作，創作生命一直延續到戰後初期，其筆名有靜香軒主人、村老、洋、翔、Ｙ生，所寫的小說及隨筆，超過四十篇以上，是先行代中文作家裡最多產的一位（日文作家則推龍瑛宗及張文環）。

二、他的作品具有鮮明的社會主義傾向，題材呈現出繁複的多樣性，所關注的主題，有日本警察的殘暴，蔗糖會社的剝削，統治者和地主階級的勾結，社會運動者的抗爭，農民及勞動者的困苦，經濟大恐慌衝擊下失業者的悲哀，封建宰制下女性的呻吟，這些黑暗面和掙扎面，與新文學運動的反帝反封建的精神是相一致的，它道盡了一個苦難時代的悲情與希望。

三、他的小說技法，寫實的多，反諷的少，可說是個批判現實的寫實主義者。他以平實的語調、戲劇性的手法、完整的敘事結構，犀利反映出臺灣人生活的悲苦血淚，並賦與熾熱的人文關懷，但其作品缺乏一種分析的、知性的思辨，也缺乏對於人生遠景的揭露，不免令人覺得遺憾。

——選自張恆豪編《楊守愚集》

臺北：前衛出版社，1991 年 2 月

心緒茫然蕭瑟裡

初探楊守愚的小說世界

◎黃武忠[*]

　　楊守愚是日據時期臺灣文壇傑出的作家之一,與陳滿盈(虛谷)、楊笑儂(楊樹德)、賴和等人,同是彰化舊詩社「應社」的詩友,與賴和相交至深,因此其作品受到賴和的影響,堅持寫實傳統,記錄社會的眾生相。

　　楊守愚舊文學基礎渾厚,擅寫舊詩。此外,對白話文亦能駕馭自如,寫下了許多珍貴的白話詩和小說作品,其中文作品之多,可能是日據時期作家中最多的一位。

　　守愚,本名楊松茂,另有筆名村老、翔、洋、Ｙ生、靜香軒主人等。民前 7 年(1905)3 月 9 日生,臺灣彰化人。幼時就讀彰化第一公學校,畢業後未再深造。曾參加「彰化新劇社」、「臺灣文藝聯盟」等文藝社團。日據時期曾於書塾中授課漢文。光復後,楊守愚參加中學教師檢定,合格後,入彰化工業職業學校任職,教授國文,一直到民國 48 年(1959)4 月 8 日去世為止,享年 55 歲。

　　楊氏作品有舊詩、新詩和小說,而以小說作品成就最高。在目前所能看到的作品範圍,約有 38 個短篇小說,在這 38 篇作品中,楊守愚取材的層面相當廣泛,有日本警察的殘暴真相,製糖會社的剝削農民,佃農與地主間的糾葛,經濟蕭條中失業者的悲苦,封建社會下女性的哀運,農場監督的欺辱女工等等,其中楊氏對於佃農與地主間的糾葛和失業者的悲苦兩

[*]黃武忠(1950~2005),臺南人。文學評論家、散文家、小說家,為臺灣文學研究領域中最早投入日治時期臺灣新文學作家田野調查者之一,於臺灣文學推動方面亦有多處貢獻。曾任文建會科長、二處處長、專門委員。發表文章時為行政院文化建設委員會文藝科科長

個題材著墨較多,而在這兩個題材下所呈顯的氣氛,是殖民經濟下小民的窮困景象。因此,地主與佃農間的糾葛、失業者的悲苦、小民的窮困之描述,形成楊守愚小說中的三大特色,今分述於後:

一、地主與佃農間的糾葛

清末的臺灣仍屬封建社會,在封建社會中的土地政策,產生許多地主,地主把田租給貧農,收取租金,從中剝削。乙未割臺,日人占據臺灣,大行殖民政策,一來便進行土地調查,日本大資本家便從中乘機取得土地,形成了更大的地主,於是在日據時期的臺灣土地政策中,地主與佃農間常有糾紛。因為當時的地主,可以說是依靠著對貧農的剝削而存在,帶有寄生的性質。這種寄生,有時是惡劣的強取掠奪,因此衍生極為嚴重的農民問題,可是當時的作家中,對於農民問題的描述篇章並不太多,楊氏曾有這樣的感慨:「最遺憾的,一般地言,就是很少看到描寫農民生活的作品,反而是兩性問題的作品倒是占有了全作品的十之七八,這從做一個農產地的臺灣看起來,不無多少叫人感到不足。」

楊守愚對於當時臺灣的農民問題,不但有所認知,而且提筆仗義執言,就當時地主欺壓貧農的嘴臉,一一從筆下呈現出來。例如:〈醉〉一篇中,貧農琉璃頭仔上了阿正舍的當,贌了三甲多的地,虧了一千多塊,引起鄉人的談論:

> 「競爭?辛苦一年,尚且換不到兩字『粗飽』,何苦又要田做呢?」林該說。
> 「唉!說到現在的世界,想要耕作田地過活,實在比乞丐還苦呀!」
> 「苦?大家卻又何苦偏要你爭我競,自己把錢捧給吸血鬼呢?」鄭坤福譏笑地說。

從這段貧農間的談話中,不難了解貧農的悲苦,明知耕田過活,比乞丐還

苦，還得耕下去。明知自己把錢捧給吸血鬼——地主，還要怕沒田耕而你爭我競。但是有什麼辦法呢？不耕田又能做什麼呢？只好忍氣吞聲的任地主壓榨。

地主又如何的壓榨佃農呢？地主對佃農的榨取關係，不僅是地租的取得。在基本地租之外，還有各種附加的地租，日據時期磧地金（押金）制度在北部和中部非常盛行，每甲徵收數十圓至一百數十圓不等，在地租已達到最高限度的時候，通常地主就根據所付的押租之多寡，而決定交給某一佃農耕種。旱田的地租，必須預先繳納。兩期作水田地租，第一期繳納的租穀，遠較第二期為多，這樣，在繳納第一期地租的時候，地主實際上已預先得到了第二期地租的一部分。而佃農與地主的契約，一般是口頭訂定的，契約期間往往不定。即使有訂定，其期間也非常短促，因此地主可以隨意更換佃農，或變更佃農條件。地租用貨幣繳納時，實物價格，常常由地主單方面決定。還有一種「鐵租」制定，就是無論災害歉收，佃農必須照常繳納地租。大地主將自己所有的土地，委託第三者管理，後者稱為「佃頭」，或「二手頭家」，他們常向佃農索取額外的地租，以飽自己的私囊。

在這種不合理的租佃制度下，佃農永遠是處於吃虧的一方。即使是再努力，也無法改變自己的身分和地位，窮就是窮。更可惡的是地主乘著農民的貧困，於農村中放高利貸，因此，他們就像楊守愚筆下的人物所說的，每個地主就宛如吸血蟲似地，吸吮窮困農民的汗血。

在楊守愚筆下的農民，面對著地主與高利貸的榨取，他們的反抗是微弱的，因為在那麼窮困的惡劣環境中，他們毫無反抗資本，只好認命的默默承受著生活窮苦的煎熬，與承受有錢人的屈辱。Davidson 在"The Island of Formosa"中述及臺灣農民的惡劣境遇，說：

> 若支付停滯了，則他（指佃農）的債務就會迅速增加起來。……假使他是非常忠厚的人，而並不希望改善自己的地位，則為了債務，直到他死

亡為止，只能像奴隸似地工作著。

一生奴隸似地為地主賣命，毫無改變地位的可能，這種沒有希望的生活，地主賜給佃農痛苦的心裡糾結是可想而知的，難怪楊守愚筆下的佃農——鄭坤福喝醉酒，口裡總是不住地罵著：「現在的農民自絕了！」喊著：「把農具丟掉吧！不要做田。」他不住地總是把這幾句翻覆高喊、狂罵。這是地主與佃農糾葛中，佃農無法打開葛藤纏身困境時的抗議之聲，但這聲音在帝國主義的殖民政策之下，在金錢與權勢的壓制中，仍然是相當無力的。

二、失業者的悲苦

日據時期，臺灣施行殖民政策，其經濟受到帝國主義的控制，是處於被榨取的對象。尤其是日本帝國主義對臺所施行的殖民政策與荷據時代的殖民政策有些差異。17 世紀的荷據，採取「重商主義」，殖民地的目的，既不在「殖民」，也不在「地」，而惟掠奪是務。至於日據時期的殖民政策，他對臺灣經濟有三種基本形態或任務：殖民地一要為宗主國供給原料，二要替宗主國推銷商品，三還要為宗主國容納過剩的人口與資本。

有了這樣的殖民政策，除了剝削經濟利益之外，還要剝奪臺人的工作機會。再加上 1931 年的經濟不景氣，致使多數人淪為失業者，過著三餐不濟的潦倒生活。

薛天助曾在〈抗日運動〉一文中提到「臺灣幾為日人之樂園，日人不問良莠，均游浪來臺，由其親朋同鄉，攀援吸引，而占領優越地位，而臺人要獲一小職，若非百般要求拜託，是不能獲得的。而且同在一機關服務，日人升遷較易，可踞高位據大權，臺人則終身勤作屈居下位，無權無利；而且終日惶惶！」

一職之難求由此可見一斑。

楊守愚筆下的人物，並不想謀求高職，或者上日人機關做事，連基本

上求得當工的機會都沒有。例如〈一群失業的人〉中，這一群人離鄉背井，想找個苦工做，卻一路找不到，尤其是家中帶出來的盤纏用罄，肚子挨餓，去偷挖別人的蕃薯，結果被主人發現而追趕。最後竟連隨身的破包袱也丟了。楊守愚在處理本文時，於嘲弄這一群失業者之外，給人帶來幾許的哀愁。

失業者為求餬口，到處尋求工作無著落。可是大資本家，有權勢的紈袴子弟，竟然沉迷酒色，浪擲金錢。時代的不平，令人憤然。在〈元宵〉一篇中，楊守愚藉失業者宗澤的遭遇，描寫時代的不平景象，最後終於忍不住，對這不平時代提出質疑——「當此景氣日非，失業者一天多似一天，有的舉家挨餓，有的朝不保夕，他們倒得意揚揚地奢靡浪費，這，少數人的財物，從那裡來的呢？該死的只有挨凍挨餓的農工兄弟，他們克勤克苦所掙來的，也只好給不勞而食的富人們剝奪，唉！千金買一笑，誰又知道這反面卻含有多少血淚，斷送了多少生命呢？」

這種景況在日據下的社會是常見的。有權有錢，地位便尊貴，貧窮的失業者是相當卑賤的，有時挨餓受凍不用說，還要沒來由的受到人家的奚落。失業者的悲苦，在楊守愚的筆下被沉痛的記錄下來。

可貴的是，楊守愚筆下的失業者，對於自己的未來，皆存著一絲希望。並不因為失業而趨向消極的心態，去做為害社會的事，他們仍本著生之本能，憑著個人的勞力去突破困境，當然希望渺茫，然而，這群失業的人，在百般困境之中，仍然保持個人的尊嚴，是相當可敬的。

三、小民的窮困

讀楊守愚的小說作品，最讓人感受到的，就是「窮」的氣氛。他筆下人物的「窮」，來自幾方面：

（一）佃農耕作，遇到天災，無法繳交地租，賣牛、賣兒女，換句話說，受到地主的壓榨而窮苦。

（二）工人失業，無工可做，無工資可領，自然貧窮。

（三）知識分子（教書先生），經濟不景氣，學生不好找，即使有學生，束脩也不好收，自然入不敷出。

其實總括來說，是整個殖民統治，使臺灣淪為窮的社會。統治當局對臺灣只有過度的榨取，而缺乏關注，薛天助說：「日本對臺人，在最低的生活限度中，還用種種方法，盡量予以剝削，使臺人食不能飽，飢不能死。凡臺灣所有的生產，均以日本國為標準而加以處理，不管臺人生死，只以日人的利益為依歸，凡臺人的生產或設施，也無非為滿足他們的利用的工具而已。」

因此，我們似乎應該了解，使臺灣社會窮困，而充實日本國庫收入，這也是日本的統治手段之一。因為，不但政治壓榨、經濟剝削，就連工資所得，都有不平等之待遇。潘志奇在〈臺灣之社會經濟〉一文中說：「殖民地臺灣的工人在惡劣的勞動條件下，受日本帝國主義之榨取。他們的工資不但比不上殖民地在臺日籍工人的所謂『勞動貴族』，而且也比較日本國內的工人工資為低。」如此的差別待遇，日據下的臺灣社會怎能不貧困呢？

楊守愚忠實的記錄日據下人們的生活景象，而今讀來，這些窮困人物的遭遇，真是令人心有戚戚焉。在強權壓制下過著屈辱、無奈的生活，其一生遭遇，宛如〈鴛鴦〉一篇中，阿榮的境況──「他覺得自己就像一頭牛，自從能夠做小勞動時，就一直地辛辛苦苦地工作著，沒有快樂，沒有慰安，更不曉得什麼叫做幸福，一生就只有被窮苦和過度的勞動支配著，直到殘廢而不能再任驅使為止，還是脫不離這難堪的磨折。」

生活在帝國主義陰影之下，臺灣人們的境遇，從阿榮的處境中可以窺出端倪。在窮苦、不安中，宛如迷途的孩子，站立蕭瑟的北風中，心緒茫然無措。

四、結論

楊守愚的小說，除了在題材上有前面所說的三點特色之外，其技巧是值得一提的。楊守愚一般被歸為日據時代文學「搖籃期」的作家之一，「搖

籃期」的作品，通常是較為粗劣的，但楊守愚在其粗劣之中，有其可取之處。可取的一點就是，在他的小說中，文筆流暢，臺語的運用，比同期的作家用得少，也用得較為妥切。尤其是俚語俗諺的運用，豐富了楊守愚的小說語言。如：「在家日日好，出外朝朝難」、「早死早超生，慢死加無暇（「暇」土音讀「營」）」、「人無氣則死，山無氣則崩」、「貧家百日費，富人一頓光」、「嫁夫仗夫勢」、「送肉飼虎」、「和尚較會司公」、「慢遁喰無份」……等。有時會產生畫龍點睛的特殊效果。

　　楊守愚與賴和同是臺灣新文學「搖籃期」便已出現的作家，本文前面已提過，楊守愚受到賴和的影響，堅持寫實的傳統，寫下不少作品。現在細談起來，兩者有些差異：技巧上，楊守愚的文字運用要比賴和流暢，語言的駕馭能力較強，諺語的使用是賴和所不及的。內容上，楊守愚所寫的題材層面，要較賴和為廣。但是反抗意識便較賴和溫和許多，有些作品已趨向嘲弄的意味。

　　在此將賴和與楊守愚大略比較，並非有意的比出誰好誰壞？兩人的成就各有千秋。只要想藉此比較，讓兩者作品優點更容易釐清顯現而已。因此，賴和也好，楊守愚也好，兩者皆是值得我們敬重的日據作家。賴和有開創白話文小說寫作典範之功，而楊守愚用中文寫下如此多的作品，宛如將當時社會的橫切面，活生生的展現眼前，除了文學成就之外，實是替當時的經濟結構與現象，留下可供參考研究的寶貴資料。

──選自黃武忠《親近臺灣文學》

臺北：九歌出版社，1995 年 3 月

書齋、城市與鄉村
日據時代的左翼文學運動及小說中的
左翼知識分子（節錄）

◎施淑

　　走出書齋，走出死亡幽谷，固守臺灣本土的社會主義思想者，在 1930 年以後的小說中大都是以沒有名姓的「講文化的」、「過激人物」一類的角色，出現在街頭和人群裡，形象模糊，蹤跡不定。他們中間，比較上面目清晰的署名「慕」的〈開學〉和「自滔」的〈失敗〉。前一篇的主角，因為參加文化協會，長期失業之後，被日本警察勒令奪去他好不容易才找到的鄉村教師的工作。[1]後一篇裡的少年醫生，「曾經參加過啟蒙運動的工作，在支配者的壓迫下，坐過好幾個月監獄」，出獄後，「他總算脫離了解放運動的戰線了，然而對於為窮人爭取利益的鬥士們，卻也很接近」，只不過激情過後，回到小布爾喬亞生活的他，周旋於御用紳士和社會運動者之際，眼睛裡閃爍的是機警、洞悉一切的「獨自高人一等的高傲」。[2]這些失敗了的反對者，他們的聲音和行動，到了楊守愚的小說世界，才逐漸清晰明確。

　　1931 年，楊守愚發表了〈一個晚上〉、〈嫌疑〉、〈夢〉等描寫知識分子的小說。〈一個晚上〉裡，背叛大家庭控制的穆生夫婦，貧病漂泊之後，希望窮人都能過那有著公共育兒院、公共食堂等等的「集團組織」的生活。最後，年輕的妻子在自殺前，留給丈夫的遺言是：「為人類將來計」，應該

---

[1]慕，〈開學〉，《臺灣新民報》第 366～367 號，1931 年 5 月 30 日～6 月 6 日，10 版。
[2]自滔，〈失敗〉，《南音》第 12 號（1932 年 11 月）。

「再去致力於工會」。〈夢〉與〈開學的頭一天〉、〈就試試文學家生活的味道吧！〉、〈啊！稿費？〉是楊守愚的一組系列短篇小說，它們的共同主角王先生，一個沒落的小資產者，因為原本賴以為生的塾師工作，在 1929 年以後的世界性經濟大恐慌下，前途黯淡，轉而寄望以寫作貼補家用。〈夢〉是這個系列的第三篇，寫的是王先生下定決心隨時潮「方向轉換」，試文學家生活的味道，於是一個晚上，他在睡夢中經歷了 20 世紀世界普羅文藝作家共同遭遇的辦雜誌、被禁、拘捕的命運。夢境之中，王先生與中國左翼作家聯盟的主要成員及其他進步作家，握手言歡，他被捕的理由正是他主編的雜誌《前哨》，「多登了郭沫若、蔣光慈……們一些左翼作家的稿子，和多介紹了一些普羅文學理論」。

　　從夢境到現實，〈嫌疑〉的主角曾啓宏是 1927 年 2 月 12 日，被日本憲警整肅的臺灣無政府主義組織「黑色青年聯盟」的成員之一。這篇查有實據的小說，可以說是楊守愚的現身說法，因為事實上他就是事件中被檢舉的三十多人中的一個，小說中，他藉主角啓宏之口宣稱：「我覺得這樣的一個政府，真是太會無端生事了，這無異是在強迫著人民起來革命，更無異是在替社會主義撒傳單」。他憂慮的是：「不知要到那一天，再能回復了我的自由，再能與無時無地都在活躍著，鬥爭著的人類見面？」

　　繼〈嫌疑〉之後，1932 年楊守愚發表了也是處理左翼知識分子問題的小說〈決裂〉，這篇作品和楊逵於 1932 年在《臺灣新民報》發表時被腰斬了的〈送報伕〉，在日據時代臺灣左翼文學發展史上同樣具有里程碑的意義。必須到了這兩篇小說，原本以模糊的、被嫌疑的身分，以至於訴諸夢境的形式出現的社會主義運動者及普羅作家，他們的行動和方向，才在臺灣的社會現實裡生了根，找到座標；也必須有了這兩篇小說，曾經在文協分裂前的《臺灣民報》譯介和引起爭議的馬克思主義命題，文協會分裂後發展起來的社會主義文學理論，還有象徵性地出現在劇本〈櫻花落〉裡那發生在書齋中的弱小民族解放運動、國際主義精神、革命加戀愛等世界性的普羅文藝主題，才獲得了必要的藝術加工，綻放出現實主義文學特有的

光華。

　　如標題所示，楊守愚的〈決裂〉表現的是一對在愛情至上主義下結合，最終又因主義和信仰的緣故，夫妻決裂，各奔前程的經過。故事人的丈夫朱榮，是個留日歸來，投身農民組合的大學畢業生，回臺後，「日也運動，夜也運動」，「結交亂黨，想同資本家、政府做死對頭」，「甚至連親戚故舊，也不留一點情面」。就這樣，他在日本特務系統和親人的威脅利誘下，義無反顧地走上了背叛自己的階級的社會主義者道路。故事中的妻子湘雲，是一個「受過教育訓練的新時代的女子」，因為受不了日本特高警察「一月半月就得鬧一次」的「家宅搜查」，更受不了被她認定為「愛情的背叛者」的丈夫與農民組合女同志的階級感情，最後終於選擇回到她的地主階級的家庭堡壘。這樣的故事，加上小說所使用的成熟純淨的五四白話文，也許不免會被歸入經常為人詬病的 1930 年代中國左翼文學中的「革命加戀愛的公式」。但從小說中揭露的白色恐怖，本土資產階級與日本殖民政府的精神上的、經濟上的同盟，還有，經由愛情發端，因而格外尖銳矛盾的有關個人生命意義的思考，卻使這篇小說與同一階段的國際普羅文學有著同步發展的意義和成就。[3]

——選自《文學臺灣》第 15 期，1995 年 7 月

---

[3]本文所引楊守愚小說，俱見張恆豪編，《楊守愚集》（臺北：前衛出版社，1991 年）。

社會變遷與小說創作
楊守愚作品析論

◎黃琪椿[*]

前言

> 記得是民 17 年的一個歲末，是治警法案入獄的紀念日，這次恰輪值賴先
> 生做東請客，還舉行遊獵。前一天，賴先生因腳痛，要我代理他參加，
> 並告訴我，可以遊獵中順便找些寫作材料，因為這時我已開始習作哩。
> 結果，我創作了一個短篇〈獵兔〉，拿給他看，他也就把這一篇不成樣子
> 的作品給送出去了。這就是拙作獻醜於讀者面前的頭一次。¹

1954 年，楊守愚在〈赧顏閒話十年前〉中回憶日治時代臺灣新文學運動的
發展情形，自述他之所以登上新文學文壇，乃是受到賴和的鼓勵。由於這
段作者自述，「受賴和影響啟發」便成為解讀楊守愚作品的重要指標。葉石
濤在《臺灣文學史綱》中寫道：

> 【楊守愚】他由於是彰化人，跟新文學之父賴和很親近，作品的風格和
> 傾向受到賴和影響很深，而且同賴和一樣，一輩子用白話文寫作。²

大陸研究者古繼堂，亦承襲此一觀點：

---

[*]發表文章時為清華大學中國文學系博士生。
¹守愚（楊守愚），〈赧顏閒話十年前〉，《臺北文物》第 3 卷第 2 期（1954 年 8 月），頁 63。
²葉石濤，《臺灣文學史綱》（高雄：文學界雜誌社，1991 年），頁 43。

> 楊守愚是臺灣小說初步發展期的一位重要的作家。由於他與賴和是同鄉
> 至交，他的作品一般都交賴和過目，因而在作品的取材上，主題的呈顯
> 上，甚至有些表達方式上都和賴和有異曲同工之妙。[3]

循此，出身同一個城市，平時交往密切，加上作者的自述，使得後代的研
究者提到楊守愚時，必定提到賴和。但若與賴和研究蓬勃發展的情形相
比，楊守愚研究明顯地冷清不少。

截至目前為止，關於楊守愚的研究相當有限，除了散見於各家臺灣文
學史中相關的敘述之外，僅見黃武忠〈心緒茫然蕭瑟裡──初探楊守愚的
小說世界〉[4]、施淑〈在前哨──讀楊守愚的小說〉[5]、張恆豪〈無產者的輓
歌──《楊守愚集》序〉[6]，以及許俊雅〈楊守愚小說的風貌及其相關問
題〉[7]等幾篇專論。這幾篇論述均從主題分析著手，指出守愚所開展的主題
相當廣闊，包括揭露日本警察的暴虐、工農與小市民生活、女性問題、知
識分子的處境等問題。同時，研究者也肯定守愚的作品具有批判性、理想
性，與新文學運動反帝反封建的特質一致。這兩個論點可說是準確地抓住
楊守愚小說創作的特質，但若從整個日治時期臺灣新文學史來看，此一特
質卻顯不出小說家的特色來，守愚淹沒在反帝反封建的作家行列中。根據
張恆豪所編的〈楊守愚生平寫作年表〉來看，楊守愚在新文學文壇活動的
時間主要集中在 1929 年至 1936 年間[8]，正值臺灣社會變動相當大的階段：
社會運動經歷了「文化協會」左右分裂、左翼運動蓬勃發展到遭鎮壓而趨
於沉寂；經濟上先後遭遇昭和金融危機及捲入世界性經濟危機中。處於如

---

[3]古繼堂，《臺灣小說發展史》（臺北：文史哲出版社，1989 年），頁 57。
[4]黃武忠，〈心緒茫然蕭瑟裡──初探楊守愚的小說世界〉，《文藝的滋味》（臺北：自立晚報出版
社，1983 年），頁 111～120。
[5]施淑，〈在前哨──讀楊守愚的小說〉，《國文天地》第 77 期（1991 年 10 月），頁 23～28。
[6]張恆豪，〈無產者的悲歌──《楊守愚集》序〉，《楊守愚集》（臺北：前衛出版社，1991 年），頁
11～14。
[7]許俊雅，〈楊守愚小說的風貌及其相關問題〉，收於康原編，《種子落地──臺灣文學評論集》（臺
中：晨星出版社，1996 年），頁 173～216。
[8]張恆豪，〈楊守愚生平寫作年表〉，見前引《楊守愚集》，頁 413～415。

此的社會情勢裡，身為一位寫實作家，守愚如何反映社會現實？社會現實
又如何影響作家的世界觀與創作？將是本文關注的焦點。

正式展開討論之前，必須先說明作品分期問題。通常研究作家的創作
歷程依憑的是作品的發表年代，但守愚作品的發表有新舊稿交錯發表的情
形，如〈罰〉寫成於 1928 年 2 月，卻遲至 1932 年 2 月才發表；如此常有
同一主題、同一時期發表，卻是兩種不同表現方式，造成閱讀上的迷惑。
由於守愚的作品發表時大部分會在文末標明寫成日期，為了更細膩地了解
守愚創作發展的軌跡及與時代的互動，因此本文將楊守愚的作品基本上按
照作品的寫成年代重新排列，若有未標明寫成日期的作品，則以發表年月
暫代。

一

重新排列守愚的寫作年表後，大致上可將其創作分成三個階段。第一
個階段為 1930 年以前的創作，這一階段的作品依序為〈罰〉、〈升租〉、〈新
郎的禮數〉、〈女丐〉、〈獵兔〉、〈十字街頭〉、〈生命的價值〉、〈凶年不免於
死亡〉、〈捧了你的香爐〉、〈醉〉、〈誰害了她〉及〈瘋女〉等。[9]從主題上來
看，舉凡新文學運動發生以來所開展的農工生活、女性問題、新舊學論辯
和對舊禮教的批評等主題均包含在內。這些作品的故事情節相當簡單，往
往只有單一場景、單一事件，如〈獵兔〉記錄打獵的過程，〈捧了你的香
爐〉則只是一場新舊之學的論辯過程。作品中的人物樣貌也相當模糊，人
名僅俱符號意義而已：阿義、至貧、或者是林該、黃開和甲、乙、丙沒什
麼區別；甚至在〈十字街頭〉中，人名都可以不存在，人只剩下「有鬍子
的」、「拿著海鱗的」、「賣點心的」的區別。由此來看，相對於小說題材的
廣闊，這一階段守愚的表現手法敘述多於描寫，顯得素樸、青澀，呈現創
作初期的特質。然而如果再進一步觀察守愚如何敘述故事情節，可以發現

---

[9]由於〈慈母的心〉出土，「瘦鶴」為守愚的另一個筆名。本文所討論的作品俱引自前引《楊守愚
集》，不另做註。

此一階段他傾向於採用記錄見聞的手法。關於此點，又可分為明暗兩個層次來說明。最顯而易見的是直接以第一人稱來敘述「我」的所見所聞：

> 比及事後的那一晚，我才在若虛兄家裡，從琇鶯女士的口裡，聽到了下面的一段事實。
>
> ——〈瘋女〉，《楊守愚集》，頁54

> 因為哥哥是在城裡做生意，所以凡是一切新聞，都比我通曉，就是關於這個女丐的身世，他也知道的很詳細，所以他便從頭至尾，為我講述了下面這一段故事來。
>
> ——〈女丐〉，《楊守愚集》，頁109

〈瘋女〉紫鳳之所以發瘋的原因和〈女丐〉明珠之所以成為女丐，都是守愚真正想要傳達的內容，卻成為敘事者「我」所聽見的故事；「聽說——記錄」的形式成為作品的主要架構，是典型的記錄見聞的方式。此外，如〈生命的價值〉透過一個小孩「我」回憶某個晚上睡夢中聽見鞭打和哭泣聲；第二天看見鄰居家的小婢女秋菊垂死地躺在地上，身上滿是鞭打的痕跡；經由「我」的聯想帶出秋菊的身世與受凌虐的經過。在此，記錄見聞的手法雖經過有心的安排，讓秋菊被賣為婢的過程成為「我」的心理聯想，使作品的結構較〈女丐〉完整；但基本上仍是「聽說——記錄」的架構。

另一種記錄見聞的方式不是以「聽說——記錄」的架構設計呈現，而是隱藏在情節發展中。〈凶年不免於死亡〉的主題是原為佃農的林至貧，由於凶年欠收，土地被地主收回，因而淪為出賣勞力為生的工人；然而禍不單行，由於積欠戶稅，被迫賣女繳稅，妻子因思女心切而過世，導致家破人亡的經過。然而如此的過程不是透過人物的行動一步步展開來，而是以對話的方式由林至貧親口說出。整個對話是由於阿義的到來引起的。對於阿義，作者僅簡單交代是林至貧住在鄉下時的友人，而後到外省做工，適

好返鄉，聽聞至貧居移居街上，遂來拜訪：

> 【阿義】「是不是曾弄出什麼不妙的事了麼？」……
>
> 「上季呢？下季呢？」阿義哥問。……
>
> 「減了沒有？」……
>
> 「拖欠一定成的吧？」阿義哥又再插上這一句。……
>
> 「啊，可憐可憐！」阿義聽完了這一段話，一壁兒搖頭，一壁兒說，似乎表示著無限同情的樣子。……
>
> 「你當時，還住在從前住的屋子麼？」阿義哥疑訝問道……
>
> 「那兩個大人來時，怎麼樣了呢？」……
>
> ——〈凶年不免於死亡〉，《楊守愚集》，頁 36～40

透過阿義問話的摘錄，很明顯可以發現，作者無意讓阿義參與對話，只是讓阿義起著接續話頭，帶引至貧敘述的作用。這種對話的方式和同是對話形式的〈捧了你的香爐〉完全不同。在〈捧了你的香爐〉中，新民先生和尚古先生的對話是有來有往，在針鋒相對中傳達二人對新舊學的不同態度。在〈凶年不免於死亡〉中，作者顯然只想讓阿義扮演傾聽的角色。同時，設計「至貧」和「阿義」這樣的人名也和「新民先生」、「尚古先生」一樣具有明顯的象徵意義，「至貧」即非常貧窮的人，作者有意讓一個有「義」之人聽「至貧」之人講話，而其對話本身是由於有「義」之人的到來才開展、帶引的。由此來看，雖然〈凶年不免於死亡〉的敘述者是林至貧，但在情節的設計上仍不脫運用記錄見聞手法的方式。

　　雖然就小說藝術創造而言，記錄見聞的手法也許是一種初階的寫作方式，但守愚將這種表現手法與農工生活、女性問題的主題結合，意外地賦予這種手法新的意涵：即隱然帶有傾聽農工大眾心聲的意味。

二

　　第二階段為 1930 年至 1932 年，在《臺灣新民報》上發表的作品，包括〈顛倒死？〉、〈一個晚上〉、〈十二錢又帶回來〉、〈過年〉、〈比特先生〉、〈一群失業的人〉、〈元宵〉、〈開學的頭一天〉、〈就試試文學家生活的味道吧！〉、〈夢〉、〈啊！稿費？〉、〈爸爸！她在使你老人家生氣嗎？〉、〈瑞生〉、〈斷水之後〉、〈決裂〉及〈退學的狂潮〉[10]等。主題除了延續前一階段的農工生活之外，尚開展出知識分子處境的問題、社會運動者的抗爭並嘗試創作民間文學。綜觀此一階段的作品，金錢的意象相當突出：

　　雇用一個老媽，非五六圓夠嗎？拿這玖圓的薪金，再加上一筆六圓的食費，不是就要十一二圓了麼？試想！以一個月賺二十四圓的他，那裡能夠辦到這一層呢，此二難也。

——〈一個晚上〉，《楊守愚集》，頁 12

　　「六百塊的收入，兩百塊，不，三百塊的家費，還有，還有約近三百塊的債項……」像怕忘記了似的，王先生的腦子裡總是這麼盤算著，「債項兩百七十五塊吧？我記得，二七五加上家費三○○，計五百七十五塊，六○○減去五七五，不還剩有二十五塊嗎？哼！二十五塊，不，也許不止二十五塊呢……」

——〈開學的頭一天〉，《楊守愚集》，頁 178

如此詳細的數學計算，在同時代的作品中相當少見。小從阿發的母親花了「三個銅元」買紅聯（〈過年〉，頁 99），到王先生精打細算著收入與支出；這樣的手法一再出現，應非偶然，亦非炫才。從守愚的創作過程來看，同是描寫街頭小販的作品，〈顛倒死？〉比〈十字街頭〉更具體指出遭

---

[10] 〈退學的狂潮〉實際創作時間不詳，但由其以王先生為主人物來看，推測應與〈開學的頭一天〉為同一系列的作品，故暫列於第二階段。

警察取締將被罰「二箍銀」（頁 83）；由此可知守愚藉用確實的金錢數字來突顯主人翁的困境，是到了 1930 年代以後才大量的使用。由此來看，此一表現手法的運用應有其更深刻的意涵。

眾所周知，日治時期臺灣經濟深受日本資本主義發展所制約；第一次世界大戰中，日本因遠離戰爭中心，其資本主義產業迅速發展；臺灣經濟當然也出現繁榮的景象，不論是輸出（外國）或是移出（日本）均有相當的成長。然而戰爭結束後不久，便遭逢戰後反彈性經濟恐慌，貿易衰退，一般商工業及產業界呈現停滯的局面。兼以又逢 1927 年金融危機，資本家藉降低工資、裁員、延長工時或休業以維護其利益。社會上已出現工人工資低落、勞資糾紛頻傳、失業者簇出的景象。[11]1929 年 7 月，日本民政黨總裁濱口雄幸組閣，以緊縮財政、降低物價、解除黃金出口禁令（金解禁）、穩定匯市、促進產業合理化為經濟政策。10 月美國交易所股票大跌，美國經濟開始出現危機。股票危機先引發工業危機，再引起農業恐慌；經濟恐慌迅速蔓延各國，造成世界性經濟危機。濱口內閣認為此次經濟危機將促使海外利率降低，可防止由金解禁造成的本位貨幣流出，故仍於 1930 年正式實施金解禁。然而經濟危機也在同時波及日本，日本經濟反而遭受金解禁影響和經濟危機雙重打擊。[12]財政緊縮、金解禁、經濟危機深刻地打擊了原已消沉的臺灣社會：

> 米價賤落，稅金及其他費用無從節省，業戶佃農所入不供所出，農村疲弊漸次趨於深刻了，民眾消費力大減，使各工廠呈出生產過剩的現象。事業縮小、惹起大批勞工的失業。商人們顧客日稀，經營困難，市況陷入蕭條不振的狀態。[13]

---

[11]〈過去十年間・臺灣各界的變遷・究竟有沒有進步〉，《臺灣新民報》第 323 號，1930 年 7 月 16 日，2 版。

[12]今井清一著；楊孝臣等譯，《日本近現代史（第二卷）》（北京：商務印書館，1992 年），頁 208～226；臺灣社會所受的影響參看第 10 註。

[13]社說〈景氣可恢復嗎・臺灣人應有覺悟〉，《臺灣新民報》第 385 號，1931 年 10 月 10 日，2 版。

由於經濟情況不佳，農村中普遍以松葉代替菸；生病無錢就醫，只能用草藥替代，連醫生也感慨受不景氣影響的報導在《臺灣新民報》上屢屢可見。[14]

　　了解了 1930 年代臺灣的社會狀況，也就明瞭了守愚突出金錢數字的用意。在經濟不景氣，收入減少，稅賦不減，地主變債主，富人變窮人，窮人更形赤貧的情況下，金錢成為人們生活中最重要的課題。因此生活於 1930 年代臺灣社會的守愚，無可避免地自然會以金錢數字來突顯困境。然而作家創作除了受社會影響之外，創作也記錄了作家對社會的認識。〈元宵〉中主角宗澤元宵夜在街上閒逛，經歷了別人快樂尋歡與自己窮苦孤單的對比後，決定到咖啡館「樂一樂」（頁 141），但他人華美的服飾及館中的價目表，反而使宗澤意識到自己的侷促：

> 「噯！……苦呀！」宗澤這時伸手向褲袋裡一摸，卻祇有一個銀角，這使他著慌起來了，人家都在喝酒吃菜，自己祇有這一角銀，將怎麼好呢？
>
> ——《楊守愚集》，頁 139

所謂「一文錢逼死一條好漢」正是宗澤的寫照。遲遲才送來的咖啡，女服務生不情願的態度，使宗澤丟下僅有的一角銀離開。聽著耳邊傳來的笑聲，使宗澤羞憤的喊出：

> 「唉！黃金的世界！」
>
> ——《楊守愚集》，頁 140

---

[14]如地方通信〈農村非常疲弊・以松葉代菸〉，《臺灣新民報》第 382 號，1931 年 9 月 19 日，8 版；又如〈費用依然收入大減・大小商店同一運命〉，《臺灣新民報》第 311 號，1930 年 5 月 3 日，4 版。

利用一角銀的意象突顯宗澤的窘迫，對應黃金世界的結論，顯然守愚利用字裡行間不斷出現的金錢數字構築一個金錢世界。人，不論是販夫走卒，或是知識青年，就活在此一黃金世界中。由此可知，黃金世界是守愚對於當時臺灣社會本質的認識；大量金錢數字的運用正是此一認知的反映。

　　守愚此一階段創作的第二個特色是小知識分子的現實生活困境成為創作的中心。此一特色的形成應是來自守愚在 1930 年代的生活經歷。〈開學的頭一天〉、〈就試試文學家生活的味道吧！〉、〈夢〉、〈啊！稿費？〉、〈退學的狂潮〉等作品有一個共同的人物——王先生，一個貧窮的私塾教師且是新文學作家。作品中王先生原本期待藉由書房開學能夠解決生活上的困難，幾個鐘頭等待下來，卻看不到一個學生（〈開學的頭一天〉）。在教書不太能維持生計的情況下，王先生想到利用寫稿賺取稿費（〈就試試文學家生活的味道吧！〉）。但是這個計畫卻遭遇到兩個阻礙：一是反映現實的作品不見容於統治者（〈夢〉）；一是寫稿所得少得可憐，根本無以維生（〈啊！稿費？〉）。於是，王先生發出了感嘆：

> 「唉！這是我生平以來，第二次的碰壁……」
>
> ——〈啊！稿費？〉，《楊守愚集》，頁 211

〈夢〉及〈啊！稿費？〉在《臺灣新民報》上發表時，在文末守愚分別附識了「碰壁」系列之三和「碰壁」系列之四[15]，顯然守愚有意以「碰壁」一詞總括〈開學的頭一天〉等文章。根據守愚的履歷記載，其本人在日治時期所從事的正是私塾教師的工作[16]，兩相對照之下，這幾篇作品可視為守愚自傳性作品。如此，則「碰壁」或可視為守愚對 1930 年代生活的整體印象。這樣的「碰壁」感，並非守愚所獨有的。1930 年代經濟不景氣，固然

---

[15] 分見〈夢（下）〉，《臺灣新民報》第 388 號，1931 年 10 月 31 日，10 版；〈啊！稿費？（三）〉，《臺灣新民報》第 391 號，1931 年 11 月 21 日，10 版。

[16] 1996 年 4 月 16 日筆者電訪康原先生，康先生指出在守愚所寫的履歷上寫明 1923 至 1937 年均為私塾老師。

全臺灣各階層的人們均受到了影響；然而感受到最大衝擊的，該是知識青
年吧：

> 智識階級的青年學子，一出校門，即被編入失職隊裡。徘徊流浪，終是
> 找不見有謀生的出路。[17]

1931 年新竹中學校五十幾個畢業生，除了少數升學者外，其餘在畢業近三
個月後，仍無一人找到工作。[18]即使原已在職的知識青年，因商店時傳倒
閉，也生活在隨時失業的恐懼中。對於原本寄望藉由讀書以改變經濟地
位，求得較好生活的知識青年來說，找不到工作或失業意謂著希望的落
空，經濟地位不升反降；1930 年代的知識青年可說是面對著經濟地位下降
的困境。由「碰壁」的感受出發，守愚抓住了當時小知識分子的困境。

〈瑞生〉中的主角瑞生，原本是祝生會的外務員，因祝生會解散而失
業。失業以後，瑞生只好由都市回到鄉下來，面對著老母、病妻、幼子，
瑞生決定出賣勞力，參與修築產業道路的工作，以賺取生活費。畢竟是不
曾做過粗工的人，工作第二天即中暑病倒了；只好放棄出賣勞力的工作。
回到都市好不容易找到了外務的工作，卻又在失業者相互競爭下，讓給了
老板娘的親戚。用僅有的錢財批了糕餅糖果，放下身段做起沿街叫賣的小
販，又遭警察取締；擔子毀了，又被罰金，財產散盡。好不容易找到一個
五錢的鎳幣，聊以填飽肚子之後，卻是贗幣，備受小販與路人的奚落。所
有可能的出路都落空以後，又得面對往昔生活的誘惑與眷戀，瑞生不顧一
切想看霸王戲，最後在眾人的鄙視與譴罵聲中被日本警察帶走。經由瑞生
的行動，守愚從小知識分子本身的限制（不適出賣勞力）、外在環境的惡劣
（失業者競爭激烈）揭示小知識分子的碰壁。最後看霸王戲一段具有象徵

---

[17]見前引社說〈景氣可恢復嗎・臺灣人應有覺悟〉，《臺灣新民報》第 385 號，1931 年 10 月 10 日，
2 版。
[18]「竹塹旋風」，《臺灣新民報》第 367 號，1931 年 6 月 6 日，5 版。

意義：看戲乃屬於小資產階級以上的娛樂，失業後的瑞生想要重回戲院，意謂著想重回小資產階級的生活，然而失業以後的瑞生已不屬於此一陣營，終遭逐出小資產階級。如此，守愚形象化的具現了 1930 年代小知識分子逐漸沒落於無產階級陣營的過程。

三

第三階段為守愚加入「臺灣文藝聯盟」之後的作品，包括〈鴛鴦〉、〈難兄難弟〉、〈赤土與鮮血〉、〈移溪〉及〈美人照鏡〉、〈壽至公堂〉兩篇民間文學作品。此一階段和第一階段一樣，均是以農工生活及女性問題為主；某些作品還有著相當大的類似性，如〈鴛鴦〉宛若〈誰害了她〉的改寫，〈移溪〉和〈凶年不免於死亡〉有著類似的故事情節。雖然如此，在表現手法上卻截然不同。試比較〈移溪〉和〈凶年不免於死亡〉，同樣是要求減租，對於要求減租的原因的表現手法便大不相同。

> 「……誰知兩年前，正是你到外省的那一年，卻發生了一種什麼叫『稻熱病』的，全村的稻子，都熱死了。唉！稻子死的兇，到現在想起來，還能叫人毛慄！真的！比從前什麼叫做『虎列拉』的惡疫，流行更快、更可怕喲！……」
>
> ——〈凶年不免於死亡〉，《楊守愚集》，頁 36～37

> 「穀子？哦！我們場上的呢？……」阿得這才如夢初覺的驚叫起來。……一會，妻拿出油燈。但見得一片茫茫的，沒分溝渠，無分田畝，盡成大海。穀子更不曉得在什麼時候被流去了。
> 阿得眼看著費了他幾多血汗收成來的穀子，黃澄澄的，一粒粒在水面上浮盪著，數不盡的。喉嚨一哽，眼淚一顆顆滾了下來了。
>
> ——〈移溪〉，《楊守愚集》，頁 321

守愚雖讓至貧以比霍亂流行還快來比喻稻熱病的流行，然而平鋪直敘仍然

顯得抽象而不切實，無法讓人感同身受。而〈移溪〉則透過阿得的眼來呈現穀子俱被流失、黃澄一片的景象。明顯地，後者顯得具體、易於使人想像。同樣的，與地主會面一段，在〈凶年不免於死亡〉中，也是透過林至貧的敘述來呈現（頁 38）；在〈移溪〉中則是由阿得去見地主的行動來寫地主與佃農的階級對立。由此可知，前一階段記錄見聞式的表現手法已由人物的行動來取代。

既然情節是由人物的行動來展開，則人物亦從以往符號般存在，成為有思想、感情、有血、有肉、且具行動的能力。試回想一下，林至貧與阿得的差異：在〈凶年不免於死亡〉中，除了名字之外，讀者不知道至貧是個怎樣的人；但對於阿得，我們卻可看到他面對穀子流失的傷痛、遭地主冤枉的氣憤、移溪時的虔誠。同樣是地主，〈移溪〉中的振玉舍就比〈凶年不免於死亡〉的李永昌來得鮮明，也比〈升租〉的二舍更可惡。在人物塑造上，比較大的突破是人物的心理描寫。在〈鴛鴦〉中阿榮是一個被蔗車輾斷了腳的農工，妻子鴛鴦不得不到農場做工，為了替農場監督煮飯，不得不丟下幼兒和家庭。一日，鴛鴦晚歸，阿榮焦急的在家等待；守愚運用大段的心理描寫，來寫阿榮等待的過程。阿榮從兒子的牛乳快沒想起妻子未歸家中無錢，再聯想家中的貧困，再想起妻子的未歸，揣測未歸的理由，最後聯想妻子與農場監督通姦，種下而後的爭執。守愚也運用大段的心理描寫，寫鴛鴦對丈夫孩子的掛念，被強暴後的羞辱感與對不起丈夫的罪惡感。通過兩人的心理描寫，讀者更能體會活在經濟、禮教壓力之下人們的無奈，也更具體化農工大眾的處境。

大段的心理描寫必須仰賴作者對於人物透徹的了解，方能寫得成功。在〈赤土與鮮血〉中，有兩段相當精采的心理描寫：

……阿科嬸眼看他勤勤苦苦地工作著，一心上總是這樣想著：自己是這把年紀啦，家裡也祇有一個女兒，以前招了一個女婿是不多幾月就離緣了。兩個人孤零零地生活著，也不是善策，女兒又是那麼瘋瘋顛顛的，

當意的，誰也不來給她做招婿，水鬼羅漢又著實靠不住。

——阿昆，人材雖不怎麼好？但，看樣子，倒還誠實的。又是沒了父母了。這更不愁有掙了錢養兩家的事情，要是招他做女婿……

——《楊守愚集》，頁302

為了這，他（阿昆）整整想了兩夜！……

「生下來，就是一身子惡運命纏絆著。爸媽是死了，做戲子，又老是當的不重要腳色！做了一輩子旗軍，也莫想積下一點錢討老婆。不是麼？一天祇不過分到一角半小洋！沒戲做，還得束緊褲帶子吞涎沫。——做工、掘土、撿石子，一天又賺得幾個錢？唉！二十八歲啦。這樣鬼混下去，就混到死，也弄不到一個老婆……然而，現在，阿科嬸的女兒，雖然是二婚，雖然是白痴的女人！但，自己呢？窮。唉！有勝於無。幸而能夠生下一男半女來，禋祀也就有了承繼！也不枉爸媽生育我一身，我呢，老，是，老來無力掙錢！那時也才有了個依靠……」

「貧窮人娶老妻，罔將就。」

——《楊守愚集》，頁304

這兩段心理描寫相當的細膩，就同一件入贅的婚事，顯示雙方各自不同的處境與考量：阿科嬸考慮的是自己女兒的瘋癲，看中的是阿昆的勞動力；阿昆考慮的是自己的貧窮，著眼的是阿科嬸女兒的生育能力。阿昆是一個工人，阿科嬸則是依靠養豬為生的人，俱是屬於臺灣社會底層的農工階層，而守愚能寫出雙方的不同立場，顯示守愚對此一階層的人們較前一階段應有更進一步的認識。

四

透過上述作品的分析，我們可以發現楊守愚對於農工大眾的態度其實有著前後期的變化。前期作品中無論是敘事的角度或是情節的發展都是傾向於採用記錄見聞的方式，隱隱然帶有傾聽農工大眾聲音的意味。後期則敘述者

不再主導一切，透過以人物行動展開情節以及人物心理描寫的手法，讓人物的形象由平面成為立體，由靜止而行動；如此的表現方式意謂著守愚更進一步了解了農工大眾。這樣的轉變看似突兀，實則有其發展的理路可循；其中的關鍵在於 1930 年代知識分子經濟地位的改變。楊守愚經歷了 1930 年前後的經濟危機，意識到整個社會本質的改變，金錢數字與小知識分子的困境成為其創作的特色。金錢數字構築出守愚對社會的看法——黃金世界；在此黃金世界之下，守愚清楚看到了小知識分子的沒落，〈瑞生〉是這一過程的體現。在此沒落的過程中，守愚開始反省 1927 年以前知識分子所追求的目標：

> ……「但什麼新的、小的家庭，結果還是把貧窮人家哄到死路去，經濟既不能不打算，家事又不能不料理，唉！一個人經得起幾多折磨？哦，還要看顧兒子……」
>
> ——〈一個晚上〉，《楊守愚集》，頁 126

透過穆生妻之口，指出背叛大家庭、反封建制度對貧窮人家是無濟於事的，因仍得面對經濟的困境。而反封建、反大家庭正是 1927 年以前臺灣社會運動的主要訴求之一。如此的反省帶有「社會改革光只是反封建是不夠」的含意。有這樣的反省，才創造出〈決裂〉中勇敢與自己的階級決裂，投向農民組合的朱榮。「決裂」之後，楊守愚才真正認識了農工大眾。

——選自賴明德、許俊雅等編《第二屆臺灣本土文化國際學術研討會論文集——臺灣文學與社會》
臺北：臺灣師範大學國文學系，1997 年 5 月

愛的追尋
楊守愚和他的親人

◎康原[*]

　　1994 年 12 月 27 日，賴和紀念館敦請臺灣師大教授許俊雅女士，以「有關楊守愚及其小說的幾個問題」做專題演講，從楊守愚的作品談及日據時代的政治、經濟、社會、警察、法律、習俗等層面，做相當深入的剖析與詮釋。這位日據時代的新文學作家，以作品揭露日本人對臺灣農村勞動者的輕賤與剝削。在他筆下，我們看到日本人的囂張與蠻橫，透過小說來反封建、反帝制、反資本主義、反迷信，以人道關懷的立場寫出民生疾苦；用自己熟悉的事物與流利的臺灣話語，寫出臺灣味的小說。

願追尋父親對這塊土地與人民的愛

　　演講會後，楊守愚的么兒楊洽人先生，及二女婿陳進興先生，分別談出對自己父親及岳父的印象；楊洽人說：「聽了許教授的這場演講，我對父親一輩子從事文學創作的心情才略知一、二，以前我們只知道父親喜歡文學，但從不去關心或了解他寫些什麼。回去以後，我會認真去閱讀父親的作品，並找出未發表的存稿，使父親的文學事業能完全呈現出風貌。同時，我要去追尋父親對臺灣這塊土地與人民的愛。」緊接著陳進興先生，談到了楊守愚與他的關係，從同事變成岳父的感覺，他說：「以前在學校，岳父是我的同事，他對學生的關心就像自己的孩子，照顧得無微不至。從外表上，岳父相當威嚴，接觸以後，會感到他的慈祥。從他的身上，我體

---

[*]本名康丁原。作家。發表文章時為彰化師範大學附屬高級工業職業學校教師，現為彰化師範大學臺灣文學研究所「彰化學叢書」總策畫。

會到一日為師、終身為父的意義。也知道愛屋及烏的道理；愛自己的學生，就把自己女兒許配給學生；在六個女兒中，有三位嫁給彰化工職的畢業生。他在彰工教書時，是以校為家的，除了教書寫作之外，還為彰工撰寫校歌」。聽完楊守愚先生兩位親人述及往事，令我這位在彰工服務二十多年的人，心有戚戚焉。我在民國 59 年進入彰工迄民國 85 年退休，這段期間我曾經與臺灣新文學作家賴賢穎先生及詩人林亨泰先生共事過，我們也都知道楊守愚先生與吳慶堂先生前後在彰工服務過，但彰工的師生很少去談及這幾位臺灣文學的先輩作家。我只能利用每年新生訓練，教新生唱校歌時，介紹這位寫校歌歌詞的作者楊松茂就是小說家楊守愚先生。有段時間，我教文藝社團，也都教授學生認識楊守愚、吳慶堂、賴賢穎、林亨泰的作品。如今，我已離開學校了，聽說學校近日新蓋的圖書館將竣工，我也透過學校以前的同事，提出一個建議，希望把新建大樓命名為「松茂館」來紀念這位寫校歌又是知名作家楊守愚先生；同時，也可提醒彰工（現改名彰化師大附工）學生，彰工不僅工業技術一流，人文素養也是首屈一指。

楊守愚，本名楊松茂，1905 年 3 月 9 日生於彰化，1959 年 4 月 8 日過世。曾經使用過筆名守愚、村老、洋、翔、Ｙ 生、靜香軒主人、瘦鶴等。出生書香門第，父親為前清秀才，漢學根柢深厚，自幼熟讀漢文書籍，漢文根基相當厚實。又受賴和先生的愛護與指揮，於 1927 年開始從事小說創作，成為日據時代中文小說創作最多的一位；也曾是《臺灣文化》月刊的撰稿人。1945 年就服務彰化工職任國文、歷史並兼任導師；1949 年通過中等學校教員檢定，任國文教師兼訓導主任。年輕時曾任教漢文私塾，終身奉獻教育與文化。膝下育有四男、六女：長子勵人、次男少陵出世幾個月後夭折，三男達人、四男洽人；另生有六位女孩，依長幼秩序為錦雲、慧雲、卿雲、碧雲、薏雲、香雲。

楊守愚把對子女的愛寫在日記裡

　　楊守愚的父親是一個武秀才，漢學根基好，守愚幼承庭訓，又曾拜漢文名師郭克明與沈峻兩位先生為師，打好其往後寫作的基礎。而守愚先生的孩子卻都在工商業界發展，勵人先生從事馬達修理工作，達人先生開設紡織工廠，從事織布工作，這兩位孩子都已離開人間，現在唯一存留人間的洽人先生，本來在亞洲水泥公司工作，後來轉入紡織界，民國 64 年發現自己心臟不好辦理退休，隨後經營馬達銷售事業，民國 80 年後結束營業，專心投入讀書、休閒，仔細去閱讀其父楊守愚先生的作品。記得一年前楊洽人先生帶來一些守愚先生的遺稿說：「這些稿件經核對，還未發表，存放在賴和紀念館，供往後的研究者參考」。同時，也將相關的相片放在館內，溫文儒雅的洽人說：「閱讀我父親的作品，給了我無限的驚訝，他正式的學校教育，可能只有三年，竟然靠自己的努力自修，寫出文筆流暢，思想獨特的小說，是我們這些受過完整學校教育的子女所不及的。同時，在閱讀先父日記時，發現曾經督促我的大哥、大姊寫日記的事情，算是對子女生活與教育都相當關心。」一位偉大的作家，往往把愛藏在其作品之中，或不刻意的寫在日記裡。

　　另外，六個女兒，老大錦雲許配給當警察的蔡啓輝先生；二女慧雲嫁給彰工畢業後留在學校當老師的陳進興先生；三女卿雲嫁給林橋棟先生，四女嫁給竹塘的木材商劉金慶先生，藹雲嫁給陳子聰先生，香雲未婚。六位姊妹中，錦雲、慧雲已過世了，卿雲 60 歲後到龍泉寺出家，皈依佛門與青燈為伴，碧雲、藹雲都從事商業，香雲本在食品公司服務，每個子女都有正當的職業，只是沒有子嗣繼承他的文學志業。這些後代生活過得樸素、平常，過去他們父親並沒有提起寫文章是為了什麼？如今，聽了學者們分析父親的作品後，方使他們去找尋父親早年創作的作品來閱讀，希望透過文稿尋找父親對家庭的情、對臺灣的愛。

讓子孫後代從閱讀作品中了解歷史

　　個性耿直的楊守愚先生，做人很講義氣，又喜愛抽菸，長年戴墨鏡，他的作品以「改善風俗，打破迷信，諷刺勞資關係」為主軸，其小說蘊含的思想內容，依許俊雅教授研究，概略分成下列幾種主題：

　　一、對女性命運的關懷：臺灣社會是以男人為中心，女人被看做傳宗接代、結婚好像只為了生孩子。同時，富豪家庭常雇用女婢來工作，這些女婢常遭到主人的欺凌，套句俗話說：「食穿無，打罵有」。因此，楊守愚對這些問題提出探討；比如：〈生命的價值〉這篇作品，透過小孩的觀點，敘述鄰居的小婢秋菊的悲慘生活。又以〈女丐〉、〈冬夜〉兩篇小說探討了女性被拋售賤賣的悲慘命運。〈冬夜〉敘述伯父為了買一條牛，狠心把七歲姪女梅香賣掉，不出幾個月，牛犁田過度死後，伯父也死了，她就用餘錢辦喪葬之事。在金錢世界裡，女人不如一頭牛。〈女丐〉則敘述 13 歲的明珠被養母強迫賣淫，飽受摧殘。得了梅毒後，養母連藥錢也捨不得給，最後淪為乞丐。透過描寫女性命運的坎坷，探討女性的命運；明珠從妓女到女丐是一部女性命運悲慘史。

　　二、對農工階級的關懷：當時社會，臺灣農民占大部分，但作家很少描寫農民，於是楊守愚站在農民的立場仗義執言；為這些當牛做馬的農人說話，用小說表達對日本人剝奪農民的抗議；比如〈凶年不免於死亡〉描寫貧民林至貧先生妻死，賣女兒繳稅，又遇到「凶年冬」，日人又重稅，令人真正體會重稅猛於虎的痛苦。其他作品〈醉〉、〈升租〉、〈斷水之後〉等作品，都是透過小說寫出農民的痛苦，記錄殖民地農民的悲慘世界，但農民為了生存，須忍氣吞聲，無可奈何的生活下去，行文之間，對於農人發出同情之聲。

　　三、對知識分子的描述：守愚先生活躍在「臺灣文化協會」、「農民組合」，並做傳統書房的教書先生，以進步思想反對非理性、迷信、封建的傳統，以小說提出批判，為了知識分子的理想世界，常墮落在貧病交迫中掙

扎；比如〈啊！稿費？〉寫出煮字療飢的苦痛，希望以稿費改善生活，終是一場夢魘。而〈嫌疑〉描寫主角曾啓宏，參加文化協會改組，被指控為無政府主義之「黑色青年」，被搜查、審問、囚禁。拘押後，朝思暮想能重獲自由，此篇作品頗有自傳之味。這些小說表達了日據時代知識分子的痛苦與迷茫，充分表達出其社會主義之思想，充滿人道的關懷。

除了小說，楊守愚對古詩與新詩，都有很高的成就，在新詩創作的題材廣泛，仍對勞動人民困窘情形及婦女的不幸提出同情，對不義提出批判，對天災造成人民的損失，寫出無限悲憫，與小說展現人道主義的關懷是一致的，比如，他寫一首〈一個恐怖的早晨〉關心中部的大地震，描寫災變市街變成廢墟，災民在血、汗之間痛苦、哀號的情形，讀了令人憐憫。

一個富人道精神的作家，其悲憫與正義性格會透過作品遺留人間；因為他對社會的關懷與愛戀，使其仔細去記錄人民活動與土地變遷情形，我們從這些文學作品中，能獲得許多歷史的圖像與經驗；他們那顆愛人類的心，深藏在作品裡，讓後代子孫閱讀文學作品能了解歷史，從生活的描繪中去回憶追尋祖父的愛，這就是文史不分家的道理，也是文學特有的魅力。

——選自張堂錡、欒梅健編《現代文學名家的第二代》
臺北：業強出版社，1998 年 8 月

憶父親

◎楊洽人[*]

　　理平頭、戴墨鏡、留鬍子,「望之儼然,即之也溫」,正是父親的寫照。父親楊守愚,本名楊松茂,生於 1905 年。六歲時祖父楊逢春去世,「留下母子倆、零丁孤苦」(父日記語)。七歲進彰化第一公學校(今彰化中山國民小學)就讀,祖父為前清秀才,漢文根基深厚,父親深受影響,自幼熟讀詩書,且曾受業於名師郭克明先生,文學基礎紮實,17 歲時即在私塾教授漢文,此後大半生皆以此為業。中日戰爭爆發後,日人強力推行皇民化運動,禁用漢文,私塾屢遭日警取締,不得不時常更換處所,然仍不改其推行漢學文化之意念與決心。20 歲起著手嘗試寫小說,〈戲班長〉即為早期作品之一。1945 年臺灣光復,隨即由校長聘用進入省立彰化工業職校(即今之彰化師大附工)服務、教授國文,彰工校歌歌詞即為其所作,1959 年於任上過世。

　　我們兄弟姐妹共九人,食指浩繁,生活清苦,自不在話下,然而父親並未因此而忽視子女教育,對子女功課採鼓勵輔導並重方式,不會讓子女承受太大壓力;記憶中,似不曾有任一位兄、姐、妹被其打罵過,父親浸淫於文學領域中,自有其對世事萬物之獨特見解,對於犯錯之學生、子女,常用溝通論理方式使其瞭解領略,在今日倫理生序,父子、師生衝突事件時起之社會中,我深為在昔日父權崇高之時代,能擁有一位思想開通之父親而感念不已。

　　父親於嚴肅外表下,另有其仁慈之一面,他在自家庭院裡養了幾隻

*楊守愚四男。

雞,每天抽空自己去餵養,等到雞長大,母親欲抓來宰殺時,父親卻說:
「這隻不行,牠很聰明」,換另一隻時,父親又說:「這隻也不行,牠很可
愛」,再換一隻吧,「那隻更不行,牠很可憐」……。父親由於同情挑賣薪
材者工作粗重辛苦,曾交代母親購買時,不可還價,這與父親作品中所呈
現同情勞苦大眾之風格頗為吻合。

除了中國文學名家著作外,父親對世界文學名著,諸如托爾斯泰的
《戰爭與和平》、高爾基的《學習時代》、《一幅肖像畫》、《燎原》、《俄羅斯
童話》、屠格涅夫的《獵人日記》等,也常閱讀,可見父親對文學作品之涉
獵很廣泛,並不局限於中國人之作品。

父親非常喜歡各類小吃,例如彰化阿碗的擔仔麵、逢源的麻糬、河仔
的肉粽、觀音亭的肉圓,都常去品嚐,不過最令他難忘的是臺北龍山寺口
之鴨仔飯及所附清湯。

「知足常樂」,「能忍則安」,是父親每年春節都會寫的兩幅春聯,除了
表現他為人處事之原則外,更作為晚輩修身養性之準繩。

慚愧的是,自我懂事以來,只看到父親常和詩友寫作吟唱舊詩、便誤
以為舊詩就是他作品之全部,直到 1994 年 12 月 17 日賴和紀念館邀請師大
許俊雅教授以「有關楊守愚及其小說的幾個問題」演講,由於許教授對家
父作品所作的深入研究、分析與精闢的解說,使我如夢初醒,原來父親除
了舊詩之外,於新詩與小說方面多有所創作,緣此乃導引我對父親的作品
有新的認識,並督促自己加強對父親作品之蒐集與整理,在此謹向許教
授、紀念館賴董事長悅顏、康館長原、全體工作人員深致謝意。

(1996、8、16)

——原載於《文學臺灣》第 20 期,1997 年 4 月

——選自許俊雅、楊洽人編《楊守愚日記》
彰化:彰化縣立文化中心,1998 年 12 月

不納朱門履，情甘徹骨窮

談楊守愚的小說及其相關的幾個問題（節錄）

◎許俊雅*

一、楊守愚小說蘊含的思想內容

（一）對女性命運的關懷

　　對婦女之關心，是新文學作品之大宗，在楊守愚創作中，也同樣占了很大的比例。〈生命的價值〉是他最早發表有關婦女問題的一篇。這一篇作品透過一個小孩的觀點，敘述鄰居的小婢女秋菊的悲慘生活。故事發生於冬夜，小男孩被哀號聲驚醒時，正在甜美的睡夢中「脫離了肉的、汙濁的人世間，魂遊於極自由、極美麗的天地」，相對於這夢境的是現實暴厲而洪亮的聲響，是天明後目睹婢女垂死的慘劇。小婢女秋菊不過是八歲的小女孩，由於家中貧窮，不得不賣人，但是奴婢制度和金錢世界虐殺了這尚稚齡的小女孩，她終日被打罵，皮開肉綻，過著魂飛魄散的生活，最後終被折磨致死。男孩追溯起她被賣以後的生活：

> 從今以後，她就像入籠之鳥似的，永遠地過著不如意的生活，不自由的生活，和非人的生活了。她那做小孩所應有的天真爛漫的態度，和愉快的享樂，就被那青面獠牙的惡魔，掠奪了去，什麼娛樂呀！教育呀！她更加連做夢也想不到。

---

*發表時為臺灣師範大學國文學系教授，現為臺灣師範大學國文學系系主任。

　　　　她每晚都要過到十二句鐘才得睡覺，早上又須五點多鐘就要起來；她
　　　　每天的工作，老實說，就是一個成人也還擔當不起。每早起床就要掃
　　　　地、拭椅桌、換煙筒水、煎茶、排水、洗衣服、洗碗箸、買菜蔬、挹
　　　　腰骨、清屎桶、當什差、守家門、還要管顧小主人；這麼多的工作，
　　　　都要她一個人擔當。萬一不提防、不小心、還要飽嘗那老拳、竹板、
　　　　繩子的滋味呢！

秋菊悲慘的遭遇，正如朱自清在〈生命的價值——七毛錢〉一文所述，「我
們所見的，十有六七是刻薄人！她若賣到這種人手裡，他們必　榨她過量
的勞力。供不應求時，便罵也來了，打也來了！」[1]生命本是莊嚴無比
的，理應受到尊重，但在朱氏或楊氏的作品裡，生命都未曾受到輜尊重，
可以任人販售，任人擺布，而且僅是區區七個小銀元或一個銀角就可以任
人宰割，生命真是太賤了，賤得令人膽寒！怪不得連小男孩都不免驚懼疑
惑：「給我一個垂死的慘狀，和一個銀角的影子，永遠地，印象在我這脆弱
的小心靈裡。唉！生命的價值——一個銀角！」作者藉著小男孩之口傳達
了人道主義的理念，憐憫這一切被凌虐的生命。人的生活本應具有自由、
娛樂、教育的，人的生命本是不能以價格來衡量的，然而在資本主義社會
裡，卻無情凌虐了這人道主義的理想。這故事除了現實層面之意義外，其
實也象徵了臺灣人民在封建、資本帝國主義下躓仆的處境。臺灣不也是無
由自主的被清廷賤售了嗎？從此淪於被壓榨凌辱的處境嗎？一如施文杞的
〈臺娘悲史〉中「臺娘」的遭遇令人扼腕！

　　對人道世界的希望、理想，是楊守愚創作的源泉，這精神是他寫作的
基本思想和情感，也是他批判現實的標尺。繼〈生命的價值〉之後，楊守
愚〈女丐〉、〈冬夜〉兩篇同樣探討了女性被拋售賤賣的悲慘命運。〈冬夜〉
敘述伯父為了買一條牛，狠心把七歲姪女梅香賣掉，不出幾個月犁田過度

---

[1]朱自清，〈生命的價值——七毛錢〉，《朱自清作品欣賞》（廣西：廣西人民出版社，1981年版）。

死後，伯父也死了，就用餘錢辦喪葬之事。在金錢世界裡，女人還不如一頭牛。〈女丐〉敘述 13 歲的明珠被養母強迫賣淫，不斷接客，使她飽受摧殘。得到梅毒後，生意漸冷淡，養母竟連藥錢也捨不得，最後淪落到乞食為生的悲慘之遇。她的一生，恐怕只有消磨於眼淚之中了。

　　〈誰害了她〉和〈鴛鴦〉二作控訴了農場監督者之淫虐，導致她們心懷羞憤，而家破人亡。〈誰害了她〉這篇小說的阿妍，自小喪母，父親又因工作時不慎砸斷了腿，為了一家生活，她只好到農場當女工。農場的爪牙陳阿戇利用職權百般調戲她。她不甘受辱，寧可不要工錢就跑回家，不願再到農場上工。但她父親不知內情，以為她偷懶，因此逼她再去農場，孰料又遭到監督陳阿戇更明目張膽的糾纏戲弄。阿妍驚恐萬狀丟掉手中的農具死命地跑，陳阿戇則拚命地在後面追趕。阿妍眼看災劫難逃，便一躍投河而亡。而家中殘廢斷炊的父親直到深夜還眼巴巴地望著女兒歸來，他怎知女兒是一去再也回不來了？農場監督陳阿戇為了逞其獸慾，逼死了豆蔻年華的阿妍，也毀滅了一個家庭，斷絕了那殘廢父親的一切希望。〈鴛鴦〉這一篇同樣敘述了一幕人間慘劇。阿榮在糖廠做工，因為蔗車輾斷了腿，於是被迫免職，為了一家生計，只好讓太太鴛鴦到糖廠工作。日籍監督垂涎鴛鴦姿色，平時就調戲她，對她「吐出狎褻的言詞，弄著調戲的手段」。監督又以其妻子入院為由，請鴛鴦幫忙煮飯，把她騙到家中，他則故意帶孩子到醫院探望妻子，拖到很晚才回來，在他哄騙硬勸之下，罕喝酒的鴛鴦空腹喝下幾杯便頭昏乏力，遂被監督加以強姦。鴛鴦在不得丈夫的諒解下，帶著還在吃奶的孩子，悄悄出走。阿榮則自慚形穢，滿懷氣憤而自殺了。中下層社會裡的一般世間女子，她們面對的是生活與生存，是外在的滔滔濁世，舉步維艱，甚至處處是陷阱、荊棘的險地惡境。這些女性被凌虐的故事，問題的關鍵就在於男性的絕對權威，加上女性只是附屬品的傳統社會價值觀。而這正是以反封建為職志，追求人道主義理想的楊守愚所矜憐惋傷的，因此其小說對女子命運之怨毒不善，始終抱著焦慮與同情。

　　封建文化不僅摧殘婦女肉體，而且摧殘婦女的精神和心靈。〈瘋女〉、

〈出走的前一夜〉描述了不自由的婚姻。〈瘋女〉中的女主角紫鳳略識詩書，性情溫純，品行端莊，只要聽到人家說到「嫁」字，她就羞得臉紅。後來父母聽信媒婆巧言，誤將她匹配給吃喝嫖賭的無賴漢，她知道後，就像失了靈魂般，鎮日憂愁、納悶，她沒有勇氣提出解除婚約，以為「水潑落地」，已難收拾，只有自恨命苦。恨苦已極，終致發瘋！

　　這種不顧子女意願，無視女子幸福的婚姻習俗，毀了紫鳳。她的家人本可取消婚約，但卻沒有任何具體行動；她本也可力圖婚姻自主，但她沒有勇氣向習俗挑戰。這篇小說雖然控訴媒妁婚姻的殘酷，但同時也啟示我們，社會眾生的自我覺醒，蔚成理性之風，才是最重要的。

　　瘦鶴〈出走的前一夜〉，描述一位具有新思想的女子，踟躕在親情與理想，順從與反抗之間的心路歷程。若選擇親情，勢必屈從母親的安排，接受傳統的媒妁婚姻，從此枷鎖纏身；若抉擇理想，依自己意願到日本求學，則不免違拗母親的旨意，讓家人被恥笑。這種矛盾衝突在當時的確苦惱了不少女子。這篇小說最後以「女子在痛楚的煎熬下，終於決心離家出走，自我主宰命運」為結，可見作者站在反對媒妁婚姻之立場，鼓勵女子勇於擺脫陋俗的牢籠。小說中反映了一般重男輕女、女子不需知識的觀念。女主角再三再四地向她母親要求繼續升學，她母親氣憤地說：

> 「什麼？讀了書，有什麼用處呢？阿蔚曾讀過書麼？她前年嫁給阿吉舍，竟嫁了一千塊聘金，雖說是接後的，但她現在不是富貴一世了麼？像阿鳳、麗華、標梅們，那一個不是高女出身的麼？你看，誰肯來和她議婚？還有最喪廉恥、敗門風的，就是芸英，竟和一個野漢私逃，唉！這還了得麼？」

　　女子無需讀太多書，嫁個金龜婿富貴一世，就是好親事，這種觀念在當時普遍存在，（在今日又何嘗不然？）物質生活總是第一考慮，是深怕女兒嫁後生活困苦呢？還是可索取為數可觀的聘金呢？她對母親說：「即使我

的婚事，也自有我的主見，用不著你老人家擔憂」，她母親氣憤之餘，乾脆說：「書我偏不給你讀，親事我也硬要做主，怕你上天不成！」最令她失望悲哀的是她想起哥哥早先的來信也是思想守舊，與母親沆瀣一氣，言念及此，倍覺孤立無援。哥哥的信中有下列數語：

> 「……這裡的女校，不見得怎麼好，又且到這裡來，費用很大，家裡一定不能支維，到那裡，反累了父母受苦，我看還是在家裡幫媽媽理家的好，女子老實無需乎這許多學問，像你這樣，已經夠了！」

　　幾經思索，她終於決定出走。楊守愚擺脫以男人為本位的心態，啟示女子應有從男性附屬的地位中超拔出來的自覺，不該愚蠢懦弱地淪為封建婚姻下的犧牲品，鼓勵女子追求婚姻自主，實具時代意義。同時作者也寫出女性命運常為社會的制約所主宰，外在的力量，強勢威權的轄制，不僅是男性受影響，它更從思想、心靈上徹底改造女性，使她們的思想內心，絕大多數依循著社會的成規舊習來行事，因此不少女性常牢牢地被封鎖、被規約在社會制約中。只有勇於衝破家庭制約，顛覆社會權威制約的女性才有旋乾轉坤，扭轉自己命運的可能。

（二）對農工階層的關懷

　　楊守愚曾於 1934 年感慨道：「最遺憾的，一般地言，就是很少看到描寫農民生活的作品，反而是兩性問題的作品倒是占有了全作品的十之七八，這從做一個農產地的臺灣看起來，不無多少叫人感到不足。」緣此，他以農民為題材的作品不少，非唯勇於正視且仗義直言，如〈凶年不免於死亡〉、〈醉〉、〈升租〉、〈斷水之後〉等作皆是。在守愚這些小說中，人物大抵上都是作牛作馬，亦不得溫飽的。如〈醉〉最後幾段，吐露了佃農無奈的心聲：

> 「你不聽見俗語說：『早死早超生，慢死加無暇』，如果只有偷生苟

活，不如死了乾淨。」鄭坤福悲憤之餘，好像看破世情似的說道。

「老鄭的話，是多麼不錯呀！苟延殘喘，是不如死了爽快。以我的意見，也是不做田的好。」林該也同情地道。

「對呀！要想不受地主的榨取、剝奪，只好大家把農具丟掉，把農具一齊丟掉……。」他們三個人，快快樂樂地喝酒，爽爽快快地暢談，到現在已經將近要九點五十分鐘了。大家因了這半樽米酒的薰陶，也有些兒醉了，他們狂歌，他們高喊。

鄭坤福竟幾乎發起瘋來了。兩腳蹣跚地顛倒著，口裡總是不住地罵著：「現在農民自絕了！」喊著：「把農具丟掉吧！不要做田。」他不住地總是把這幾句反覆高喊、狂罵。他醉瘋了，他把一切破壞，把一切毀滅！

　　從這段貧農的談話中，不難了解貧農的悲苦，明知耕田過活，比乞丐還苦，還不得不耕下去，雖然在悲苦已極之際，他們便藉酒以澆磊塊，使氣罵座，狂喊：「把農具丟掉吧！不要做田」（〈醉〉），但酒醒之後，他們只好重荷耒鍤，努力耕種，構成了一幅幅充滿悲情的殖民世界農村圖。至於有關勞工問題及反映失業悲苦之作，多集中於 1930 年代，正好如實呈現 1930 年以來的世界經濟恐慌，如〈一群失業的人〉、〈元宵〉、〈瑞生〉、〈過年〉、〈十字街頭〉、〈顛倒死？〉勾勒出被日本警察取締凌逼的街頭小販之坎坷，及勞工災禍之連連，在這些小說中的人物，幾皆一波未平，一波又起的厄運，他們似乎註定了逢吉化凶，災星高照，使得一系列災難，令人「目不暇給」。〈一群失業的人〉中，這一群人離鄉背井，想找苦工做，卻一路找不到，最後盤纏用罄，迫於飢餓，偷挖別人的蕃薯，結果被主人發現，落荒而逃，最後卻連唯一的破包袱也丟了，而此時連天空也「故意降下雨來」。失業者遍尋工作無以餬口，可是大資本家、紈袴子弟，卻浪擲金錢，沉迷酒色。在〈元宵〉裡，守愚藉失業者宗澤的遭遇，訴說了社會之不公。突破困境之希望既渺茫，我們聽到的便只是弱者無力的嘆息。有時

在嘆息聲外，也夾雜著被壓抑的怨恨、怒火：「現在的××世界，做生理、賣
點心，實在比做賊過較艱苦！」（〈顛倒死？〉）這些小民大率未受教育，無
知無識，一切隨貧窮而來的人性弱點，如：偏執固陋、迷信、多疑、眼光
短淺……等，莫不具備，〈移溪〉中受洪水之害的村民，為了防範水災，請
王爺移溪，結果河水無情，徒然吞噬幾許冤魂。他們懷疑進步的力量，如
小販們抱怨「文化會做罪責，害死人！」、「伊替散赤人出頭，咱大家即會
過較死！」（〈顛倒死？〉），由於其眼光短淺，迷信多疑，只有任憑地主、
資本家恣意宰制戕剝，喪失人之尊嚴與生命之意義。以農工為描述題材之
故事，大半也涉及到日本警察的浮虐、執法之偏頗，以及狐假虎威、凌辱
自己同胞的「三腳桶」。這些都完整犀利反映出臺灣人民生活的悲苦掙扎，
並賦予深摯的關懷之意。

（三）對知識分子的描述

相對於婦女、農工階層的人物是活躍於「臺灣文化協會」、「農民組合」
的知識青年，及傳統書房的教書先生，他們都是有文化的知識分子。而在守
愚筆下的知識分子，基本上都帶有烏托邦的理想。他們所學所思自具進步意
義，他們極力反對非理性的傳統，也往往批判社會現狀。〈一個晚上〉中的
穆生夫婦，脫離威權之下的大家庭，自組「新的、小的家庭」，致力建設理
想的社會，但貧病交侵，妻子染上肺病自忖無法久活，「不願以這不死不活
的身子拖累」先生，於是上吊，死前仍以「最後的愛與希望」鼓舞穆生繼續
組織工會的事。在她生病時，她仍殷殷希望窮人家能生活在有個集團組織，
如公共育兒院、公共食堂……等設備的理想社會裡。日據下的新文學作家，
尤其具有社會主義思想者大都有對理想社會的嚮往，對保育院、集體部落
（類人民公社）……一個屬於全人類、幸福的理想國度的到來，這是在普遍
貧困的社會裡必然會有的憧憬。因而在守愚筆下那些知識分子一面對資本主
義加以唾棄，對「黃金的世界」、「商品化了的世間」，有著憎惡的仇視，另
一方面時而去營造一個沒有欺騙、壓迫的夢土。〈啊！稿費？〉中的主人翁
由於新式學校與經濟蕭條的交相衝擊，所營書房乏人問津，「孔子飯」亦無

緣再享，於是煮字療飢，冀以稿費改善生活，然而「黃金的國土」既虛幻渺茫，第一次世界大戰後，經濟又極不景氣，這位主人翁只有載憤載悲，強烈質問「世間的錢，又是歸到誰的手裡呢？」相對於這些具有期待、幻想的另一些知識分子，是將思想付諸行動，為人群工作、獻給人群的進步青年。〈嫌疑〉、〈決裂〉中的主角即此類代表。〈嫌疑〉的主角曾啓宏，參加文化協會改組，又被指控為無政府主義之「黑色青年」，日警冠以「治安維持法嫌疑」罪名，搜查、審問，並予囚禁。拘押後，他朝思暮想著則為「不知要到那一天，再能回復了我的自由，再能與無時無地都（不）在活躍著，鬥爭的人類見面？」〈決裂〉中的主角朱榮，為農民組合之領袖，「日也運動，夜也運動」，因而從東京學成返國，為官廳曲加尼阻而找不到工作。他對當時新人物之戀愛至上主義，頗覺不屑，亦不願囿縛於家庭、妻子，妻子與他的觀念全然不同，他不惜與之決裂，並說：

> 你既然反對我的主義，阻礙我的工作，那我倆當然是勢不兩立了。你的反動行為，在我的眼中，也只是我的一個仇敵……。

至此朱榮所專力追求者，乃是與群體有關「更有意義，更偉大的○○工作」。為了理想的實現，愛情、家庭是不相干的事體，是可以割捨的，政治立場、階級意識的對立，使得彼此的矛盾愈加擴大，使得這個家庭無法挽救。這與家庭、階級決裂、脫離的知識分子，亦見於楊逵〈模範村〉中的阮新民。決裂得如此徹底的人物在小說中並不多，包括作者本人在內想必也很難做到，這知識青年顯然已被革命的熱情所取代或者說昇華，在荊天棘地的殖民世局裡，令人倍加感受到驚恐與震撼。

對「人」的關注同情，經常是小說家注目之處，日據下的新文學作家更常以深厚的人道主義情懷，廣泛描寫了臺灣人民的悲喜哀歡。他們大部分人都得面對「地主、資本家、統治者、習俗」等封建、帝國主義的雙重壓迫，致使他們現實生命總是拗拗折折，受盡驚恐，百般委曲、屈辱，而

這些問題也正是守愚所關注之處。

二、守愚小說語言的風貌

　　日據時代的臺灣中文小說，在語言的型態上，呈現了兩種不同的風貌，一是以張我軍為主的純粹中文式的小說語言，一是以賴和、楊守愚、蔡秋桐為主的臺灣式中文（即臺灣話文）的小說語言，而用這兩種語言行文者，亦偶而雜用日語借詞。就文學本位言，始於 1924 年，止於 1934 年的臺灣白話小說，由於其特殊的歷史背景和語言傳統，使其小說語言之風貌獨具一格，為了啟發民智及忠實反映當時的臺灣社會型態、人物在社會中活動的百態，小說創作者在語言的選擇上，自然使用臺灣民眾熟悉的語言──閩南語，為其文學創作的語言。尤其方言詞彙的使用，使小說人物的性格，有了深度的刻畫。這種以方言來反映濃厚的地方色彩，或以方言來記錄特有的臺灣社會經驗，形成日據下臺灣白話文學獨特的風貌。

　　楊守愚小說作品之語言風貌，或者作品的風格傾向，一般人皆認為他受到賴和極深的影響，也廣泛運用臺灣話語，來塑造小說的人物形象，及人物間多樣的微妙關係，真實反映臺灣社會各階層的生活悲苦。然則考察楊氏 37 篇作品，從使用臺灣話文與中國白話文創作的比例來看，顯然後者占了大部分，前者除了〈誰害了她〉、〈顛倒死？〉、〈女丐〉、〈斷水之後〉四篇外，我們很難找到大量使用臺灣話文創作的作品。甚至 1931 年 8 月臺灣話文論戰引起回響後，守愚大部分創作仍以中國白話文為主（除了〈斷水之後〉），這或許透露了他早期使用臺灣話為創作基調的作品或許受賴和的影響，但後來他也面臨了使用臺灣話創作的困境。

　　文學語言之內容本極為廣泛，此處著重談其小說中的閩南方言詞彙之應用。為了避免煩瑣，在「附錄：楊守愚小說作品一覽表」下，以 ABC 分臺灣話等級，A 級代表出現頻率甚高，B 級代表普通，C 級代表有限的臺語詞彙，A 級對不諳閩南語的讀者而言，閱讀起來就有些吃力。為了呈現其小說語言之風貌，僅舉 A、C 級作品片段為例說明：

（一）〈夢〉1931 年 10 月

1. 開了好幾天的家庭會議，母親是以自己年老，不忍教兒子遠離膝
下；妻子也以兒女幼小，乏人照料為阻行的理由，……但連日卻又
像為領護照、治裝、赴餞別宴而忙碌。

2. 「簡陋得很，一切還整理不出一個頭緒，連這事務所也還是得到你
來申的覆電，新近才租定的。不太魯莽麼？」樓雖不大，卻簡單而
美術地佈置著。「王先生來了，同 SA 一塊兒的。」……耳邊恍惚
聽到這樣喊聲，唔！樓上早就有好些人在等看呢。

〈夢〉為守愚「碰壁」四部作之一（其餘三部為：〈開學的頭一天〉、〈就試
試文學家生活的味道吧〉、〈啊！稿費？〉）主人翁王先生由於遭受第一次世
界大戰後經濟恐慌的波及，不得不走進教書一途以維生，豈料書房在新式
時代及經濟凋弊的社會也難以餬口，只好藉寫作貼補家用。他做了一個
夢，將美夢寄託在名利雙收的寫作。覺得自己在「黃金時代的前頭」，後來
雜誌多刊登了一些左翼作家的稿子，遂被查禁，自己也在上海公安局人員
毆打，押解掙扎中，口喊「橫暴」醒了過來。小說取材跨越中、臺，以上
海生活為夢境一角，自然用北京話行文，但述及臺灣的部分，一仍沿用純
粹的北京話行文。而夢境所呈現的，正好說明了殖民社會的恐怖壓制，是
無所不在的，連做夢都難以逃避。它仍然與臺灣有關，不過其傳達的心聲
嫌弱了些。

（二）〈誰害了她〉1930 年 3 月

1. 「查某官！你那著這款拚勢？」……「哎啊！你總要這款交交
纏！」……「哎呀！你這個人也太無款無式呀！走邊仔去，若是給
別人看見，真呆勢面；較緊走邊仔去！」阿妍嚇紅著臉，忙斜側著
肩頭，想使阿慧的手溜下；誰知他的手卻越發拉緊。……「你做親
戚也未？咦！生做真妖嬌呀！連我看了也合意……」

（三）〈顛倒死？〉1930 年 7 月

1. 「伊正走到那所在，不知是著驚、生狂，也是安怎，自己跌了一下，真注死老彭！較慘命底帶官符，那個巡查也正走到，就搦去咯！」

2. 「你這號人，無志無氣，雞屎落土，嗎有三寸煙。咱有法度無法度，都也不知；不過，乎人欺負，是不通看做無要緊！咱自己無才情，別人替咱出頭，怎麼顛倒怪恨人，那有這……」

這兩篇小說為了忠實呈現小說人物的身分，使用了口語化的鄉土語言，尤其在對話時，用小人物所操持的語言來描述，顯得逼真傳神，如題目〈顛倒死？〉是反而糟糕的意思，用閩南話表達頗為生動，如用「反而糟糕」就感受不出其心情了。不過對熟悉閩南語的人來說，很容易抓住方言的語氣，也能深刻感受到小說人物的鮮明性格。至於其詞彙因泰半自出機杼，以擬音為主，初未深究字源，本義，因此不懂方言的讀者，可能不易了解。

上面引文，其詞彙意思是如「查某官」，是「對女人的稱呼」；「這款」，是「這樣」；「拚勢」是「拚命工作」；「交交纏」是「糾纏」；「無款無式」是「太不像樣」；「邊仔」是「旁邊」；「呆勢面」是「不好意思」；「較緊」是「快點」；「做親戚」是「論婚嫁」；「妖嬌」是「嬌媚」；「所在」是「地方」；「著驚」是「受了驚嚇」；「生狂」是「慌張」；「安怎」是「怎麼了」；「注死」是「該死」；「這號人」是「這種人」，「無志無氣」是「無志氣」；「雞屎落土，嗎有三寸煙」是諺語，勸人要有志氣。「無法度」是「沒辦法」；「才情」是「能力」……等，可說大量運用了臺灣話來寫作，甚至有些語彙迄今仍沿用呢！

綜上所述，可知楊守愚作品分為四類，一為頗道地中國白話文之風貌，一為閩南方言之風格。這兩種現象在 1931 年以前即已呈現。〈生命的價值〉、〈捧了你的香爐〉、〈瘋女〉、〈十字街頭〉、〈冬夜〉、〈出走的前一夜〉等作，其詞彙句法皆罕見閩南語痕跡。〈誰害了她〉、〈顛倒死？〉二作

則適相反，可列於 A 級方言出現頻率甚高之作。1931 年 8 月臺灣話文論戰之後，楊氏之作品，並未因論戰灰白關係而以臺灣話文創撰，除了〈斷水之後〉一作，因多以對話行文，因而使用閩南詞彙、語法、三字經較多外，其餘如〈就試試文學家生活的味道吧！〉、〈夢〉、〈啊！稿費？〉、〈爸爸！她在使你老人家生氣嗎？〉、〈退學的狂潮〉、〈決裂〉、〈鴛鴦〉則多屬第一類。筆者推測臺灣話文之試驗，欲將之書面語後用於小說之創作，其困難遠於新詩，因詩較「短」，小說則「長」，想要表達的愈多、愈複雜，寫作也就愈困難，因而其新詩之作仍多有臺灣話文之痕跡，而小說作品則自〈斷水之後〉則鮮見。此一現象，觀今「臺語文學」之試驗，詩遠多於小說，或可窺知一、二。

此外，守愚在臺灣話文創作方面，因為當時小說尚處於使用方詞彙言的初期，頗多用法皆作者隨意創撰，如賴和慣以「永過」代之「以前」，而守愚個人習用之詞彙，如「生目瞤」是「自從出生以來」；「豆油膏」是「醬油露」；「煙腸」是「香腸」；「間壁」是「隔壁」；「老昨」是「很早以前」或「大前天」；「即暗」是「這麼晚」；「九句鐘」是「九點鐘」；「這擺」是「這回」；「散赤人」是「貧窮的人」；「漸時」是「暫時」；此類用法皆守愚自創，與他人不同，如「即暗」，其他作家習用「這暗」、「這麼暗」。因每位作者有其慣用的詞彙，據此或可考證若干僅具筆名的作者真實姓名。茲以守愚「漸時」（臺灣話文）、「一壁兒」（北京話）等詞說明之。

守愚於〈赧顏閒話十年前〉一文說：「拙作〈盜伐〉在《曉鐘》，〈新郎的禮數〉在《明日》，〈兩對摩登夫婦〉在《臺灣文藝》……。」《明日》雜誌似已散佚，今不得見，然 1984 年 8 月時《文學界》（第 11 集）尚曾重刊〈新郎的禮數〉一文，1991 年 2 月前衛出版社《楊守愚集》收入該文。守愚小說作品頗多，其筆名亦多，〈新郎的禮數〉一作據葉石濤《臺灣文學史綱》之附錄，有林瑞明〈臺灣文學史年表〉一篇，上署「瘦鶴　新郎的禮數　明日三」，據此可知守愚另一筆名為「瘦鶴」。此外《文學界》第 11 集除重刊〈新郎的禮數〉一文外，又有〈慈母的心〉亦謂守愚作品。〈慈母的

心〉一作後收入《楊守愚集》，編者於題下注曰：「本篇另名〈冬夜〉」，復於文末附識曰：「本篇作於 1927 年 11 月 6 日，為楊氏留存之手稿，後載於《文學界》第 11 集，1984 年 8 月出版。」然則〈慈〉作之內容日刊披於《臺灣新民報》第 311～313 號，其文題即署名〈冬夜〉，作者為「瘦鶴」，可知「瘦鶴」確為守愚另一筆名。而前衛出版社似宜收錄已正式發表之〈冬夜〉，為是，蓋《臺灣新民報》第 222～224 號已載「貢三」〈慈母的心〉一作，「貢三」之文刊於 1928 年，守愚可能考慮前人之作已具斯題，因而將手稿文字稍加刪潤，而以〈冬夜〉為題。〈慈母的心（冬夜）〉此一手稿，筆者以為應是戰前所寫，手稿本明確記載著創作日期是 1927 年 11 月 6 日，這一時間是目前可知最早的創作年代，甚至較〈獵兔〉的發表早一年多。筆者疑貢三之作，其篇題或為守愚所加，其時守愚常為賴和主編《臺灣新民報》「學藝欄」分勞，極有可能將自己原先擬妥的篇名送給了貢三，因此才以〈冬夜〉為題發表。

　　對「瘦鶴」筆名之推測，在《臺灣新文學》創刊號上，同時刊登四首新詩，而這四首詩的作者署名為「守愚」、「翔」、「瘦鶴」，詩作又有一篇名為〈冬夜〉，「守愚」、「翔」已可確定是同一人，另一篇「瘦鶴」所作的〈人是應該勞働的〉，有可能為了避免同一人出現次數過多，所以多用筆名，從這些蛛絲馬跡大致可以推斷「瘦鶴」為守愚另一筆名，殆無疑義。

　　除前三項證據外，吾人亦可從〈冬夜〉所使用之方言詞彙予以說明。「一壁兒」是北平語言，楊氏以之代「一面」，日據時期臺灣白話小說，除郭秋生用過一次外，未見其他作者也使用此詞，而楊氏對此詞似情有獨鍾。在〈捧了你的香爐〉中說：「新民先生一壁兒檢書，一壁兒答道。」；〈生命的價值〉中，楊氏寫道：「老婆子一壁兒說，一壁兒拿了一條油炸粿給我。」；在〈凶年不免於死亡〉中，楊氏寫道：「阿義聽完了這一段話，一壁兒搖頭，一壁兒說，似乎表示著無限同情的樣子。」；在〈元宵〉中寫道：「宗澤一壁兒跑，一壁兒想，越想越惱、越惱也就越恨起來了。」；在〈決裂〉中寫道：「朱榮一壁兒向到達農民組合的那條路上走著，一壁兒把

剛才同妻子的吵架回想一下。」同樣的在〈冬夜〉一文也說:「王先生一壁兒抽他的煙斗,一壁兒跑到內廳。」同時署名「瘦鶴」所寫的〈沒有兒子的爸爸〉一文也有:「夫妻倆,一壁兒蹣跚著,一面交換著說。」另據新發現的守愚日記(1936 年 12 月 4 日)所載,明確可知此文為其作品,緣此,吾人可據以確定「瘦鶴」即守愚本人。又「漸時」亦楊氏專用之詞,在〈沒有兒子的爸爸〉文中亦寫道:「老祖父沉吟著,像在思索,小寶也就漸時不再吵嚷了。」楊氏另二篇作品亦用之,如〈一群失業的人〉:「大家一面烤火,一面聽講故事,倒也漸時可以忘卻一切痛苦。」;〈赤土與鮮血〉:「阿昆忙著取過另外一只箕兒,談話也就漸時停下去。」「漸時」一詞可謂楊氏所獨創。像這一類方言詞彙的使用,由於小說尚處萌芽階段,以臺灣話文行文,其用法尚未約定俗成,除了一些詞彙用法,諸作者略有共識外(如「生理」、「下晡」、「敢會」、「真聖」……),每位作者都有一些個人慣用的擬音漢字、日文借字、閩南詞彙等,甚至如守愚熟讀中國古典小說,而以北平話「一壁兒」使用在他多篇小說中,而這些慣用詞彙亦成考訂作者之旁證。

三、一些問題的澄清

　　守愚曾回顧其半生文學生涯,對日據下的臺灣新文學有這樣的批評:「大都充滿了自然主義的無力的揭露醜惡與貧乏的同情」,而這其實也是他文學的主要特質(前文已述)。不過文學評論者對這「缺乏人生遠景的揭示」素來是感到遺憾的,也認為這幾乎是日據時期大多數作家的共同缺憾。而這樣的體認,實則在日據時期,也有一些文學工作者提出了這樣的省思。在《先發部隊》宣言、卷頭言及專輯多篇文章裡屢言「建設的、創造的」文學,「轉向於創造當來的新生活樣式」,揚棄破壞性文學,突破往昔一味描述憂鬱、消沉、沮喪、煩悶、焦躁、死亡等境況的文學藩籬,認為文學不僅是描寫生活的黑暗面,更進而要勾勒理想,照亮生命,指引人生路向,開拓嶄新生活。因此郭秋生說:

> 我們已不願再看查某嫺的悲憤而自殺，我們要看的是查某嫺能夠怎樣脫
> 得強有力的魔手與獲得潑剌的生存權，在舊禮教下陷一生於不幸之淵的
> 女性，我們也不願再看其不幸的姿態而終，要看的是該女性能夠怎樣解
> 消得不幸的壓力而到達了怎麼樣的幸福的境地，被環境的撥弄，一字一
> 淚以詛咒人生，而阻喪了生活的意欲無遺的可憐的心境與景象，我們寧
> 要恨他，雖然環境可以支配人生的鬥力與生活的意欲，也未嘗不可以變
> 易環境，是故我們要看的，是只要能夠有熱烈的生活力，克服了冷遇的
> 惡環境，以奏人生凱歌的新人物出現。[2]

一般評價基點可說如未曾為陷入絕境的臺灣社會、人民指引出路，未曾擬
出一個積極建設的寫作方向，即是一缺失。徐玉書於〈「臺灣新文學社」創
社及《新文學》第一、二、三期作品的批評〉謂〈乳母〉（周定山作品）
「到結果絲毫都沒有帶暗示出路之力，只映出了弛緩的靜的疲乏的調子，
與〈赤土與鮮血〉（守愚作品）同樣地失敗。」[3]然而個人在閱讀完守愚所
有的短篇小說之後，卻認為揭露現實黑暗面的作品，沒有必要一定要提出
一個改造社會、人生的方案。在果戈理、法朗士、魯迅的作品中都沒有直
接美好的人生遠景，但這並未降低作品的價值，也正因這些作者對罪惡和
暴行的毫不妥協，使他們得以列入那個時代最偉大的人道主義者的行列。
守愚作品中的人物，在故事中往往以死亡或瘋狂為敘述手法，本來作品中
以死亡、瘋狂交代人物的結局，原非上上之策，但此一不團圓的悲劇正揭
示著：殖民統治下的社會是絕不可能讓一個毀滅中的勞動者有任何自救的
機會。這樣的結局處理方式，不能說沒有作者個人有意的安排，因此他在
〈比特先生〉這一篇作品亦提及某一個委員當面的批評：「你的那篇小說，
描寫得倒還不錯，不過，末一段太散漫了，一篇普羅小說是該注全力於結

---

[2]郭秋生，〈解消發生期的觀念・行動的本格化建設〉，《先發部隊》創刊號（1934 年 7 月 15 日），
頁 21。
[3]徐玉書，〈「臺灣新文學社」創設及《新文學》第一、二、三期作品的批評〉，《臺灣新文學》第 1
卷第 4 號（1936 年 5 月），頁 101。

尾的,在這裡,該明白地指示給讀者一個出路才是,不可以只留個啞謎兒去費人家的猜測。」守愚何嘗不知道一般人對文學有這樣的要求,不過正如比特先生所說的「他只知道社會上有什麼,他就寫什麼。」其小說人物的命運與外在環境的撥弄有密切的關係,他們的生命充滿了各式各樣的痛苦、艱難、屈辱和挫折,這種一敗塗地的悲劇,絕非僅是人生現象的描寫,而是與時代、社會的脈動息息相關。如果換一個時代,也許就可以不必以死亡或瘋狂來處理故事人物的結局。人生、社會本非如此絕望,充滿嘲弄,然而在當時殖民統治之下,人的努力,人的尊嚴,在巨大的、無可戰勝的諸般惡勢力之前,顯得何其渺小,何其脆弱!守愚這種灰暗、幻夢破滅的人生,正是作者對殖民統治的抨擊,對悲苦人生的觀照,對時代困厄無奈的悲情。

　　除此問題,在守愚小說中尚有一篇〈捧了你的香爐〉,敘及新舊知識分子對孔子、四書的態度。小說中主人翁尚古、新民先生之姓名,一如其思想。尚古先生——信而好古,祖述堯舜,堅持「凡是讀書人,非讀四書不可」;新民先生則將「四書撇到五里霧中去,心裡頭大不以為然。」凡此描述,易啟人疑竇,以為新知識分子批判傳統,廢棄儒家思想。實則當時新知識分子提倡「戀愛自由」,反對「父母之命、媒妁之言」,但尚不致於決裂得如此徹底,現實上一些新文學作家如楊華、楊守愚、周定山等人皆以私塾(子曰店)為生。他們所反對的是不能真正了解孔子精神的人。此一情形,甚似新知識分子對「孔教宣講團」的口誅筆伐,以為他們反孔,實則細繹其言論,當時新知識分子所反對者並非「宣揚孔教」,實為「他(指公益會的人)的言行,本為儒教所鄙斥,卻假稱儒教之徒,來說仁義。」[4]是「負了孔子的精神」[5]。可見反「孔教宣講團」不但不是反孔,反而是尊孔的功臣。就如甘文芳所說:「就是孔子也要還他本來的面孔,赤裸裸的排在

---

[4] 王敏川之語,轉引自王曉波《臺灣史與近代中國民族運動》一書(臺北:帕米爾出版社,1986年),頁395。
[5] 浩生(甘文芳),〈對孔教演講的漫評〉,《臺灣民報》第108號,1926年6月6日,14版。

俎上和科學文明對比起來，該用則用，不該用則便捨了。」[6]此一精神與中國五四新文化運動有其差異。在中國孔子與儒家飽受五四人物口誅筆撻，斥為「吃人禮教」、「文明改進之大阻力」、「專制體制之依據」[7]，而在臺灣新文化運動中，孔子和儒家則蒙推崇。陳獨秀在〈敬告青年〉中說：

> 舉凡殘民害理之妖言，率能徵之故訓，而不可謂誣，謬稱流傳，豈自今始！固有之倫理、法律、學術、禮俗無一非封建制度之遺，持較晢種之行為，以並世之人，而思想差遲，幾及千載，尊重廿四朝之歷史性，而不作改進之國，則驅吾民於二十世紀之世界以外，納之奴隸牛馬黑暗溝中而已，復何說哉！於此而言保守，誠不知為何項制度文物，可以適用生存於今世。吾寧忍過去國粹之消亡，而不忍現在及將來之民族不適世界久生存而歸削滅也。[8]

若持陳獨秀誣蔑傳統文化之言論以與《臺灣青年》所載林獻堂之言論相較，則林氏護衛傳統文化之心，清晰可見。林獻堂說：

> 吾人之幸而不為禽獸，賴有先聖人之教化存焉。而先聖人之道，又賴文字載之以傳，故曰漢學者，吾人文化之基礎也。今有一二研究漢學之人，眾莫不以守舊迂闊目之，是誠可悲。夫豈有捨基礎而能對樓閣者乎？今欲求新學若是之不易，而舊學又自塞其淵源，如是欲求進步其可得乎？[9]

---

[6]甘文芳，〈懷疑到黎明的路〉，《臺灣民報》第 2 卷第 21 號，1924 年 10 月 21 日，5 版。

[7]吳虞，〈吃人與禮教〉，《新青年》第 6 卷第 6 號，1919 年 11 月 1 日。即陳獨秀覆俞頌華函，談孔子問題。

[8]陳獨秀，〈敬告青年〉，《青年雜誌》第 1 卷第 1 期（1915 年 9 月 15 日）。實則中國傳統文化如儒、道、墨、釋等學術思想若能通曉，必不致如陳氏所言。導致清末積弱不振之原因多端，實不能怪罪傳統文化。

[9]轉引自王曉波，〈五四時期文學革命與日據下臺灣新文學運動〉，《中華雜誌》第 311 期（1989 年 6 月），頁 44。

正當五四運動中某些知識分子對傳統文化痛恨失望，欲「全盤西化」之時，為何臺灣新文化運動之成員獨對聖人之教深具信心，尊奉不移，且以之為「漢族的固有性」呢？這與雙方處境不同有關。民國初年，中國雖列強環伺，軍閥橫行，但仍為一獨立自主的國家，因此，即使「打倒孔家店」，而全盤西化，亦只是一內部問題。在民族自尊飽受嚴重摧殘的情況下，他們認為唯有廢除導致中國瀕於亡國的傳統文化，另尋西方新文化，才能挽救中國亡國的危機，才能再創造一新中國。至於淪於日本之手的臺灣，備受異族摧剝之餘，唯有保存民族文化方能培養民族意識，面對暴橫之殖民統治，中國文化無異臺灣知識分子之支柱，尤以日本民庶眾深受儒家影響，故擁護儒家乃成臺籍人士自保之資。從《臺灣青年》中吾人亦可發現知識分子藉四書形式譏諷「六三法案」、日人殖民統治之無道，當時頗不乏知識分子嫻熟四書並以之為抗虜之利器。然而五四成員反儒之論甚囂塵上，臺灣知識分子於崇儒翼孔之餘，亦不免重新深省傳統，但無論如何，他們的批評是溫和含蓄且相當理性的。並未決裂得如此厲害，他們所反對的是那未掌握孔子真精神的迂腐夫子，而非孔子與儒家本身。

此一情形，亦如有人好奇於思想激進的新式青年，何以會參加傳統的詩社？日據時期許多新文學作家其實也都熟諳古典詩作，如賴和、陳虛谷、周定山、楊華、楊守愚、吳濁流諸氏，其實，在新舊文學之間，他們的表現並無矛盾與衝突之處。因新文學作家對於舊詩之不滿，主要在於那些專重技巧賣弄、徒具形式而無內涵的「擊缽吟」，並非反對舊詩本身，有真精神、性情的詩作，他們仍是讚揚的，因而他們能悠遊於新舊文學之間，出乎內外於舊詩與社運之間，甚而以舊詩來發抒抗日精神，批判殖民的統治。在賴、楊諸氏的舊詩作中不就充滿著這類抗爭的鬥志和憐憫的人道關懷嗎？守愚〈天晴後米價續漲慨然有作〉：「……未容耕者無田土，肯聽豐年鬧米荒；側耳嗷嗷猶遍野，黯然俯首獨神傷。」其創作態度與小說相當一致，此即他們出入新舊文學之間，而能取得和諧的原因。

四、結論

　　一個民族文化的生存，必須要有自我的批判，時時省思、矯正自己，方能免於任人宰割。在楊守愚的思想理念裡，他深知要免於被日本殖民的宰制，光是有政治、經濟的變革是不夠的，更重要的是要進行一場精神與心理的改革，然文化啟蒙運動者艱難與卓絕之處，卻在於它必須在每位臺灣人心中完成。在現實上，楊守愚雖然具有社會主義思想，但他畢竟不是專門的文化史家、社會運動家，他所進行的揭露、控訴、批判，有時只能從小說家的觀察角度進行，然而處於新文學初期的小說，其敘述手法不免較乏呈現、蘊藉或象徵、伏筆，結構亦偶有不均勻之處，甚至在作品中常常超載了不必要的負荷物，以致壓倒了藝術的架構，使其人物有不少是一眼就能在新文學的形象長廊裡找到血緣近親的。這急於改造的心情，使得他急切表白自己的思想，因而多少影響了作品的深邃感。然而新文學歷史本極短暫，在初時處於晨光和黑暗交替的破曉之際，必然會呈現出乍晴還暗的現象，這不僅是楊守愚個人的，也是時代的，在當時臺灣、中國大陸的文學發展歷程中，這都是在所難免的。今日我們不論其小說藝術成就如何，守愚的努力是值得令人喝采的，由於他及一些人的努力，小說一躍而為「文學之最上乘」，也使古典傳統的章回小說過渡到新小說，詩文不再是文學結構中心的至尊，小說這一文類受到新知識分子的重視，它不再只是娛樂大眾的工具，而是啟發民眾、改良群治的利器。就文學史的角度著眼，他們的努力仍是相當有意義的。藉由他們的努力，我們更清晰把握當年臺灣人民所走過的路途，在時代、文化、社會上有著更好的見證。如果小說作品不論好壞，皆足傳世，其意義往往也就在此。

附錄一　楊守愚小說作品一覽表

篇名	署名	發表刊物	刊行時間	年齡	等級
獵兔	守愚	《臺灣民報》第 241～242 號	1929 年 1 月	25	C
生命的價值	守愚	《臺灣民報》第 254～256 號	1929 年 3～4 月	25	B
凶年不免於死亡	守愚	《臺灣民報》第 257～259 號	1929 年 4～5 月	25	B
捧了你的香爐	守愚	《臺灣民報》第 273～274 號	1929 年 8 月	25	C
瘋女	守愚	《臺灣民報》第 291 號	1929 年 12 月	25	C
醉	守愚	《臺灣民報》第 294 號	1930 年 1 月	26	C
誰害了她	守愚	《臺灣民報》第 304～305 號	1930 年 3 月	26	A
十字街頭	靜香軒主人	《臺灣新民報》第 306～307 號	1930 年 3～4 月	26	C
冬夜	瘦鶴	《臺灣新民報》第 311～313 號	1930 年 5 月	26	C
顛倒死？	守愚	《臺灣新民報》第 321 號	1930 年 7 月	26	A
小學時代的回憶	瘦鶴	《臺灣新民報》第 324～328 號	1930 年 8 月	26	C

新郎的禮數	瘦鶴	《明日》 第 1 卷第 3 號	1930 年 9 月	26	C
侖辨		手稿本	1930 年 9 月	26	C
出走的前一夜	瘦鶴	《臺灣新民報》 第 343～344 號	1930 年 12 月	26	C
過年	守愚	《臺灣新民報》 第 345～346 號	1931 年 1 月	27	A
女丐	翔	《臺灣新民報》 第 346～347 號	1931 年 1 月	27	C
比特先生	翔	《臺灣新民報》 第 350 號	1931 年 2 月	27	C
一個晚上	村老	《臺灣新民報》 第 354～355 號	1931 年 3 月	27	C
元宵	守愚	《臺灣新民報》 第 357～358 號	1931 年 3～4 月	27	B
一群失業的人	守愚	《臺灣新民報》 第 360～362 號	1931 年 4～5 月	27	B
嫌疑	翔	《臺灣新民報》 第 363～365 號	1931 年 5 月	27	B
開學	慕	《臺灣新民報》 第 366～367 號	1931 年 5～6 月	27	C
沒有兒子的爸爸	瘦鶴	《臺灣新民報》 第 368～370 號	1931 年 6 月	27	C
升租	洋	《臺灣新民報》 第 371～373 號	1931 年 7 月	27	B

開學的頭一天	Y	《臺灣新民報》第375～376號	1931 年 8 月	27	C
就試試文學家生活的味道吧！	Y	《臺灣新民報》第382～383號	1931 年 9 月	27	C
夢	Y	《臺灣新民報》第386～388號	1931 年 10 月	27	C
啊！稿費？	Y	《臺灣新民報》第389～391號	1931 年 11 月	27	C
爸爸！她在使你老人家生氣嗎？	守愚	《臺灣新民報》第392～394號	1931 年 11 月	27	C
退學的狂潮	守愚	殆與前四篇同一時期作	不詳		C
處於貧病之中	不詳	手稿本			C
決裂	守愚	《臺灣新民報》第396～399號	1932 年 1 月	28	B
罰	翔	《臺灣新民報》第402～403號	1932 年 2 月	28	B
瑞生	靜香軒主人	《臺灣新民報》第404～406號	1932 年 2 月～3 月	28	B
斷水之後	村老	《臺灣新民報》第407～408號	1932 年 3 月	28	A
彰化＝臺中	守愚	《新高新報》第392～399號	1933 年 9～11 月	29	B

難兄難弟	村老	《臺灣文藝》第2卷第1號	1935年2月	31	C
赤土與鮮血	洋	《臺灣新文學》第1卷第1號	1935年12月	31	B
商人	曙人	《臺灣新文學》第1卷1號	1935年12月	31	C
戲班長	守愚	《東亞新報》第55號	1936年1月11日	32	B
赴了春宴回來	不詳	《東亞新報》	1936年1月	32	C
移溪	村老	《臺灣新文學》第1卷5號	1936年6月	32	B
鴛鴦	洋	《臺灣新文學》第1卷10號	1936年12月	32	C
盜伐	不詳	《曉鐘》	不詳	不詳	不詳
彷徨	不詳	手稿本	不詳	不詳	B

——選自許俊雅編《楊守愚作品選集（補遺）》

彰化：彰化縣立文化中心，1998年12月

勇敢「決裂」的楊守愚（節錄）

◎蘇慧貞[*]

　　日本政府自 1895 年據臺之後，就對臺灣這塊土地上的人民進行無限制的侵略、剝削，臺灣自此也就淪為殖民地的命運了。1920 年代開始，一些臺灣的有志之士便開始奮身起來反抗日本政府種種不合理的要求，甚至於也開始和第三世界的組織聯合，企圖想瓦解日本帝國主義的陰謀。

　　自古臺灣在地理上和中國就有著深厚的關係，在悠久五千年的文化薰陶下，臺灣人所承襲的是「傳統的」儒家精神，而知識分子所學更是對國家懷抱著強烈的「濟世救人」的偉大愛國情操。在這種傳統之下，突然地，日本人來了，而且也帶來了很大的不同改變。如此大的改變對臺灣人來說是一大衝擊，對知識分子更為一大挑戰，因為這股強大的外來力量開始迫使他們去思考臺灣人的命運，以及臺灣的地位。

　　就社會發展的型態而言，臺灣在被日本占據之後，從原本的傳統農業經濟社會走向「資本主義」的生產方式。生產方式的改變，正是日本對臺灣人所進行的殖民統治手段。日本自明治維新之後，逐漸向西方的資本主義學習，於是發展成為帝國主義的國家。既然日本走的是帝國主義的步調，那麼，是其殖民地的臺灣也就無法逃離帝國主義的洗禮了。

　　當日本強權帶來新的觀念、思想時，同時也一併帶來了不同以往傳統的「現代化」，臺灣的農村社會於此時開始有了改變，牛車變自動車、石頭路也鋪上了柏油、生產方式改由機器代替了人工、漸漸地也有了大都市的出

　[*]靜宜大學中國文學研究所碩士。發表文章時為靜宜大學中國文學系碩士生，現為臺中文光國小教師。

現、人們活動的範圍擴大了，除此人與人之間也開始有了法律的明文規範等等，這些都使得臺灣的知識分子，深感傳統的不足，於是亦逐漸地接受新知識。這些進步的現代化改變，對臺灣人民而言應該是一件好事，可是不然。在這現代化改變的背後所隱藏的卻是更多不合理的殖民統治和壓迫。

　　由於臺灣是日本的殖民地，理所當然地也就得接受日本政府的種種政策及措施。日本本國是一個資源不足之地，它若要擴展其勢力範圍，殖民地的各種資源儼然就成了一個最佳的來源供應所。基於這樣子的理由，臺灣的農業成了日本經濟發展的一項有利條件。又日本以提高臺灣農業生產力為藉口，開始為臺灣的甘蔗糖業設置「會社」，展開利用糖業作為資本主義移入的手段。然而，這樣的資本主義發展是跛腳、不健全的。臺灣的農工階級就在這股強勢的外來勢力壓迫下，生活是日益趨於貧窮。加上當時臺灣本地的地方士紳為了自己的利益，亦紛紛和日本政府掛勾，所以，這些無產階級者即使是受到不公平、不合理的待遇也投訴無門。無怪乎矢內原忠雄說：「甘蔗糖業的歷史，也就是殖民地的歷史。」

　　伴隨著資本主義思想的萌芽發展，在臺灣的新興知識分子亦努力吸收新的觀念、理想的文化，努力往新興的方向邁進。就在新舊觀念下，這批知識分子不免與本土的、傳統的文化有了衝突，但在這內外新舊的衝突矛盾下，一篇篇關懷臺灣殖民地人民生活的新文學作品也就孕育而生了。

　　1932 年楊守愚用他一貫的中文寫作方式於《臺灣新民報》第 396～399號發表了〈決裂〉短篇小說，而該篇小說於 1991 年被收入由張恆豪等人所編的《楊守愚集》（由前衛出版社出版）當中。此篇小說可以說是楊守愚於日據時代對知識分子的描述。故事內容大要是和當時的社會背景相結合的。主角朱榮是一位接受新式教育的在臺灣知識分子，他見當時臺灣同胞生活在飽受日本人的欺壓，深感無產階級人民生活的痛苦，於是不惜一切地加入「農民組合」，從事政治活動。對朱榮而言，他本身是一位曾遠赴東京學習的臺灣新式知識分子，回臺之後見到種種不合理的社會現象，尤其是農工受到地主、資本家的欺壓剝削。所以，理所當然地應該為這些無產階級的農工

大眾出力。但是，同樣也受過新式教育訓練的湘雲（朱榮的妻）卻不如此認為。就她而言，家庭生活的安定才是重要的，至於那些無產者的農工，生活是否艱困，應該是國家執政者才要關切的問題。朱榮加入社會運動非但未能改變任何問題，反而會招來牢獄之災。

其實在日據時代，女子也有機會接受新式教育的訓練，但是因此能完全擺脫舊傳統思想者畢竟不多。又從故事中也看到了湘雲的叔父是一位地主資本家，此時湘雲更是認為朱榮的行為是不對的。所以當她處在丈夫與叔父之間時，「她覺得丈夫的不顧情面，煽動農民和叔父作對，分明是一種對於自己的淡漠的表示，為爭回隸屬於己的夫底愛情，和保持做妻的尊嚴，是不能不與之抵死力爭的。因此，決裂的種子也就愈加萌芽起來了。」（見前衛版，頁239）。

朱榮與湘雲之間的觀念衝突，正好代表了當時社會無產階級與資本家之間的相互對立。在一個社會當中階級的存在是無可避免的，可是日據時代，由於日本人把臺灣視為一棵搖錢樹，不斷地壓榨臺灣人的資源、勞力，美其名說是透過現代化的改善讓臺灣人過著較進步的生活，實際上，真正現代進步的生活唯有具統治者身分的日本人，或是地主、資本家才能享受得到，而一般的農工大眾所能嘗到的也就只有日益貧窮的滋味。正因為如此，些許的臺灣人為了得以讓自己的生活更好，故才向統治階級、資本家靠攏。小說裡的湘雲不願意朱榮參加社會運動，換言之，她是選擇和她的叔父站在同一邊，向地主靠齊。

相對的，在朱榮的眼裡，地主的田地是農民們辛苦耕種換取來的，所以田地應該歸農民所有，而非地主。地主占據田地的行為簡直與惡霸流氓無不同，正因有如多的惡地主存在，農民才會終生都與貧窮為伍。身為知識分子的朱榮深刻地透視到這樣子的社會現象，加上其妻與他的觀念大不相同，於是他不惜與之決裂，並說：「你既然反對我的主義，阻礙我的工作，那我倆當然是勢不兩立了。你的反對行為，在我的眼中，也只是我的一個仇敵……」（見前衛版，頁243）。

　　作者經由對主角朱榮的描寫，表現出對「人」的關注與同情。許俊雅在〈楊守愚小說的風貌及其相關問題〉一文中也有一段敘述：「朱榮所專力追求者，乃是與群體有關『更有意義，更偉大的○○工作』。為了理想的實現，愛情、家庭是不相干的事體，是可以割捨的，政治立場、階級意識的對立，使得彼此的矛盾愈加擴大，使得這個家庭無法挽救。……決裂得如此徹底的人物在小說中並不多，包括作者本人在內想必也很難做到，這知識青年顯然已被革命的熱情所取代或者說昇華，在荊天棘地的殖民世局裡，令人倍加感受到驚恐與震撼。」

　　雖然是身為日據時期的左翼青年，面對如此殘酷的社會現實，依然還是無法改變現況。這樣子的無奈是不斷地衝擊著作者。文本中的主角毅然決然的為了社會運動，不顧一切地和他的家庭決裂，這更是充分表現出日據時代左翼知識分子為了能夠替弱勢的人民發言，與強權勢力的鮮明階級意識，全力抵抗，不畏強權。楊守愚以〈決裂〉為篇名，用以深厚人道主義的精神，關懷弱小族群，並且藉由故事情節的描寫，傳達了反抗壓迫的左翼思想。也許在現實的環境裡，確實是面臨資本家的惡勢強權操控而無法有獲得喘息的機會，因此，朱榮所呈現的勇敢決裂就格外顯得具有抗爭精神了。

　　日據下的臺灣人民大部分都得面對「地主、資本家、殖民政府、傳統舊習」等封建、以及帝國主義的雙重壓迫，致使他們的生活曲曲折折、受驚害怕、備受百般屈辱，這些問題都是作者楊守愚所關注的。為此，無法對這些弱小族群在實際上有所幫助，唯有透過廣泛的描寫將同情弱小、抵抗強權、將決不妥協的勇者心聲充分展現出來。

　　勇於批判強權統治的作品除了表現在小說之中，其餘的，亦可以從其新舊體詩中窺見，如以虛擬的口氣寫成的〈假如我〉以及以散文詩形式呈現的〈頑強的皮球〉（1931 年）等等。從這些作品不難發現作者的思想核心點──「關懷弱勢族群」、「批判強權統治」。此外，亦可看出作者企圖嘗試透過文學作品來宣揚社會主義理念，進而達到替可憐的無產階級揭露醜惡與發出悲苦的呻吟。

——選自《聯合文學》第 180 期，1999 年 10 月

論日治時期楊守愚的新舊體詩

◎施懿琳*

一、前言

　　楊守愚（1905～1959）是日治時期重要的新文學作家之一，小說創作數量極多，頗能夠表現他對社會現象的觀察和批判，因此研究者大多集中在「小說」這種文類進行有關楊氏其人其作的解讀。[1]然而，若統計楊守愚目前可以看到的作品，可以發覺：新、舊體詩其實在楊守愚的創作歷程中，還是占有一定的分量，[2]而一般研究者則多未照顧及此。這對於一位日治時期重要作家的研究而言，終究有所不足。因此，在筆者系列性地對跨越新舊文學的臺灣作家進行探討的同時，便將楊守愚的新、舊體詩列為討論的對象，希望藉此能對其作品特質做更全面的了解。

*發表時為成功大學中國文學系副教授，現為成功大學中國文學系退休教授。

[1]比如張恆豪，〈無產者的輓歌──《楊守愚集》序〉，收在《楊守愚集》（臺北：前衛出版社，1991 年），頁 11～14；施淑，〈在前哨──讀楊守愚的小說〉，刊在《國文天地》第 77 期（1991 年 10 月），頁 23～28；許俊雅，〈楊守愚小說的風貌及其相關問題〉，收在《中國現代文學國際研討會論文集》（南港：中研院文哲所，1995 年），頁 359～388；黃琪椿，〈社會變遷與小說創作──楊守愚作品析論〉，收在《第二屆臺灣本土文化國際學術研討會論文集》（臺北：臺灣師範大學國文學系、人文教育中心，1996 年），頁 99～109。

[2]據筆者統計目前所能看到楊守愚的作品有：小說 47 篇、戲劇 1 篇、隨筆 3 篇、新詩 52 首、舊詩210 多首。參考許俊雅編，《楊守愚詩集》（臺北：師大書苑公司，1996 年）；許俊雅編，〈楊守愚特輯──小說〉，刊在《文學臺灣》第 21 期（1997 年 1 月），頁 128～185；〈楊守愚特輯──新詩〉，刊在《文學臺灣》第 22 期（1997 年 4 月），頁 85～99；〈楊守愚特輯──漢詩〉，刊在《文學臺灣》第 23 期（1997 年 7 月），頁 142～151；筆者編，《楊守愚作品選集──小說‧民間文學‧戲劇‧隨筆》（二冊）（彰化：彰化縣立文化中心，1995 年）；筆者編，《楊守愚作品選集──詩歌之部》（彰化：彰化縣立文化中心，1996 年）。

二、楊守愚的思想取向

過去談到楊守愚日據時期的生平思想及創作特色，大多不脫張恆豪的敘述[3]：

> 楊守愚，本名松茂，1905 年 3 月 9 日生於彰化，1959 年 4 月 8 日逝世。其父是前清秀才，漢學造詣深厚，從小即為他奠立了紮實的中文底子，彰化第一公學校畢業，少年時曾與王詩琅、蔡孝乾、陳崁……等人在「臺灣黑色青年聯盟事件」中遭到檢舉，後來受到賴和的鼓勵和影響，全力投入文學創作……他產量豐富，後加入「臺灣文藝聯盟」，從 1929 年 1 月起，到 1936 年發表〈鴛鴦〉為止，1930 年代前半期是其一生創作的巔峰。1937 年，總督府廢止中文後，乃轉向舊詩詞之創作，與賴和、陳虛谷等人，皆是彰化舊詩社「應社」的創社會員。

這一段資料提供了幾點訊息：第一、楊守愚接受的正式教育只有公學校程度，但是，因為家學淵源——父親為前清秀才之故，致使他奠定了深厚的漢學基礎。第二、楊氏早期曾參加無政府主義組織，後因遭到檢舉，轉而從事文學創作。第三、1937 年因禁用漢文寫作新文學之故，遂轉向舊文學創作。這些資料，其實有再加以補充修正的必要。許俊雅曾根據楊守愚哲嗣楊洽人所提供的資料而編寫〈楊守愚先生生平著作年表初稿〉[4]，據該年表所敘述，楊守愚的父親楊逢春，生於 1842 年，卒於 1910 年，當時楊守愚只有六歲。值得注意的是，楊逢春是「武秀才」，而非以詩文見長的「文秀才」；再者，楊守愚 1910 年 1 月入私塾就讀，開始接受漢文教育，先後受教於郭克明、沈峻二人，換句話說他的舊學根基其實是來自郭、沈兩先生。尤其是郭克明先生，與賴和等地方文人常相往來，在賴和所抄錄的

---

[3] 參考張恆豪，〈無產者的輓歌——《楊守愚集》序〉，《楊守愚集》，頁 11。
[4] 此年表刊載於《文學臺灣》第 23 期（1997 年 7 月），頁 152～173。

《小逸堂擊缽吟存稿》[5]中可看到多首彰化文人吟咏酬唱的作品，當時參與詩會者有：黃倬其、郭克明、王義貞、楊嘯霞、王蘭生、楊笑儂、楊雲鵬、楊石華、石錫勳、石迂吾、黃文陶等人，幾乎包括了日治時期彰化地區重要的社會菁英。賴和抄詩時常將郭氏之作排列在黃倬其、王義貞、楊嘯霞之後，而又安排在其他較年輕世代的詩人之前，可以由此推測，郭克明和黃、王等人同屬前世代的文人。然而，郭克明與三先生不同之處在於：就目前所知，三先生並未參與社會運動，而楊守愚的漢學老師郭克明則屬彰化地區無政府主義者之一。

臺灣的無政府主義運動始於 1920 年代初期，最早是由留學東京的嘉義人范本梁所倡導。范氏在留東時期認同日本的無政府主義，1922 年赴北京時又受到當地無政府組織「北京安社」的影響，遂更積極地將該主義之信仰付諸實踐。1924 年范本梁與燕大學生許地山共組「新臺灣安社」，並於北京安社出版的刊物中設機關雜誌《新臺灣》，進行無政府思想的宣傳。1926 年新臺灣安社隨著北京安社的被取締而解散，然而，臺灣本島的無政府思想卻在此時逐漸推展。1926 年 12 月，臺灣部分左翼青年在東京「黑色青年聯盟」成員小澤一的指導下，成立島內最早的無政府主義團體「臺灣黑色青年聯盟」，其公開的名稱經協議後稱為「臺灣無產青年會」。據《臺灣總督府警察沿革誌》第二篇〈領臺以後的治安狀況（中卷）〉[6]的記載，該組織於 12 月 1 日發表成立宣言，並散發題為《和平島》的有關無政府烏托邦的小冊子，給各地同志，包括：臺北的王詩琅、洪朝宗、高兩貴、王萬得、黃白成枝；以及彰化的陳崁、郭克明、楊松茂（守愚）、陳金懋、潘爐、蔡禎祥等人。是年 12 月 20 日，小澤一前往彰化，原本經過吳滄洲勸說的彰化人士陳金懋、潘爐、謝塗、陳崁、謝有丁、杜有德、許庭寮、郭克明、郭炳榮、莊加恩、蔡禎祥、林朝輝、黃朝東、楊松茂等人，

---

[5]此手稿目前收藏於賴和紀念館。
[6]參考王乃信等人翻譯之《臺灣社會運動史》第四冊「無政府主義運動」（臺北：創造出版社，1989年），頁 16～17。

集合在許庭寮家，由莊加恩翻譯《和平島》之內容介紹給諸同人。從「臺灣無產青年會」的成立宣言可知，無政府主義者認為：自由人權、土地與生產物，本來是人類所共有。但是，少數擁有權力者卻藉著制定法律、建立國家，使整個社會產生「支配者」與「被支配者」的關係，支配者往往以強權抹煞被支配者的自我，使之成為機械、成為奴隸。那麼，要如何爭取自己原有的人權和自由呢？從實際的例子來觀察，強權者「**對沉默者不給予任何東西，對懇請者給予少許，對強奪者則給予全部**」因此，無政府主義者主張以直接行動作為獲得自由的手段，他們認為：暴力可行，暗殺、暴行、恐怖最好，全體黨員都要有誓死在黑旗之下的決心。[7]

　　從上述資料可知，楊守愚和他的老師郭克明皆涉及無政府主義，但是，兩人對該組織活動的參與度可能不算太深，這可從 1927 年 1 月發生緝捕「臺灣黑色青年聯盟成員」事件，以及其後日本當局的處理名單中得知。1927 年 1 月 31 日，日本警視總監搜查到由臺北入船町一丁目七四王詩琅以及永樂町三丁目周和成、臺中州彰化郡彰化街北門二七吳滄洲等三人郵寄給東京市勞動運動社近藤憲二的信，通知他已在臺灣成立黑色聯盟，並正在活動中；同日，在搜索高雄州鳳山街農民組合會員謝賴登時，又發現黑色聯盟的宣言書。由此事實，日本當局確定臺灣確有「黑色青年聯盟」的祕密結社，並確定其關係人乃臺北及彰化的無產青年，於是在 1927 年 2 月 1 日進行全面檢舉，[8]在被檢舉的 44 人中，日方請求法院公判的有 4 人：小澤一、王詩琅、吳滄洲、吳松谷，此當為涉案最深者。請求豫審的有 21 人：小澤一、王詩琅、吳滄洲、洪朝宗、高兩貴、陳煥圭、陳新春、蔡孝乾、賴傳和、莊泗川、謝塗、張棟、謝賴登、吳松谷、黃白成枝、梁榮華、陳崁、陳金戀、周天啓、李友三。而郭克明和楊松茂則同樣被送到法院，卻未被具體要求處置[9]，應是介入的程度較淺的緣故。兩人雖

---

[7] 參考王乃信等人翻譯之《臺灣社會運動史》第四冊「無政府主義運動」，頁 17。
[8] 參考王乃信等人翻譯之《臺灣社會運動史》第四冊「無政府主義運動」，頁 20。
[9] 參考王乃信等人翻譯之《臺灣社會運動史》第四冊「無政府主義運動」，頁 21。

在無政府主義運動的推展上比較不是那麼積極，但是落實在文藝活動的層面時，兩人卻都有具體的表現。據《臺灣總督府警察沿革誌》的記載，彰化無產青年一派的無政府主義者陳崁、周天啓、謝塗、楊松茂、林朝輝等，為改善原有的本島劇，宣傳無政府主義思想，曾於 1925 年在彰化成立「鼎新社」劇團[10]，而社名則是由郭克明命名的[11]。此團成員曾因意見不合而分裂，1926 年從中國旅行回來的陳崁予以協調，並重新整頓後，另組彰化「新劇社」，該組織以改良風俗、打破迷信、諷刺勞資關係為主要訴求，在臺北、新竹、苑里、宜蘭、彰化、員林、臺中、北港、大林等地公演，一直到 1928 年夏，因經費困難才告解散[12]。我們從 1928 年代表無產階級言論的機關報《大眾時報》發刊時，彰化「新劇社」的祝文，可以比較具體而明確地看到該劇團對大眾傳播媒體的重視，也呈現了他們「文學工具論」的立場與主張[13]：

> 我們希望、我們深深的希望，我所最敬愛的，為大眾為正義的記者先生們，能夠大公無私地，很勇敢地用那很嚴正謹的鐵筆，××一切強權，一切惡制度；一面用著生花之筆，以拯救我們這些被掠奪、被愚弄的全無產大眾於水深火熱的苦海裡。

作為「無政府主義者」，作為彰化「新劇社」的成員，雖然郭克明和楊守愚真正投入組織活動的時間不長，但他們對社會現象、對文學創作所抱持的信念卻是一貫的。郭、楊兩人皆對擁有權力的國家掌權者抱持反對的態度，對勞資之間的不平等，對無產者的被剝削，有著深刻的同情；同時他們也都贊同以更接近民眾的文學形式來做為人民的喉舌。那麼，在實際的

---

[10] 參考王乃信等人翻譯之《臺灣社會運動史》第四冊「無政府主義運動」，頁 28。
[11] 據呂訴上《臺灣新劇發展史》，轉引自許俊雅，〈楊守愚先生生平著作年表初稿〉，《文學臺灣》第 23 期，頁 155。
[12] 參考王乃信等人翻譯之《臺灣社會運動史》第四冊「無政府主義運動」，頁 28。
[13] 參考大眾時報社編輯，《大眾時報》創刊號，1928 年出版，頁 7。

文學創作上呢？或許囿於舊文人既有的局限，吾人並未曾看到郭克明的新文學作品，包括小說、新詩、雜文以至於戲劇。當然這並不一定表示郭氏完全不曾從事這方面的努力，有可能是因為資料流失的緣故。在守愚的〈隨感錄〉裡就曾談到，郭克明的舊詩作品散逸不易尋得的現象[14]：

> 郭克明先生，字分光，吾之授業師也。為人率直忠厚，課徒為生將廿餘年矣。善排律，絕（句）非所長也。詩學義山，意沉鬱，不為時人所稱。詩多散佚無存稿。余此後擬代為搜集一二。

連郭氏所專長的舊詩都不易尋得，何況是新文學作品？就目前筆者所能見到的郭克明作品而言，下面的〈晚山〉可能是比較具有時代感的一首舊詩：「西麓昏時對掩扉，舉頭四處暮雲飛。幾疑世界今全暗，幸有疏林漏夕暉。」[15]從這個地方，可以帶出一個問題就是：日治時期的舊文人雖然接受新思潮的啟發薰陶，但是傳統文學的框架仍使他們難以伸展頭角，除非轉用新文學的形式，否則即使像郭克明這樣能夠接受新思想的文人，在文學創作上仍是難免拘泥於既有的窠臼，在作品的內容上轉不出新意來。而屬於「二世文人」[16]的楊守愚不僅可以憑自己的努力和文友的砥礪，創作了多篇的新文學作品，在舊詩的寫作上也要比郭克明來得自由、具創新精神[17]。因此，我們可以在楊氏大多數的新文學及部分舊文學作品中，看到明顯的無政府主義色彩，所謂「新、舊世代」的差異，或許可以從這個角度來稍做分判。

---

[14] 參考許俊雅，〈楊守愚先生生平著作年表初稿〉，《文學臺灣》第 23 期，頁 153。
[15] 此詩取自賴和手抄的《小逸堂擊缽吟存稿》，目前收藏在賴和紀念館。
[16] 「二世文人」指的是出生於日治前後，接受過傳統漢文教育，同時又接受日本新式教育，在創作時乃以漢文寫作新舊文學的臺灣作家。
[17] 雖然和其他同為二世文人的創作者比起來，楊守愚可能在舊詩的寫作上視野不算太開闊，批判的意識也不如其他同世代作家強烈（詳後文），但是，和前一世代的舊詩人比起來，他究竟還是屬於新派人物。

三、日治時期楊守愚作品的分類及繫年

　　為了讓日治時期楊守愚的創作狀況獲得更明確的掌握，筆者在此先將楊氏作品，依寫作時間先後排列，藉此觀察其文類寫作的發展狀況，並嘗試與當時的文學發展概況做一對照，希望藉此了解楊氏作品與臺灣文學發展的關係。

　　以下作品依寫作時間先後排列，若無法考知寫作時間者，則根據發表時間排列，若兩者皆無法考訂，則不列入，所以以下所呈現的並非楊守愚日治時期所有作品：（打△為小說、打**為新詩、打◎為舊詩、打★為其他）

△ 1　1927 年 11 月 6 日完成小說〈慈母的心〉（後改題〈冬夜〉）

△ 2　1927 年 11 月 16 日完成小說〈出走的前一夜〉

△ 3　1928 年 2 月 2 日完成小說〈罰〉

△ 4　1928 年 2 月 11 日完成小說〈升租〉

△ 5　1928 年 2 月 15 日完成小說〈捧了你的香爐〉

△ 6　1928 年 5 月 19 日完成小說〈生命的價值〉

△ 7　1928 年 6 月 11 日完成小說〈新郎的禮數〉

△ 8　1928 年 12 月 17 日完成小說〈獵兔〉

△ 9　1928 年 12 月 23 日完成小說〈自絕〉（後改題〈醉〉）

△10　1928 年 12 月 28 日完成小說〈女丐〉

△11　1929 年 1 月 17 日完成小說〈十字街頭〉

△12　1929 年 4 月 21、28 日、5 月 5 日發表小說〈凶年不免於死亡〉

△13　1929 年 12 月 12 日完成小說〈誰害了她〉

△14　1929 年 12 月 15 日發表小說〈瘋女〉

△15　1930 年 7 月 12 日發表小說〈顛倒死？〉

**1　　1930 年 8 月 7 日發表新詩〈我不忍〉

△16　1930 年 8 月 2、9、16、23、30 日發表小說〈小學時代的回憶〉

△17　1930 年 9 月 16 日完成小說〈侖辨〉

**2　1930 年 11 月 1 日發表新詩〈蕩盪中的一個農村〉

△18　1930 年 11 月 2 日完成小說〈一個晚上〉

**3　1930 年 11 月 8 日發表新詩〈人力車夫的吶喊〉

**4　1930 年 11 月 22 日發表新詩〈時代的巨輪〉

△19　1930 年 12 月 10 日完成小說〈過年〉

**5　1930 年 12 月 12 日完成新詩〈不眠之夜〉

△20　1930 年 12 月 13、20 日發表小說〈出走的前一夜〉

△21　1930 年 12 月 17 日完成小說〈比特先生〉

**6　1930 年 12 月 20 日發表新詩〈孤苦的孩子〉

△22　1931 年 1 月 1 日發表小說邱罔舍的故事〈十二錢又帶回來了〉

**7　1931 年 1 月 31 日發表新詩〈長工歌〉

**8　1931 年 2 月 7 日發表新詩〈詩〉

**9　1931 年 2 月 28 日發表新詩〈貧婦吟〉

**10　1931 年 3 月 7 日發表新詩〈除夕戲作〉

△23　1931 年 3 月 10 日完成小說〈一群失業的人〉

△24　1931 年 3 月 28 日、4 月 4 日發表小說〈元宵〉

△25　1931 年 3 月 30 日完成小說〈嫌疑〉

**11　1931 年 4 月 4 日發表新詩〈哭姊〉

△26　1931 年 4 月 5 日完成小說〈沒有兒子的爸爸〉

**12　1931 年 4 月 18 日發表新詩〈困苦和快樂〉

**13　1931 年 6 月 13、20 日發表新詩〈輓歌——為可憐的陳鴻祥君〉

**14　1931 年 6 月 27 日發表新詩〈頑強的皮球〉

**15　1931 年 7 月 4 日發表新詩〈車夫〉

△27　1931 年 7 月 4、11、18 日發表小說〈升租〉

△28　1931 年 8 月 1、8 日發表小說〈開學的頭一天〉

△29　1931 年 9 月 19 日、26 日發表小說〈就試試文學家生活的味道吧！〉

**16　1931 年 8 月 22 日發表新詩〈一個夏天的晚上〉

**17　1931 年 10 月 10 日發表新詩〈中秋之夜〉

△30　1931 年 10 月 17 日、24、31 日發表小說〈夢〉

**18　1931 年 10 月 24 日發表新詩〈三秋到了〉

**19　1931 年 10 月 24 日發表新詩〈無題〉

△31　1931 年 11 月 7、14、21 日發表小說〈啊！稿費？〉

**20　1931 年 11 月 7 日發表新詩〈愛〉

**21　1931 年 11 月 21、28 日發表新詩〈元宵的街市〉

△32　1931 年 11 月 28 日、12 月 5、12 日發表小說〈爸爸！她在使您老人家生氣嗎？〉

△33　1931 年 12 月 16 日完成小說〈瑞生〉

△34　1931 年 12 月 18 日發表小說〈盜伐〉

△35　1931 年 12 月 26 日完成小說〈斷水之後〉

△36　1931 年 12 月底左右完成小說〈退學的狂潮〉（未刊）

**22　1932 年 1 月 1 日發表新詩〈我做夢〉

**23　1932 年 1 月 23 日發表新詩〈清明〉

△37　1932 年 1 月 1 日至 1 月 23 日發表小說〈決裂〉

**24　1932 年 3 月 5 日發表新詩〈洗衣婦〉

**25　1932 年 4 月 9 日發表新詩〈雨中田舍〉

△38　1933 年 9 月 22 日至 11 月 10 日發表小說〈彰化＝臺中〉

★　　1934 年 7 月 15 日發表雜文〈小說有點可觀・閒卻了戲劇・宜多促進發表機關〉

★　　1934 年 11 月 5 日發表戲劇〈兩對摩登夫婦〉

△39　1934 年 12 月 16 日完成小說〈鴛鴦〉

△40　1934 年 12 月 20 日完成小說〈難兄難弟〉

**26　1935 年 2 月 1 日發表新詩〈拜月娘〉

**27　1935 年 3 月 5 日發表新詩〈一對情侶〉

**28　1935 年 3 月 5 日發表新詩〈賣花女之歌〉

**29　1935 年 3 月 5 日發表新詩〈女性悲曲〉

**30　1935 年 4 月 1 日發表新詩〈癡人之愛〉

**31　1935 年 4 月 1 日發表新詩〈農忙〉

**32　1935 年 4 月 10 日完成新詩〈暴風警報〉

△41　1935 年 12 月 28 日發表小說〈赤土與鮮血〉

**33　1935 年 12 月 28 日發表新詩〈光榮〉

**34　1935 年 12 月 28 日發表新詩〈冬夜〉

**35　1935 年 12 月 28 日發表新詩〈人是應該勞働的〉

◎1　1935 年發表舊詩〈農村什詠〉

△42　1936 年 1 月 11 日發表小說〈戲班長〉

**36　1936 年 3 月 3 日發表新詩〈一個恐怖的早晨〉

△43　1936 年 5 月 14 日完成小說〈移溪〉

△44　1936 年 6 月李獻璋編《臺灣民間文學集》收錄楊守愚三篇作品：
　　　〈十二錢又帶回來了〉（參考編號△22）、〈壽至公堂〉、〈美人照鏡〉

◎2　1937 年 6 月 15 日發表舊詩〈感事漫詠〉四首

◎3　約 1937 年寫作舊詩〈戲筆〉

◎4　1939 年寫作舊詩〈應社創立小集賦呈在座諸公〉二首

◎5　1942 年寫作舊詩〈祝櫟社四十周年紀念〉二首

◎6　1941 年寫作舊詩〈東亞大戰中次笑儂偶成韻〉

◎7　1941 年寫作舊詩〈秋懷〉

◎8　約 1941 年寫作舊詩〈雪峰同社將移居和美賦此奉贈〉

◎9　1942 年寫作舊詩〈應社三周年紀念吟會次韻笑儂同社韻〉

◎10　1943 年寫作舊詩〈輓懶雲社兄〉四首

◎11　1943 年寫作舊詩〈大暑小集笑儂雙儂閣見壁間應社紀念寫真追

　　懷故友懶雲并以誌感慨〉

◎12　1943 年寫作舊詩〈病中追憶亡友懶雲〉

◎13　1943 年寫作舊詩〈無聊之餘追憶懶雲并懷雲鵬石華〉

◎14　1943 年寫作舊詩〈中秋觀月之會相繼十有二年今以懶雲逝世會
　　　亦中斷月圓人缺能無孤獨感因成是作〉

◎15　約 1943 年寫作舊詩〈中秋前兩夜閒步偶作〉

◎16　1943 年寫作舊詩〈聲社創立三周年紀念〉

◎17　約 1943 年寫作舊詩〈追懷〉

◎18　1943 年寫作舊詩〈暮秋遣興〉

◎19　1943 年寫作舊詩〈萊園雅集〉

◎20　1943 年寫作舊詩〈應社大暑雅集〉

◎21　1943 年寫作舊詩〈大暑雅集吟興未盡續成一律〉

從上列的資料看來，日治時期楊守愚在新文學創作數量上似乎要遠遠超過
他的舊文學作品。新文學中，又以小說數量最多，在楊氏日據時期的創作
裡占有最重要的地位；新詩是僅次於小說的新文學作品；至於傳統漢詩則
占的數量較少。同時，我們也可以看到這三種文類，寫作時間似乎呈現先
後的關係。從 1925 年開始寫作小說，[18]一直到 1930 年，也就是楊氏發表第
15 篇小說後，才開始有新詩的發表。至於目前所能看到的舊文學作品，時
間更晚，一直要到 1935 年才有漢詩作品出現。當然，這樣看起來客觀的數
字，並非真的完全足以做為楊守愚寫作現象的說明。和美詩人陳虛谷曾有
詩如此描述楊守愚：「**才調當年已不凡，書生骨相本寒酸。自從轉向新文
學，更覺聲名滿人間**」（贈守愚），可見楊守愚寫新文學之前在舊文壇已有

---

[18]許俊雅在〈楊守愚先生生平著作年表初稿〉，根據〈戲班長〉原稿頁末所題的時間來看，判斷此
　作寫於 1925 年 12 月 17 日，是楊氏目前所見最早的作品。但此作卻又遲至 1936 年 1 月始發表，
　其間隔了 11 年卻未刪訂隻字片語；再者，從楊守愚的其它小說看來，幾乎都是完成不久即發
　表，何以此作拖延這麼久才發表？許俊雅因此猜測，題云 1925 年或為 1935 年之誤，如此則
　1936 年發表是相當正常的，刊在《文學臺灣》第 23 期，頁 155。

一定的知名度了。雖然陳虛谷認為楊氏的新文學成就要高於舊文學，但是，從楊守愚自傳色彩相當濃厚的作品裡，可以看出他最自豪的其實是舊詩作品，而後是小說，而後才是新詩。在 1930 年所寫的〈比特先生〉一作裡，楊守愚寫出比特先生從舊文學轉向新文學的變化，勾勒了新文學剛起步時受島民歡迎的情況，同時也點出了由政治抗爭轉為文化抗爭的 1930 年代初期，臺灣文壇文學雜誌蜂起對文藝創作所造成的影響：

> 六流以下的寄稿員比特先生，因為這兩個月來雜誌如雨後春筍似的發刊出來的緣故，也比較有些忙碌起來了……比特先生自己，也覺得有些奇怪起來，心裡暗自這麼想著：「我近來為什麼倒會出起鋒頭來呢？六年前在舊詩壇不也大幹特幹了一番嗎？何以當時不想出出鋒頭，這一個鋒頭，偏留到老了的現在才出來呢？莫不是變相了嗎？」……無論那一種刊物，有沒有報酬，要是肯費一點寶貴的時間去找一找他，都是有求必應的，好像壞稿子，深恐撐不出門似的謹呈教正，比起六七年前在舊詩壇的確賣名得多……

「六年前在舊詩壇不也大幹特幹了一番」，可以作為楊守愚當年舊詩寫作，成果相當輝煌的一個側面資料的證明。而今在新文學領域身價漸高的比特先生，所寫的鄉土小說最能獲得留日臺灣學生的共鳴，而他嘗試寫作的「普羅文學」也頗受推崇。更有趣的是，比特先生不經意間寫的新詩，尤其獲得佳評：

> 說也奇怪，自從《明日》把比特先生的新詩，刊出以後，水社的編輯先生，又漸漸對於他的新詩感到興味起來了。這一來，他的小說，像不當停地停刊著，要的稿件，又都以新詩居多了，其實也只能說是他的幸運吧（罷）了。他的舊詩，說不定較在行一點，至於新詩，那真是幼稚得可笑了。不過，碰巧有一首合著人家的味口吧（罷）了！

「詩意即今粗領略，做詩還得讓他人」是比特先生對自己新詩作品的「自供」，其中不無幾分楊守愚夫子自道的況味。這和當年陳虛谷，每談到自己的新文學作品，總忍不住要說：「見誚、見誚。」一樣，[19]基本上「二世文人」在當時還是對自己熟悉的舊詩寫作比較具有信心，畢竟那是他們創作文學作品的起步，寫起來比較熟悉而且得心應手。有趣的是，到了當今，研究者對「二世文人」做文學評價時，往往又比較肯定其新文學作品。

　　吾人若把楊守愚從舊文學轉向新文學，而後又回到舊文學創作的轉變過程，放在日治時期臺灣文學發展的脈絡中來觀察，可以發現楊守愚的文學創作和整個文壇的走向，幾乎是一致的。當然，做為一個後生者，楊守愚無法趕得及在 1920 年代初期即發表文學作品[20]，連賴和也要到 1920 年代中期才開始嶄露頭角，何況是年紀更輕的楊守愚？但是，自從 1929 年楊守愚以小說〈獵兔〉跨入文壇後，便與臺灣文學的主流走向有著密切的結合。1930 年代初，隨著日本政府對左派勢力的打壓，有志之士轉而藉由文學刊物發表作品，宣揚理念，繼續以更隱微的方式對日本進行抗爭，遂有 1930 年代文學刊物的蓬勃興起。同樣具有社會主義思想的楊守愚適逢其會，在當時獲得相當大的發揮空間，因此，他的寫作，尤其是「普羅文學」曾獲得讀者熱烈的回應，1937 年日本禁止漢文欄後，楊守愚新文學作品遽爾中斷；厥後，又回到舊文學的老路，我們可以說，楊守愚的作品，幾乎便是日治時期臺灣文學發展的一個縮影。

四、楊守愚新詩的主題思想

　　據研究者指出，楊守愚新文學作品中，受到最高評價的小說類作品，

---

[19] 根據陳虛谷在 1940 年 6 月 20 日給他的女兒陳玉珠及女婿許媽睠的信中寫道：「我平生喜讀理論的書物，小說不多讀，寫小說自非得意，不足言也。有一篇可以留在臺灣的文學史上，真望外也，不敢自以為功，見誚、見誚。（羞愧！羞愧！）」收在陳逸雄編，《陳虛谷選集》（臺北：鴻蒙出版社，1985 年），頁 402。

[20] 1922 年有署名為「鷗」者發表〈可怕的沉默〉，其後有筆名「追風」的謝春木發表〈她將往何處去〉，是目前所知臺灣新文學最早的小說作品。

主要有三個主題：（一）對勞動人民的關懷；（二）對婦女遭遇的同情；
（三）有關參與工農運動的知識分子之遭遇及內心世界的描寫。[21]假如拿這
三個思想主題來比照他的新舊體詩的話，就可以看出由於「文類」與「時
代」的不同，在表現手法及內容取向上皆有一定程度的差異。

　　不同文類所具有的形式特色各不相同，就藝術層面而言，亦各有各的
審美標準。然而，若是放在「文學是社會的反映」這樣的實用觀點來看，
楊守愚的新詩所開展的觀察向度恐怕不如小說廣闊，探析或批評社會問題
的深度也不如小說深刻，這當然有一部分原因是受限於文體形式限制的緣
故。但是，我們仍可以透過對照的手法，看出楊守愚小說與新詩在取材上
一脈相承的關係。

　　楊守愚的新詩與小說一樣，皆立基於無政府主義者對「弱勢族群」的
關懷，同時表現了對強權者的不滿。他所關照的對象包括：農民、車夫、
工人、婦女、孤兒。1930 年發表在無政府主義者出版的刊物《明日》雜誌
的〈我不忍〉，是楊氏目前可見的第一首新詩，這首詩表現了楊守愚同情無
產者的人道主義思想，頗令人動容：

　　　　我不忍聞
　　　我不忍聞你微弱的嘆聲
　　　　　因為那是一根根的針兒
　　　能把我的心靈穿透

　　　　我不忍看
　　　我不忍看你紅腫的眼睛
　　　　　因為那是一團團的烈火
　　　能把我的全身燒斃

---

[21]參考許俊雅，〈楊守愚小說的風貌及其相關問題〉，收在《中國現代文學國際研討會論文集》，
　　頁 359～388。

你說你的心裡
一天煩悶一天
　你的形容
一年銷瘦一年
　如果常此以往
不是死亡，便成瘋癲

　你說你的運命乖舛
你的環境惡劣
　故此對於人生
不是仇視，便成自暴

　你別咒詛人生
你別怨嘆薄命
　要知現社會下的青年
誰不和你同病

　悲有可用
哭尤無益
　唯願向萬惡的社會
準備著猛烈的攻擊

這首詩相當強烈地表現出 1930 年代初期，臺灣左翼青年的關懷主題與反抗
精神。在此詩中，楊守愚對命運坎坷的社會青年，表現極大的同情，對於
他們的痛苦更能夠感同身受地去體會。面對困難時，有人絕望的自棄，有
人則憤怒地詛咒；做為社會主義的支持者，楊守愚贊成的是積極抗爭，痛
擊仇敵的方式。那麼，1930 年代的臺灣社會究竟出現什麼樣的問題，使得
知識青年受到如此強烈的震撼，致使楊守愚作品有著這樣的取向呢？

　　第一次世界大戰後，由於受到世界性經濟大恐慌的影響，日本的工商業一片蕭條。加上 1927 年的金融危機，資本家藉著降低員工工資及人數，延長工時或休業，以維持自己的利益，致使勞資糾紛頻傳、失業人口暴增。雖經 1929 年日本民政黨總裁濱口雄幸組閣，企圖進行經濟改革，但是成效不彰。這一連串的經濟風暴，不僅影響勞動的工農，亦使得為數不少的知識分子或失業或求職無門，遂從小資產階級淪為無產大眾的一員。這種痛苦的親身經驗使得 1920 年代中晚期，以至 1930 初期的臺灣知識青年對無產者有著深厚的同情，所以在發言時往往能感同身受地替無產大眾表達他們的心聲[22]。面對經濟的蕭條，島民抗爭意識的激化，日本政府為維持統治基礎的穩定，遂積極地對外進行軍事擴張，以取得更多的經濟資源，1931 年的「九一八事變」就是最明顯的例證。為了加強對殖民地的高度控制，日本當局開始大力地打壓社會政治運動，[23]政治運動被迫解散後，臺灣知識分子轉而採取文化抗爭的方式，這是為什麼 1930 年代文化性雜誌乃至文學雜誌蜂起之故。王詩琅在〈我的早年文學生活〉一文中曾提到，1930 年代的臺灣陸續辦了許多雜誌：[24]

　　　　比如以民族運動為主流的，由黃白成枝和謝春木所辦的《洪水報》；由王
　　　　萬得、周合源等合辦的，有共產主義傾向的《伍人報》；由黃天海辦的，
　　　　有無政府主義傾向的《明日》等，所謂三大思想鼎立時代，成為臺灣文
　　　　壇的熱潮。

王詩琅將這三個刊物分別看成是當時民族運動、共產主義、無政府主義的

---

[22]參考黃琪椿，〈日治時期臺灣新文學運動與社會思潮（1927～1937）〉，《新生代臺灣文學研究的面向》（彰化：磺溪文化學會，1995 年），頁 199。

[23]參考陳芳明，〈王詩琅與臺灣抗日左翼〉，《臺灣文學中的歷史經驗》（臺北：文津出版社，1996 年），頁 3。

[24]參考王詩琅，〈我的早年文學生活〉，收錄在張炎憲、翁佳音合編的《陋巷清士——王詩琅選集》（臺北：弘文館出版社，1986 年），頁 210。

代表，事實上這些刊物的編者：黃白成枝、王萬得、黃天海同時都是無政府主義者。[25]因此，這三派思想的趨向雖各具特色，但是，卻又具有其共通性，此即反對資本主義的剝削、揭露資本主義社會的弊端，希望以社會主義制度代替資本主義。[26]我們可以在 1930 年 8 月 21 日發刊的《洪水報》[27]發刊詞〈說幾句老婆仔話〉中清楚地看到社會主義者對時局的觀察，對資本主義所抱持的態度，以及所堅持的為無產者發言的理想：

> ……因何取洪水為我們最愛的報名呢？！兄弟們！試看我們的身邊資本主義的狂風，倒壞我們的家屋；資本主義的暴雨，流失我們的田園。我們的居屋將要亡了，我們的食糧將近沒有了，我們所處的情景，豈不像前月末的狂風暴雨一樣嗎？我們冒著風雨而計畫此報，其心理有幾分悲壯，其決心有若干的血氣，所以，取「洪水」為名，以表現我們同人的心志。洪水猛獸自古以來，人人所惡，惡其物而取其名，這是什麼意義？……（中間數個字，原文已刪去）
> 我們不敢假裝紅頭師公，又未嘗自認為烏嘴筆仔，只會認識周圍的環境，通通是狂風暴雨亂舞的時代，不忍永受其暴威，研究討論豫防這個炎害的侵入，凡抱這心境踴躍敢為的人們皆是我們的同志。凡屬這種的詩、文、歌、詞等，一切歡迎。一為慰藉洪水當中的無聊，二為發現真情不死、率直純真的人們，三為無力者造個吐氣的機關。我們的微微的喊聲，若得提高無力的無產大眾的意識，促進造就大眾的藝術，就萬萬幸。

這篇文章如果拿來與楊守愚 1930 年 11 月刊載的新詩作品〈蕩盪中的一個

---

[25] 參考陳芳明，〈王詩琅與臺灣抗日左翼〉，《臺灣文學中的歷史經驗》，頁 3。
[26] 參考黃琪椿，〈日治時期臺灣新文學運動與社會主義思潮之關係初探（1927～1937）〉（清華大學中國文學研究所碩士論文，1994 年 7 月），頁 20～21。
[27] 《洪水報》與《赤道報》、《明日》等左翼報章雜誌，在 1930 年代由於遭到當局大力打壓而不易尋得。筆者所參考的《洪水報》創刊號乃借自鹿港古文物收藏家溫文卿先生的影本。

農村〉相對照，將可以發現其間的相似性：

　　　　天上瀰漫著密密的烏雲
　　地面湧滾著茫茫的白浪
　　　　隆隆的電聲，又在不斷地把傾盆大雨趕送
　　一分　一寸　漲漲漲
　　僅一霎時間
　　　　已把溪水漲成尺、成丈
　　遼闊無垠的沙埔、田野
　　竟氾成了大海汪洋

　　　　綠油油的蕃薯甘蔗
　　絳梗般地漂流著
　　　　肥胖胖的牛羊牲畜
　　鳧鳥般地沉浮著
　　　　攲斜剝落的茅竹屋
　　船兒般地蕩擺著
　　　　　一些騎在屋脊的災民喲
　　　戰戰地
　　　像個船次漂海的旅客

　　　　樹上不留綠葉
　　地上不留青草
　　　　幽僻的一個農村
　　幾成一片荒埔
　　　　廣漠的一遍田畑
　　幾成蒙古沙漠
　　　　而遺留給大家呢

除卻腐爛的臭屍

　　也只有笨重的石塊、朽木

　　一片的荒埔

廣闊的沙漠

　　這一切傷心慘目的景象呀

　　我見之　猶要心痛

　　況遭受慘虐的兄弟們

怎叫他不會椎心、頓足

　　怎叫他不會泣血、哭慟

據《彰化縣志》卷首〈大事記〉的記載，1930 年 7 月「**暴風雨襲境，頗有損害**」[28]，守愚此詩當為寫實之作，具體地從農村受災的情形：砂埔變為汪洋、牛羊牲畜鳧鳥般漂浮，作物被淹覆、田畑成荒埔⋯⋯這傷心慘目的景象使得墾作的農民兄弟受到致命的傷害。站在無政府主義者關懷無產大眾的立場，立即性地反映農民的苦難，是楊氏此詩可取之處。此外，楊守愚還有〈農忙〉（1935 年）、〈暴風警報〉（1935 年）、〈冬夜〉（1935 年）、〈為甚麼反在短嘆長噓〉（未標寫作時間）⋯⋯都是就他最關心的農民問題加以發揮。然而，若比照前引《洪水報》的發刊詞，我們未嘗不可推而廣之，將「洪水」、「暴風雨」視為一象徵，令無力者泣血痛哭的，恐怕不只是接二連三的水災風災，更是 1920、1930 年代重重地壓迫著臺灣人民的資本主義狂潮。對「勞／資」關係的矛盾衝突，對資本家暴虐地欺壓弱勢族群的不合理現象，楊守愚每在詩中為這些無產大眾抒吐了內在的鬱結。他寫人力車夫在經濟不景氣中，與自動車競逐的艱辛，而有 1930 年 11 月 8 日發表的〈人力車夫的叫喊〉以及 1931 年 7 月 4 日發表的〈車夫〉；他寫終年勞動卻又不免妻兒啼飢號寒的長工（〈長工歌〉），他寫寒夜叫賣，為生活與

---

[28]參考呂世明監修，《彰化縣志》卷首〈大事記〉（彰化：彰化文獻委員會，1961 年），頁 60。

死神對抗的小販(〈冬夜〉),1932 年元旦發表的〈我做夢〉尤其把被近代工業機械壓榨、折磨以致疲憊不堪的工人遭遇,血淋淋地呈現出來:「工場的穢濁底氛圍/許層層地在向你猛擊/猙獰地魔鬼似的機器/日在捏緊你的喉嚨,消磨/你的汗血/要不然/雄偉的你,何致漸次淪滅?」楊守愚不僅關懷勞動者,也為社會上的弱勢族群,如婦女和幼童所受到的待遇而不平。寫於 1931 年 2 月發表的〈貧婦吟〉,表現了他對貧女的關懷:

> 出世做媳媒,
>> 實在真艱苦,
> 天也未光就起來,
>> 梳頭煮飯洗洒衫褲,
> 雙手拭干極卜閒(「閒」讀「榮」)
>> 日頭對中雞報午,
>> 打草鞋、編草笠,
>> 養鴨母、飼豬舖,
>> 鹹菜根、酸又澀,
>> 破衫褲、補又補,
> 不辭艱難甘受苦,
>> 望卜勤儉有補所,
> 那知影、勤勤儉儉,
> 也是飢腸甲餓肚。
> 尪婿會趁錢,
>> 日子也罔度,
> 歹運尪婿致著病,
>> 無錢問藥空叫苦,
>> 官廳又來派人夫,
>> 也著甲人去造路,

　　　　　拿鋤頭、挑糞箕，

　　　　　搬了石、掘了土，

　　　　　乳漲想著團飢（「飢」讀「夭」），

　　　　　手酸想著肚空，

　　　尫婿著病團細漢，

　　　看有啥人可照顧，

　　　這叫阮、心酸手軟，

　　　　　那不牽腸甲掛肚。

這首以臺語書寫而成的押韻詩，很有民歌的味道。不僅在內容上貼近民眾的心聲，在文字表現上，也盡量使用民間語言。以第一人稱的敘述觀點，將貧家婦女從清早到夜暗終日辛勞，卻又衣食貧乏的生活，做具體的勾勒。原本命運多乖的她，不幸又逢丈夫病倒、官廳徵調傜役，只好放下重病的夫婿、襁褓中的幼子，「甲人去造路」，對殖民者的苛酷，深表不滿；而對女性過人的毅力和耐力，則深致同情。他又有〈洗衣婦〉寫丈夫的遊蕩不歸，婆婆年老體衰，幼子多病，乳兒嗷嗷待哺，而「為著生之執者，餓！卻教她無法迴避」，必須在寒冷的冬天以龜裂的手，不斷搓洗那些「任洗也洗不完」的汙衣，為男子的薄倖、女子的苦命，深抱不平。至於〈女性悲曲〉同樣以臺語入詩，用被拋棄女子的口吻，控訴男性沙文主義對女性的卑視輕賤，詩最後以「我的心／是怎樣的憤恨悲哀／我的悲哀，是無法排解／男權擁護的社會／雖然是悲鳴有誰來瞅睬」來作結，文字雖然不免流於拖沓，但是，在讀完此詩，彷彿還可聽聞那位哀怨女子的嚶嚶啜泣，迴蕩在字裡行間。和他的小說一樣，楊守愚的新詩相當能夠站在女性的立場，寫出她們的委屈和傷痛，就一位日治時期的男性作家而言，實在相當難得。此外，〈孤苦的孩子〉一詩，也透過第三人稱旁知的角度，用對比的手法寫出貧兒的衣食難繼，並反襯出了富戶人家的冷漠無情：

孤苦的孩子，

別悲哀吧！

要知道：現在，

你那冰冷的酸淚，

是贏不到人們的憫恤，

你那哀惋的哭聲，

是贏不到人們的同情，

因為你那襤褸的衣服，

已惹了人們的厭惡，

因為你那餓瘦的身子，

已惹了人們的輕視。

孤苦的孩子，

別悲哀吧！

要知道：現在，

誰也不把你當人看待，

人們的耳朵，

早被寶石塞聾，

人們的眼睛，

早被錦繡遮盲，

還有賞心悅目的聲、和色都把他們的器官充斥著。

……（中略）……

孤苦的孩子，

膽子壯點吧！

還是揭開你臉上的愁雲，

還是拭乾你眼底的淚雨，

在人們的跟前傷心與痛哭，

反正是無謂的示弱。……

除了以「分鏡」的方式，分別對某些弱勢族群表示關照和同情外，楊守愚有的詩則是以巨視的角度，對整個臺灣社會做全幅的俯瞰。比如〈元宵的街市〉（1931 年），此詩首先渲染出元宵節熱鬧的景致，而後分別寫濃妝豔抹的遊春少女、油頭粉面的公子少爺、搭乘豪華轎車的富戶阿舍，紛紛到街上來賞燈。第五段則遽而轉筆寫與前述迥然不同的另一階層，並以資產階級高高在上的角度，睨視其存在：「殺風景，／老的、醜的、還有粗魯的／勞動者／吓！這一些不成算的蠢材／也敢跟人加入這良辰／美景來／多討厭呀！／誰曾把你們一律看待？」接著，透過寺廟裡的「善男信女」與「梨園子弟」；大自然舒適安眠的「動植物」與忙碌不休的「路邊小販」做對比，突顯出有閒（錢）階級與無閒（錢）階級在社會上的不同境遇，「這瞬息，倒使我感到空虛／陰沉、冷寂！／一切都變成淡然無味。／這心境／只教我意識到強者的生，／和弱者的死」。1931 年寫的〈詩〉，楊守愚同樣對社會上貧富懸殊的現象感到相當不滿，而表現了激動的情緒：「我想：／人同是一樣的人，／貧富這麼懸絕，／苦樂這麼不均，／唉！這樣一個萬惡的社會啊！／誰不懷恨？」

　　基本上楊守愚所抱持的是一種勞動的人生觀，他有一首詩，題目便叫〈人是應該勞働的〉（1935 年 12 月），認為勞動的生活雖然辛苦，卻可以讓人快活過日：

　　　　人是應該勞動的，
　　　　勞動是做人的本分！
　　　　只要不想躲懶，
　　　　終於可望快活地生存。

　　　　為著生、我曾不顧疲困地作工！
　　　　為著生、我曾忘卻了一切病痛。
　　　　　　雖然是很難堪的，

我同樣廉賣我的勞動。

於此，我想獲得生存！
同時，也想盡點做人的本分。……

但是，這個吃人的社會，這個資本家剝削、壟斷的社會，卻是令人失望的。勞動者再如何勤奮，還是無法保障一定可獲得溫飽：「社會是不給與我勞動的機會／勞動也得不到一半的報償／直到我的生命力枯竭了的現在／同樣免不了在飢餓線上徬徨。」因此，究竟勞動是不是一件令人快活的事呢？作者在詩的最後竟然迷惑了。

有心工作，卻未必能在資本家操控的社會中獲得喘息的機會，這整個惡勢力像無盡糾纏的藤蔓一樣，逼得無產者喘不過氣來！為此，楊守愚以虛擬的口氣，寫了一首〈假如我〉，表現了強烈的反抗精神和生之意識：「假如我是熊熊的炮火／我將炸毀強權的鐵牆／假如我是自由的種子／我將撒播在新生土上／使強權的遺跡永滅／使自由的種子生長……」這種同情弱小、不畏強權、反抗壓迫的左翼思想，相當直接地表現在楊守愚的新詩中，比如他以散文詩形式呈現的〈頑強的皮球〉（1931 年）可說是一首明白揭示反抗意識，充滿昂揚精神的抗爭之歌：

你別盡在嘲笑我慣會做無謂的反抗，更別怒罵我慣做無謂的暴動。反抗、暴動，那一件不是由於你底暴壓？引起我強烈的衝撞。

我原是閒逸地躺著，一動也不動彈。橫暴的你呀！究有什麼相干？一下壓力，倒想把我輕易摧殘。拍拍、蹴蹴，還把我拋到遠遠的空間。

我的身體，雖是恁般軟弱。但是我底心，決不至於沒有抗拒的彈力。你的蹂躪，能叫我沒反抗地一任你無理的壓迫？
你別妄想用你的壓力，使我死心塌地。是呀！我決不和你們人類同例，

你那苛酷的虐弄，所引起，我的反抗、暴動，也同樣猛屬！

越是用力的拍，越是強烈地反抗。越是起勁地蹴，越是活躍地暴動。拍拍、蹴蹴，反抗、暴動。非等到拍斷你的手臂，蹴折你的腳腿，嘿！永不會止住我的衝鋒。

此詩雖用隱喻的方式，企圖婉轉地來表達被殖民者的反抗心聲，但是仍然可以非常明白而強烈地看出作者的意念。在威權恫嚇之下，被殖民者雖受壓迫、蹂躪、摧殘，他卻不願乖順地妥協或畏怯地服從，而能正顏怒斥壓迫者的殘暴酷虐，甚至威脅對方：越是用力拍，他將會更強烈反抗。楊守愚透過這一只皮球，將當時無數堅毅對抗日本殖民者，令人動容的絕不妥協的勇者心聲充分地展現出來。

除了關懷工農婦幼，楊守愚在新詩中也有類似小說「碰壁」系列，寫知識分子失意潦倒的作品。比如〈除夕戲作〉（1931 年），便以戲謔的口吻嘲諷自己擔任漢文教師，兼賺稿費卻仍然無法支持家計的苦況：

> ……
> 耽讀偏偏多不解，寫來小說未完全，
> 整日徒坐書房裡，教誦詩云性乃遷。
> 里許路，一天跑兩遍：
> 風雨寒暑，也要往來勤打旋
> 嘆息終年勞碌甚、
> 到頭來，掙來幾塊過年錢？
> 雖說，不致牛衣相對泣
> 但是，辭成席上不成筵。
> 除夕後，怪不得，
> 還被老妻埋怨道：

「嫁到你，不長進，

害儂掙不出人前！」

這首詩筆調看似輕鬆，其實卻飽含辛酸！作為一個讀書人，縱有滿腹詩書，在時代的轉移下，卻只能以塾師的身分勉強教得幾個尚有意學習漢文者，微淺的薪水實在難以餬口。至於以寫文章投稿來添補家用，卻也無有保障。面對妻子的埋怨，只能無奈地搖頭嘆息。舊式知識分子面對時代的變遷，不僅由「有產」逐漸變為「無產」，甚至有的還要面對「破產」的窘境。楊守愚有一首極悲悽的〈輓歌——為可憐的陳鴻祥君〉（1931 年）寫的就是一個「阿舍」，由「商人」而「工匠」、而「農民」而「窮教師」、而貧苦以終的歷程。這個窮知識分子，因剛直不肯屈服強者遂無出頭的一日；加上猛烈的心性與浪漫的氣質，更使他在人生的路子到處碰壁，一再一再的失敗後，終致毀滅。楊守愚忍不住為陳君的妻兒而悲：「可憐的陳君喲！／怨嘆吧？詛咒吧？／你有孤苦的妻、幼小的兒女／怪淒慘的！／這將怎樣過活下去？」然而，究極地說這樣的一個時代、這樣的一種環境，豈是容得有理想抱負的人活下去嗎？因此，楊守愚安慰陳鴻祥道：「可憐的陳君喲！／你死去了麼？／好！讓你安適地死去。／雖然是很可惜的，／但這樣一個冷酷的世間活著，也只有教你多受一點凌夷／死去吧！／安適地死去吧！／從此——／你可以離開痛苦，／你可以離開失望，／一直地、一直地，／把一生隱忍著的煩惱，／盡數遺忘……」

這何嘗不是楊守愚自己的心聲呢？他隱忍的、難以言宣的痛苦總是如影隨形地纏擾，如〈不眠之夜〉（1930 年）所寫的：「整夜裡，輾轉著，／迷茫的腦海深處總浮蕩著，／雜思閒情，／悲哀、忿怒、懊喪、恐怖、／這一些不幸的情緒啊！／又把我的心拼力震憾。」；又如〈沉沉的愁悶〉的「……不知道／牠何以跑來找我／不知道／牠從甚麼地方跑來／但沉沉的愁悶／確已占據我的方寸靈臺／這叫我無法排除／但沉沉的愁悶／確已占據我的方寸靈臺／這叫我無法排除／這叫我無法避開」。雖然有著苦悶哀

傷，然而，楊守愚畢竟不走頹廢文學的路向，沉鬱的愁懷並沒有使他拋棄社會主義者對理想的追尋和堅持，筆者最後在此援引他〈生命的巨舟〉一詩，可以充分看出具有左翼思想的創作者，堅毅不輕易妥協的生命韌度：

　　　生命的巨舟
　　放駛在時代的潮流上
　　　　乘風破浪地
　　何等偉大雄壯

　　　　澎湃的波濤
　　嶄岩的礁石
　　　　雖然把前程阻礙
　　戰場卻只靠自己的勇力
　　　　苦海雖尚遼闊
　　已不是無法可渡
　　　　要想速登彼岸呀
　　也只有努力奮鬥
　　　　努力努力
　　前進前進
　　　　那不是自由的鄉國嗎
　　距離已經很近

五、楊守愚舊詩的內容特色

　　如前所云，楊守愚的舊詩創作時間原本早於新文學作品，但是，目前所見，可以確認創作時間者，則要以 1935 年所寫的〈農村什詠〉為最早。1937 年 4 月，日本當局開始禁止臺灣的報章雜誌刊行漢文欄，以漢文寫作新文學的楊守愚只好停止了小說與新詩的創作，再度轉回他原先稔熟的舊

詩領域。楊守愚舊詩作品就目前所見有二百一十餘首，[29]但是大部分皆未予以繫年，因此，在探討他的舊詩內容時，筆者原則上盡量選取時間可確定在日治時期者加以分析，並於文中或詩題前標註寫作時間。若從內容判斷可能寫於日治時期，且又與主題相關者，則亦列入本文討論的範圍；但是，由於時間無法考訂，所以引詩時不標註時間，以與前者（時間可確定之作）區別之。

雖然「二世文人」往往能透過舊形式來表達新思想，但是，或許是對文學創作的無力感，或許是舊詩形式與特質對創作內容的制約，再加上日本統治當局的文網在 1937 年之後擴張得更厲害，使得楊守愚在舊詩作品中所揮灑的空間不如新文學大，對弱勢族群（勞農、婦女）的關懷度也不如新文學深，反是在知識階層的生活面相及內心世界的呈現上著筆較多。寫於 1937 年 6 月的〈感事漫詠〉四首，即從負面的角度批評當時未能堅持理想，反而忝顏媚日的御用女人：

> 誰說男兒熱血多，五分鐘後便消磨。美人關與黃金窟，幾個能從此裡過。
> 忍將大局殉私情，雙手瞞天信可驚。道是良心猶未泯，竟拋正義供犧牲。
> 莫嘆文章不值錢，世風今已異從前。欲高聲價原容易，學寫歌功頌德篇。
> 如雲變幻慨人心，往事思量悔恨深。一自得來新教訓，聽言觀行始於今。

臺灣不是沒有熱血青年，只是有多少能貫徹始終，而不被世俗的利益所誘惑？意志不堅定者，或困於美人關，或陷於黃金窟，或桎梏於政治牢籠，致使原本理性清明的正義之士，變得現實而虛矯，「一自得來新教訓，聽言觀行始於今」，知識分子所宣揚的理想、所標榜的節操，到頭來還是要先「觀其言」而後「信其行」，人心之善變、不可信任竟至於此，實在令人既

---

[29] 據許俊雅從楊洽人先生處所得到的資料可知，目前尚有一部《墨香軒手稿》，從詩稿名稱與守愚詩稿《靜香軒詩存》極相近，筆跡亦極似守愚來看，很可能也是楊守愚的詩稿。但是，其中有若干首作品所透顯的訊息與我們對守愚的認知有一定程度的差距，比如該詩稿的作者曾遊大陸，且本有妻子後又再娶，這些事情連守愚哲嗣亦不知。究竟這是不是楊守愚的詩稿？有待進一步考察。

惋惜又痛心。

　　此外，楊守愚也有為數不少的作品，是從自己的生命經驗出發，深刻地反映了當時臺灣知識階層的內心感受，比如擔任塾師[30]時所寫的〈戲筆〉詩：

　　　　有詩三餐不算貧，秋□春韭輒嘗新。
　　　　授徒只為消閑計，早課無多六七人。

此詩呈現了漢學沒落後，塾師生活難以為繼的苦況。這種情境可與楊守愚小說「碰壁」系列裡的〈開學的頭一天〉（1931 年）、〈就試試文學家的味道吧！〉（1931 年）以及新詩〈除夕戲作〉（1931 年）、〈輓歌——為可憐的陳鴻祥君〉（1931 年）等作品相對照看。不過，值得注意的是，「碰壁系列」寫於 1931 年，擔任書房老師的王先生雖然學生大量流失，致使生活發生困難，而必須以教書、賣稿並行的方式維持家計，但是，那時起碼學生數量還有二十個左右。到了 1930 年代中晚期，書房教師的生活更困苦了，「授徒只為消閑計，早課無多六七人」兩句話讀來看似輕鬆，其實蘊藏了關懷漢文化的知識分子相當深的無奈和感傷。據年表，楊守愚在 1935 年曾與岳父周老廉合資經營製飴業，只做三個月便虧損了兩百多元，[31]這對謀生漸感困難的楊守愚無異是雪上加霜。他曾有詩寫到物質生活困窘，唯以讀書自遣的景況：[32]

　　　　逐利無謀嘆索居，一燈相對愧何如？

---

[30]據彰化工業職業學校所保留的楊守愚履歷資料可知，他擔任塾師的時間起於 1923 年 1 月 20 日；一直到 1937 年 12 月 30 日終止，參考許俊雅，〈楊守愚先生生平著作年表初稿〉，刊在《文學臺灣》第 23 期，頁 154。

[31]參考許俊雅，〈楊守愚先生生平著作年表初稿〉，刊在《文學臺灣》第 23 期，頁 164。

[32]這兩首作品雖未繫年，但，從內容來看，當是日治晚期的作品，為戰後楊守愚擔任教職，經濟狀況雖不算太好，但也不致太過困窘才對。

　　猶將編笠呢（「呢」字疑「昵」字之誤）妻子，令蓄些錢好買書。

——〈感吟〉

　　日擁書城坐，渾如避世人。懶嫌酬應雜，病覺故交親。
　　有酒難成醉，無肴恰稱貧。春風期不遠，勉保歲寒身。

——〈漫興〉

如果物質條件惡劣，而能在精神生活上獲得安頓倒也無妨。然而，事實上，日治晚期知識分子精神所受的折磨，可能更超過物資貧乏所帶來的痛苦。楊守愚有〈感懷〉詩，將中年失志的心情刻畫得相當深刻：

　　人到中年感慨多，雄圖壯志付消磨。
　　生涯愧我終如蛀，坐聽蕭蕭鬢漸皤。
　　有為空負少年時，潦倒方懷老大悲。
　　進步俄驚時勢速，愧余無力再追隨。
　　親朋故舊多期待，望我文壇大發揮。
　　不道年來思力減，當年願望道成非。

從楊守愚的寫作成果來看，1937 年 4 月日本禁漢文欄之前，他的新文學創作數量一直相當多，〈感懷〉詩云：「不道年來思力減」，可見此詩當寫於 1937 年之後。從新文學轉為舊文學創作之初，楊守愚其實還對文學充滿了期待，1939 年與賴和、陳虛谷、楊笑儂等人組織傳統詩社——「應社」時，楊守愚有〈應社創立小集賦呈在座諸公〉，寫出了與聲應相求者談詩論文的快慰：

　　一見傾心似故知，識荊此日未嫌遲。
　　經年渴望徒穿眼，竟夕清談快展眉。
　　莫遣春歸鶯便老，應憐花謝蝶猶癡。

要知雅會年來少，珍重千金是此時。

這裡所謂「春」來「花」開，指的漢文化鼎盛之時；春之「啼鶯」與戀花之「蝶」，可以用來指稱堅持漢文化的知識分子。而今，春已去，花將謝，但是惜春愛花者癡心仍在；同樣的，在漢文化生命逐漸凋萎之際，臺灣知識分子能夠本其熱忱，在困境中勉力結合同道，推展詩社活動，實彌足珍貴，令人雀躍歡欣！但是，隨著日本軍國主義的擴張，對臺民的思想管制越來越加嚴厲。尤其，1941 年太平洋戰爭爆發後，更是大力推展皇民化運動，對作家寫作內容的干預度也越來越大，乃至有「皇民文學」的產生。面對這樣的文化困境，楊守愚的心情可以說已跌落到谷底，沉鬱與苦悶迴盪在字裡行間：

局處非常敢苟安，蒼生霖雨嘆才難。
更無射虎雄心在，空有憂時血淚殘。
花事潛從杯裡老，山容愁向月中看。
亂離此日交遊少，相對寧辭竟夕歡。

　　　　　　　　　　——〈東亞大戰中次笑儂偶成韻〉，1941 年

無心北馬更南船，滾滾街塵懶著鞭。
偃蹇直如承蓽草，淒清何抵在山泉。
儘多憂患傷今日，尤覺形容老去年。
心緒茫然蕭瑟裡，西風愁絕雁來天。

　　　　　　　　　　　　　　　　——〈秋懷〉，1941 年

憂時之感，傷世之懷使他愁腸百迴，處此非常時局，縱有雄心，又有何用？更令他難堪者，是在愁鬱的淹煎之下，一向文思泉湧的楊守愚竟然腸枯思竭了：「漸驚詩思愁中減，尚冀衰顏醉後紅」（1943 年〈大暑小集笑儂雙儂閣見壁間應社紀念寫真追懷故友懶雲并以誌感慨〉）、「豪氣未應緣病

減,枯腸爭奈得詩遲」(1943 年〈大暑雅集吟興未盡續成一律〉)。這是日治時期臺灣文人作家痛苦的心情,假如不做迎合時局的作品,恐是執政者所不容的;但是,對文學創作有堅持、有理想的楊守愚豈願做這樣的妥協?所謂「詩非得意吟何必,醒既無聊醉亦同」(1942 年〈萊園雅集〉)、「窮達之間能委命,性情而外諱言詩」(1943 年〈追懷〉),如果不是出自內心的感受,表現真實的性情,他是不會為文造情、勉力而為的;而這也正是他之所以會感到詩思枯竭的主要原因。

或許是對時局的失望,或許是苦悶的心情浮蕩無所歸趨。楊守愚的舊詩除了如上述的抒發鬱懷外,也有不少描寫艷情之作。不只視野變得侷促,在典故的使用上、意境的經營上,也都缺乏新意。比如〈偶作〉:「耿耿銀河暑氣消,二分新月照輕綃。小樓一枕遊仙夢,粉跡依稀認六朝。」;〈漫興〉:「揚州夢覺鬢微鬖,我又何心說綺羅。憶自雲英遺嫁後,筵前怕聽念奴歌。」;〈閨詞〉:「人言門外即天涯,腸斷天涯長路賒。惆悵梁園春已盡,小樓空盼使君車。」這些作品幾乎皆落入傳統文人的慣有窠臼,作品數量雖多,表達手法雖老練,大抵上說來不過是傳統文人作品的複製而已,與具有新思想而選擇新文學形式表現的他,在取材與思維方式上差異甚大。

至於原先在新文學作品中強烈呈現的:批判時局、關懷弱者這兩方面的主題在舊詩作品中則著力甚少。除了寫於 1935 年的〈農村什詠〉尚能表現出楊守愚早期社會主義思想,而能與同時期的新文學作品:新詩〈暴風警報〉(1935 年)、小說〈移溪〉(1936 年)相呼應外,幾乎罕能看到有關農村問題的題材入到他的舊詩作品中。比較值得注意的是,楊守愚舊詩的部分作品中還表達了對女性地位的尊重和對其不幸遭遇的同情,這也和他新文學作品,如小說〈生命的價值〉(1928 年)、〈誰害了她〉(1929 年)、〈女丐〉(1928 年);新詩〈貧婦吟〉(1931 年)、〈洗衣婦〉(1932 年)、〈女性悲曲〉(1935 年)所呈現的思想特質是一致的。他曾以青樓女子為主題而寫了〈新地冶遊詞〉六首,勾描了過著皮肉生涯的女性之生活概

況，而後又以旁觀者的角度寫了〈遊新地感言〉：

> 皮肉生涯慨女□，何堪重話破瓜初。
> 不辰生作貧家女，野花閒草更不如

看到女性受到欺凌輕賤，楊守愚的不忍之情油然而生。他不僅希望這些受壓迫的女性能擺脫困境，也接受了當時世界興起的女權思潮，希望女性能為自己爭取平等的待遇，同時呼籲社會大眾能改變重男輕女的觀念，他有〈告生女者〉詩云：

> 世事原來有變遷，休將弄瓦怨蒼天。
> 不看歐美文明國，反薄男權重女權。

而女權的爭取是需要一群有自覺的女性來參與，乃至改變世人既定的價值觀的，楊守愚〈哭世妹碧雲女士〉詩即表達了這樣的觀點：

> ……一燈淒絕雨餘天，紫玉無端忽化煙。應是女權蹂躪甚，不甘牛馬度花年……腸斷招魂莫返魂，一坏黃土淚痕新。從今女界求平等，提倡應怨少一人。

在當時的臺灣社會，不僅男女無法獲得公平的待遇，楊守愚甚至認為：女權是受蹂躪、被踐踏的。處於這樣的環境，稍有理想的女性必然是不甘心雌伏而亟欲改革的。碧雲女士死於何時，目前無法得知，不過從他所提及的「從今女界求平等，提倡應怨少一人」來看，出身於彰化地區的她極有可能曾經參加過 1925 年組織成立的臺灣第一個獨立的婦女團體——「彰化婦女共勵會」。該組織以改革陋習、振興文化、追求婦女解放為主要訴求，為臺灣的

婦運跨出了第一步。[33]作為進步的新時代女性，能夠在男性霸權的社會裡走出屬於自己的路向來，誠然不易。不幸的是，這樣的一朵奇葩竟然夭折了，不管基於交情或基於對女性的關懷，楊守愚的傷痛都是難以言喻的。

六、結論

由於楊守愚舊詩作品大多未繫年的緣故，在一定程度上限制了我們對其日治時期舊詩的全面了解。就目前所能看到的楊守愚舊詩而言，從作品內容的深度和廣度來看，其實都無法和他的新詩尤其是小說相比。這當然有著文類本身特質的制約，形式越短小，表達的方式越省約，就所描寫對象的具體逼真程度而言，小篇幅的詩和長篇幅的小說當然無法放在同一個水平上相比。但是，從詩本身來比較，楊守愚寫舊詩的態度似乎比他寫新詩保守了許多。前面曾就時代背景、文學形式等因素，來解釋楊守愚轉寫舊詩之後所面對的問題，嘗試說明新、舊文學間的差異。但是，事實上與楊守愚同世代的其它跨越新舊文學的臺灣作家，如賴和、陳虛谷、周定山，他們由新文學轉向舊文學之後，卻未必如此拘泥於舊詩的規範。也許，楊守愚受到舊文學的浸潤太深了，因此比較難擺脫舊詩在內容及風格上給他帶來的影響；也或許因為這樣，他若要提倡新思想，就非要用新文體不可，這是 1920 年代中期到 1930 年代中期楊守愚新文學作品特多之故。從這個角度來思考，或許更能夠了解何以廖漢臣會在 1936 年發表的〈諸同好者的面影（一）〉一文中稱讚楊守愚「*活動似乎最活潑，而他所發表的作品也占第一*」[34]。由於個人的因素，透過舊詩的書寫無法有效地傳達楊守愚所要表現的新思新想，雖然，他也曾經像賴和一樣，嘗試模仿民歌，使用淺白的民間語言入詩，比如〈無題〉:「*思君一日一日瘦，落倒眠床哼哼嗦。都無天河來界限，相見那會許為難。郵差每次過門口，我都趕*

---

[33]參考楊翠，《日據時期臺灣婦女解放運動——以《臺灣民報》為分析場域》（臺北：時報文化出版公司，1993 年），頁 528～529。
[34]此文刊在《臺灣文藝》第 2 卷第 1 號（1934 年 12 月），頁 35～36。

緊皆探頭。冥日忐忑滯等候，等無君批到吾家……」但是，這只是他偶一為之的作品，其它的舊詩大多不脫傳統文人憂傷愁鬱、自憐自艾的色彩。

　　經由本文的分析可知，作為無政府主義者的楊守愚，曾經接受新思想的啟發，也試圖透過文學作品來宣揚社會主義理念，以影響當時臺灣廣大的群眾。雖然在表現技巧上，由於新詩寫作在當時的臺灣尚為一新興文體，因此，大多是「開口見喉」直接書寫，較缺乏含蓄蘊藉之美。但是，就思想的深度及寫作的視野來看，較之舊詩的老熟而陳舊，我們仍然可以肯定楊守愚在新詩作品上有其可取之處。

　　新文學作品中，以小說最具寬廣的發揮空間，楊守愚在這方面也表現得最為出色；因為前人論述已多，故本文只針對新文學中的「新詩」以及舊文學中的主要文類「舊詩」做討論。嘗試以楊守愚寫作的基本立場——「關懷弱勢族群」、「批判強權統治」作為楊氏思想的核心點，來進行文學作品的分析與掌握。從前面幾個小節的討論可知，基本上，楊守愚的新詩相當一貫地與小說所具有的思想特色相呼應，而且相關的作品數量不少。但是，在轉回舊詩寫作之後，我們可以發現，楊守愚對日本殖民者的批判精神大幅地減弱，乃至消失；在對弱者的關懷方面，也只幾寥寥數首尚遺留有早先社會主義思想的影子，表現了對弱者處境之同情。這種創作困境緣何而生？楊守愚自云乃詩思枯竭、愁懷淹煎所致；筆者認為，真正的因素其實還是在政治的大力干預，使得真誠面對創作生命的作家，面臨了有苦難伸的致命斲傷。這是日治時期殖民地臺灣知識分子的悲哀，楊守愚文學生命由極度燦爛遽然轉為暗淡，便是至為明顯的例證。

——選自江自得編《第一屆臺杏臺灣文學學術研討會論文集：殖民地經驗與臺灣文學》臺北：遠流出版公司，2000 年 2 月

楊守愚的文學及其精神（節錄）

◎嚴小實*

楊守愚文學的創作歷程是由漢詩→小說→新詩。

> 說也奇怪，自從《明日》把比特先生的新詩刊出以後，水社的編輯先
> 生，又漸漸對於他的新詩感到興味起來了。這一來，他的小說又像不當
> 停地停刊著，要的稿件，又以新詩居多了，其實也只能說是他的幸運吧
> 了。
>
> ——〈比特先生〉，《臺灣新民報》第 350 號，1931 年

楊守愚的詩作分為漢詩與新詩二部分。新詩與舊詩因「文類」與「時代」
的不同，在表現手法及內容取向上是有相當大的差異[1]。新詩與小說同為白
話文學，因此在各方面顯得有一脈相承，血濃於水的緊密關係。

　　楊守愚的新詩發表略晚於小說，楊守愚於 1927 年於《臺灣民報》發
表第一篇小說〈獵兔〉，後來被賴和挽出幫忙「學藝欄」的編輯。1930 年
8 月於《明日》發表了第一首新詩〈我不忍〉後，同年 11 月也在《臺灣
新民報》「曙光」欄發表了〈蕩盪中的一個農村〉，之後便大量的在《臺
灣新民報》「曙光」欄發表新詩。編輯《臺灣民報》「學藝欄」時期，為
了趕稿應急，可說是楊守愚小說創作的全盛期，和小說發表的情形類似，

*靜宜大學中國文學研究所碩士。發表文章時為靜宜大學中國文學系碩士生，現為靜宜大學臺灣文
學系祕書。
[1]施懿琳，〈論日治時期楊守愚的新舊體詩〉，《第一屆臺杏臺灣文學學術研討會論文集——殖民地經
驗與臺灣文學》，靜宜大學中國文學系主辦，1998 年 12 月 19～20 日，頁 12。

楊守愚於《臺灣新民報》「曙光」欄發表了 25 首的新詩，也是新詩創作發表的全盛期。在參與《臺灣民報》「學藝欄」的編輯時期，楊守愚為了維持版面，許多的作品都是趕寫出來，可說是右手寫小說，左手寫新詩。因此，新詩的起步雖略晚於小說，但在取材上、文學的精神取向上，與小說都是同步且同調。

一、關懷無產階級的遭遇

在取材上，楊守愚的小說有二分之一以上的篇幅是以關懷農工、女性等弱勢無產階級的題材為主，新詩在取材上與小說相同，也有相當的篇幅關心無產階級的遭遇。關於農村的描寫的作品有〈蕩盪中的一個農村〉（1930 年）、〈雨中田舍〉（1932 年）、〈農忙〉（1935 年）、〈暴風警報〉（1935 年）、〈冬夜〉（1935 年），〈暴風雨裡〉（1930 年）、〈為什麼反在短嘆長吁〉（手稿）。楊守愚一直有歸隱農村的願望[2]，對於農村生活有一份特殊的感情，因此作品中對於農村景色有相當生動的描寫。〈雨中田舍〉中寫道：

村前村後，
寥寥的，
只有幾家茅屋；
矮矮的竹籬，
都已欹斜疏落。

雞在簷下啄食食餘，
雪白的鵝兒，在雨中引頸長歌，
犬倦臥在板門之前，

---

[2]楊守愚 1936 年 4 月 13 日日記云：「要是這事弄成，那麼，我 15 年來『農村生活』的夙願，許可以實現了吧？」許俊雅、楊洽人編，《楊守愚日記》（彰化：彰化縣立文化中心，1998 年），頁 4。

　　餓慌了的笨豬也在發聲嚎咷。

由視覺到聽覺的描寫，一幅農村的景象躍然紙上，楊守愚善於運用寓情於
景的手法，先描寫農村景象，後寫農民疾苦。楊守愚有許多的親戚是贌耕
的佃農[3]，因此對於農民的疾苦，楊守愚頗能感同身受。〈農忙〉中運用對
話入詩，道出農民的困苦。

　　「價貴」
　　「是」
　　「樂歲？」
　　「不豐！」
　　農民是滿現著苦笑臉容
　　田租高　肥料重
　　「唉！樂歲終身苦」
　　凶年呢？
　　「不免於死亡！」

農忙應是歡慶豐收的時刻，全家出動在田間忙著收成，然而收割完成後，
因為穀價的低賤，農人們的心情急轉直下，楊守愚對於農人由喜轉悲心理
狀態有生動的描寫。楊守愚的詩作中，大量呈現農民的苦難，稅賦、肥料
金對於農民的剝削，暴風、大雨對於農村的肆虐，嚮往農村生活的楊守
愚，對於農民疾苦是懷抱人飢己飢，人溺己溺的人道精神。關於工人生活
的作品有〈人力車夫的叫喊〉（1930 年）、〈車夫〉（1931 年）、〈我做
夢〉（1932 年）、〈人是應該勞働的〉（1935 年）、〈冬夜〉（手稿）。
在勞動者的描寫上，楊守愚運用精簡，極短的句子，表現勞動者工作時的

---

[3]楊守愚於 1936 年 9 月 11 日日記云：「因烏溪造岸，弄到無家可住，無田可種的，我的一個住在
　同安厝的外侄孫來訪，要我替他贌耕我和賴和先生共業的寶廊的田。」《楊守愚日記》，頁67。

賣力與急促。

> ……
>
> 流汗，
>
> 喘氣，
>
> 赤著腳，
>
> 來往奔馳。
>
> ——〈車夫〉，《臺灣新民報》第371號，1931年

在這些作品中，楊守愚總不忘突顯階級矛盾的問題。鎮日於烈日、寒風中來回奔波，受盡煎熬的車夫、工人、小販，得不到勞動應有的報酬，反而落入飢寒交迫的窘境。

> ……
>
> 社會是不給與我勞動的機會，
>
> 勞動也得不到一半的報償，
>
> 直到我的生命力枯竭了的現在，
>
> 同樣免不了在飢餓線上徬徨。
>
> ——〈人是應該勞働的〉，《臺灣新文學》創刊號，1935年

由這些作品中，可看出楊守愚強烈的階級意識，一針見血的指出社會的不公，這些勞動階級的窮苦、飢貧，並非勞動者的怠惰所造成，一切都是因為社會資本主義化，資產階級繼地主後產生，成為奴隸勞動階級的新奴隸主，將勞動階級大部分的辛苦所得都剝削了去。楊守愚藉由詩作反覆吟詠勞動者被壓迫與剝削的悲哀，心裡所企盼的是一個真正自由、平等的社會，讓這些社會底層的人民得到真正的幸福。

關於女性、貧者的描寫有〈貧婦吟〉（1931 年）、〈洗衣婦〉（1932

年）、〈女給之歌〉（1934 年）、〈可憐的少女喲！〉（1934 年）[4]，〈女性悲曲〉（1935 年）、〈孤苦的孩子〉（1930 年）、〈詩〉（1931 年）。延續小說對於女性與弱者的關懷，楊守愚幾首與女性相關的作品中，依然是以記錄女性坎坷命運的手法，將女性的悲運真實呈現，其中，最特別的是以臺語入詩書寫女性，〈貧婦吟〉與〈女性悲曲〉都是以臺語入詩，而楊守愚臺語詩的創作，受 1930 年代賴和對於整理民間故事及歌謠的編輯影響相當大。1931 年 1 月 1 日《臺灣新民報》的新年號「醒民」（黃周）發表〈整理「歌謠」的一個提議〉一文中表示賴和認為整理民間故事和民謠是很有意義的工作。而楊守愚當時已參與《臺灣新民報》「學藝欄」的編輯工作，兩人都以文學創作實踐此一理念，所以同一天的《民報》「學藝欄」，楊守愚發表第一篇民間故事〈十二錢又帶回來了〉，而賴和則是在「曙光」欄發表了臺語詩〈農民謠〉，賴和運用民歌的方式描寫農民遭受天災肆虐，還有地主、官稅層層的剝削，全詩在訴說貧困農民之苦，並由留日音樂家李金土譜上曲，是相當創新的做法。

同一年 2 月楊守愚也於《臺灣新民報》「曙光」欄發表第一首臺語詩〈貧婦吟〉。〈貧婦吟〉描寫生活困苦的貧家婦女，被官廳徵調勞役，必須拋下重病的夫婿、襁褓中的幼子，出外造橋鋪路。

> 出世做媜媒，
>> 實在真艱苦，
> 天也未光就起來，
>> 梳頭煮飯洗洒衫褲，
> 雙手拭干極卜閒（「閒」讀「榮」）
>> 日頭對中雞報午，

---

[4] 楊守愚於 1934 年 10 月 26 日以〈可憐的少女喲！〉為題，發表於《新高新報》第 477 號，署名「睦生」。1935 年 10 月 28 日易題為「可憐的少女喲！珍重」，發表於《臺灣新文學》第 1 卷第 1 號，署名「瘦鶴」。兩首內容大致相同，為同一首詩作。

　　　　打草鞋、編草笠，

　　　　養鴨母、飼豬舖，

　　　　鹹菜根、酸又澀，

　　　　破衫褲、補又補，

　　不辭艱難甘受苦，

　　　　望卜勤儉有補所，

　　那知影、勤勤儉儉，

　　也是飢腸甲餓肚。

楊守愚通篇運用臺語書寫，且注重押韻，使得整首詩朗朗上口，甚至可吟唱，富有民謠的味道，與賴和〈農民謠〉具有異曲同工之妙。此後的臺語詩〈女性悲曲〉、〈拜月亮〉、〈人生路上〉也都承繼此一風格。

二、同情弱者，批判強權

　　貫穿楊守愚小說的重要精神乃「同情弱者」、「批判強權」，新詩與小說一樣，作品均具現此一精神。新詩因為限於形式，在觀察的向度比不上小說廣闊，探析或批評社會問題的深度也不如小說深刻。[5]不過楊守愚在參與《臺灣新民報》「學藝欄」編輯時，於「曙光」欄發表大量的作品，奠定了日據時期白話詩的傳統，這是相當值得肯定的一點。此外，在抒發對天下生民的抱負與胸志，展現個人哀樂情懷上，楊守愚的新詩也有相當亮眼的表現。楊守愚於 1930 年發表於無政府主義出版刊物《明日》的第一首新詩〈我不忍〉乃上乘之作。

　　　　我不忍聞

　　　我不忍聞你微弱的嘆聲

因為那是一根根的針兒
能把我的心靈穿透

我不忍看
我不忍看你紅腫的眼睛
因為那是一團團的烈火
能把我的全身燒斃

你說你的心裡
一天煩悶一天
你的形容
一年銷瘦一年
如果常此以往
不是死亡，便成瘋癲

你說你的運命乖舛
你的環境惡劣
故此對於人生
不是仇視，便成自暴

你別咒詛人生
你別怨嘆薄命
要知現社會下的青年
誰不和你同病

悲有可用
哭尤無益
唯願向萬惡的社會
準備著猛烈的攻擊

楊守愚藉敘事人稱的變換，形成「我」與「你」的一種互動形式，猶如筆者與無產大眾的對談一般。首先寫「我」以主觀的立場不忍見、聞無產的悲鳴與悽楚，然後「我」傾聽無產大眾的心聲，最後「我」以勸慰的姿態，呼應被壓迫的群眾起而向萬惡的社會攻去。楊守愚同情無產大眾的人道主義精神，令人動容，而詩中蘊含昂揚的反抗精神，亦教人振奮，此乃楊守愚新詩的精髓。

楊守愚以漢詩出發，1925 年楊守愚與流連索思俱樂部成員一起聯名發表第一首漢詩〈紳〉，詩的內容為諷刺當時諂媚殖民政府的御用紳士來看，已見其不願歌功頌德、逢迎阿諛的性格。後楊守愚轉向新文學創作，但漢詩的創作並未中輟。1930 年代以後，楊守愚因參與《民報》「學藝欄」的編輯，發表許多新文學作品，一時聲名大噪，受到各方報紙雜誌的邀稿。1931 年 10 月楊守愚署名「瘦鶴」，發表〈秋日雜感〉、〈花影〉、〈十五望月〉、〈秋風〉、〈漁夫〉於《新高新報》第 239 號的漢詩欄「詩林」。當時，楊守愚也有新文學作品刊登於《新高新報》。1934 年 9 月與賴和聯名發表〈呈贈江亢虎博士〉，後又陸續發表〈中秋夜興〉、〈農村什詠〉，與新文學作品比較起來，數量並不多。直到 1937 年 4 月全面禁用漢文以後，楊守愚暫隱於應社之中，才有大量的漢詩創作出現。

與新文學作品比較起來，楊守愚漢詩受限於舊詩的形式與特質，因此，在創作的內容上，較無法透過舊形式來表達新思想。[6]在題材上，多為感懷、詠物、寫景、酬贈之作。但其中亦有以漢詩具現人道主義精神之佳作，此與新文學精神是一貫的。

食是蕃薯混二糟，形容莫怪少脂膏。

農村景氣傷沉滯，奢望年豐粟價高。

---

[6]施懿琳，〈論日治時期楊守愚的新舊體詩〉，《第一屆臺杏臺灣文學學術研討會論文集──殖民地經驗與臺灣文學》，頁 23。

妻編草帽女芒鞋，九歲男孩也拾柴。

漫道一家能食力，門前時見到糧差。

　　　　　——〈農村什詠〉，《新高新報》第 462 號，1935 年

楊守愚的大量的漢詩作品為加入應社之後所作，因為當時高壓的政治局
勢，使得知識分子不能夠再暢所欲言，因此楊守愚漢詩多為消憂解鬱之
作。但楊守愚由漢詩出發，即顯現批判強權，同情弱者的特質，一直到轉
入新文學作品，此精神得以更加發揚光大。

　　　　　　　　　　　　——選自嚴小實〈楊守愚生平及其作品研究〉
　　　　　　　　　　　　靜宜大學中國文學系所碩士論文，2002 年 7 月

楊守愚——為弱勢仗義直言的小說家

◎彭瑞金*

　　楊守愚（1905～1959），本名楊松茂，小說家、詩人，並有為數可觀的舊詩傳世。出生於彰化，與賴和同鄉，受賴和鼓勵投入新文學創作，文學興趣與作品風格都與賴和相近。賴和擔任《臺灣新民報》「學藝欄」編輯時，因本身醫務工作繁忙，或是為了自己寫作，編務上常請守愚代勞。守愚作品，無論小說、新舊詩，也常請賴和潤飾修改，因此今存賴和舊詩稿中，有判定困難、疑不是賴和作品者，想必即是守愚作品。在文學上，其親近如此，受到的影響自不待言。

　　1954 年，楊守愚通過中學教師檢定合格，應聘入彰化工業學校教「國文」，他留在學校的「教職員詳歷表」上，註明自己的學歷是「私塾」，何以略過「彰化公學校畢業」？原因不得而知。「著作欄」則註明：「小說〈斷水之後〉等十餘篇，新舊詩約千首……」，「加入社團」則寫「應社」。這段紀錄，顯示他的文學完全靠自修得來，賴和則是他的導師。

　　守愚的父親是秀才，自幼熟讀漢文，守愚自己也在戰前、戰後擔任過私塾教師。年輕時，曾因「臺灣黑色青年聯盟事件」被檢舉。他的受教育經過和思想訓練的經過，和王詩琅有很多相同的地方。「臺灣黑色青年聯盟」抱持的社會主義思想，也成為他的小說和部分新詩的基調，他的小說站在無產農工階級的立場發言，更重要的是指出，農工大眾的民不聊生、凶年不免於死亡，都是由於臺灣的地主階級和日本統治者勾結，進行剝削、壓迫、殘

*發表文章時為靜宜大學臺灣文學系教授，現為靜宜大學臺灣文學系教授暨臺灣研究中心主任。

害。守愚文學的與眾不同，是它有明確的階級意識和堅定的鬥爭性格。

　　他用過守愚、Y、靜香軒主人、村老、翔、洋等筆名發表作品，可以說是筆名最多的作家，也是《臺灣民報》最多產的小說家，約發表過四十篇作品。小說曾有部分收入「光復前臺灣文學全集」，「臺灣作家全集」則有《楊守愚集》，收有〈顛倒死？〉、〈一群失業的人〉、〈升租〉、〈決裂〉等35 篇小說，最多產的小說家，當之無愧。

　　楊守愚晚年曾寫過一篇回憶自己文學生涯的文章——〈赧顏閒話十年前〉，認為臺灣新文學運動主要的目的就是反日的民族運動，因此，做為像他這樣的漢文學家，受日人的摧殘，要更甚於和文作者。揭露醜惡和同情貧乏，是文學用來反抗異族統治的微弱手段。此外，臺灣新文學對臺灣社會負有反庸俗、反封建的啟蒙責任。雖然這是他的文學回憶，卻顯示他從民間崛起的文學思想，與以賴和為首的主流，並無二致，他的新文學實踐能力並不讓於文學科班出身的作家。在漢書房被廢、漢文禁用，「和文作家」時代到來之後，楊守愚和賴和一樣，又回頭去寫漢詩，許俊雅編有《楊守愚詩集》出版，內含「古典詩」、「新詩」兩部分。

　　守愚晚賴和 11 年出生，但在新文學運動史上，與賴和同屬最早期的作家，僅用漢文寫作，小說是他主要的創作文類，作品寫得最多的創作高峰期在 1928 年至 1932 年，正值世界經濟不景氣和日本國內發生經濟恐慌。這股經濟風潮襲向臺灣後，臺灣也發生經濟蕭條、生產萎縮、工廠倒閉、失業情況嚴重等現象，農、工大眾的生活陷於塗泥炭火之中，他的作品絕大部分適切地反映了這樣的危機年代的現實。

　　雖然可以用「為弱勢仗義執言」一語，代表楊守愚的總體創作精神，但也可以細分成四類不同的對象來說明：

　　第一類是〈罰〉、〈十字街頭〉、〈斷水之後〉代表的，日警仗勢欺壓良民、小販、車夫，青年秉義直言，不畏巡察、偵探威脅，頗似賴和〈惹事〉的主題，揭發殖民統治的象徵——警察迫害人民，人民抵抗的經驗。這裡大致反映了有關日本殖民統治下產生的政治議題。

　　第二類以〈一群失業的人〉為代表的，經濟不景氣，工人四處流竄，仍找不到工作，社會嚴重的失業現象。〈瑞生〉則描寫失業，當小販也遭警察刁難取締的「瑞生」，百般無聊之餘，爬牆看戲尾卻被當賊法辦。描繪處處失業、百般蕭條的悲慘社會。

　　第三類是寫佃農的命運——〈凶年不免於死亡〉。守愚在文題上直接引用了他豐富的漢文知識，並以強烈的主觀裁判了殖民苛政不恤人民死活的惡行。〈升租〉裡的佃農租地種田，不僅做了沒錢工，甚至蝕本，但因為沒有其他的出路，佃農們怕地主收回土地，出現「流血」競租的瘋狂現象。正如〈凶〉文的結尾，農村裡處處都是哭父、哭夫的淒慘哭聲，被逼得走投無路的農民，只好一死了局。

　　第四類是女性的悲慘境遇。〈女丐〉、〈瘋女〉，這些遭受殖民統治和父權社會雙重壓迫的婦女，尤為悲慘。正如〈誰害了她〉裡，被農場監督逼死的女工，可不是殖民統治者下的手，而是同樣被殖民統治者愚蠢的自相殘殺。

　　守愚寫的是一個無產階級的悲慘世界，是一個幾乎看不到光的黑暗世界，他幾乎沒有修飾地，真實地呈現這個世界。從他的作品裡，可以讀到他悲憫胸懷裡抱持的為弱勢仗義執言、打抱不平的急切心情，文學對他而言不是藝術，而是行俠人間的武器。

　　戰後，幾乎不再有作品，也許因為他把文學運動等同反日、抗日運動，時移境遷，失去戰鬥的熱能。但這絕對不是守愚文學的本相或全貌，從〈無力的〉這一首詩，可以看到他的文學比賴和有更清晰的勞動人民或無產者的位階。

　　熙熙攘攘的人潮裡
　　莫說只有一些無謂的蠢動
　　　他們雖然是無力的
　　但也不惜為最後的爭抗

前仆後繼
總算為著階級的更生
　　他們雖然是無力的
也還時時刻刻地拚命鬥爭
　　試看，攢螳螂的螞蟻
試看，爭自由的波浪
　　雖然是不易為力的
何嘗，口止了牠們的衝鋒

　　莫說赤手空拳
沒有攻守的武器
　　可是那一種偉大的
犧牲的精神
　　堅決的意志
誰還敢輕易蔑視

　　別驚駭舊勢力的鐵聲
巍峨，鞏固
　　儘管徘徊，
躊躇，散步

　　　　　　　　　　　　　　——〈無力的〉

　　　　　　　——選自彭瑞金《臺灣文學 50 家》
　　　　　　　臺北：玉山社出版公司，2005 年 7 月

臺灣新文學「反迷信」主題的書寫
以賴和、楊守愚比較為例（節錄）

◎王美惠*

無產者的代言人——楊守愚的宗教觀

楊守愚與賴和有許多共同點，他們都是彰化人，一生都用白話文寫作，由於同鄉至交，楊守愚登上新文學文壇，尤受到賴和的提攜及啟發。這使得他們的作品及風格表現，有異曲同工之妙。[1]即使同時代文壇老將張深切也誤認一篇〈赴了春宴回來〉（原載於《東亞新報》新年號，1936 年元月）是賴和作品。根據《楊守愚日記》記載，此文為楊守愚替賴和代筆的，他嘲弄當時的葉榮鐘、遂性（莊垂勝）、張深切等三君「已經就曾睛盲新娘認錯了婿」，並抱怨「這是稍微對於彼我之作品具有關心的人，都能看出的——因為我與賴和先生之作風是截然不同的」[2]。前面引述黃武忠的說法，他認為楊守愚確實有受到賴和的影響，但是就作品技巧與題材運用，比賴和略勝一籌，不過反抗意義溫和許多，且作品趨向嘲弄的意味。張恆豪則認為楊守愚的作品具有鮮明的社會主義傾向，題材呈現出繁複的多樣性；小說技法寫實的多，反諷的少，可說是個批判現實的寫實主義者。[3]本文僅就楊守愚對「反迷信」主題書寫，分析他對民間信仰的看法及社會關懷。

---

*發表文章時為崑山科技大學通識教育中心講師，現為崑山科技大學旅遊文化發展系副教授。
[1]古繼堂，《臺灣小說發展史》（臺北：文史哲出版社，1989 年），頁 43。
[2]許俊雅、楊洽人編，《楊守愚日記》（彰化：彰化縣立文化中心，1998 年），頁 55。為使行文順暢，以下所引《楊守愚日記》的文字，若非必要不一一作註，逕於引文後標明頁數。
[3]張恆豪，〈無產者的輓歌——《楊守愚集》序〉，《楊守愚集》（臺北：前衛出版社，1994 年），頁 14。

　　楊守愚曾是個一位無產青年，早期加入無政府主義組織，應受到他的漢學老師郭克明影響。[4]1925 年 1 月，為改善原有的本島劇，宣傳無政府主義思想，正值 21 歲青春年華的楊守愚，與彰化無政府主義者陳崁等人，組織彰化「鼎新社」劇團，社名是由郭克明來命名的。[5]隔年（1926 年）夏天，陳崁又重新組織為「彰化新劇社」，以改良風俗、打破迷信、諷刺勞資關係等為目標，在臺北、新竹、苑裡、宜蘭、彰化、員林、臺中、北港、大林等地巡迴公演。[6]1927 年 2 月日本當局針對無政府主義的「臺灣黑色青年聯盟」進行全面檢舉，被逮捕的 44 名有關人員中，楊松茂（楊守愚的本名）和郭克明都在名單內。不過 10 月豫審終結後，楊松茂被判決免訴。[7]雖然是無罪開釋，也影響日後楊守愚漸漸從社會運動淡出，1929 年 1 月，受賴和鼓勵和推薦，首次以「守愚」的筆名發表小說〈獵兔〉後，轉而投入新文學創作。同年 11 月 1 日，陳崁等無產青年在彰化成立「臺灣勞動互助社」，楊守愚僅以來賓身分列席旁聽，並沒有加入成為會員。[8]不過楊守愚對無產階級的關注，特別對小市民和農民生活的描寫，成為他小說創作的題材及風格表現。

　　早期楊守愚加入彰化的新劇團，雖然以打破迷信為目標，但是把「反迷信」的主題運用在小說創作上，是在〈熱鬧珍風景（一）〉、〈熱鬧珍風景（二）〉（《臺灣文藝》第 2 卷第 1 號～第 2 號，1934 年 12 月 18 日～1935 年 2 月 1 日）文中，首次以短篇的街景熱鬧素描，來諷刺因迎神而產生諸多困擾的眾生相。「上臺北去呢」，描寫阿六夫婦在迎神的前一天，因沒錢款客的問題苦惱，為了避開朋友來訪時的窘境，阿六哥想出一個辦法「古

---

[4]施懿琳，〈試論日治時期楊守愚的新舊體詩〉，《中國學術年刊》第 20 期（1993 年 3 月），頁 507～551。

[5]據呂訴上，《臺灣新劇發展史》，轉引施懿琳，〈試論日治時期楊守愚的新舊體詩〉，《中國學術年刊》第 20 期（1993 年 3 月），頁 509。

[6]王乃信等譯，《臺灣總督府警察沿革誌》第二篇「臺灣社會運動史」第四冊（臺北：創造出版社，1989 年），頁 27～28。

[7]王乃信等譯，《臺灣總督府警察沿革誌》第二篇「臺灣社會運動史」第四冊，頁 19～21。

[8]王乃信等譯，《臺灣總督府警察沿革誌》第二篇「臺灣社會運動史」第四冊，頁 30～33。

有避債之例，咱就不好做一次避客之舉」，於是隔日一大清早夫婦倆就上臺北去。「死了乾淨」主角阿四哥就沒有那樣幸運，阿四嫂不顧病了一個多月沒有工作賺錢的丈夫，責備他是個「厚臉漢子」，一年一次的熱鬧日，人家都在殺雞買肉預備請客，他卻一點打算都沒有。阿四哥懇求妻子沒錢就做沒錢的打算，阿四嫂卻大發脾氣，認為面子無處擺，並賭氣說：「除非你死了」她自然自己會想法子，傷心的阿四哥居然跑到八卦山吊死。[9]在〈就迷信而言〉一文中曾提到，因經濟不景氣，人們敬神觀念逐漸淡薄，但為了振興市況卻大大舉行迎神的活動。楊守愚進一步指出小市民從中不僅沒有獲利，反而損失更為慘重。「意料之外」描述賣麵阿九，把即將出閣女兒的訂婚戒指典當做本錢，想趁著熱鬧大賺一筆，不料觀光客只看熱鬧不吃東西，反而沒有生意。楊守愚對「反迷信」主題的書寫，與賴和〈鬥鬧熱〉反諷的筆調不同之處，他直接批判迎神賽會所帶給市井小民的痛苦。這也反映了 1930 年代經濟不景氣後，社會價值觀念的改變，信仰活動不再是民眾精神的依靠，反而加重他們生活的困境與不安。

　　楊守愚對迷信的批判，在他的日記（1936 年 4 月 10 日～1937 年 2 月16 日）中有諸多記載。譬如 1936 年 4 月 25 日記下：

> ××君令妹素英的病，像變兇了點，他的媽去鹿港請了一個符仔仙來，據他說是有二條陰魂纏著。然而，一到急來，雖有科學智識的梁君，也沒有勇氣加以反對了。唉！在這眾人正在白熱地迷信著的時，還有我說話的份兒，啐！儘他去。

──《楊守愚日記》，頁8

過了三、四天後（4 月 29 日），又記錄下與朋友閒談聊此事，引起張參告知另一件某富家因為發瘋，請了一個符仔仙，以致鬧出許多婆媳間的悲喜

---

[9] 街頭寫真師，〈熱鬧的珍風景（一）〉，許俊雅主編，《楊守愚作品選集（補遺）》（彰化：彰化縣立文化中心，1998 年），頁 117～118。

劇事。楊守愚覺得有趣，就挪用這個題材，寫了一篇〈做扣〉（作者附註「俗謂以魔術作弄人家為『做扣』」），發表在《臺灣新文學》上（第 1 卷第 5 號，1936 年 6 月 5 日）。文中諷刺這個符仔仙好像是一個俠客，其實是導致婆媳反目成仇，利用「做扣」賺取兩邊的利益。楊守愚另一篇小說〈移溪〉，也是發表在同一期的《臺灣新文學》上，他對村民的迷信，有更深一層的批判。佃農阿得，在一次豪雨來襲、洪水淹沒田庄的夜晚，眼看著自己血汗收成準備交給業主（地主）的穀子沖走了。業主不僅不肯減租，還揚言三天內要交出穀子，否則除了撤耕外，告警官讓他吃牢。為了賠租，阿得只好賣牛繳清地租，水防問題成為村民心中之痛。水利組合雖曾答應要派員實地臨檢，並沒有著手進行造堤工作。為了徹底解決水患問題，在保正伯帶領下，聽信乩童之言，請王爺公移溪，全村的人出錢出力，瘋狂地熱鬧起來。楊守愚對這齣臺灣版的義和團鬧劇，有如下精采描述：

> 人是比螞蟻還要多，大家的胸前都結了一張靈符，像是一隊趕赴前線的勇士，一會兒，浩浩蕩蕩地前進。神輿前，除各有一陣簡單的彩旗鼓外，王爺公的輿前，更多了一個胸前掛著紅兜子，頭上纏著紅巾，手裏執著一把鯊魚劍，瘋瘋癲癲，腳兒一高一低地跳著的乩童。
>
> 像是象徵著有一齣悽慘的悲劇要開場似的，空際陰沉沉的瀰漫了濃墨般的烏雲，太陽更是恐縮得不敢露臉。
>
> ——《楊守愚集》，頁 334

當村民祈求王爺公庇佑，一次把溪移走，以後不再憂愁洪水時。抬神輿的阿得與同伴們不慎陷落溪底溺死。小說以悲劇收場，藉此凸顯迷信不但解決不了問題，反而鬧出人命。楊守愚對於迷信的批判，特別是地方的惡霸（如神棍乩童）利用鄉民的無知，進行欺騙、恐嚇，更是深惡痛絕。對照他的日記，有記載當時民眾因迷信而受害的消息：

（七月十四日）今天報載溪州三帝爺作媒，為乩童娶親趣聞，說：松仔腳許某女，因病重，請三帝爺降乩，乩童鄭某云：此女為兩半天秀才欲娶妻之故，恐有性命之虞。並謂：若許我神之乩童彭漢為妻，吾神即十分保佑。許故知彭為無賴，特以愛女心切，允之。時乩童又云：須叫彭某與女同床看護三日，病方能痊。應之，當夜，彭即償宿願矣。蓋聞彭曾戀女不得，乃出此計云？

—— 《楊守愚日記》，頁42

另一則在 7 月 17 日，楊守愚又記載副帝爺娶妻的奇事。

北斗街中圳王然，乃副帝乩童，偶見溪州庄潮洋厝張某女年二八容態雙絕，百計圖謀，思欲得之，適女父病，王以良機可乘，私自憑神降乩，謂張女若非將女為帝女，家禍立至云云，女母懼，諾之。是夜，王入女房求歡，女不從，強之，王竟被枕所傷。出，向鄰家聲言恐嚇，女母益恐，遂強女向其請煙賠罪，挽其同宿——這巴戲不鬧得更加奇怪？人家好女子，不知為了這乩童、巫師蹂躪了幾多？那不是很可恨的麼！

—— 《楊守愚日記》，頁43

從這兩則社會新聞翔實的記錄與〈移溪〉相比較，楊守愚已十分貼近現實的寫實主義者。他認為迷信的盛行，除了民眾的無知（請王爺公移溪、治病）外，地方有力者（保正、神棍）的操縱，再加上對強權者（指地主、水利組合）無力的抵抗，只好讓迷信行為不斷地上演。臺灣人為何耽於迷信，泗筌的〈臺灣人的幾個特性（續）〉中提到，臺灣人奴隸性的本質，基本上和「恐怖」、「屈服」等情緒所組合的「宗教崇拜」有密切關係。只要看到鄉村的父老怕大人好像怕神祇一樣，拜土地爺便連想到拜大人，就可明白。[10]楊

---

[10]泗筌，〈臺灣人的幾個特性（續）〉，《臺灣民報》第 98 號，1926 年 3 月 28 日，13 版。

守愚對迷信的批判，基本上是繼承 1920 年代反庸俗、反封建的啟蒙，他對小
市民和農民的生活描寫，充滿了自然主義無力的揭露醜惡與貧乏的同情。[11]這
是戰後楊守愚對日據時期臺灣新文學運動所作的評論，同時也可以印證他的
小說特色。所謂「自然主義」，乃是直接呈現社會生活的實相，猶如照相機
一般，讓作者所觀察到的現實，客觀地以文字描繪出來。它沒有像寫實主義
那樣充滿了戰鬥性，反而表現了無力的悲哀與無盡的黯淡。楊守愚的文學觀
傾向虛無、消極，與他參加無政府主義的組織有關，但是把他的作品放置在
1930 年代殖民地社會，仍具有高度的批判意識。[12]

　　……1928 年 12 月 16 日「同獄會」輪到賴和做東請客，還舉行遊獵。
但是前一天賴和因腳痛，要楊守愚代理他參加，並且指導他從中尋找寫作
材料。因此這個聚會不僅是紀念或者連絡感情，而是提供給後進同好相互
學習的管道，藉此延續反殖民的精神。賴和反抗的精神，表現在第一篇小
說〈鬥鬧熱〉上，他要批判的雖是舊社會迎神賽會所引起的弊端，但是促
使迷信盛行主要因素是日本殖民的統治政策，這才是賴和反迷信的重點。

　　而〈移溪〉是 1936 年 6 月發表的作品，就時間而言，應放置在文協分
裂後，社會主義思潮影響下的臺灣新文學。楊守愚早期雖因無政府主義的
「臺灣黑色青年聯盟」被檢舉，但是他從社會運動投入新文學運動後，以
描寫無產大眾的生活為題材特色。他在〈移溪〉所要呈現反迷信的重點，
雖然比起賴和的反抗精神充滿了自然主義無力的抵抗，但是楊守愚批判的
對象已從反殖民立場進一步論及階級（地主、農民）對立的問題。如果以
民族／階級的議題，來劃分 1920 年代／1930 年代知識分子的差異，〈鬥鬧
熱〉和〈移溪〉這兩篇「反迷信」小說的比較，正可說明賴和、楊守愚對
迷信的批判所反映出不同世代的社會關懷。

　　日治時期臺灣新文學作家被貼上反迷信的無神論標籤，有必要重新檢

---

[11]楊守愚，〈赧顏閒話十年前〉，施懿琳編，《楊守愚作品選集：小說・民間文學・戲劇・隨筆》（下
冊）（彰化：彰化縣立文化中心，1995 年），頁 442。
[12]陳芳明，〈第六章・寫實文學與批判精神的抬頭〉，《聯合文學》第 185 期（2000 年 3 月），頁
40。

討。……賴和晚年在獄中的宗教觀，以讀心經、念佛等佛教思想來安定自己的心境，特別以地藏菩薩期勉自許，這種大乘佛教入世的精神，和他反殖民試圖解放「奴隸的奴隸」的臺灣人，其實是一體兩面。[13]

　　而楊守愚的宗教觀，則站在無產階級的立場對民間信仰進行批判，在他的日記中有諸多記載迎神賽會所造成不必要的浪費。

　　……作為無產者的代言人，楊守愚的宗教觀更接近於無政府主義的無神論。他對迷信的批判，從反殖民的立場進一步論及階級對立的問題。

——選自《崑山科技大學學報》第 2 期，2005 年 11 月

---

[13]林瑞明，〈賴和《獄中日記》及其晚年情境〉，《臺灣文學與時代精神——賴和研究論集》（臺北：允晨出版社，1993 年），頁 287。

神祕現代
臺灣文學中的乩童及幾個參照的殖民戲劇場景（節錄）

◎廖炳惠[*]

　　楊守愚的〈移溪〉作於 1936 年 5 月 14 日，原載《臺灣新文學》第 1 卷第 5 號（1936 年 6 月 5 日出版），是日治時期對乩童的重要文學論述，在這個短篇小說中，乩童才出道沒多久，但已經抓住了民眾的恐懼、焦慮與欲求心理，懂得「虛張聲勢」，去製造神蹟、法術的權威，而且是藉助阿梱這位村民當傳聲筒，「像個傳道士的奮昂地正在指手畫腳說著」：

> 生童（第一次當乩童的）呢，用不著摧符唸咒，他自己從家裡一直地跳到王爺公廟去，你道顯赫不顯赫？他說，這一條溪，要不移出去，不出三年，全村都會流失呢。他還罵我們太大意啦，在那次洪水的前三夜，他曾發了爐，但，竟沒個人注意到。這也是他昨夜降乩時，才說起的。
>
> ——《楊守愚集》，頁 331

村民為了避免水患，只好出錢邀請乩童作法，在五色令旗的舞動之下，金紙熊熊地燃燒起來，天上的烏雲卻不斷加濃，「雨也漏了篩的糖兒似的霏霏地下來了」，隨著鑼鼓、吶喊聲的升高，乩童「進攻」的號令下。溪底卻激起了一大波濤，將神輿、庄民、乩童整個淹沒。

---

[*]發表時為清華大學外國語文學系教授，現為加州大學聖地牙哥分校川流臺灣研究講座教授。

在楊守愚的筆下，天地、神祇對人們的驚喊、哀叫不予理會，與地主之不管村民死活，基本上是一致而且同位格式的殘忍，藉此展現出農村邁入資本主義的現代社會，一切向金錢看，地主振玉舍不願將水災造成的穀物流失當真，還假定農民「早把穀子偷偷地糶（賣米）了」，因此阿得、錦源只好去把水牛賣掉，水犀更將才八歲的女兒也賣了，為了避免再發生水災，保正、金和伯及一些村民便在陳情無效之下，商請乩童作法，並要大家「按丁出錢」，不足之數找庄中有錢的「攬尾」，在法術的熱鬧氣氛之中，村民沒忘記「這一筆費用，也得預先打算」（《楊守愚集》，頁 333），儼然民生經濟與神蹟法術密不可分。

楊守愚以這種民間宗教的經濟學，鋪陳出乩童的號召力（及其利益），其背後是新的剝削體制，地主與神祇均須透過納租、乩童等機制及其商品拜物體系，行使其力量，人與自然遂起了疏離，同時乩童也不再能「通天」，因此楊守愚賦與自然某種獨立而且犬儒式地嘲弄世人的動力，彷彿對人的災難漠不關心，法術只是斂財、詐騙的商業手法。這種現代寫實混合自然主義的風格，讓在乩童的鬧劇之下的天地無情顯得格外平靜而又詭異：「太陽重新從東邊跑出來，天就清得祇有幾片清白的走馬雲。極目無際的水田，滿鋪著黃金色纍纍的稻穗，時或一陣西風吹拂過來，它便得意地搖搖擺擺起來」（《楊守愚集》，頁 337）。自然的魔魅乃是對人間法術及其詐騙慘劇的冷嘲，人與天地已不再是一體，而乩童及其作法僅是殖民社會中人與地主、被殖民者與殖民之一連串權力戲劇之中的幻術雜耍。

楊守愚描寫乩童與村夫一起淹沒之後，第二日氣候變好，簡直是嘲諷式的平和。藉此，楊守愚傳達出「天地以百姓為芻狗」的不仁。我們儘可將此段解讀為對殖民體制、地主剝削、社會不公的暗中批評；不過，此處，我們不妨看一下卞雅明幾乎在同一時期所寫出的札記雜文，其中有關「魔魅、法力」（magic）的沒落，來對照出殖民與現代過程中，認知與身體感官所經歷的變化。在卞雅明的《商場通道》（*Passagen-Werk*，英譯 *Arcades Project*）裡，天氣變化乃是「最親密而又神祕的事件，天氣對人的

作用遠超過空洞閒扯的主題。最讓一般人感到無聊的莫過於宇宙大氣了，因此人在天氣與無聊之間找到最深入的關聯」（*Arcades Project,* pp.101-102）。這個關聯在現代文明中變為毫不真心的「天氣問候」（weather talk），任何沒趣或無聊的時刻，人們不知如何起頭，總是說「天氣如何如何」，以便打發時間，或醞釀下一步的具體社會行為，套塔席格（Michael Taussig）最近在一篇文章裡所引用的馬克吐溫（Mark Twain）名言：「人們見面總是談天氣，但卻很少人去想如何因應、改變它」，或者，在楊守愚〈移溪〉的論述脈絡下，天氣好轉如何與神祕現代構成對比、因應的關係？

卞雅明認為：現代人已對神祕、親切的宇宙與個人關聯逐漸遺忘，只將宇宙的玄妙轉換為天氣報導、閒聊或無奈之替代品，因此遠古人類從星辰、宇宙、氣候、風水所感到的「天人一體」此一類比、對應關係，逐漸由去除感官親近及類似性之語言或客體化之科學符號所取代，一如塔席格重新整裡卞雅明時所說，人從天人感應的圓形結構中抽離，開始以眼睛去凝視外在四角框架（也就是電視、電腦螢幕）中氣候所形成的衛星圖像傳真，這些視覺物象、商品將遙遠原始的入神恍惚境態轉化為近在眼前的知識，使集體而又崇敬的儀式淪為個人的狂喜收藏。不過，當代的電影、舞蹈、劇場則又將這些集體的宗教儀式及其身體感官律動再度帶回來。

但是經過第二階段的現代化經驗所產生的疏離與拜物之後，我們目前面對的情況是有些詭異，如葛林布雷（Stephen Greenblatt）到峇里島，發現島民從錄影帶中，透過集體觀賞，重新體驗宗教儀式的入神狀態，也就是「入神的被記錄」圖像更加強了其社群之精神凝聚作用，讓個人再度界定其與傳統之互動角色。或者，以潘英海的研究而言，曾文溪畔的平埔族乩童往往在觀看人類學家的舊有田野錄影帶過程中，重新學習其傳統，針對遭到漢化、觀光文化、商品拜物所影響的層次，在呼應交混文化的同時，也提出「去沉澱」的本土作為。

⋯⋯

　　不少研究已就日治、國民黨來臺時期之殖民、現代化過程，官方質疑、否定、壓抑民間宗教、傳統醫療體制的論述作為，提出各種文獻分析，楊守愚、洪醒夫等作家應該是受了這種主流殖民與現代論述的影響，因此不斷透過農村的庶民去鋪寫乩童如何詐騙、偽裝，導致主人翁家庭以慘劇收場。不過，據陳錦玉指出，洪醒夫在 1981 年 1 月 11 日的日記中記載，「傍晚回二林，父親病，求神問卜，這日法事主題，入地府求陽壽，法事氣氛神祕而不可解。當夜車趕回，車資七百元，母親付的。」陳錦玉接著說，「我們不禁聯想到〈神轎〉、〈人鬼遊戲〉（〈乾山記事〉的改寫）等小說中對鄉人迷信的反諷，為何實際生活中他也接受如此民間信仰的儀式？原來道是他身為人子的孝心啊！」他的好友錦祥對此事也說道：「有一次他爸爸身染重病，家裡請來乩童，大作法事一番，洪醒夫雖不信這一套，卻在儀式中虔心發願，甘願折自己的壽命給父親。」

　　顯然，在現代文化論述領域中的小說敘事書寫裡，洪醒夫是將乩童等同於迷信、自欺欺人或前現代的落後信仰，在西醫、科技與基督信仰不斷傳入的情況下，乩童是個遭人鄙棄的象徵人物；不過，在身體的無意識範疇，尤其在私下、親密的家庭領域裡，他不僅願意妥協，而且也參與占卜。邀請乩童作法，固然是一片孝心，但是也強調了傳統醫療體系此一基本信仰的權威，接受神祕法律的力量，特別是它的親和作用——也就是讓父母親得以安養於其價值系統中，重拾生機。因此，儘管在「非感官」的語言與文化形式上，洪醒夫排斥「巫醫」、「乩童」所意指的治療作用，他的身體無意識及感官經驗卻呈現出現代與傳統交織、糾纏（entanglement）的狀態，也就是他在乩童、神祇的「符」（卞雅明所謂的「符象」）中，一方面既能找到「非感官的類似點」（治病、安頓身心），但同時他也透過「感官的類似」的複製方式，一再召喚乩童所激發出的暴力、流血、苦痛、噪音、身體顫動等，藉此鋪陳這些大量的感官刺激只造成精神恍惚、理性失落，乃至最後的瘋狂自殺。換句話說，神祕傳統並非洪醒夫等人不願接受的前現代、過往記憶，它反而是與現代彼此糾纏不斷產生「非感

官」的類似與對應，讓力圖排斥傳統醫療體制的現代臺灣知識分子感到焦慮、矛盾、兩難，因此才從神轎、鑼鈸、金紙、身體顫抖、亂撞等刺激感官的圖像下手，極力加以壓抑此一類似性。事實上，我們從這些小說與日記、現代論述與傳統作為的落差之中，即可同意：有關殖民與現代之研究勢必要考慮所謂的「神祕現代」及其諸多問題。

——選自廖炳惠《臺灣與世界文學的匯流》

臺北：聯合文學出版社，2006 年 5 月

在地口傳的殖民演繹
「書寫」阿罩霧林家傳聞（節錄）

◎朱惠足*

　　在〈女誡扇綺譚〉當中，阿罩霧林家故事被移花接木於日文小說文本當中，間接呼應殖民現代化開發的文化邏輯。相較之下，楊守愚〈壽至公堂〉[1]當中的林家故事則為民間口傳的如實記載，透過明確的人、事、時、地、物、翔實敘述事件的推移經過。如題名所示，主要以林文察戰死之後，林文明為凌定國設計誘入彰化縣城斬死之事件為主軸，此事件轟動一時，成為家喻戶曉的民間故事，因此李獻璋編著的《臺灣民間文學集》之「故事」文類裡，亦收入此一故事，由楊守愚撰寫。然而，《臺灣民間文學集》出版之後，李獻璋與印刷廠「明星堂」發生財務糾紛，經濟上的壓力使他不得不接受林幼春的要求，將書中最後一篇的〈壽至公堂〉抽掉，造成現今市面上流傳的《臺灣民間文學集》有兩個版本之現象。[2]〈壽至公堂〉當中的記載有些雖與史實不符，但翔實地呈現了中部地區民眾對於林文明於彰化縣公堂被斬死之事件經過與前因後果之傳聞內容。[3]

---

*發表文章時為中興大學臺灣文學與跨國文化研究所助理教授，現為中興大學臺灣文學與跨國文化研究所副教授兼文學院副院長。

[1]守愚，〈壽至公堂〉，收入李獻璋編，《臺灣民間文學集》（臺北：臺灣新文學社，1936年），頁229～254。

[2]關於〈壽至公堂〉引起的風波，參照廖振富，〈新舊融通，殊途同歸〉，《臺灣古典文學的時代刻痕：從晚清到二二八》（臺北：國立編譯館，2007年），頁170～172；王美惠，「理想與現實的衝突──楊守愚的民間文學理念與實踐」，〈1930年代臺灣新文學作家的民間文學理念與實踐──以《臺灣民間文學集》為考察中心〉（成功大學歷史系研究所博士論文，2008年），頁133～150。

[3]戰後研究霧峰林家的麥斯基爾（Johanna Menzel Meskill）英文專書在處理這段歷史時，亦大量援引〈壽至公堂〉當中的民間傳聞，參照 Johanna Menzel Meskill, *A Chinese Pioneer Family: The Lins of Wu-feng, Taiwan, 1729-1895* (Princeton, N. J.: Princeton University Press, 1979), pp. 147-54。然而，黃富三的考證顯示出，這些民間傳聞雖多有事實根據，但仍有與事實出入的地方。詳見黃富三，〈林家之重挫──林文明血濺公堂（1969～70年）〉，《霧峰林家的中挫（1861～1885）》（臺北：

　　〈壽至公堂〉之所以促使林家出面阻撓其出版，正是因為這篇民間故事記錄了中部地區關於林家數代的負面評價。文本一開頭，首先記載林文明在縣城被斬殺的經過，也就是民間傳聞「壽至公堂」的具體內容。緊接著敘事者問道，「但是，林有田為甚會『壽至公堂』呢？一層是同凌大老結下了宿怨；還有一層，倒是他平時藉勢欺人，橫行鄉里的果報」，[4]開宗明義地表示敘事者的觀點與立場，認為林文明遭到官府慘殺，雖然與個人私怨有關，但更重要的，是他「平日藉勢欺人，橫行鄉里的果報」。這樣的觀點與〈女誡扇綺譚〉當中，一般民眾以「因果報應」來說明沈家後代遭遇不幸的原因，頗為相似。接著，敘事者又論述道：「阿罩霧林家，在臺灣史冊上是占有重要的頁數的，不過，在先前還沒有多大聲勢，也只是鄉曲間一個典型的底豪族；其受到一般民眾的咒詛，倒是提督林有里還未有官做的時候」。[5]與〈殖民地之旅〉當中的許媽葵一樣，楊守愚在寫〈壽至公堂〉時，同時意識到阿罩霧林家隨著臺灣歷史的發展，從「鄉曲間一個典型的底豪族」，演變為「在臺灣史冊上是占有重要的頁數的」名家之過程。然而，許媽葵認為林家從過去到現在都是本島的名家，民間傳聞的林家「土豪」行徑不足以影響其評價，楊守愚則認同於民眾的說法與觀點，〈壽至公堂〉接下來舉證的種種民間傳聞，都是為了說明林家為何「受到一般民眾的咒詛」，最後終於「壽至公堂」。

　　同樣身為傳述林家民間傳聞的在地知識分子，楊守愚與許媽葵在立場上的差異，也呈現他們如何以不同敘事方式來處理同一事件——林定邦命案。〈壽至公堂〉回顧阿罩霧林家與草湖林家[6]開始結怨的往事：

自立晚報社，1992 年），頁 167～235。
[4]守愚，〈壽至公堂〉，《臺灣民間文學集》，頁 233。
[5]守愚，〈壽至公堂〉，《臺灣民間文學集》，頁 233。
[6]麥斯基爾根據〈壽至公堂〉的敘述，認為主要原告的草湖「土神戀仔」林應時與草湖大和尚有親族關係，不過黃富三認為故事當中只提到兩個林族之歷代相爭，並未確認兩人間的親族關係，推測兩人可能是同莊同姓而非具有血緣關係。詳見黃富三，〈林家之重挫——林文明血濺公堂（1969～70 年）〉，《霧峰林家的中挫（1861～1885）》，頁 177。

起先，聽說是因為互爭著灌溉的溝水而起械鬥，林有里的父親開泰，在某一次，因欲討回被虜的民壯，被草湖大和尚打死了。等到有里做了官，很想報雪這殺父的仇恨，便每每藉端生事；有一次，竟把大和尚捉了來，殘酷地用棉被裹住了他的身子，澆下油活生生地用火給燒死。[7]

〈女誡扇綺譚〉以「哥哥在鹿港的官府與某官吏發生口角爭執，試圖斬殺那個官吏卻反而被殺喪命」簡短描述林定邦命案，〈壽至公堂〉裡的言及雖也簡短，卻清楚交代人名、地名，也說明了命案之遠因（爭奪灌溉的溝水）與近因（民壯被虜）。〈女誡扇綺譚〉當中的哥哥、弟弟不但以具體人名出現，值得注意的是，這些人名並非林媽盛、林文察等正式名字，而是綽號（草湖大和尚）、字號（林有里、林有田）、名字（開泰）等在地民間社會談論這些人物時所使用的稱呼，試圖保留民間傳聞被傳述時的樣貌。更大的差異在於，〈女誡扇綺譚〉除了以「邪惡王國」指稱林家日益擴大的勢力，整個敘事過程沒有使用任何批判性的字眼，甚至在弟弟殺害老寡婦的場景當中，也只描述弟弟害死老寡婦後，「以跟平常沒什麼兩樣的聲音」[8] 催促小作農趕快耕作。相對地，〈壽至公堂〉的敘事當中，卻連續出現「藉端生事」、「竟把」、「殘酷地」、「活生生地」等一連串強烈的負面詞彙，來描述林文察的報復行為，明確表達敘事者對於林家的批判意識。[9] 也就是說，〈女誡扇綺譚〉提及林定邦命案，是為了帶出弟弟林奠國為幕後黑手的傳聞，〈壽至公堂〉則是為了鮮活勾勒林家「平日藉勢欺人，橫行鄉里」的惡行惡狀，暗示「壽至公堂」事件對於「一般民眾」來說，是個大快人心的「果報」。綜合以上的觀察，楊守愚在記錄廣泛流傳中部地區的林家「壽

---

[7]守愚，〈壽至公堂〉，《臺灣民間文學集》，頁236。

[8]原文：佐藤春夫，〈女誡扇綺譚〉，《女性》第7卷第5號（1925年5月），頁111。中譯本：佐藤春夫著；邱若山譯，〈女誡扇綺譚〉，《佐藤春夫——殖民地之旅》（臺北：草根出版公司，2002年），頁218。

[9]根據黃富三對於林文察復仇事件的考察，林文察是否真的殺害林和尚本人有待確認，此段民間傳聞可能是被擄的四名林和尚工人草寮焚死事件之誤傳。黃富三，〈林定邦命案與林家之復仇〉，《霧峰林家的中挫（1861～1885）》，頁136～150。

至公堂」傳聞時，不只記錄傳聞的內容，更試圖記錄民眾在述說、傳播這些傳聞時的方式（人名稱呼）、情緒反應與價值判斷（對於林家行為的憤怒與批判），如實「再現」傳聞的傳遞現場與形態。

此外，〈壽至公堂〉在整個敘事程序上，還保留了民間傳聞的一個重要特徵：非線性發展。文本內容以分節記號分為 11 節，依序為以下內容：凌定國請林文明出堂解決訴訟問題，在公堂中將其殺害；林文察戴罪立功、官拜陸路提督、戰死漳州，文察死後林文明的霸道；草湖林家與阿罩霧林家的結怨；草鞋屯洪家與林家的結怨；凌定國與林文察的結怨；凌定國利用林文察「娶匪為妾」事件報仇；征閩中的林文察讓凌定國丟官，凌定國慫恿林洪兩家上省告狀，凌定國買通官員成為查辦專委；凌定國差押媽祖，製造藉口使林文明進鹿港縣城，如願殺害林文明；林家兵勇欲進縣城興師問罪，被阻擋下來免於滅族之禍；凌定國唆使草湖「土神戀仔」自戕，當作是林文明所傷；訟案的解決。小說文類雖然也使用倒敘、穿插等非線性時間的手法，但一般而言會有一個情節主軸與主要人物，以統整小說的內容。〈壽至公堂〉以林文明在公堂慘遭殺害的故事為主軸，但所提及的事件溯及林家上一代，有一半以上的篇幅在描述林文明弟弟林文察的故事，可說是以「阿罩霧林家」如何與地方其他家族或官員結怨的過程為主軸，做為「壽至公堂」此一單一事件的複數原因。此一敘事內容呈現了民間傳聞的特徵之一：以事件的傳述為中心，關心事件的發展及事件之間的因果關係，而非個人主義式的主角。

這樣的敘事方式，使得〈壽至公堂〉與以事件為中心的歷史敘事頗為相近。然而，與歷史敘事不同的是，它在呈現事件的複數原因時，並沒有提供一條單一的時間或因果關係的軸線，而是讓多個事件彼此恣意重複、重疊、顛倒。譬如說，在第二節已經交代完林文察的成名與戰死，後面又提及林文察與凌定國之間的結怨；與此相關，第二節提到林文察「娶匪為

妾」的許太如何生下男孩的「一段趣味的插話」,[10]到第六節才回頭提到林文察「娶匪為妾」的故事內容。為何會產生這樣不依循時間或因果邏輯的敘事形式?我們也許可以從民間傳聞的傳播形式來探討。與文字紀錄的文化不同,民間傳聞等口傳文化完全憑靠個人的記憶與印象,在口耳相傳的傳述過程當中,最能流傳下來的,就是深刻存留於個人記憶當中的部分。因此,口傳敘事依循的既非時間先後亦非因果關係,而是事件躍出記憶庫存的順序,也就是記憶的深刻度以及記憶聯想。記憶的深刻度說明了為什麼〈壽至公堂〉在第一節描述完「壽至公堂」事件後,緊接著的第二節沒有直接列舉林文明的罪狀(依因果順序),也沒有回溯林家上一代的事件(依時間順序),卻唐突地提到林文察的戲劇性生涯——僅次於「壽至公堂」,林家在地方上最為人們津津樂道的故事。至於記憶聯想,可以許太如何生下男孩的插話為例。許太要分娩時,林文察派人將泉州城隍廟裡韓琦母親分娩時坐的石頭扛回,做為臨盆坐褥,果然生下男孩。這段插話之所以比林文察納許太為妾的「娶匪為妾」事件更早出現,可能原因為敘事當中提到林文察回臺平定戴萬生之亂後,「以功授陸路提督,便又攜眷到泉州赴任去了」,[11]其中「攜眷」與「泉州」這兩個字眼帶來的聯想,促使敘事岔出原先的主軸,插入發生於泉州的林文察家眷故事。也就是說,楊守愚以文字來記錄「壽至公堂」民間傳聞時,沒有將其轉化為小說、歷史紀錄等文字書寫具有時間或因果邏輯的統整敘事,而保留了口傳文化記憶、傳遞的恣意性質。

相較於〈女誡扇綺譚〉中民間傳聞先後受到許媽葵翻譯轉述、日本人佐藤春夫挪用於小說文本,〈壽至公堂〉由中部地區在地知識分子自行採集、撰寫,使用的語言為漢文,並採用口傳文化的敘事形式,在沒有民族、語言、文類等多重差異的狀況下,與林家民間傳聞較為貼近。雖說如此,〈壽至公堂〉等《臺灣民間文學集》當中的民間故事文字文本,與它們

---

[10] 守愚,〈壽至公堂〉,《臺灣民間文學集》,頁234。
[11] 守愚,〈壽至公堂〉,《臺灣民間文學集》,頁234。

所取材的民間傳聞之間，還是有所差距。首先，這些以漢文記載的「故事」在語言上多使用中國白話文，與閩南語的「原音」之間，歷經語言與文化意涵的「翻譯」。〈壽至公堂〉幾乎全文使用中國白話文，僅夾雜「客人勇」（客家義勇）等少數幾個臺語的辭彙，甚至連最具民間與口語性質的罵人髒話，也使用中國白話文「他媽的」，而非臺語原音的「幹你娘」。其次，在敘事主體方面，〈壽至公堂〉雖然傳達「一般民眾」的聲音，但仍有單一的敘事者居中擔任轉述的媒介角色，使得集體的匿名民間口傳主體，轉化為個人式的單一敘事者。不僅如此，有些時候敘事者還超越了轉述的角色，夾雜了個人的聲音。譬如故事中提到，一直到凌定國才認真查辦民眾對林家的訴訟，敘事者表示，「要不是因為私人間有了宿怨介在，我想，小民的冤情，同樣是無處申訴的吧」，[12]小說式的個人主體「我」的聲音，出現在集體匿名的民間聲音當中，產生敘事主體的轉變。除了個人敘事聲音的介入，〈壽至公堂〉在文體上也具有多重性，整體基本上以「說話體」記錄民間傳聞內容，但也夾雜了小說、詩歌等現代敘事手法。[13]譬如在描述林文明如何唆使佃農犁通田埂、引下田水、侵占草湖林家田地、「一晝夜霸占十三個竹圍」[14]時，幾乎完全以對話的方式來呈現，沒有明確指出說話的人是誰，呈現較強的口語性。然而，緊接著的敘事如下：

> 爭論，肉搏，械鬥，紛爭愈見擴大化。
>
> 「犁過去！有敢出為阻礙者殺。」是林有田發的命令。
>
> 犁過去啊！壯牛是駕著犁狂馳著。
>
> 殺！殺！武裝的親勇，威武地在叫囂著。
>
> 抗拒——殺——頭顱西瓜般地在地上滾著。
>
> 被殺的被殺，逃命的逃命，吆喝聲，哀號聲，充滿了草湖整個村落。

---

[12] 守愚，〈壽至公堂〉，《臺灣民間文學集》，頁 241。

[13] 《臺灣民間文學集》當中的民間故事多少採取小說的敘事手法，差別只在於程度的多寡。譬如說，朱點人的〈媽祖的廢親〉以充滿詩意的小說語言，改寫媽祖與大道公的民間故事。

[14] 守愚，〈壽至公堂〉，《臺灣民間文學集》，頁 235。

　　一大遍沃土良田，就像無限的荒野，一任壯牛自自由由地在闊步橫行。[15]

　　相較於其他部分以散文體記述傳聞內容（「起先，聽說是……」），這個段落採取分行的方式呈現，添加了快速的節奏感與戲劇性效果。第三行到第五行連續以現在進行式動詞（「……著」）終結，透過詩歌的韻律效果，展現躍然紙上的動態。也就是說，〈壽至公堂〉在將民間傳聞的口傳文化轉化為文字文本時，納入小說、戲劇、詩歌等不同文類形式的要素，以多樣的敘事手法來呈現阿罩霧林家的故事。

　　此外，〈壽至公堂〉這段林家霸占鄉人土地的故事，與〈女誡扇綺譚〉裡沈家先祖擴大田地的故事頗為相似。不過，兩個故事之間有時代的落差，〈女誡扇綺譚〉著重於清領臺灣早期墾荒的時代背景，以合理化沈家先祖（林奠國）的殘暴行為；〈壽至公堂〉則強調已經開拓完成、具有明確主人的「沃土良田」如何被當成「無限的荒野」一般蹂躪，對林家（林文明）的蠻橫行為提出控訴。在形式方面，〈壽至公堂〉也不像〈女誡扇綺譚〉一般將其整個「小說化」，而是同時採用多種不同的文類，顯示出以「聲音」形式傳播的民間傳聞，在成為文字文本之際，如何與文字文本的小說、兼具聲音與文字性質的戲劇與詩歌等形式互相滲透。綜合以上觀察，楊守愚的〈壽至公堂〉將中部地區廣為流傳的種種阿罩霧林家傳聞組合成一個故事，做為一個整體，共同呈現中部地區民眾的集體觀感與心「聲」。在敘事內容與形式上，均與（楊守愚所耳聞的）民間傳聞的原有形態貼近，也較日本人作者的小說文本〈女誡扇綺譚〉更有「真實性」。然而，身為從事小說創作的知識分子，楊守愚在將民間的「聲音」轉換為「文字」文本之際，除了將在地的臺語翻譯為中國話文，在敘事方式上也不免受到小說、詩歌等其他文類的影響，使得〈壽至公堂〉的文字文本不單純只是民眾聲音的如實紀錄，而添加了人為的、美學的虛構性質。不僅

---

[15] 守愚，〈壽至公堂〉，《臺灣民間文學集》，頁238。

止於〈壽至公堂〉，這樣的質變是《臺灣民間文學集》當中的民間故事文本
普遍可以觀察得到的。這是否意味著，不管是日文或漢文，文字文本終究
無法「再現」不同傳播媒介、不同語言的臺灣在地口傳？若以臺灣話文來
進行書寫，是否能突破這樣的障礙？

——選自朱惠足《「現代」的移植與翻譯：日治時期臺灣小說的後殖民思考》
臺北：麥田出版社，2009 年 8 月

走入民間，臺灣新文學世代「反迷信」的思考與實踐

以楊守愚〈美人照鏡〉為例

◎鄭清鴻*

一、前言

在民族自決的思潮與五四運動的影響之下，臺灣新文學肩負著社會啟蒙的重責大任，再次點燃西來庵事件（1915 年）後沉寂的民族意識，進入以新文學進行文化抗日的啟蒙實驗時期（1921～1931 年）。[1] 1920 年代新文學的發軔，宣告了一批以截然不同的新形式與其承載的新思想構築、想像、引領臺灣的新世代的出現。這個世代處於古典與新學的過渡與曖昧之間，同時也呈顯知識分子思考時的焦慮與拉鋸，他們亟欲吸收、理解的文化養分作為政治與社會運動的思想傳播工具，對舊文學、舊社會進行批判，擺脫傳統社會的思想禁錮；另一方面必須塑造新文學創作的範式，以求在殖民統治之下開拓民族意識萌芽的縫隙。但隨著農工階級意識的成熟，以及政治主張與意識型態所醞釀的主義與想像有所不同，使得文化協會於 1927 年分裂為右翼遵循溫和改革的「臺灣民眾黨（舊文協）」與左翼主張激進抗爭的「新文協」兩派，呈現多元發展的趨勢。一開始知識分子將啟蒙與民族主義視為同一進路，到後期因為政治態度與烏托邦想像的不

*臺灣師範大學臺灣語文學系碩士。發表文章時為臺灣師範大學臺灣語文學系碩士生，現為前衛出版社主編。
[1]陳芳明，〈臺灣新文學史第三章：啟蒙實驗時期的文學〉，《聯合文學》第 180 期（1999 年 10 月），頁 155。

同而呈現的分裂，其多元發展也同樣反映在新文學的表現主題之中。然而，1920 年代並非只有臺灣新文學的崛起，自 1927 年由鄭坤五於《臺灣藝苑》以「臺灣國風」專欄正式昭示透過歌謠的文學地位來建立臺灣文學主體性時，知識分子對於民間文學（Folklore／Fork Literature）的覺察與掙扎，也成為新文學在呼喚民族性的同時不得不面臨的矛盾。

民間文學以人、時、地三維互動來建構文學與土地之間的關係，透過非一人一時一地的口傳形式，將臺灣社會根深蒂固的民族性鑲嵌在俗諺、童謠、謎猜、韻文、笑話、故事與傳說等文類之中。但也正因如此，民間文學所蘊藏的思想、社會習慣與民族特質，難免觸動新文學界對於「迷信」的敏感神經。回顧《臺灣民間文學集》出版論爭，陳建忠認為當代知識分子基本上都認同民間文學的「臺灣意識」，但卻因為「價值層面」的認知不同，因而分化成以文化採集、保存民族文化的「本土論」，以及將民間文學視為啟蒙教育載體的「啟蒙論」兩派。[2]其中啟蒙派主張「改編以啟蒙」，與本土派「採集以保存」相悖的主要考量，無非是對民間文學的思想迷信存有疑慮使然，但當代知識分子如何定義「迷信」？他們所批判的「迷信」內容為何？作家對「迷信」的態度與觀點是否受到社論、專欄或報導影響？又作家對迷信的了解與對宗教的態度在作品之中的顯影應如何解讀？上述問題意識雖已有期刊論文、學位專論討論，但透過資料的再爬梳與跨領域的概念分析，將可使議題更為多元，並在史料尚未完全出土的前提下，對民間文學的整理論爭有更多的觀察與詮釋。

在前行研究方面，許俊雅在《日據時期臺灣小說研究》一書中特闢章節，在「批評舊社會的陰暗面」的脈絡之下，以主題作為思想類型的系統，處理日治時期小說的反迷信精神，列舉賴和、朱點人、蔡德音、謝萬安、楊守愚的作品，在社會面的觀察、歸納之下預留了後續討論的空間。後續有陳建忠博論《書寫臺灣・臺灣書寫：賴和的文學和思想研究》討論

---

[2]陳建忠，〈民間之歌，民族之詩——日據時期民間文學採集與新文學運動之關係初探〉，《民間文學與作家文學研討會論文集》（新竹：清華大學中國文學系，1998 年），頁 27。

賴和對「迷信——本土文化——民間文學」的思考；王美惠博論〈1930 年
代臺灣新文學作家的文學理念與實踐——以《臺灣民間文學集》為考察中
心〉分析民間文學整理論爭的始末與其時代意義，對於了解臺灣新文學作
家對於「迷信」與「民間文學」的諸多思考與立場的變化，有相當的幫
助。本論也延續陳建忠、王美惠對於彭瑞金「充滿反迷信熱情的新文學運
動，矯枉過正，似乎把所有的民俗活動、宗教信仰裡的『儀式』活動，都
摒除於文化思考之外」[3]一說所提出的質疑繼續延伸，希望能以與臺灣新文
學運動密切相關的《臺灣民報》、《臺灣新民報》為考察範圍，再釐清新
文學作家對於「迷信」的批判點，並重新思考作品當中如何取捨對「迷
信」的描寫與批判。在眾多新文學作者之中，筆者選擇以楊守愚為例，藉
由公共場域對「迷信」議題的討論，逐步聚焦於楊守愚個人的思考，重新
爬梳《楊守愚日記》補充其作家論述與宗教觀，了解楊守愚如何面對「迷
信——本土文化——民間文學」的議題，並進一步提出楊守愚以民間傳說為
基礎所作的〈美人照鏡〉於前行研究未盡討論的空白。

二、「迷信」成為眾矢之的——認識論的爬梳

　　臺灣新文學以科學的精神與啟蒙的立場，重新審視舊社會的弊端作為社
會運動的著力點，但在「反迷信」的同時，卻也因為迷信與民俗、信仰與慣
習的緊密連結，而使得知識分子所賴以對抗日本同化政策的民族文化，也一
同被反迷信的呼聲掩埋，陷入「批判舊社會卻又依賴本土文化建構民族性」
的矛盾。因此，要了解「作家對於民俗的理解與定義」以及「作家所批判的
問題核心」兩個問題，有必要再回到當時附屬於政治、社會運動的言論場域
——《臺灣民報》、《臺灣新民報》之中、觀察與破除迷信相關的社論、
專欄與報導[4]，以了解知識分子「反迷信」的認識論層次與內容為何。

---

[3]彭瑞金，〈文學、迷信、正信〉，《臺灣日報》副刊，2000 年 8 月 13 日。彭氏在〈臺灣新文學對民
　間信仰的態度及其影響〉（收錄於《臺灣文學與本土神學》研討會論文集）一文中也有類似說法。
[4]本文討論《臺灣民報》、《臺灣新民報》所刊載與破除迷信相關的社論、專欄與報導，社論部分參
　照吳密察、吳瑞雲編，《臺灣民報社論》（臺北：稻鄉出版社，1992 年），書中收錄與反迷信相關

　　法國學者阿斯克維斯（F. Askevis-Leherpeux）對於迷信所下的定義是：「在某一時代，某些信仰若違背了科學團體的主張，或違反了文化宗教團體主要派別所確證的一些道理者，概屬迷信。」[5]在上述定義當中，可以發現「（宗教）信仰」與「迷信」的意涵雖時有模糊曖昧之處，但絕非完全重疊，在某些情況下仍可判斷二者之所不同。更精確地說，「信仰」的儀式行為實與價值觀與社會密切結合，反映在不同的生活面向之上，諸如：祖先崇拜、神靈信仰、歲時祭儀、生命禮俗、時間觀念、空間觀念、符咒法事以及卜卦算命等。[6]然而，《臺灣民報》、《臺灣新民報》當中與反迷信相關的社論卻寥寥無幾，[7]其重心仍舊著重於社會、政治、教育等議題的鼓動，反迷信思潮的形成則透過大量的專欄投稿討論與地方迷信報導為主。因此，在知識分子投稿刊登的專欄之中，對「信仰」與「宗教」認知很容易因為個人對反迷信的呼告與激情而陷入混淆，例如泗荃於〈臺灣人的幾個特性（續）〉一文中所說：

> 奴隸性——這也是臺灣人最富有的特性。這個特性並不是一朝一夕養成的，是年久月深修行來的。牠的本質和「恐怖」、「屈服」等等的情緒所組成的「宗教崇拜」很有密切的關係。[8]

雖然泗荃對於臺灣人為殖民政府俘奴，為宗教崇拜利用的「奴隸性」有一針見血的批判，但文中提到「郡守或別的高等官吏很虔誠地做了城隍爺或

的社論僅有一篇：〈宜速破除反迷信的陋風〉，《臺灣民報》第 3 卷第 17 號，1923 年 6 月 11 日，13 版。專欄與報導參照王美惠，〈臺灣新文學「反迷信」主題的書寫——以賴和、楊守愚比較為例〉表一目錄，並另補充該表缺錄《臺灣民報》二篇與迷信相關的報導：〈時事短評〉（迷信打破），《臺灣民報》第 1 卷第 3 號，1923 年 8 月 15 日；〈時事短評〉（臺南乞雨），《臺灣民報》第 1 卷第 11 號，1923 年 11 月 21 日。

[5] F. Aslevis-Leherpeux 著；曾義治譯，《迷信》（臺北：遠流出版公司，1989 年），頁 31。

[6] 文建會，「臺灣民間信仰」網站（http://www.mwr.org.tw/tw_religion/introduction/tw.htm，2016 年 5 月 10 日）。

[7] 吳密察、吳瑞雲編，《臺灣民報社論》，頁 227。

[8] 泗荃，〈臺灣人的幾個特性（續）〉，《臺灣民報》第 98 號，1926 年 3 月 28 日，13 版。

媽祖……的祭典委員長」，顯然是殖民政府透過對宗教儀式的操弄達到權力轉置的「同化」政治手段。泗荃的批判雖然對殖民政府蓄意操弄迷信有所洞見，但卻只看見信仰行為與宗教的表面連結，他最後提到「掃墳（土文）也不是沒有意思的。」似乎也意識到自己對於宗教的批判似乎推翻了民俗信仰的社會意義，因此以「姑留給他日做科學的研究」為其批判意識預留討論空間。然而，在「稻江建醮」的一片撻伐之中，對於宗教與迷信的關聯有所洞視的言論也並非全無，除了對政府、庸商與新聞媒體的蓄意炒作，以犧牲無產階級謀求同化統治、經濟利益的卑劣手段予以抨擊以外，張我軍對迷信的定義提出了相當精闢的見解。

> 一般的人，動不動便把宗教與迷信混為一起，這是極可笑的事。要記得，宗教和迷信是兩件東西。當然宗教裡頭含有不少的迷信分子。然而這是那宗教的缺點，不能以此來證明宗教和迷信是不可離開的。[9]

張我軍在文中直接點名批判殖民政府將臺灣視為「日本國民」，卻未盡開化民眾之責，反而透過迷信以「愚民」，認為政府「順從民意」——實為第三階級，亦即企圖透過迷信而牟利的「庸商」之見，言論機關「輔佐政府」，實為讓臺灣人，尤其是位於第四階級的無產大眾服「迷信之毒」，對迷信的觀察比泗荃更為深入具體。[10]他指出宗教固然有迷信因子，但信仰行為與宗教的核心價值卻不能混同，知識分子應當看清建醮行為背後的權力結構，而非輕易地否定宗教。另一篇〈就此回的建醮而言〉由名為簡順福的人士所投稿，在文中更進一步闡釋宗教與民間社會的關係與重要性：

---

[9]一郎（張我軍），〈駁稻江建醮與政府和三新聞的態度〉，《臺灣民報》第 2 卷第 25 號，1924 年 12 月 1 日，頁 5。
[10]關於「大眾」有第三階級（資產階級）與第四階級（無產階級）之分，可參閱趙勳達博論，「第一章‧關於「大眾」的界定」，〈文藝大眾化的三線糾葛：1930 年代臺灣左、右翼知識份子與新傳統主義者的文化思維及其角力〉（成功大學臺灣文學研究所博士論文，2008 年）。

　　宗教與我們人類生活固然有很密接的關係，這都是我們一般所共認的
　　事，然而你要說這回的建醮其實有宗教價值沒有？就宗教見地而言有宗
　　教上的意義嗎？我想很可疑啊！……像這樣徒損精神作此無意義無價值
　　的建醮我們是不贊成的，不但這樣建醮就是凡有諸迷信的和無有意義的
　　動作，我們絕對要反對的。[11]

簡順福肯定宗教之於民間生活的積極意義，也很明確地劃分鋪張浪費、勞
民傷財的建醮與宗教之間的連結，對於迷信的認知與定義更為成熟。但由
泗苙（1926 年）、張我軍（1924 年）、簡順福（1924 年）發表的時間點
來看，當時在《臺灣民報》上的「反迷信」論述，看似沒有隨著時間而呈
現相對深化的層次，綜觀《臺灣民報》有關破除迷信的專欄與報導，其中
為宗教平反的聲音過少，在張我軍之外似乎也少見有文壇的核心人物投稿
《臺灣民報》專欄提出論述與澄清，以至於有簡順福一類如此成熟的觀
點，仍然被反迷信報導的疾聲呼告與群起撻伐──多半是對民眾未將金錢
挹注在文化改造、破除迷信的不平之鳴所埋沒。因此，以專欄與新聞報導
所普遍所呈現「對信仰行為不完全的認識」來看曾經活躍於《臺灣民
報》、《臺灣新民報》的新文學作家如賴和、楊守愚等人對於信仰與宗教
的認知，以及他們投射在作品當中的宗教觀，是否受到當時專欄的批判觀
點所影響，仍必須輔以其他資料的佐證，並回歸作品進一步驗證。以下，
將透過《楊守愚日記》的紀錄，重新探索楊守愚站在臺灣新文學界對「迷
信」的批判如何成型，其批判點以及其對迷信與宗教的看法為何。

三、再讀《楊守愚日記》──批判意識的成型

　　王美惠指出，楊守愚雖然沒有直接參與《臺灣民間文學集》對於民間故
事應該重新改編或忠實紀錄的討論，但是他所整理的〈美人照鏡〉與〈壽至

---

[11] 簡順福，〈就此回的建醮而言（求當事人要有反省）〉，《臺灣民報》第 2 卷第 25 號，1924 年 12 月
　　1 日，7 版。

公堂〉兩篇民間故事皆涉及了這些議題。[12]筆者認為，若民間文學的「啟蒙論」主張民間故事必須有意識地揀選改寫，目的是為了消除民間故事的迷信成分，以求樹立符合新文學宗旨的民間文學價值，那麼楊守愚〈壽至公堂〉肇於林幼春對故事中涉及霧峰林家先祖與其他豪族之間的恩怨記載有所意見的情況，事實上並不符合民間文學的迷信問題所造成的「符合事實與否」之爭論。不過另一篇民間故事〈美人照鏡〉確實存有臺灣新文學與民間文學之間的矛盾，因此，要探討楊守愚在〈美人照鏡〉之中如何看待民間文學又如何處理迷信的問題，必須回頭觀察其生平與人格形成的過程，配合日記的自陳，才能窺見楊守愚更為完整、具體的文學思考。

　　楊守愚深厚的漢文基礎，源自長達十餘年的書房教育，或可說是與其父楊逢春是前清秀才，對於漢文的重視或多或少有關。但楊逢春是「武秀才」，並非以詩文見長，而楊守愚是在其父過世的隔年才進入私塾就讀，因此楊守愚的漢學造詣主要還是透過 6 歲至 18 歲這段期間，受業於郭克明、沈峻兩位先生的教學而成，[13]透過自修培養新文學的涵養。然而楊守愚六歲失怙，與母親施素蘭相依為命，儘管與年歲相差甚大的大哥楊滄盛手足情深，但分家時其父所遺留的家產仍在大哥妻小的煽動之下被奪，甚至傳說楊守愚右眼失明與家產爭奪有關。因此就現實而言，楊守愚與母親的經濟條件可能比想像中更艱困，再加上楊守愚自幼右眼失明、為二房所出、在家產戰爭之下淪為被欺凌的弱勢，更讓楊守愚對弱者的關懷有發於己身的體會，也成為他日後參與「新文協」、「臺灣黑色青年聯盟」與「彰化新劇社」編劇的動力來源。[14] 1929 年楊守愚受到賴和的鼓勵，以

---

[12] 王美惠，〈1930 年代臺灣新文學作家的民間文學理念與實踐——以《臺灣民間文學集》為考察中心〉（成功大學歷史研究所博士論文，2008 年），頁 108。

[13] 嚴小實援引楊守愚〈小學時代的回憶〉與〈隨感錄〉的自敘，認為楊守愚雖前後受業於阿頭先、沈峻與郭克明，但當時年紀尚小，無法習慣阿頭先的嚴格的私塾教導，直到轉入沈峻的書房才漸漸上軌道，而後又在郭克明先生門下學習。楊守愚自言郭克明先生對他影響甚大，甚至關係到後來參與的「鼎新社」、「臺灣黑色青年聯盟」。

[14] 關於楊守愚生平考察與其他資料援引，可參閱嚴小實，〈楊守愚生平及其作品研究〉（靜宜大學中國文學研究所碩士論文，2001 年）；王美惠，〈1930 年代臺灣新文學作家的民間文學理念與實踐——以《臺灣民間文學集》為考察中心〉，頁 110～122。

「守愚」的筆名在《臺灣民報》發表小說〈獵兔〉後，其關注無產階級的社會運動與文學創作的傾向也逐漸為人所知，展現對女性、農工階級的關懷，以及刻畫知識分子對烏托邦社會的想像，[15]但是否受到當時《臺灣民報》的專欄或報導所影響，仍須以更詳盡的資料予以佐證，以下筆者提出對楊守愚於日記內自敘的諸多觀察，將其無產階級意識以及對迷信的看法如何形塑概分為三個層面。

（一）家庭經濟的壓力

誠如前文所說，楊守愚的父親是前清武秀才，社會地位應當不低，但其父去世後，大哥楊滄盛聽信妻小挑撥在分家時使盡各種把戲，讓楊守愚母子吃盡苦頭，可以想見楊守愚在失怙分家後，與母親相依為命的生活可能更為艱難。1921 年，楊守愚因為學習漢文多年表現優異，開始於私塾代課，兩年後自立私塾，然而因為私塾教師的收入受到學生人數影響浮動不定，加上與妻子周月馨結婚後子女陸續出生，殖民政府檯面下滅絕漢文的企圖也衝擊到私塾漢文的教學，因此，在日記中可見楊守愚生活上所感受到的經濟壓力，甚至親友前來借款，以及盤算著如何攤還銀行借貸的焦慮。

> 五月十日　日　晴
> ……其實，一年不上千圓的收入，扣除攤還勸業銀行，和納稅四百多元，一家八口，一天該多少錢用？莫說還有疾病應酬，歲時伏臘的一切不可避免的花費。還有餘錢？[16]
> 七月三日　金　晴
> ……「坐的不知站的苦」，一些窮親戚、窮朋友，都只道我這一個負有兩千元債項，而只有二甲零田產的楊某為財神，借他呢，家用不足，不

---

[15] 許俊雅，〈不納朱門履，情甘徹骨窮──談楊守愚的小說及其相關的幾個問題（代序）〉，《楊守愚作品選集（補遺）》（彰化：彰化縣立文化中心，1998 年），頁 1～35。
[16] 許俊雅、楊洽人編，《楊守愚日記》（彰化：彰化縣立文化中心，1998 年），頁 15。

借他呢，說是薄情。一年間單這一筆「有賬」，也要支出了五七十元，
自己沒錢呢，向誰訴苦？然而別人卻不諒此苦衷。[17]

由此可見，楊守愚的經濟雖不至於到三餐無以為繼，尚有一些餘力能借助
親友紓困，但他自己捉襟見肘的經濟壓力與債務，也加深他對於無產階級
的體會與感受。他出自對無產階級的關懷，同時也反照自己的生活壓力與
諸多無奈。

（二）文人貧窮的感嘆

相對於文壇的活躍，部分作家私底下承受貧窮的困窘心境與環境是較
少被掘發理解的。如楊守愚、呂赫若等人，在其日記之中所流露的除了身
為一家之主面對家計的煩憂與無力以外，在這些私密的記敘之中也可窺見
作家的創作活動與生活拉鋸的共相。輕者如楊守愚以詼諧的口氣，在日記
中以「供不應求」來形容賴和金援文人時的慷慨，讚揚他對文學活動不吝
捐獻的支持。[18]重者，則吐露新文學界的漢文創作日漸式微，是由於作家——
同時也包含他自己，在創作與生活的抉擇之間所承受的壓力使然。

> 六月九日　火　雨
> ⋯⋯臺灣新文學界之漢文陣，很不幸的，執筆者十之七八都是徬徨於飢
> 餓線上，為追逐麵包，以致無心執筆。因此，漢文陣之微微不振，也就
> 成為不可避免的了，況乎又是處在禁止漢文這一個大統治方針之下。[19]

由楊守愚的觀察可以發現，漢文被禁的趨勢固然是大環境的不利因素，但
若肯定文人貧窮的現實與文學活動的興衰有其相關，那麼重疊於文學與社

---

[17]許俊雅、楊洽人編，《楊守愚日記》，頁38。
[18]《楊守愚日記》5月9日記錄櫺馬去訪賴和，臨行時借去一筆回鄉旅費，以及其他文藝愛好者乏
錢時都會前往賴和醫院尋求協助，讓賴和父親罵之「不知錢銀好寶惜」。許俊雅、楊洽人編，《楊
守愚日記》，頁14。
[19]許俊雅、楊洽人編，《楊守愚日記》，頁27～28。

會運動的這些知識分子，面對鋪張浪費的建醮「迷信」，難免會產生未將金錢與精神挹注在文化改造、破除迷信的疾呼甚至批判。

（三）迷信受害的感受

日治時期臺灣新文學以迷信為主題的作品甚多，但缺乏較貼近作家本身論述的資料予以佐證，反觀賴和與楊守愚曾於大溪革新會聯名發表〈就迷信而言〉一文，[20]提供了文本之外更為具體的說法以諮參考，有助於解讀楊守愚的「反迷信」的批判對象，以及賴和對楊守愚的影響。然而文章開頭「迷信，不消說是應該破除，但是我倒不是患其破除的不能實現，反而惜其破除得有點過早」一語卻頗值得玩味，賴和與楊守愚對於迷信的破除似乎有所把握，但卻用「破除得過早」意味著信仰已淪為「振興市況」的目的性操弄，其敬神的本質已經散佚無蹤。文中所指的「迷信」（「鬼屬陰」，非等到暗夜裡不敢露面）其實較貼近信仰的原始精神，但無奈其「破除」竟然是透過庸商的操作與殖民政府的愚民手段。雖然文中並未直接表達他們對宗教的看法，但隱約有維繫民俗信仰本質的想法存在。

陳建忠認為，賴和在〈鬥鬧熱〉中提到臺灣民間本土的事物，具有抱持啟蒙主義的殖民者與知識分子所看不見的反殖民潛能，認同信仰提供給民眾的慰安等同於知識分子所追求的理性[21]，但在楊守愚的〈移溪〉當中卻不見類似的元素，這是否意味著賴和和楊守愚對於宗教的看法終究還是沒有交集？

楊守愚在 1936 年 4 月 10 日的日記當中，記錄了當天想起「去年今日」的大地震，造成清水、豐原、東勢等地嚴重的災情，在人心惶惶之時，他卻聽到了有關媽祖預告的流言：「一些隨著南瑤宮大媽下笨港進香的人也回來了。跟著還帶回來了一些流言。什麼媽祖在南港勒生童呢，說今天會地震。」、「今夜十二點鐘，還要動得利害呢！媽祖說的。」[22]在這樣

---

[20]可參照賴和紀念館網站，http://km.cca.gov.tw/laihe/B1/b11.htm，上網日期：2016 年 5 月 10 日。原刊載於《革新》（1934 年 10 月 27 日），頁 2。
[21]陳建忠，《書寫臺灣‧臺灣書寫：賴和的文學與思想研究》（高雄：春暉出版社，2001 年），頁 395。
[22]許俊雅、楊洽人編，《楊守愚日記》，頁 2。

的狀況下，媽祖的預言無端造成受災戶的恐慌，同時也讓楊守愚對「宗教」產生些許不信任感。在這之後，他又得知友人的母親因為迷信而請符仔仙來治療其妹素英的瘋病，這幾件事例讓楊守愚對迷信特別敏感。同時在日記中也發現，楊守愚在 7 月 14 日與 7 月 17 日分別記錄了對「溪州三帝爺做媒為乩童娶親」、「副帝爺娶妻」兩則迷信消息的感想，認為女子為迷信所害、為巫師所蹂躪，豈不令人可歎可恨！這樣的心態與〈移溪〉當中所展現的批判有所呼應，但在日記中可以發現，楊守愚仍是不能免俗地參與了一些宗教活動：

> 七月廿日　月　晴
> 今天掄到我們這中街請媽祖，未能免俗，我也陪著花了廿元上下！不過，樂得請幾個朋友來暢飲兩盃。[23]
> 七月廿一日　火　晴
> 因為昨天請媽祖，又忙又熱，晚上，直至十二點鐘後才睡覺……[24]

由此可見，雖然還無法判斷楊守愚是否如同賴和一般認同宗教之於社會的積極意義，但至少他對於民俗信仰並非完全棄絕，又或者是個「不甚積極的無神論者」。貼近無產階級的生活真實，並成為無產青年的楊守愚，在參與「臺灣黑色青年聯盟」與彰化「新劇社」受到無政府主義的洗禮，再加上日常生活中對迷信的感受比賴和更為深刻，對宗教的體會較為薄弱，[25]因此他在〈移溪〉所展現出來的批判力道也更為強烈，而不見類似賴和對本土事物的回歸情感。

---

[23]許俊雅、楊洽人編，《楊守愚日記》，頁 45。
[24]許俊雅、楊洽人編，《楊守愚日記》，頁 45。
[25]賴和生於宗教世家，祖父以弄鈸維生，父親則以道士為業，家世背景與悲憫的人格特質，或許使賴和對民俗信仰的體會比楊守愚更為深刻。

四、〈美人照鏡〉的民間容貌

在比較過楊守愚與賴和對迷信的看法以及對宗教的態度之後，再回頭比較〈美人照鏡〉[26]與〈移溪〉這兩篇作品，為何同出於楊守愚之手，甚至同時發表於 1936 年，[27]在〈美人照鏡〉之中，可見其對「迷信」有某種程度的寬容，而〈移溪〉卻大力抨擊之？筆者認為，楊守愚〈美人照鏡〉畢竟是以在民間流傳的故事作為原型，透過作家之筆改寫而成，即便是要避免作品有助長迷信之嫌，也必須兼顧民間故事保存本土文化的功能與價值。因此將收錄於《臺灣民間文學集》的改編故事〈美人照鏡〉與原創作品〈移溪〉並置討論時，容易在作品的價值觀上出現矛盾的原因也於此浮現。換個角度來說，若將楊守愚〈美人照鏡〉與賴和〈善訟的人的故事〉並置討論，就可以發現兩篇改寫作品在某種程度上，除了保留民間故事中的民俗共貌以外，更突顯了存在於庶民生活中的「信仰的真實」。而這當中被保留下來的民間容貌，如何透過作家之筆，被轉化為知識分子反帝反封建批判的一部分，以及對階級剝削下庶民處境的關心，在作品中刻畫他們所走入的「民間」？

（一）信仰情況的呈現

在上述作品中，賴和和楊守愚都針對地方上的信仰情況進行生動的描

---

[26]「美人照鏡」為風水名詞，傳說若在該地埋葬男性，其後代都會遭遇不幸，原來墓地前的山形就像一面鏡子，因此適合安葬女性，方能庇蔭後代子孫。可參考「金星美人照鏡穴」，行政院客委會網站（http://archives.hakka.gov.tw/frontsite/archive/archiveInfoDetailAction.do?method=doViewArchiveInfoDetail&caseId=TEMwODA5MDAxMjMy&version=MQ==&assetsClassifyId=My4x#，2016 年 5 月 10 日）。另，「美人照鏡」有別名為「美人梳妝」、「梳妝美人」，在其他地區也有相關傳說，但在彰化本地有三處與「美人照鏡」傳說有關，一是楊守愚所記「彰化市南瑤宮」，二為「彰化縣花壇鄉同善堂」，最後是「彰化縣秀水鄉莊雅社區」，相關資料均需透過田野調查與鄉志史料再查證。但就楊守愚與賴和鄰居靠近彰化市中心的地理位置來看，以南瑤宮的「美人照鏡」傳說就近取材的可能性較大，也呼應了楊守愚日記中對信眾假南瑤宮大媽（媽祖）之口散播地震流言之反感。

[27]楊守愚於昭和 11 年（1936 年）5 月 18 日執筆為《臺灣新文學》第 1 卷第 5 號寫〈移溪〉，次月發表民間故事〈美人照鏡〉、〈壽至公堂〉連同〈十二錢又帶回來了〉共 3 篇，收錄於李獻璋編，《臺灣民間故事集》。參考「楊守愚生平及作品年表」，賴和紀念館網站（http://cls.hs.yzu.edu.tw/laihe/B3/b_32.htm，2016 年 5 月 10 日）。

繪，尤其是作為信仰中心的寺廟，除了是地方上宗教信仰的地理標的之外，在〈美人照鏡〉以及同樣以民間故事為藍本的〈善訟的人的故事〉之中，更分別成為了反抗意識凝聚的具體象徵——「南瑤宮」與「觀音亭」。老百姓們雖然對地方上跋扈的地主有諸多不滿，但卻苦於官商勾結、訴諸律法之無用，因此只好尋求宗教信仰的慰藉，甚至以廟宇做為反抗意識凝結的場所。廟宇的意象，比〈移溪〉當中佃農阿得與業主振玉舍起爭執的「振玉舍家」、眾人議論要參與移溪的所在「店仔」，或者〈鬥鬧熱〉的「街」、「客廳」都更為壯大、具體，而且帶有神明見證的意味，積極面是抵抗意識的具體實踐，消極面則是在共同信仰之下尋求集體慰安，將老百姓對於地主業主剝削行為的反抗意識凝結起來。在無產階級的意識透過地方的信仰中心而得以形成之後，地理上一條「階級對抗的界線」也於焉浮現。這一點，從〈美人照鏡〉當中對於鄭秀才宅第與南瑤宮的相對位置有相當清楚的描述可以得到證實：

> 鄭秀才的大厝，是建築在南瑤宮前斜對面的一處空地上，是座五正兩廂的古式建築物。牠的一邊廂房，正遮住了南瑤宮底三川的一半，外面就用著兩種土牆環圍著，儼然是城廓一樣，他的大厝，也就無異乎一座宏壯華麗的殿堂。[28]

鄭秀才將宅第建在南瑤宮的斜對面，擋住了「美人照鏡」風水的同時，「像城廓一樣」的外牆也宣告內外兩種階級的對立。顯見楊守愚在處理〈美人照鏡〉時，保留了民間故事的區域性，進一步轉化為階級對抗的勢力圖象。

---

[28]楊守愚，〈美人照鏡〉，張恆豪主編，《楊守愚集》（臺北：前衛出版社，1991 年），頁 341。另，大厝（tuā-tshù）於臺灣閩南語有二解，一為「大房子」或「廣廈」，二為「棺材」。由故事內容以及美人照鏡不宜葬男的風水可知，文中的「大厝」所指稱的應是鄭秀才的宅第。

（二）宗教信仰作為民間發聲的工具

由《臺灣民報》專欄與報導所呈現「對信仰行為不完全的認識」的觀點，到釐清楊守愚「抨擊迷信行為，對民俗信仰並未完全棄絕」的觀念，可以推斷楊守愚在抨擊迷信之餘，對於宗教信仰所採取的是「不完全相信，卻也未到全面否定」的曖昧態度。因此回頭看〈美人照鏡〉，基於保留民間故事的特性，他也以相當特別的方式處理故事中所見的「迷信」：

> 而南瑤宮媽祖之所以特別地靈聖（靈赫），在宗教觀念很深的當時民眾的腦海裡，誰都信是因為得了「美人照鏡」的好地理，是以一听（聽）到鄭秀才那個破壞地靈的大建築計畫，誰也恐慌而又憤慨起來了。[29]（強調標記為筆者所加）

為何在強調反迷信的當下，楊守愚不用「迷信」而改以「宗教觀念很深」來形容當時民眾的信仰行為？若回到〈美人照鏡〉的故事背景當中，可以發現楊守愚將民間對鄭秀才惡形惡狀的形容予以保留，謂其是個「狡詐多謀的鄉紳」，有「一日包三命」的駭人勢力，作為這場「地理爭奪戰」成立的前提。再加上地方縣老爺與鄭秀才有所勾結，人們無法訴諸法律的途徑，民眾只能將地方上的宗教信仰當作最後且唯一的心靈寄託。儘管〈美人照鏡〉的確是迷信行為所延伸的暴力，但其背景終究是民間百姓受到地主的欺凌，又沒有「善訟的人」為他們平反所釀成的悲劇，是在至苦至極的社會之下不得不的一種解脫，因此楊守愚以「宗教觀念很深」為當時的民反解套，以保留其「宗教觀念」來間接認可宗教之於社會的消極功能。然而在他透露對無產大眾的悲憫同時，也不忘在文末以「這一幕原始底多神教迷信，所釀成的愚蠢野蠻的慘劇，與鄭秀才大厝的化為瓦礫場的同時，成為了過去的陳事了」作結，強調「迷信」畢竟還是「愚蠢野蠻」的，應該隨著時代而被淘汰，而

---

[29]楊守愚，〈美人照鏡〉，《楊守愚集》，頁 339～340。

在新文學的啟蒙立場之下，重新揭櫫迷信的破除才是未來前進的方向，在新文學與民間文學的拉鋸之間找到自己的平衡點。

五、結語

　　臺灣新文學秉持科學精神與啟蒙立場，呼應當代的政治與社會運動，企圖透過民族自決的完成來抵抗殖民政府。在一片反迷信的呼聲之中，新文學世代的知識分子處於新舊文化觀點折衝的過渡階段，面對批判舊社會卻又必須依賴本土文化建構民族性的問題時，他們透過論述與作品追索「迷信」與「宗教信仰」之間的關聯。當時有如張我軍、簡順福等人在《臺灣民報》上發表精闢的見解，卻無法在一片對反迷信的疾聲呼告與群起撻伐之中，脫離知識分子對民眾未將金錢挹注在文化改造、破除迷信的不平情緒，認清「反迷信」背後的愚民目的與權力機制，公共場域的「反迷信」論述也幾乎沒有隨著時間而呈現相對深化的層次。因此，《臺灣民報》專欄與新聞報導普遍所呈現「對信仰行為不完全的認識」，是否對當時的知識分子／新文學作家有所影響，作家本身的闡述以及對信仰行為的認識、宗教觀念的樹立，都必須在 1920 年代新文學運動的脈絡之下，深入討論這個世代的知識分子對反迷信的思考的具體實踐。

　　爬梳《臺灣民報》以及楊守愚對於反迷信的看法之後，藉由楊守愚日記中的個人經驗及其家世背景、生活景況，構築他對迷信的觀察與思考。筆者認為他對於宗教信仰所採取「不完全相信，卻也未到全面否定」的曖昧態度，與當時社會輿論並不完全一致。他對於宗教有所保留，而又不若賴和積極肯定的態度，在〈美人照鏡〉當中對迷信行為背後意涵的解釋，提出了符合新文學價值卻又不悖自己對無產階級關懷的解釋，不失為一種走入民間，對民間文學迷信問題的細膩觀察與思考。

──本文發表於「第六屆中區研究生臺灣文學學術研討會」

靜宜大學臺灣文學系主辦，2011 年 5 月 21 日

──修改於 2016 年 5 月 18 日

臺灣寫實文學與批判精神的抬頭

楊逵與一九三○年代的左翼作家（節錄）

◎陳芳明*

　　與楊逵同一時期的作家，短篇小說產量最多的，恐怕要推楊守愚。楊守愚（1905～1959），原名楊松茂，彰化人。他使用筆名甚多，包括村老、瘦鶴、洋、翔、Ｙ生、靜香軒主人等。雖是小學畢業，古典漢詩的修養極深。他受到賴和的提拔，開始在《臺灣新民報》發表小說，後來又協助賴和編輯該報的「學藝欄」。他的創作欲旺盛，而且又以中國白話文主撰寫小說，成為 1930 年代的重要作家之一。他在 1927 年參加過無政府主義者的「臺灣黑色青年聯盟」，遭到檢舉。他的文學觀傾向虛無、消極，恐與此有關。

　　楊守愚在晚年的回憶文字中曾經以「自然主義」一詞概括 1930 年代小說的風貌。如果以他的作品相互印證，當可相信這樣的的論斷不是虛言。所謂自然主義，乃是直接呈現社會生活的實相；猶如照相機一般，讓作者所觀察到的現實，客觀地以文字描繪出來。它沒有像寫實主義那樣充滿了戰鬥性，反而表現了無力的悲哀與無盡的黯淡。縱然自然主義具有消極的意味，其文學作品置放於殖民地社會仍然還是挾帶了高度的批判意識。

　　擅長於形象描寫的楊守愚，在其筆下出現的，包括農民、工人、小知識分子與女性。這些人物基本上都是從階級結構的角度來塑造，凸顯黑暗社會的民眾尋找不到出路的景象。特別是 1930 年代資本主義危機日益嚴重之際，階級問題根本無法得到合理的解決。失業的洪流，在社會的每一個

*作家、政治大學講座教授。

角落滲透氾濫。從 1931 年的〈一群失業的人〉[1]，到 1935 年的〈赤土與鮮血〉[2]，都可見證工人命運被資本家犧牲的實況。不僅如此，農民在經濟蕭條的席捲之下，失去了土地，失去了親人。短篇小說〈醉〉[3]、〈升租〉[4]、〈元宵〉[5]、〈斷水之後〉[6]、〈移溪〉[7]，幾乎都集中在農民生活的傾塌與崩壞。把這些圖像並置在一起，大約就可窺見資本主義社會裡的最大流亡圖。臺灣人民在自己的土地上過著遷徙流浪的日子，恰可鑑照日本高壓政策的殘酷。

　　楊守愚把這種流亡意識又延伸到女性的身上。1930 年代臺灣作家對於女性議題的關切，並不是以性別差異的觀點出發，而仍然是以階級的問題來處理。女性的角色，出現在他多篇小說裡，包括〈生命的價值〉[8]、〈女丐〉[9]、〈出走的前一夜〉[10]、〈誰害了她〉[11]、〈瘋女〉[12]、〈鴛鴦〉[13]、〈一個晚上〉[14]等等。女性受到父權的壓迫，一方面是來自於封建文化的殘餘，例如地主；一方面則是來自現代資本主義社會的剝削，例如資本家。無論是在農村，或在工廠，女性全然失去家的保護。從楊守愚的小說可以理解，臺灣女性之淪於流亡的境地，較諸男性還更徹底。色調較為明朗的一篇小說，當以〈出走的前一夜〉為代表。小說中出走的女性是為了抗拒交易式的婚姻。這位割捨親情的女性出走時，小說的結尾出現了如此的句子：「赫赫的朝陽，爽朗的天空，活潑的遊雲，快活的小鳥，青翠的樹木……也只

---

[1]守愚，〈一群失業的人〉，《臺灣新民報》第 360～362 號，1931 年 4 月 18 日～5 月 2 日，10 版。
[2]洋，〈赤土與鮮血〉，《臺灣新文學》第 1 卷第 1 號（1935 年 12 月 28 日），頁 78～86。
[3]守愚，〈醉〉，《臺灣民報》第 294 號，1930 年 1 月 1 日，18 版。
[4]洋，〈升租〉，《臺灣新民報》第 371～373 號，1931 年 7 月 4～18 日，10 版。
[5]守愚，〈元宵〉，《臺灣新民報》第 357～358 號，1931 年 3 月 28 日～4 月 4 日，10 版。
[6]村老，〈斷水之後〉，《臺灣新民報》第 407～408 號，1932 年 3 月 19～26 日，10 版，。
[7]村老，〈移溪〉，《臺灣新文學》第 1 卷第 5 號（1936 年 6 月 5 日），頁 55～63。
[8]守愚，〈生命的價值〉，《臺灣民報》第 254～256 號，1929 年 3 月 31 日～4 月 14 日，9 版。
[9]翔，〈女丐〉，《臺灣新民報》第 346～347 號，1931 年 1 月 15～22 日，10 版。
[10]瘦鶴，〈出走的前一夜〉，《臺灣新民報》第 343～344 號，1930 年 12 月 13～20 日，10 版。
[11]守愚，〈誰害了她〉，《臺灣民報》第 304～305 號，1930 年 3 月 15～22 日，9 版。
[12]守愚，〈瘋女〉，《臺灣民報》第 291 號，1929 年 12 月 15 日，9 版。
[13]洋，〈鴛鴦〉，《臺灣新文學》第 1 卷第 10 號（1936 年 12 月 5 日），頁 52～64。
[14]村老，〈一個晚上〉，《臺灣新民報》第 354～355 號，1931 年 3 月 7～14 日，10 版。

有這一切大自然的壯麗、生動，不斷地在向她放射出生之希望的光。逐逐地把她的憂愁、煩悶的心淨洗，逐逐地使她感到舒適、自由的快意。」[15]這種為女性尋找出路的描寫方式，過於表面，也過於片面；因為小說全然沒有觸及整個社會制度與文化傳統的癥結所在。

　　對於新型的知識分子，楊守愚大致都站在反諷的立場進行嘲弄。身為一位作家，他也知道知識分子的搖擺性格，在小說中流露的無力感，令讀者一覽無遺。他在 1931 年寫成的「碰壁」系列小說包括四篇，亦即〈開學的頭一天〉[16]、〈就試試文學家生活的味道吧！〉[17]、〈夢〉[18]、〈啊！稿費？〉[19]，集中刻畫一位脫離現實的私人教師兼作家王先生，在不景氣的年代的不尋常夢幻。小說中虛實交織、時空倒錯的情節安排，頗異於同時期作家的想像。他以「碰壁」作為時代的寫照，相當能反映 1930 年代的心情，也足以暴露知識分子的困窘。不過，楊守愚的文字一直停留在粗蕪不馴的階段，作品結構也過於簡單淺薄，欠缺想像的空間，使得小說的感動力量減弱不少。

──選自陳芳明《臺灣新文學史》（上冊）

臺北：聯經出版公司，2011 年 10 月

---

[15]瘦鶴，〈出走的前一夜〉，《臺灣新民報》第 343〜344 號，10 版。

[16]Y，〈開學的頭一天〉，《臺灣新民報》第 375〜376 號，1931 年 8 月 1〜8 日，10 版。

[17]Y，〈就試試文學家生活的味道吧！〉，《臺灣新民報》第 382〜383 號，1931 年 9 月 19〜26 日，10 版。

[18]Y，〈夢〉，《臺灣新民報》第 386〜388 號，1931 年 10 月 17〜31 日，10 版。

[19]Y，〈啊！稿費？〉，《臺灣新民報》第 389〜391 號，1931 年 11 月 7〜21 日，10 版。

殖民地臺灣社會事業的認知衝突與建構

兼論小說中「窮民」形象作為話語爭奪的場域（節錄）

◎石廷宇*

前言

　　過去，部分臺灣的社會學或史學研究者在討論日治時期臺灣的「社會事業」[1]時，與一般殖民地研究較為顯著的差異，在於他們大多集中在處理此事業所引進的現代性「福利」意義、事業的運作情形、實行的法源依據、內部體制結構問題，或是對殖民地社會的影響等議題，偏向制度史或福利史等角度。因此，往往由於論述視角問題，而並未將殖民地史觀納入考量，因而將帝國帶有「殖民性格」的社會福利事業，客觀地視為臺灣現代化進程的一部分的過程中，使得此事業對於殖民地受殖者「內部」的影響猶有需要斟酌之處。[2]其中，有部分研究亦曾嘗試援引日治時期臺灣新文學小說作品對照殖民社會事業實施的時空背景，但也都只是零星的點綴，並未進行更深入的分析比較。

---

*臺灣大學臺灣文學研究所博士候選人。

[1]以下提及「社會事業」、「事業」等辭彙，皆統一指涉「1920～1937 年間，日本在臺灣施行的殖民地社會事業」。

[2]如臺灣社會學研究者曾蓮馨〈臺中州社會事業之研究（1920～1945 年）〉（中央大學歷史研究所碩士論文，1998 年）、劉晏齊〈從救恤到「社會事業」──臺灣近代社會福利制度之建立〉（臺灣大學法律學研究所碩士論文，2005 年）、古文君〈日據時期臺灣的社會事業──以貧民救助為中心的探討（1895～1938）〉（政治大學歷史研究所碩士論文，1998 年）等論文。

　　本文希望能藉由整理及歸納當時發聲於殖民地臺灣之社會事業相關論述，重新認識總督府實施社會事業時的時空背景，納入過去研究者未曾詳加討論的社會事業的內涵與精神面意義，集中處理帝國統治話語中的「連帶」概念，同時，加入過去未曾被詳加討論的，臺灣人知識分子對此事業內涵的理解與反應，比較殖民者與受殖者雙方對於社會事業的認知與詮釋，作為策略性重讀殖民地文學文本、開拓殖民地文學研究的可能詮釋方式。

　　在以提供「殖民地文學研究」方法論為主，「殖民地社會事業研究」為參照系的研究框架中，釐清帝國社會事業與殖民地社會文化的關聯性，以重新闡釋殖民地文本的內部象徵意義，提出受殖者通過挪用（appropriate）帝國社會事業內部的知識體系與統治者話語，在被帝國視線所給定的受殖者「窮民」形象背後，重新建構出一套認知受殖者「窮民」自身的話語體系，以此作為迴避帝國事業通過福利話語進行統治收編的策略。

　　筆者認為，若能平衡地從殖民地社會中兩股固著的詮釋力道——來自殖民帝國的凝視（gaze）以及受殖者他者（the other）——內部切入，對於殖民地文學作品中「窮民」形象，裨能在過去對殖民地小說中再現的「農民」或「失業者」形象刻板化、模式化，或「殖民地知識分子菁英的文明等級制意識型態」等閱讀方式之外，另外開啟一種閱讀殖民地文學的方式。[3]著眼於此，本論文採取以殖民地知識分子與總督府社會事業兩者各自認知與建構下的受殖者「窮民」形象交互參照閱讀之方式，藉由歸納雙方的認知衝突情形，移植作為解讀作品內部表現之「窮民」形象的方法論，以期望能貼合作家通過文學創作與殖民帝國所規畫、形塑的殖民地話語空間相互爭奪的詮釋與批判結構的時代脈絡，以及文本內部所可能隱含之受

---

[3]如早期遠景出版社所編輯之「臺灣文學叢書」，或近年碩士論文林蔚儒〈帝國左翼與臺灣書寫——伊藤永之介臺灣作品研究〉（政治大學臺灣文學所碩士論文，2009 年）等；後者則如游勝冠，〈啟蒙者？還是殖民主義的同路人路？——論左翼啟蒙知識分子所刻板化的農民形象的問題〉收錄於《跨領域的臺灣文學研究學術研討會論文集》（臺南：國家臺灣文學館，2006 年）、沈南宏〈日治時期農民小說中的菁英主義與農民形象（1926～1937）〉（成功大學臺灣文學研究所碩士論文，2007 年）等，皆給與日治時期臺灣新文學小說（左翼作家之作品）模式化、類型化的評價。

殖者具精神意涵的意象經營模式與認知系統。

經由理解社會事業所賦予受殖者窮民的內涵，與殖民地知識分子對於此一事業、窮民的認知，並以此認識背景重新閱讀殖民地文學文本，將有助於突破過去長期被學者認為是僵固的，無再可以外圍研究議題賦予殖民地人物形象與類型化思考的詮釋死角，克服如許俊雅所言：礙於人在實際生活中的複數角色，出現角色具備複數屬性時，增添了解釋和歸納分類上的困難。[4]

本文對於殖民地文學中「窮民」形象的認識與研究，即是對帝國視線下「複數的」殖民地人物形象，採取後殖民閱讀（Postcolonial Reading）的方式，如 G. C. Spivak 所說，試圖以一種在政治上有用的方式，提供觀察殖民地文學中形象的一種可能的「讀法」與嘗試，[5]以帶有歷史、政治性解構意圖的詮釋方式，重新思考殖民地文化人的論說，以及殖民地時期臺灣小說中的「窮民」形象。

……

一、統治者話語中的「社會連帶」──殖民地「向上想像」

現代西方社會福利中的「連帶」觀念，主要是將整個社會視為一個有機體，強調活動於其中的個體彼此間相互影響的聯結關係。對於貧窮、弱勢等社會族群與現象的救助，不再如同過去，僅僅視為是一種慈善行為，而是政府及社會的共同責任，需要運用科學知識與技術來提供專業的、體系化的救助措施。[6]

這種對社會整體採取現代性意義的治理方式，以及在政策上展示的西方工具理性及技術特質的社會福利，即是與戴文鋒所歸納出的，與傳統社會由官民合營、互助救濟、地方勢力者與地方官為達成穩定地方秩序與維

---

[4]許俊雅，《日據時期臺灣小說研究》（臺北：文史哲出版社，1995 年），頁 601。
[5]Gayatri Chakravorty Spivak；國立編譯館（主譯）、張君玫譯，《後殖民理性批判──邁向消逝當下的歷史》（臺北：群學出版社，2006 年），頁 161。
[6]白秀雄，《社會工作》（臺北：三民書局，1976 年），頁 2。

持地方勢力而施行的策略結盟形態的最大不同之處。[7]

生江孝之亦曾對這個「社會連帶觀」提出解釋，他認為，這種以資本主義為軸心思想的連帶觀念，是將社會整體視為一個具備有從屬關係及相互連帶責任的有機體，同時也賦予個人與個人間強弱相互保護的義務，進而提升到將整個社會內部連結成為一個相互依存的共同體的層次。[8]

臺灣總督府內務局地方課長水越幸一在稍早於總務長官賀來佐賀太郎正式發布的「關於社會事業之件」前的 1920 年 3 月，也曾於《臺灣時報》上發表一篇〈論社會救濟事業〉，其中提到帝國於殖民地臺灣施行「救濟」的目的，是為了謀求整體國家社會的發展：「……故欲期望國家社會完全之發達者。不可不務個人之發達。……而後國家社會能得進展。」[9]他強調，「國家社會之發展。分有二種。其一為精神的發展。一為物質的發展。此二者關係。宛如車有兩輪。互相連結。而後得以駢進。」[10]最後，他並以此救濟事業的概念為基調，將這種以服務國家為目的宗旨，上綱推展至所有的事業，說明這種對身處於社會底層的國民之救治措施，根本上是一種為了要促進公共安寧與國家繁榮的「連帶幸福」[11]觀念的展現，所欲造就的，是「公共的安寧、民眾的幸福」：

> 然而精神上之進步。與物質上之發展。均由國民智能啟發。德性涵養。而後得以達成其目的。且於國民之間為許容如浮浪之輩。游惰之徒。與夫貧而不得活動。病而不能就醫。任其放縱顛連。而莫救之焉。顧社會複雜。欲行其理想。憂憂於其難。顧對此等不幸之人。**須施以感化教**

---

[7]戴文鋒，〈清代的臺灣社會救濟事業〉（成功大學歷史研究所碩士論文，1991 年），頁 1～18。

[8]生江孝之，《社會事業綱要》（東京：嚴松堂，1923 年），頁 31～35。

[9]（漢文）水越幸一，〈論社會的救濟事業〉，《臺灣時報》（1920 年 3 月），頁 128。

[10]（漢文）水越幸一，〈論社會的救濟事業〉，《臺灣時報》，頁 128。

[11]「連帶幸福」的概念，在田子一民論述關於社會事業的精神時曾表示，此事業的精神乃是以達到「幸福」為宗旨的社會連帶的核心思想。參考田子一民，《社會事業》（東京：帝國地方行政學會，1923年）。

育。或授職業。或給衣食。或與醫藥。以圖公共之安寧。與民眾之幸
福。而後能得國家之繁榮。[12]

在 1928 年 11 月的《臺灣時報》一篇關於社會事業的報導〈全島社會事業
大會〉中則指出，這種現代化社會事業的理想，與傳統施予恩惠給弱者的
救濟事業不同，不應該注重個人思想，而應強調社會正義和連帶觀念，對
於「社會組織的缺陷」造成的弊病，亦應由組成社會的各個分子協力防止
和治癒才對。文中並表示，這種病弊，是社會進化過程中必然會發生的問
題，身為社會中的各個成員應該負起連帶責任，一致協力匡救防止弊病才
是。[13]

⋯⋯

二、連帶精神下的文化斷裂──「父母雙亡」、「鬻子」及「離鄉」

在了解帝國社會事業的「連帶」意涵後，除了殖民地社會知識分子與
文化人藉由社論、理論譯介的方式，與帝國統治話語的詮釋權與意義進行
爭奪與挪用的情形外，殖民地文學作品又如何與帝國統治話語中所強調的
「連帶」精神進行對話？

本文採樣殖民地小說作品的標準，首先考量故事中的主要「行動者」
須為本文最核心的殖民地主體──受殖者「窮民」，繼之，則以情節中慣常
出現的三種形象：（一）「父母雙亡」、（二）「鬻子」、（三）「離鄉」為分析
對象，討論在帝國積極通過社會事業宣傳「連帶精神」的同時，殖民地文
學作品又是如何通過書寫以殖民地「窮民」為主要行動者的文學作品，與
殖民統治話語進行對話，進而呈現出有別於汗牛充棟的帝國社會事業資料
與紀錄，表現出殖民地文化遭受到帝國統治而扭曲、變形的樣貌。其中，

---

[12] （漢文）水越幸一，〈論社會的救濟事業〉，《臺灣時報》，頁 128～131。文中粗體部分為筆者
　　所加。
[13] 〈全島社會事業大會──諮詢事項〉，《臺灣時報》（1928 年 11 月），頁 36～37。

不乏有三種形象集約地出現在作品情節裡的情形。

在《庶民研究 Subaltern Studies》一書的〈序言〉裡，編者對於相對於官方大敘述歷史中有關庶民歷史的編寫，提出了「**庶民歷史的力量就在於召喚這樣的改變──對慣常的閱讀習慣、思想傾向、價值認同等提問和改造，從而在過去看似不可能活動的處境中看到可能活動的空間。**」[14]的觀看方式。在現有大量日治時期帝國遺留的社會事業文書、數據資料，以及已經積累了數十載前行研究能量的殖民地作家作品面前，如何採取較為深入而貼近歷史性、批判性的閱讀，重新觀看並解讀出殖民地小說與官方話語對話的空間，將是本段嘗試進行的突破。

（一）「父母雙亡」

日治時期的臺灣新文學小說情節，可以說幾乎處處都籠罩在「死亡」的陰影下。其中，又以「病死」最多，如：賴和〈一桿「秤仔」〉、〈可憐她死了〉、楊逵〈送報伕〉、吳希聖〈豚〉、楊華〈一個勞動者的死〉、徐玉書〈謀生〉等，「意外身故」則次之，如：楊逵〈貧農的變死〉、巫永福〈黑龍〉、楊華〈薄命〉、張慶堂〈鮮血〉等作品。

過去，殖民地文學研究者無論是討論「疾病」或「死亡」，大抵都傾向將之解釋為藉這種悲劇性的結局控訴殖民統治暴力，無論是政治因素、經濟因素、家庭因素等，以書寫「悲劇」進行批判的創作策略，幾乎是各個殖民地文學研究者在分析文本時普遍的共識。然而，當我們將「死亡」只單純視為一種殖民統治的因果表層現象時，卻往往忽略了死亡的「主體」身分，即「究竟是誰的死亡」這個問題，也可能影響對殖民地小說分析與殖民地認識的結果。

因此，本文試圖跳脫原有因果論式的「疾病」、「死亡」等分析框架，不再圍繞在殖民地場景裡「疾病」的成因、受殖者發生疾病的「身體」等對象進行思考，亦不對「死亡」事件本身的象徵意義做過多的演繹，而是

---

[14]劉健芝、許兆麟編選；張雲箏、林得山譯，《庶民研究 Subaltern Studies》（北京：中央編譯出版社，2005 年），頁 2。

還原「死亡」的主體身分，思考究竟是「誰」的死亡？以及這種「特殊身分的死亡」，又在殖民地情境中象徵什麼？同時將此一分析，與本文對殖民社會事業的歷史性理解並置，思考在這樣一個實施社會事業的空間中，殖民地小說內的「身分」死亡，究竟有何意義？

……

在另一篇楊守愚化名為「翔」所寫〈女丐〉中，也同樣可以找出隱含這種「父母雙亡」的寓言體（allegory）故事結構。首先，敘事者提及別女主人翁「明珠」的「妓女」身分，說明「明珠」這一「豔名」的由來，強調其並非「真名」，更非「生母」所命名，而是後來的「假母」替她取的。甚至連她的真實名字叫做什麼，都已經無從知道了。那麼，她生母呢？「**當她還很幼少的時候，生母便去世了，只剩她一個零丁孤苦的小女孩，上既無兄，下又無弟，也只好跟著她父親過著流浪的生活。**」[15]然而，雙親中僅剩的父親，也並不就真的符合父親的形象：「**她的父親，本是一個性極好賭的粗人，終日裡，不務正務，總是把女兒帶到賭場去廝混。有時人家叫她去做點工，也曾賺到一點小錢，可是哪裡夠得他的賭吃？所以父女倆，永遠都是窮苦過活。**」[16]所以，明珠很快地就連父親也沒有，而「**墮落在不堪設想的煙花世界，去過那非人的生活了。**」[17]那年，明珠才 11 歲。

從一開始，「明珠」就像是作為「殖民地」的隱喻似的，背負著一個被「假母」（帝國日本）所給定的「身分」（帝國眼中的殖民地），「明珠」這個「豔名」（南進跳板、南方的資源、豐饒的物產等）。就像是反諷殖民地作為帝國的「掌上明珠」，終究是不斷地被糟蹋與剝削；而正是在「生母」已經不可考的情況下，揭示了斷裂的「血緣」作為受殖者因為殖民統治而喪失文化根源的隱喻。明珠在「生母」無從得知，又沒有「真實名字」（自

[15]翔（楊守愚），〈女丐〉，《臺灣新民報》第 346～347 號，1931 年 1 月 10、17 日發表、1928 年 11 月 28 日完稿。收錄於鍾肇政、葉石濤主編，《臺灣文學叢書——一群失業的人》（臺北：遠景出版公司，1997 年），頁 167～168。
[16]翔，〈女丐〉，《臺灣文學叢書——一群失業的人》，頁 168。
[17]翔，〈女丐〉，《臺灣文學叢書——一群失業的人》，頁 169。

我認同鏡像的喪失）的情況下，僅存的父親（帝國以不符合父親形象的姿態出現在文本中）的離開，終於將「明珠」這一個喪失自我的個體，推向「孤兒」（受殖者眼中的殖民地）的隱喻關係鏈中。

　　……

　　從〈一桿「秤仔」〉、〈女丐〉、〈龍〉到〈黑龍〉等故事中，我們可以發現到，一方面，作品內部將殖民地被壓迫的共同記憶，表現在「血緣斷裂」的隱喻中，鮮明地突顯出帝國社會事業所標榜的「社會連帶」精神，終究只是帝國統治話語；另一方面，透過文學創作中書寫帝國造成的受殖者「血緣斷裂」母題，也提供了受殖者可以存續文化記憶的合理空間。

　　殖民地上流淌著的「鮮血」，既作為對殖民統治的控訴，是否也同時是一種對於接續「斷裂血緣」的換喻？「父、母雙亡」作為殖民地新文學小說中屢見不鮮的形象，恰恰提供了我們從不同角度從精神層面上詮釋文學文本的可能。

（二）「鬻子」

　　在慣性地將殖民地文學中呈現的悲慘境遇，理解為帝國經濟剝削產物的殖民地文本解讀史中，在殖民者和地主的壓迫下，從土地喪失到失業，再到最後走上絕路，文本中的被壓迫的受殖者主體在生命走到盡頭以前，往往選擇以販賣子嗣這種「炒短線」的方式，苟延殘喘地維持已如殘燭般的生活。

　　本段不擬處理究竟是什麼力量，逼使受殖者淪落到選擇以這種方式面對諸如稅賦、維持生活開銷所需等現實經濟壓力。而是試圖集中討論殖民地小說中出現的「鬻子」行為背後的象徵意涵。以楊守愚的〈凶年不免於死亡〉、賴和〈可憐她死了〉、瘦鶴〈沒有兒子的爸爸〉和柳塘的〈轉途〉為討論對象，在加入對殖民地社會救助事業的理解後，跳脫過去對殖民地小說情節的慣性聯想方式，啟發出可能較為貼近作品內在世界的屬於殖民地文學的精神性意涵。

　　首先，從殖民地社會事業於 1921 年開辦以來，便一直陸續在各地設立

有公設質鋪（公營當鋪）、以及提供小額事業貸款、信用組合等基礎金融機構，作為第一線與殖民地社會進行經濟活動的媒介之一。當然，不能因此而直觀地認為有了帝國所設置的經濟保護事業，「鬻子」行為就會相對地銷聲匿跡。本文反而想試著通過重讀殖民地小說的過程，理解作品再現的殖民地空間中之「鬻子」行為，其背後可能隱含的象徵意圖與精神意涵。

殖民經濟統治體制所造成的生活與生存的壓力，的確教身處底層的受殖者群體喘不過氣，甚至危及生命的存續。然而，在面對經濟拮据甚至緊迫的時候，小說中的「行動者」——底層的「受殖者窮民」，卻屢屢選擇以「販賣子嗣」這種「割裂血緣」的方式，切斷繁衍自自身的生命臍帶，除了一幕幕令人鼻酸的「生活苦」場景，被經濟催迫而不得已所做出的「選擇」也叫人不勝唏噓。那麼，除了這個行為表面上所形塑的「悲劇」效果，通過文學創作，這個「行動」本身還可能被賦予什麼象徵意涵在其中？

……

另一篇瘦鶴的〈沒有兒子的爸爸〉為例，故事中，首先點明了年邁的老祖父與還是幼兒的孫子小寶，以「**怎麼一個被叫做爸爸的，倒會是一個沒有兒子的人呢？**」提問，推展不在場（absence）的「兒子」（血緣之隱喻）的存在：

> 因為賣了一個女兒，得了兩塊錢做個小小的生意本，此後幾年，沒有兒子的爸爸的家裡，總算比較好過了一點。就說兒子，也接連著生了兩個男的。但，不曉得是命定的呢？還是怎的？這共三個子女，也都給跑掉了。[18]

---

[18] 瘦鶴，〈沒有兒子的爸爸〉，《臺灣新民報》第 368～370 號，1931 年 6 月 13～27 日。收錄於鍾肇政、葉石濤主編，《臺灣文學叢書——一桿秤仔》（臺北：遠景出版公司，1997 年），頁 348。

雖然瘦鶴以「跑掉了」委婉地交代了三個子女的命運，卻反而更強化了唯有
販賣子女，才得以延續受殖者生命的殖民地弔詭又悲哀的現實──當淪落到
要販賣了子女（血緣斷裂）以維生的地步時，生命的延續又有什麼意義呢？

在歷經了生命中接二連三遭遇的土匪、「蕃仔反」[19]、經濟不景氣、流
行病等困厄後，「沒有兒子的爸爸」總算看著僅存的兒子長大成人並且娶妻
生子了，卻沒想到，終究必須面對兒子被「火車」輾斃的喪子之痛。隨著
孫子帶有同情與好奇的問題「你能允許帶我去看看他嗎？」，將殖民地受殖
者的遭遇與現今的悲慘生活疊合出令人心碎的殖民地社會中的受殖者生命
史：

> 父親是被土匪結果了，大的兒子，因了走反，也扔掉了，嬌小可愛的女
> 兒，又因為沒有飯吃，而賣卻了一個，現在又為了這一次的鼠疫的流
> 行，死掉了兩個，家產更加是歸於烏有了。[20]

從匪亂到疾病，作家將殖民史嵌入敘事中，對著天真的孫子訴說著「沒有
兒子的爸爸」，如何必須不斷面對因為各種困境而賣子、喪子的代間「血緣
斷裂」的命運，即使好不容易帶著僅存的兒子阿牛活了下來，終究還是宿
命論地必須面對阿牛被火車輾斃的結局。

當「火車」做為承載著殖民帝國種種如法治、衛生、疾病、經濟剝削
等現代性隱喻的集合體，輾壓過好不容易才得以延續血緣的阿牛的「身
體」時，不單只是文本所呈現的那些殖民帝國的壓迫與暴力被放大，也是
那個橫亙過殖民地血緣的漫長輪軌，阻絕了受殖者延續被壓迫文化、被統
治精神的一切可能性。

隨著阿松上氣不接下氣的說著令人無法承受的打擊，彷彿就像是車輪
正撕裂殖民地上的臺灣人身體般，突顯了受殖者遭逢異民族統治的文化斷

裂與悲哀。故事中被殖民現實所剝奪去的「血緣斷裂」，反倒藉由作品通過文化傳承的代間「不在場」設計，更深刻地還原受殖者血緣存續與否的歷史時刻。

此外，無論是楊守愚〈凶年不免於死亡〉[21]中，面對官廳「叫貧民賣兒子納稅」的林至貧，最終不得已選擇了賣掉了自己的女兒，或是柳塘〈轉途〉[22]中，在阿才心中不停默數著的八歲、四歲、二歲的兒子，像是被他被貼上了價格一樣的異化了的血緣關係的悲哀，眾多殖民地小說都無獨有偶地藉著「鬻子」，不只表層地以之為一種控訴，強調殖民現實的不幸宿命與悲哀的生存窘境，也在各自的「行動」背後，將作為「文化斷裂」隱喻的「血緣斷裂」隱含在作品的敘事結構中，而顯示出與帝國社會事業話語所強調的「連帶」截然相悖的形象。

（三）「離鄉」

對「離鄉」形象最明顯的敘事，要屬楊逵在〈送報伕〉一文。無論是到東京討生活而發出帶有自我異化（alienation）的感嘆：「家鄉，回到家鄉又怎麼樣？」[23]或是待在「家鄉」面對被迫離散的情形：「恰恰與他們所說的『鄉的發展』相反，他們給我們帶來的正是『鄉的離散』。」[24]小說深刻地建構出一個帝國帶進殖民地臺灣的資本主義現代化空間，其目的並非用來容納本來就生存在殖民地上的受殖者，而是將他們排擠、切割於自己的土地與血緣之外。

楊守愚在〈一群失業的人〉中，同樣將這種被迫「離鄉」的無奈，轉化為一種再無以名狀的流動狀態，強化了「離鄉」的象徵力道：

---

[21] 守愚，〈凶年不免於死亡〉，《臺灣民報》第 257～259 號，1929 年 4 月 21 日～5 月 5 日。《臺灣文學叢書──一群失業的人》，頁 3～11。

[22] 柳塘，〈轉途〉，《臺灣新文學》第 2 卷第 1 號（1936 年 12 月 28 日）。《臺灣文學叢書──牛車》（臺北：遠景出版公司，1997 年），頁 315～330。

[23] 楊逵，〈送報伕〉，《文學評論》第 1 卷第 8 號（1934 年 10 月）。收錄於鍾肇政、葉石濤主編，《臺灣文學叢書──送報伕》（臺北：遠景出版公司，1997 年），頁 31。

[24] 楊逵，〈送報伕〉，《臺灣文學叢書──送報伕》，頁 42。

一群四處漂泊，找尋工作的窮人，一壁兒跑路，一壁兒說著話，來安慰自己的愁悶，消磨無聊的日子，看來，大家似乎都很疲倦了，跑起路來，都有些兒蹎躓，小小的一個包裹揹起來，若有不勝其重的樣子，大概流浪的日子還不很久吧，但個個人的臉上，除卻表現同一個饑色外，在那憂鬱的面孔，都蒙上一層厚的塵垢，這不能不說是他們風餐露宿，跋涉長途的標記。[25]

為了生存，「離鄉」覓職成為務農以外，唯一的選擇。緊迫的生存條件逼使著臺灣人遠離家園，卻因為殖民經濟所造成的不景氣，即便「跑了一百餘哩，三十多個村莊」，依舊處於無工可做，無薪可領的狀態，即使有份短工，工資也賤得僅夠止飢而已。揹著從家鄉裡帶出來的「小小的一個包裹」，像是象徵了對於本土文化僅存的殘留，但無奈於禁不住殖民經濟與權力對生存的壓逼，終於也不得喪失在離鄉的途中：

「喔？我們的包裹呢？」
這一個最新的發見，直把一群人，都弄得發怔了，你看著我，我看著你，靜默地面面相覷，好像末日臨頭一樣，個個剛受了驚的心兒，總緊張地加上了許多憂懼。
「蕃薯偷不到，倒又丟了一大堆包袱。」
「雨又是這樣下個不止，我們將怎麼回去呢？怕不凍死、餓死嗎？」[26]

通過文學性的敘事，作家不僅對殖民資本的入侵進行控訴，從一群失業的人的漂泊離散狀態，到因飢餓而違反意志墮落到成為竊盜，整個受殖者因為殖民壓迫，僅以身免地離鄉覓職的動態圖景，到最後連「家」也「回不

---

[25] 守愚，〈一群失業的人〉，《臺灣新民報》第360～362號，1931年4月18日～5月2日。1931年3月10日作。收錄於鍾肇政，葉石濤主編，《臺灣文學叢書——一群失業的人》，頁39。
[26] 楊守愚，〈一群失業的人〉，《臺灣文學叢書——一群失業的人》，頁50～51。

去了」的悲哀，作品中也一再暗示著因殖民統治造成的文化斷裂狀態。而此種與帝國社會事業內涵中所標舉、強調要執行的「連帶精神」相悖的斷裂現象，也可以從徐玉書的〈謀生〉一文中發現到。

......

大友昌子在論述「殖民地社會事業的擴大期（1921～1933 年）」時，著重於分析帝國此時想要在殖民地臺灣推行的社會事業，是以「解體」和「社會統合」為目標。[27]即是以具近代性型態的殖民政策，對殖民地住民採取統合的手段，通過經濟、教育、律法等各方面，「解體」原有的被殖民社會，進而通過社會統合，達成殖民地支配常態化的施政目標，以確保施政時的安定。

當帝國通過社會事業的社會連帶觀，在殖民地臺灣強調一系列如：社會共同責任、文化精神向上、連帶幸福、幸福文化、全體生活的美滿等概念時，殖民地上的受殖者作家與作品，也正潛伏在帝國的統治政策底下，表面上描寫殖民地社會的現實情況，實際上卻是通過藝術性的文學創作手法，更深層地著力在描寫傳統社會文化與價值崩壞斷裂的「內在變動」，暗示帝國社會事業所強調的心靈層次上的「連帶」，正是建立在其對殖民地的「破壞」前提上。

對於殖民地作家來說，其使命不僅是通過文學作品表象地指陳殖民暴力與壓迫，也精神性地刻畫出這種殖民地社會內部斷裂情形，展現了與帝國社會事業話語相抗衡的積極「反連帶」精神。更深層地在通過書寫殖民地原有的價值與文化的崩壞情形時，與帝國對受殖者「窮民」精神上及文化上的統治與收編意圖對話。

殖民地時期的新文學小說作品這時不僅只作為控訴帝國物質統治與壓迫的表象抵殖民文本，更呈現出受殖者內在的心靈層次的建構與精神重塑，通過小說創作，在被壓迫、給定的外部身體中，建構一副由受殖者得

---

[27]大友昌子，《帝國日本の社會事業政策研究──臺灣・朝鮮──》（京都：ミネルヴァ書房，2007年），頁 419。

以自我掌握、詮釋的內部主體——透過建構與統治者所標榜的「連帶」相衝突的「斷裂」，來奪回受殖者對於詮釋自我主體「身分」的掌握權，成為在殖民話語下具有積極建構意義的受殖者話語。

換種方式說明，殖民地一方面肇因於帝國殖民地資本主義式的統治技術影響，產生了貧窮、無醫、犯罪、墮落為社會落伍者或者死亡等等副（負）作用，一方面又必須承受來自帝國施展的正面補救措施——社會事業所推展各種文化上、精神上的向上力量，使得各種原本被視為與殖民主相抗詰的殖民地文學作品，必須得從更深度的形象諸如：「父母雙亡」、「鬻子」、「離鄉」等面向進行挖掘，才能理解出殖民地本土作家群挹注在文本中，通過文學文化包裝過後的內在精神性主體建構思維。

本文正是通過還原「帝國社會事業」的設定對象——殖民地「窮民」之受殖者身分，並以之作為一種解讀殖民地文學的方式，藉由理解殖民地上極度衝突與矛盾的殖民統治技術，從文學內部的意象系統與精神性象徵層面，思考隱藏在作品深層結構中受殖者的文化精神狀態，以及作家通過文學作品進行的話語爭奪與建構情形。

結語

在理解殖民地社會事業既「殖民」且「福利」的矛盾衝突本質、「修補」與「預防」目的背後的「精神統治」意圖，以及此一事業實施時所無可避免地發生的殖民資本壓迫、差別待遇與治理失效情形，到受殖者對社會事業的核心概念進行話語挪用與重構後，當殖民地「窮民」同時背負了總督府社會事業的施策對象，以及臺灣人知識分子的文學創作對象時，圍繞它所衍伸的一系列概念，成為了統治者及受殖者各自建構權力話語的場域（field）。一方面，帝國藉由持續對社會事業的經營，建構屬於殖民者視線下的「窮民」認知方式及統治技術：另一方面，臺灣人知識分子、文化人則依附在統治者所建構的治理話語中，產生與之相應的語法，自帝國所給定話語內部進行文化、文學上的解構與再建構。

　　正是殖民地社會上這種持續不斷的權力話語鬥爭情況，加上雙方又都在許多過去研究中視為理所當然的「話語」上進行緊密的交鋒，因此，開啟了本文對原有的文本進行重讀的契機。

　　藉由對於「社會事業」的核心概念「連帶精神」的探討，筆者發現到，過去被認為是已經文學及社會學語法中僵化的小說類型化情形，或是從未被當作討論標的的路徑：帝國社會事業中救護事業的主要對象──「窮民」，被以帝國標準給定時，其承載的意涵是被由統治者的權力話語所填補的。而綜觀殖民統治（1920～1937）年間的殖民地時期的臺灣新文學作品，小說中以描繪「窮民」的複數形象作為主要敘事對象的作品，一直以來也都是作為理解或觀察臺灣殖民地時期社會環境、殖民統治、經濟情勢、律法制度到衛生論述不可或缺的重要依據。

　　然而，在雙方同樣圍繞「窮民」進行書寫與建構的過程中，統治者及受殖者圍繞在「社會事業」所開闢的一連串話語詮釋與認知衝突情形，以及部分受殖者既採取社論的形式表現出對統治者話語的受殖者詮釋，也藉由文學創作，與統治者話語進行概念詮釋權的爭奪與認知建構。

　　同樣以「窮民」作為話語主體，殖民地小說並末將帝國社會事業有計畫、有系統欲收編的「窮民」身分的詮釋權拱手讓人，而是通過文學創作的方式，對這個形象進行建構與詮釋話語之爭奪。殖民地小說中的「受殖者窮民」形象不僅未如帝國「窮民」話語所述，處於被救助、被提升向上的生存態樣，反而藉由文學創作，使其穩固地扮演著無法被救助、無法被向上提升的形象。藉由文學創作所銘刻「受殖者窮民」的形象，受殖者窮民被建構與重塑成為，在文學空間（literary space）中的「活動」處處與帝國社會事業的核心內涵──「連帶」、「向上」、「幸福」、「提攜」等意圖相悖的「斷裂」情形。

　　通過分析文學作品中的「父母雙亡」、「鬻子」、「離鄉」等「斷裂」形象，殖民地小說所呈現的，正是一個與殖民帝國社會事業所標榜的「連帶」概念全然相反的隱喻──精神性的、社會文化的「斷裂」。日治時期臺灣新

文學文本中大量出現的「窮民」形象，被以與「與帝國社會事業認知不同」的屬性與身分再現於文本中。受殖者「窮民」面對帝國此種並非屬於直接下壓力性質，卻因為殖民統治政策與福利事業間的落差而產生矛盾的帝國社會事業，所採取的回應，不只是表面上所呈現壓迫／抵抗的二元對立書寫策略，還包括更深層精神性地透過書寫「窮民」的「形象」與「活動」，表現受殖者對於自身主體價值認知的能動性與對他者視線的回應力道。

　　當我們以文學性、藝術性等等審美要素參與殖民地文本的後殖民閱讀，並深化對殖民地文本解讀的空間，以之作為解構帝國話語的一種閱讀策略時，這些殖民地時期的文學作品，便不再僅只作為表象批判帝國負面統治的文本，也成為一種受殖者藉由依附在統治者慈善假面的社會事業話語中的「向上」、「連帶精神」等修辭背後，積極以「父母雙亡」暗示統治者連帶精神下的「血緣斷裂」、以「鬻子」主動斷絕受殖者被壓迫與被統治者救助宿命、以「離鄉」突顯「原鄉斷裂」等三種形象，集合成一由受殖者通過文學所建構，集體的、集約的「文化斷裂」隱喻，以消解殖民者話語中的「連帶精神」與福利想像，重新建構與統治者話語相衝突的自我——屬於受殖者話語的「受殖者窮民」形象。

——選自《文學臺灣》第 81 期，2012 年 1 月

楊守愚小說中的家國寓言及其小說價值[*]

◎林容安[**]

　　楊守愚的文學創作多元，小說作品的發展與影響尤其深遠，因為小說有較為完整的敘事架構與論述空間，故可藉由分析閱讀其小說理解楊氏的內心思想，並對日治時期的臺灣社會有更多、更具體的認識。

　　綜觀楊守愚之小說作品，除了對所處社會現況的關心之外，作品內容中所提及與「家庭」議題相關的著墨更是不容忽視，其創作都萌發於市井小民所生活的環境當中，於芸芸眾生之旁。因筆者恰好與楊守愚之間有著作家與讀者之外的親屬關係[1]，這層關係之可貴，使本篇論文得以藉從「家庭」這個關鍵詞彙，作為論述起始的主因。而在家庭之上，楊守愚更將國家、民族納入關心的範疇之中，以「國家」為討論對象，藉由文句的流動，呈現先家庭而國族的隱含寓意，關懷臺灣的在地故事。

　　楊守愚為文大量以「家庭」做為出發點、「家人」所發生的事，作為敘事論點的寫作手法，透露出「家庭」在楊守愚生命中的重要性。[2]因與「家屋」相關的創作極多，故以楊守愚小說中的「家屋書寫」、「家國寓

---

[*]編按：本文節錄自林容安，「第五章：結論」，〈楊守愚小說的家國寓言研究〉（新竹教育大學人資處語文教學碩士班碩士論文，2013 年 7 月），題目為編者重新命名，並將論文內容交由原作者修訂之版本。

[**]新竹教育大學人資處語文教學碩士。發表文章時為新竹教育大學人資處語文教學碩士班碩士生，現為國立科學工業園區實驗高級中學國小部專任教師。

[1]楊守愚先生為筆者祖母之父親，亦即筆者之外曾祖父。

[2]楊守愚作品收錄於多本著作當中，筆者蒐羅整理共 59 篇，其中有 40 篇出現的場域皆包括「家」。其他的 19 篇未提及「家」的小說中，也有兩篇是藉「無家」來投射出「家」的溫暖，以「流浪」的對比來反映主角對「家」的渴望及思念。

言」作為研究的目標，從家屋書寫擴展至以國家為討論對象的家國寓言，論述重點也從家庭狀況向外發展，關心日治時期整體社會概況。

家庭所處的居所為「家屋」，是人類成長、生活、心靈賴以依歸之處。「不論我們依據什麼理論視野來檢視家屋意象，家屋似乎都已變成了我們私密存在的基本地勢。……我們有理由以家屋為分析人類靈魂的工具。」巴舍拉於《空間詩學》如是說。[3]但當我們套用巴舍拉如此的說法來審閱楊守愚的作品時，卻發現楊氏作品中的「家屋」與巴舍拉筆下所傳遞的意念幾近相反。楊守愚透過書寫，傳達眼中所見的日治時期的家屋失去了保護安全、給予溫暖的功能，逆寫了家屋詩學中「家屋」的意義。應能更深層的剖析楊守愚的「家屋」意象並解構其內心世界的想法與感受。

文學中的「寓言」所具備的隱喻功能，是藉由文字表層的流動透露作者欲表達的深刻意涵的一種文學形式。筆者在此稍加界定上兩段所言之「家國寓言」：即本篇論文透過解析楊守愚的小說作品，欲從小說字裡行間分析楊守愚對於「家」及「國」的意念、想法與投射於文章中的觀念。楊守愚身為一個以明眼觀察，體會世事的現實主義作家，將對世人的擔憂和家庭貧病的惶恐寄託於寫作中，將作品視為敲醒世人以追尋公義社會的警鐘。

一、楊守愚小說影射的家國寓言

楊守愚的小說作品以寫實的筆觸記錄日治時期底層社會的生活點滴，雖然楊氏未對當時不公的社會現況做直接評論，但是讀者輕易地便能從小說的用字遣詞中察覺楊氏想表達或評論的語調。楊守愚小說中的主角平易近人，皆是來自你我身邊的普羅大眾，尤其是長期身處在社會底層，沒有受過教育、無法聲張自己權利的農、工階級，更是楊氏經由作品為其發聲的主要階層。

---

[3]加斯東・巴舍拉（Gaston Bachelard）著；龔卓軍、王靜慧譯，《空間詩學》（臺北：張老師出版社，2003 年），頁 57～58。巴舍拉為法國哲學家，其著作《空間詩學》（*La poétique de l'espace*）探討詩意象中的「家屋意象」，以「家屋」做為探討起點，透過現象學、心理學、精神分析等層面，解析生活中的「家屋」或相關概念所代表作者透露出的意涵。

　　綜覽楊守愚的作品，以家庭為背景的篇章占有一定的分量，可以想見「家庭」對楊守愚的重要性。故本論文以「家屋寓言」作為出發點，討論楊守愚的小說作品內含的意識形態。在家屋寓言之後，筆者擴展視角範圍，將討論空間擴張至楊守愚所表現的家國關懷，進而以後殖民的立場，觀看楊氏心目中的「臺灣」。以下便就此三個層面加以簡述：

（一）現實與虛構交錯的家屋書寫

　　　　家屋既是身體，又是靈魂。是人類存在的最初世界。[4]

　　　　　　　　　　　　　　　　　　　　——巴舍拉《空間詩學》

　　楊守愚作品中，故事圍繞著「家庭」發生，故事場域在家庭中或與家庭成員相關的篇章，在 59 篇小說中就占了 40 篇之多。這麼高的比例顯示了對楊守愚而言，「家庭」的重要性不言而喻。「家庭」建構於「家屋」這個空間之中，巴舍拉（Gaston Bachelard）認為這樣的一個空間是包含人類意識的居所：「在家屋和宇宙間的這種動態對峙中，我們已經遠離了任何單純的幾何學形式的參考架構。生活體驗中的家屋，並不是一個了無動力的盒子，被居住過的空間實已超越了幾何學的空間。」[5]家屋的概念被轉換了，由一個剛硬冷冰的四方形建築結構，提升為柔暖而富有情感的窩巢。或如克蕾兒・馬可斯（Clare Coopers Marcus）之言，更是一個與個人過往經驗相關，隱藏了複雜情緒與感受的環境。[6]在這樣的前提之下，後人更可以藉由楊守愚的小說作品來審視楊守愚隱藏在其家屋書寫之下的種種情懷與意識型態。

　　楊守愚的作品中參雜了自傳性色彩，如〈嫌疑〉、「碰壁」系列，都

---

[4]加斯東・巴舍拉著；龔卓軍、王靜慧譯，《空間詩學》，頁 68。
[5]加斯東・巴舍拉著；龔卓軍、王靜慧譯，《空間詩學》，頁 116。
[6]概念取自克蕾兒・馬可斯（Clare Coopers Marcus）著；徐詩思譯，《家屋，自我的一面鏡子》（*House As a Mirror of Self: Exploring the Deeper Meaning of Home*）（臺北：張老師出版社，2000年）。

是藉由第三者的角度，在文字中發洩自己在生活上遇到的困境與心中的不滿、無奈、痛苦等各種感受。〈嫌疑〉的啓宏因為一次的聚會就被視作具有反抗思想的異議分子，被警方逮捕、偵訊，並且受到極不禮貌的對待，正如楊守愚自己曾經因參與「臺灣黑色青年聯盟」而被警方逮捕（1927年），遭拘役 17 天。事後雖因涉入不深而被釋放，但是這十多天的拘役生活想必令楊守愚十分痛苦；在警局所遭受的冷眼對待，也使他感慨臺灣人民處於低賤社會地位所帶來的不如人的感受。而「碰壁」系列中，楊守愚則化身為王先生，以第三人稱的角度書寫一介知識分子，無法藉由這唯一拿手的才能，賺取足以餵飽家中老小的薪水，反而要在借貸與還債之中徘徊痛苦。小說中的王老師期望成為造福莘莘學子的學堂名師，或寫出傳世著作的名作家，這些宏圖大志都因現實生活的殘酷而受到阻礙。

除了知識分子的生活困境之外，楊守愚也擅寫農工階級靠天吃飯，亦靠命運吃飯的生活。他們對自己的生命失去了掌控能力，面對必須日日注意觀察的天氣變化，以及不知何時會爆發的人為刁難，小農窮工的生命之中充滿太多無法預測的變數與挑戰。即便闖過一關，也無法保證之後的日子能夠平順無憂。另外還有社會的弱勢群體——畸零人，如失業者、乞丐、攤販業者等，都是居於社會層級中低階的一群，有些沒有固定的居所、穩定的職業；有些則必須在工作之餘躲避警察的追捕。由於貧窮纏身所以遭人看不起，也使他們在求職或工作路上充滿艱辛。如〈瑞生〉的主角因經濟不景氣而遭裁員，為肩負起養育家人的責任，離家求職未果，卻陰錯陽差的被當做白吃白喝的無賴一樣，被以輕蔑的眼光看待。試想，若同樣的事情發生在社會階級較高的地主或高高在上的日警身上，眾人必定以不同的標準看待，甚至還會主動為他們的行為辯駁、自圓其說一番。如此因人而異社會標準，正是楊守愚欲藉由小說寫作所表述的社會不公義之處。

在貧窮之外，楊守愚一家也深受疾病的影響。從楊守愚親筆記錄的日記中便可得知，楊守愚本人與家人的健康狀況皆不好，或許源自早期衛生環境欠佳而導致疾病叢生；可能是因為楊氏經濟狀況不佳，使家人無法獲

得完善的營養而造成；也可能是家族基因的影響，以致於一家人的身子骨都較為虛弱。[7]因此「疾病書寫」也是楊守愚小說中的重要一環。蘇珊・桑塔格（Susan Sontag）認為，作家在描述病患時，會將疾病背後所隱含的意象投射於作品之中，同樣的，楊氏的疾病書寫則隱含了他個人的主體意識。肺癆為貧乏之病，不僅呈現了物質生活的匱乏與不足，更意指夢想的未完成。〈一個晚上〉的穆生夫妻為了追求夢想而離家自組小家庭，無奈妻子罹患肺癆不久於人世，楊守愚描寫她對於無法在有生之年看到小家庭在社會主義之下獲得人人平等的生活，可感受到具象的落寞、不平與遺憾之感。〈鴛鴦〉與〈誰害了她〉同樣敘述家庭中的男子因工作意外，斷腿而無法繼續工作，只好將家庭經濟重擔交予女性負責。斷掉的腿象徵男子失去了主宰家中一切事務的父權，一旦從經濟重位卸任後，便必須依靠女性才能夠維生。這種主權易位的改變令男性難以適應，加上自尊心作祟，故使他們常以輕蔑的態度、不信任的眼光對待辛苦工作的女性。最後的瘋癲書寫則是楊守愚對於舊時代陋習的一種反動，藉由〈瘋女〉紫鳳得知將嫁給一名無賴而發瘋的故事，抨擊傳統社會女子對於自己的婚姻大事無置喙的餘地，而必須遵從媒妁之言，將一輩子幸福交予未知的傳統禮教。而〈做扣〉則是諷刺舊時社會中，迷信神鬼之說，以做法、下降頭等方式傷害別人或謀求利益的愚昧行為。藉由發瘋，主角得以跳出原本無法改變的命運，活在只有自己的世界裡。不論真瘋或假癲，這不啻為一條逃離宿命之路。

另外，即使來自同一個家庭，但各人所持有社會觀、金錢觀的不同，亦容易導致齟齬的發生，成為家庭成員爭執的原因。例如：男女婚嫁應聽從父母之命？抑或以自由戀愛較佳？茲以來自不同視角的〈瘋女〉和〈出走的前一夜〉兩篇小說的比較，做為楊氏對中國傳統舊習批判的例證。楊

---

[7]依據與楊香雲女士的對談，家族中有數位親戚，如楊洽人先生、楊錦雲女士、楊慧雲女士皆遺傳到肺部長水泡（囊腫）的問題。詳閱附錄 2012 年 5 月 11 日與楊香雲女士之訪談 006 段 18 分 21 秒至 19 分。

氏書寫女性在面對「聽從命令」與「自由戀愛」這兩種選擇時，心中兩造意識拉扯不休的掙扎心境十分寫實透澈。夫妻二人之間若無法持有同樣的觀念，便會造成爭吵不斷的狀況，例如〈決裂〉中朱榮夫妻對於社會運動持有對立的看法，不免使兩人產生隔閡，婚姻關係也難以維持。〈難兄難弟〉及〈商人〉都描寫了兄弟之間為了追求小錢小利與家人發生衝突，甚至鬧得不愉快而撕破臉。〈遺產〉中的阿大與阿二為了爭奪父親的遺產，甚至在父親的靈堂前大打出手，雙雙掛彩。「金錢不是萬能，但沒有錢卻萬萬不能」，這些視錢如命的男子可說是為這句話創造最具體的例子。在貧窮的日治時期，販賣子女的事件時有所聞，父母懷著悲哀而無可奈何的心情將子女賣掉，換得寥寥無幾的金錢或物品卻只夠填補家庭中短暫的用度。被捨棄的子女則從此過著低賤不如人的生活，一個原本完整的家庭從此破碎不堪。

　　楊守愚的家屋書寫被貧窮與疾病纏繞，文章當中充滿了陰暗的晦氣；家人之間相處不甚和睦，在貧病與生活壓力的折磨下，互不容忍、體諒，因此家庭成員之間的聯繫脆弱而易碎。這是楊守愚筆下的「陰暗家屋」。不同於巴舍拉所描繪出光明而充滿希望與夢想的家屋意象，楊守愚反向的陰暗家屋意象實際是意有所指的：暗示日治時期的整體社會環境是呈現晦暗、混亂、人民生活不穩定的狀況。「覆巢之下無完卵」，當大環境動盪不安、秩序紊亂、貧病交織，則這個社會底下的家庭有相同的境遇，也就不足為奇了。

（二）見微知著，睹始知終的家國論述

　　「家」與「國」的概念是交錯而緊密相關的，從家屋寓言做為起始點，我們可以透過楊守愚的小說中來觀看日治時期的整體社會及國家主體。雖然楊氏作品多以家庭做為論述主軸，但是從一個家庭所遭遇的生活困境，以及小說中的角色與命運搏鬥，在生活中苦苦掙扎的片段中，我們得以獲知當時種種社會情況。

　　貧困的農工階級向來是楊守愚小說中的重要角色，他擅長將農工階級

看天吃飯、在夾縫中求生存的苦難生動描繪。由於社會地位的不平等，政府缺乏完整的土地政策，加上早期水利工程不夠完善，農民的生活辛苦可想而知。他們無法擁有耕作土地的所有權，還得年年繳納龐大的佃租與穀稅，才能夠獲得耕種的權利。若老天賞臉，農民得以收穫足夠的稻米繳清佃租，或許還能剩下足夠的糧食餵飽家人；若老天不賞臉，別說繳納佃租，就連填飽自己的肚子都是大問題。除了天氣問題的困擾之外，地主與政府也常藉故調漲地租或增加稅收，使農民原本就辛苦的生活更添壓力。屬於無產階級的工人在日治時期也屬於社會上不受重視的一群。他們的工作權益未受保障，在經濟不景氣的年代常面臨失業的危機。當人民為了求得更好的生活而參與民眾運動，發表想法、爭取自己的權利時，卻會因為與文化協會或民眾運動扯上關係而被列為黑名單，甚至因此失業、時常遭受警方查緝，對於生活影響很大。楊守愚本人參與文化活動的紀錄並不多，或許與肩上承擔的家庭責任重大，不願涉入敏感活動有關。然而，藉由小說的書寫，仍得以記錄這些社會上的弱勢群體所受到的不平等待遇，並為其發出不平之聲。

另外一群楊守愚小說中關注的群體是受到中國傳統禮教束縛的女性。「男尊女卑」在早期農業社會中是難以扭轉、根深蒂固的觀念。男子一出生就具有優於女子的社會地位，是不容顛覆的「常理」；而女子自小大門不出，二門不邁；她們不需接受教育，只要學習三從四德、針黹繡花，等待及笄之年後嫁為人婦，誕下男丁，傳宗接代，畢生的任務就算是完備了。正因如此，當一個貧困的家庭需款孔急，被迫販賣子女換得金錢之時，被犧牲的通常都是女孩。這些女孩或做為童養媳，或賣為奴僕，或者淪落風塵，對於自己的未來只能默默接受。

日治時期工廠林立，需要大量人手，故女性得以離開家中，進入工廠成為工作人力之一。女性角色雖然開始向外發展，但是職場上層出不窮的騷擾事件卻成為女性外出工作的最大危機。楊守愚所著〈誰害了她〉及〈鴛鴦〉便是以兩位受到工廠主管性騷擾及侵害的女性為主角，寫出她們

感到的折磨與不堪。受害者鴛鴦與阿妍長期遭到會社監督在言語和行為上的騷擾，礙於監督的權大勢大，害怕丟了工作，更擔心他人評議的眼光，因此敢怒不敢言，也造成監督越來越放肆的行為。鴛鴦不敢抗拒監督的邀請而與他對飲，幾杯黃湯下肚後，被借酒裝瘋的監督強暴。身心俱疲、痛苦不堪的鴛鴦返家後沒有臉面對丈夫，無法開口解釋自己所受的傷害，導致夫妻失和。阿妍不願告訴父親受到騷擾，只好勉強自己上班，卻為了逃避監督的騷擾而失足掉入大圳中溺死。女性勞工在職場上所承受的壓力不僅來自工作場域，也來自家庭成員的不支持、不體諒，對鴛鴦和阿妍來說，家人的不夠體諒與拒絕理解他們所承受的痛苦之行為，是心中壓力的主要來源。「男人把家視為理所當然，甚且要求女人去經營這個空間。對於女人而言，家除了親密、安全之外，家也經常就是勞動的場所，甚且是經驗家庭暴力的地方。」[8]楊守愚運用如此極端的結局強化了他所欲表達的女性勞工之苦，藉以控訴整體社會及職場，乃至於男尊女卑的家庭結構，對女性都是十分不公平的。

死亡書寫亦是楊守愚的小說中常使用的議題。這些角色因疾病、飢餓、戰爭、天災或人為原因而死亡，每一個個體的死因都讓讀者對日治時期有更多的認識。例如〈生命的價值〉的小婢秋菊被主人打死，顯示當時的奴僕被主人視為「物品」，沒有自己的聲音；主人不僅買走了奴僕的自由，更擁有掌控他們生死的權力。〈沒有兒子的爸爸〉中主角的父親及兩個孩子都因戰亂而死亡，說明日治初期大小動亂不斷，導致社會動盪不安。楊守愚所記下的悲慘故事不是突發的特例，而是當代的普遍狀況，藉由楊氏敏銳的眼光與悲天憫人的視角，我們得以接觸日治時期的社會黑暗面，並且更深一層的碰觸市井小民的真實人生。

楊守愚以文字記錄了社會底層分子，如農工階級、女性同胞的心聲與痛苦，並以死亡書寫揭露日治時期對於弱勢族群的種種打壓、迫害行為。

---

[8]畢恆達，〈家的想像與性別差異〉，《空間詩學》，頁 16。

我們可以看到日治初期的臺灣民眾在生活中常常面臨各種考驗：由於治安不佳，因此常有零星戰亂發生；衛生環境髒亂導致疾病叢生；農工階級經濟拮据，無法支付生活日常開銷或政府、地主的稅租；女性同胞地位低下，沒有權利決定自己的人生。藉由書寫「家庭」，楊守愚其實更關注於包覆於諸多家庭之上的整體社會——「國家」。將觀察重點聚焦於家庭身上，以家庭做為社會的雛型，我們得以全面性觀看整體國家社會。身為後代的我們沒有辦法改變歷史，但唯有真正面對臺灣社會曾經真實發生的苦難與不平等，吾人才能避免同樣的悲劇在未來再度上演。

（三）服從或抵抗？——從傷痛中成長的後殖民詮釋

「後殖民文學的重要意義，乃在於抵抗權威體制的延伸，並且也在於批判權力支配的氾濫。」[9]曾經是殖民地的臺灣，必須以臺灣本土的角度出發，重新體認自身、建構由臺灣人民所搭建起的臺灣主體意識。日本政府對臺灣島民的殖民策略，主要是以嚴厲的法律做為手段，由警察機關執行管理與控制。楊守愚小說清楚揭示警務機關及政府官員對於高低社會地位者所展現的不同執法態度，如〈美人照鏡〉中狡詐多謀的鄭姓秀才因為家有恆產且平日結交官府，在地方上呼風喚雨、武斷鄉曲，累積不少民怨。當乩童傳達要拆除鄭家大厝的旨意時，鄭秀才暴跳如雷地「命令」總甲逮捕乩童，交由縣衙發落；而當長期受其打壓的人民集結要燒掉鄭秀才的大厝時，鄭秀才竟能「呼喚」縣太爺到府內坐鎮：「『不肯！哼，我姓鄭的事，他們還敢不肯！』」（〈美人照鏡〉，《楊守愚作品選集（下冊）》，頁392）從鄭秀才驕縱囂張的態度，便可得知他在鄉里中的實力雄厚，可以左右官府與警方辦事方針。

反觀一般小民，與鄭秀才一比，簡直就是手無縛雞之力的弱者。如〈十字街頭〉、〈顛倒死？〉中的眾警察鎮日巡邏街上、為難攤販，仗著自己的權勢逼著小販打折送禮、巴結奉承；稍有不如意便惡意踢倒攤子，

---

[9]陳芳明，《後殖民臺灣——文學史論及其周邊》（臺北：麥田出版公司，2002年），頁125。

或逕行逮捕違規攤販，動輒打罵不斷、亦或罰以罰金、拘留，小販簡直沒有一天好日子過。或是〈罰〉、〈瑞生〉、〈決裂〉等篇章中，都可見到警察以凶惡的態度、不饒人的打罵行為，毫不留情、不手軟的對待無力反抗的小民。小民既無申訴的管道，更無反抗的勇氣，只能默默承受、忍讓。即便有文化協會等為民發聲的團體實行講演活動，發表抗議之言，但是在日本政府的嚴厲管控之下，這些抗議之聲遭受打壓，無法激起實際有效的改變。楊守愚同為無力對抗的一介百姓，在字裡行間流洩出長期累積起來，對警察與政府機關的不滿心態。

日本政府治臺期間為發展經濟而興建工廠、組織會社，帶動經濟成長，增加臺民就業機會。然而，工廠與會社的監督卻濫用職權，對認分工作的女性勞工伸出魔爪，逞其獸慾。監督不覺得自己有錯，反而認為受害婦女是得到「獲得青睞的好運」，應該要感到竊喜才是。而臺灣人民對於女性勞工在職場受到騷擾或侵害的事件，通常採以視若無睹的態度，或者以負面的批評眼光看待受害婦女，認為女子不守婦道、丟人現眼。這樣視而不見的社會風氣不異默許了會社監督的惡行，助長其惡勢力的發展，受到傷害的是更多的弱勢婦女同胞。楊氏以監督者自以為是、高高在上的態度，鑑照出被壓迫者女性勞工弱小、無助的受害悲情，這兩端強烈的對比，使人更為女子掬一把同情之淚。

除此之外，臺灣保正和地主、地方仕紳等角色也是在楊守愚小說中具有權威性的角色。然而，正如上文所敘述的警察、監督一樣，這些權威性角色同樣利用他們的職權侵害臺灣人民的權利，使本來就過著辛苦日子的臺民生活更是雪上加霜。臺灣人民在殖民地上擁有兩個主人，一是日本殖民政府與日本官方、警察、監督等，第二則是同樣擁有管理權限的臺灣警察、保正、會社監督與地主。但令人感到心寒的是，擔任警察與監督的臺人不但沒有尊重同樣生長在這塊土地上的同胞、維護自己人的權利、保護自己人的安全；反而藉由職務之便，與日人一同打壓同胞、占盡便宜。如此一來，臺民必須同時滿足日、臺管理階層的需求，其生活的辛苦、困難

與壓力可想而知。

　　藉由楊守愚的作品，觀看日治時期的臺民在威權體制下苟且偷生的片段，不僅令人鼻酸，更使我們對於當時市井小民黯淡的生活與所承受的沉重壓力有更具體的感受。雖然楊守愚並未大刀闊斧地批判日本殖民策略，但是讀者可以藉由作品探知楊氏對於殖民地臺灣所遭受到的打壓而在心中激起的陣陣漣漪。不論日本政府對臺策略的影響為何，我們更應關注的是臺灣人民在歷史洪流的沖擊之下蛻變後的樣貌。吾人是否能夠正視臺灣在歷史上所遭受的種種挫折與苦難，並再次建構「臺灣」主體，才是經過歷史洗禮的臺灣島後人更應重視的主題。

二、楊守愚小說作品之定位與價值

（一）保存臺灣本土語言文化

　　日本殖民臺灣五十年，使臺灣在被動的狀況之下，被迫接受殖民地所需面臨的國族認同考驗，「每每為臺灣現代意識的萌芽，抹上陰暗底色。」[10]但不可否認的，日本政府也的確在臺灣進行多項建設，推動臺灣的現代化。尤其在文化建設方面，臺灣整體進步更是明顯，以教育推廣層面而言，1905 年臺灣島有 180 所公學校，約兩萬八千位學生；而到了 1932 年，全臺公學校數量遽增至 762 所，學生數量也激增至二十九萬一千人左右。除此之外，國內閱讀市場也大量增加，如臺灣最大的《臺灣日日新報》發行量在 1924 年至 1939 年的 16 年間就增加了 3.6 倍，達六萬八千份左右。[11]

　　如此卓越的建設成績固然令人驚嘆，但不能忽略的是，這樣的文化素養是建立在日語基礎之上。殖民者以「語言」做為殖民的主要手段並不僅見於日本殖民政府，法屬殖民地馬提尼克的黑人努力學習說出一口流利的法語，向白人看齊。他們因此放棄自己的母語→放棄自己的行為模式→放

---

[10]王德威編選，《臺灣：從文學看歷史》（臺北：城邦文化公司，2005 年），頁 129。
[11]王德威編選，《臺灣：從文學看歷史》，頁 129。

棄自己的文化記憶→放棄自己的人格，最後，如法農（Frantz Fanon）所言，他們遺忘了自己，從世界消失。[12]殖民政府不以暴力做為使殖民地順從的手段，而是從文化、經濟層面掌控殖民地，受殖民者若要在未來占得一席之地，則必須妥協於殖民者的語言和文化；殖民政府便以此手段令殖民地的原始文化逐漸萎縮、以致消失。

在賴和過世之後，楊守愚曾作〈小說と懶雲〉予以紀念，從此篇著作中可知楊守愚是會書寫日文的，但楊守愚始終未使用日文進行寫作。在日本頒布禁用漢文的政策之後，楊守愚因為無法以漢文發表小說作品，故轉戰漢詩創作，持續以寫作做為抒發心聲的管道。楊守愚身為臺灣本土作家，終其一生以臺灣話文寫作，以最具有「臺灣味」的方式保留屬於這塊島嶼的語言與文化記憶，這也是最能表達其臺灣主體意識的歸屬。

（二）書寫日治時期社會現實困境

在閱讀楊守愚的小說作品時，讀者必須先做好心理準備，其故事的色調晦暗陰沉、鬱鬱寡歡，不是做為打發時間的商業小說。而這是因為楊守愚小說的創作題材多提出了社會上需要關注的那一面，如普遍的貧窮現況、農工階級生活貧困、環境衛生不佳，疾病叢生、貧富階級地位差異大、女性受到多重打壓等，這些問題都經由楊守愚的書寫而保存下來，可供後人對於日治時期的生活情況有更多的了解。

楊守愚的小說作品從未出現「從此，主角便過著幸福快樂的日子」的童話般結局，這些作品投射出楊守愚的生命歷程，他所經歷的生活環境與當時社會狀態，並未帶給他富足愉悅的生活，反而使他總是在經濟壓力下夾縫中求生存，一直都無法提供家人富足平和的日子。

不可否認的，這樣生活水平低靡問題並不只存於楊守愚的家庭，而是日治時期的普遍狀況。楊氏便將這樣的感慨與無奈帶入寫作之中，他不使用華麗的辭藻或煽情的詞彙；他並不是要營造慘無人道的悲劇氛圍，而僅

---

[12]參閱弗朗茲・法農（Frantz Fanon）著；陳瑞樺譯，《黑皮膚，白面具》（*Peau Noire, Masques Blancs*）（臺北：心靈工坊文化事業公司，2005 年），頁 15。

僅是將眼中所見，耳中所聞如實地呈現在讀者面前，也就是這種樸實無華的筆觸，才能使其作品打動人心。

（三）為日治時期以中文寫作最多作品的作家

楊守愚為日治時期新文學作家，在同鄉賴和的鼓勵之下開始投入文學創作之路。曾在 1934 年與張深切、楊逵等人籌組「臺灣文藝聯盟」，並曾為彰化漢詩社「應社」和「慶社」成員，進行漢詩的創作。楊守愚熱衷參與日治時期的新文學創作，從日記中可以看出楊守愚對於推動刊物的出版投注大量心力，除了參與邀稿、審稿之外，也自行創作投稿。他的作品曾發表於《臺灣民報》、《臺灣新民報》、《臺灣文藝》、《臺灣新文學》、《臺灣文化》等刊物上。

根據目前已出版的作品加以統計，楊守愚曾以臺灣話文創作小說約 59 篇、劇本 1 篇、隨筆 3 篇、民間文學 3 篇、新詩創作約 26 首。而在日本政府發布禁用漢文策略後，楊守愚為了繼續以漢文創作，改變創作方向，以漢詩創作為主，據傳創作漢詩曾達千首，然現知僅存約兩百四十九首。由此可見，楊守愚可算是日治時期的新文學作家中，以中文創作文學作品數量非常豐碩的作家。

（四）溫和而漸進的反擊

在楊守愚的小說中，最可憐的莫過於那些沒有背景靠山、缺乏關係手段的市井小民。他們所扮演的角色都只有受害受苦的份，在日本政府、警務機關、會社監督、地主保正等人的打壓之下，不曾有過一天好日子。楊守愚的作品較少寫出小民們展現明確的反擊行為；就算作品角色積極地參與民眾運動，其下場也都是遭到警方的毆打、逮捕，或是關入大牢內。其小說較缺少強而有力、積極反抗的意識，或許是圍限其作品發展的原因。

楊守愚的日記中細細記錄了家庭成員的各項需求與互動，不難看出楊氏十分愛護家人子女，也顯示家庭對他的重要性。楊守愚身為一介知識分子，之所以沒有積極參與社會活動，反抗日本殖民政府，或許正是因為重視家庭的楊守愚無法狠心捨去嗷嗷待哺的一家老老小小吧。此外，楊守愚

的寫作風格溫和，在論及日治時期不公義事件時，楊氏少在字裡行間直指
問題之所在或抨擊日本政府之差別待遇，而較常將其內心的反動隱藏於角
色間的言談。「殖民地作家在抵抗殖民者的權力支配時，有時並不是採取
正面抵抗、批判的態度，而是以消極流亡的方式來表達抗議精神。」[13]陳芳
明曾如此解釋殖民地作家以作品表達抗議的手法。以這個角度來解讀楊守
愚作品的風格，更印證了楊守愚不是無話可說、不是對社會狀況無感，而
僅是選擇了另一種表達方式──以如實呈現社會面貌的小說作品，做為消
極抗議的手段。

在此，筆者借用許俊雅教授之言為楊守愚的創作下一結語：

> 文學作品與時代、環境息息相關，或許對小說中的政治與經濟問題、婚
> 姻與愛情問題……的認識，將有助於我們略窺上一代人生活的舞臺，並
> 多了解一些他們走過的崎嶇不平的道路，因為先人付出了相當高的代
> 價，才有今天臺灣社會的富庶熙攘。如果小說作品不論好壞，皆足傳
> 世，其意義往往也就在於此。[14]

依據此論，筆者認為楊守愚小說雖然缺乏積極而主動的反抗意識，但是楊
氏以簡單易懂的文字大量記錄日治時期的生活概況，以具象的文字堆砌出
立體的歷史紀錄，讓後代子孫可以串起臺灣島的歷史演變，也得以對日治
時期的臺灣社會有更深一層的認識。這是楊守愚小說作品的傳世價值，更
可藉此奠定其小說在日治時期作品中的地位。

---

[13]陳芳明，《後殖民臺灣──文學史論及其周邊》，頁31。
[14]許俊雅，《日據時期臺灣小說研究》（臺北：文史哲出版社，1994年），頁143。

附錄　楊香雲訪問稿

時間：2012 年 5 月 11 日　16：40

地點：於楊香雲彰化家中

參與訪談人士：楊香雲（楊守愚么女，以下簡稱「香」）

　　　　　　　王鈴華（楊守愚三女之長媳，以下簡稱「鈴」）

　　　　　　　陳秀華（楊守愚三女之三媳，以下簡稱「秀」）

　　　　　　　筆　者（楊守愚外孫之長女，以下簡稱「安」）

錄音檔案：005 至 007（僅附上論文中提及的 006 段）

（006 18'21～19'48）

鈴：那阿公他沒有水泡嘛？

香：有啊！不然身體怎麼那麼差，那麼瘦。

鈴：那這也是一樣，腎臟有長水泡。

香：有囊腫啊。

安：好像看他上面寫到「癆」，肺癆的那個。

香：沒有啦！肺癆沒有欸！

鈴：他後來的併發症的樣子。

香：他說肺癆說怎樣？

安：沒有，他說癆病，沒有說肺癆。

香：癆病，他說肺癆那個癆嗎？沒有。我沒有聽他說過。

秀：所以比較是 cancer。

鈴：欸，水泡引起的一些併發的。

秀：水泡或是囊腫。

香：那是平常，但是致命傷應該是癌症。皮膚癌轉移，不知道轉移，不知
　　道到哪裡去。他們那時候在猜不知道是不是到肝，還是什麼，也不知
　　道啊。

——選自林容安〈楊守愚小説的家國寓言研究〉
　　新竹教育大學人資處語文教學碩士班碩士論文，2013 年 7 月
——修改於 2016 年 5 月 31 日

同樣是一個太陽

戰後楊守愚政治心境之轉換

◎吳明宗[*]

一、前言

　　楊守愚，本名楊松茂，1905 年生於日本殖民時期（後文簡稱：日殖時期）臺中廳線東堡彰化街，1959 年逝世，享年 55 歲。楊氏為臺灣日殖時期重要作家，被認為是戰前臺灣小說家中，筆名與作品數量最多者。[1]除小說外，楊氏在漢詩、新詩、民間文學與戲劇等方面也碩果累累，目前由後人編有：《楊守愚集》、《楊守愚作品選集：小說、民間文學、戲劇、隨筆》、《楊守愚詩集》、《楊守愚作品選集——詩歌之部》、《楊守愚作品選集（補遺）》以及《楊守愚日記》等。

　　由楊守愚已出土之作品來看，其在小說與新舊體詩方面創作最豐，因而研究者也多就這些作品進行討論。其中，黃武忠〈楊守愚的小說世界〉是較早開始討論楊守愚作品者。黃氏在文中寫道：「其（楊守愚）小說作品，取材範圍相當廣泛，有日本警察的殘暴真相，地主與佃農間的糾葛，製糖會社的剝削農民，失業者的悲苦，封建社會下女性的哀運……等。環繞著這些主題，所寫出的小說作品，給人感覺最深刻的——就是『貧窮』的氣氛。」[2]進而，在語言使用方面，黃氏認為楊守愚對白話文運用較同時期作家流暢，更可貴的是他能在小說中運用俚語俗諺，以此豐富小說語

言。同時，黃氏尚將楊守愚與賴和做比較，指出楊氏之作品「受到賴和的影響，仍然堅持寫實傳統，記錄社會的眾生相。」[3]然而，「楊守愚的文字運用，應比賴和流暢，諺語的使用則是賴和所不及的。題材層面的描述上，也較賴和要寬廣，但是反抗意識便較賴和溫和許多，有些作品已趨向嘲弄的意味。」[4]筆者以為，黃氏的文章不僅初步點出楊守愚小說之主題與調性，也注意到其語言使用上的特色，為後續楊守愚相關研究提供許多可進一步討論的議題。

　　1991 年，由張恆豪編輯的《楊守愚集》問世，張氏在集中寫有序言〈無產者的輓歌──《楊守愚集》序〉。在文中，張氏就楊守愚小說提出三點重要性：（一）他是先行代中文小說家最多產的一位；（二）其作品具有鮮明的社會主義色彩，題材亦具有繁複的多樣性；（三）其小說技法，寫實的多，反諷的少，是批判現實的寫實主義者。[5]從這些文字可以看到張氏對楊守愚有多肯定，然而他在文末仍寫道：「其（楊守愚）作品缺乏一種分析的、知性的思辨，也缺乏對於人生遠景的揭露，不免令人覺得遺憾。」[6]可見，張氏認為楊守愚小說往往在揭露黑暗後留下無解的結局，缺乏對人生方向的指引，這點是其藝術表現上的缺陷。

　　另方面，《楊守愚集》亦收錄古繼堂〈楊守愚及其小說〉一文。古氏在文中除了就〈凶年不免於死亡〉、〈誰害了她〉、〈決裂〉等作品進行深度解析，尚指出楊守愚之小說有以下特點：

> 一、清楚地表達了臺灣的惡地主和日本占領者相勾結，狼狽為奸壓榨勞動者；二、明白地指出在日本帝國主義奴役下的臺灣，不是局部不好，而是全部潰爛；因而對它絕不能存任何幻想；三、明確指出統治者規定

---

[3]黃武忠，〈楊守愚的小說世界〉，《文學界》第 11 期，頁 68。
[4]黃武忠，〈楊守愚的小說世界〉，《文學界》第 11 期，頁 68。
[5]詳見張恆豪，〈無產者的輓歌──《楊守愚集》序〉，收錄於張恆豪主編，《楊守愚集》（臺北：前衛出版社，1991 年），頁 13～14。
[6]張恆豪，〈無產者的輓歌──《楊守愚集》序〉，《楊守愚集》，頁 14。

的法律，對被統治者是無效的，被統治者不但不應遵守，而且應該反對……；四、站在被壓迫一邊，將階級觀念引入作品。[7]

從殖民主義與階級觀點出發，古氏的文章點出了楊守愚作品中的左翼性格，其多數小說乃是為日殖時期受壓迫的臺灣人民而作，而非休閒娛樂的產物，而楊守愚文學中這種社會主義的左翼性格，也成為日後研究者不容忽視的一道風景。

在《楊守愚集》出版後，施淑也發表文章〈在前哨──讀楊守愚的小說〉，專文討論楊守愚之小說。在該文，施淑對楊守愚作品中的寫實主義精神亦與前人有相同看法，因而她認為楊守愚「寫作的重心在於現實問題的探討」。[8]此外，施氏覺得在臺灣日殖時期作家中，楊守愚與王詩琅兩人較為相似，其言：

> 在思想傾向上，他們兩人年輕時代都曾參加臺灣無政府主義組織，因「臺灣黑色青年聯盟」事件遭到日本統治者整肅。在創作過程方面，兩人都閱讀中國大陸書刊，熟悉大陸文壇動態，受五四新文學運動影響。這些因素，使他們的小說除了深具臺灣本土特色之外，還與當時的中國左翼作家一樣，在思想上帶有 1920、1930 年代「世界新興文學」的批判的、前哨的、理想主義的性質。[9]

可以看到，施氏試從閱讀經驗以及思想方面，將楊守愚及其作品與中國左翼文學思潮建立連結，更進一步地延伸前述古繼堂之想法。文末，施氏如此評價楊守愚：「在被殖民的暗夜裡，就像那夢境中唯獨缺少『反動派』作家的一系列文學者名單一樣，他自己和他筆下的知識分子，連同無

---

[7]詳見古繼堂，〈楊守愚及其小說〉，收錄於張恆豪主編，《楊守愚集》，頁409。
[8]施淑，〈在前哨──讀楊守愚的小說〉，《國文天地》第77期（1991年10月），頁23。
[9]施淑，〈在前哨──讀楊守愚的小說〉，《國文天地》第77期，頁23～24。

聲地被時代消滅了的工農大眾，仍將永遠地屹立在 1920、1930 年代橫暴的
臺灣歷史和臺灣新文學的最前哨。」[10]由此可見，從反映殖民地現實的角度
來看，施氏高度肯定楊守愚之文學精神。

可以說，在以上的文章中，論者已對楊守愚的寫作精神以及作品主題
已取得普遍的共識。在此共識下，許俊雅〈楊守愚小說的風貌及其相關問
題〉則對楊守愚之小說有更細膩的分析。許氏之論文不僅對楊守愚之身世
背景與寫作題材有詳細的爬梳，對其小說所蘊含之思想內容亦有所整理、
析論。此外，許氏尚注意到楊守愚除了運用中國白話文寫作外，也嘗試以
臺灣話文創作，因而許氏便將楊守愚作品中的閩南語表現以 A、B、C 三級
加以分類，藉此將楊守愚作品在語言使用上的豐富性加以分析，進而許氏
發現：「楊氏 1931 年之後的作品以閩南語為創作基調的情形，並不如一般
人想像中之多，這或者透露了楊氏使用臺灣話文創作的困境。」[11]除此之
外，許氏也就某些問題與前行研究對話並提出個人見解。例如，對於文學
評論者（如前述張恆豪）為楊守愚作品「缺乏人生遠景的揭示」而感到遺
憾，許氏認為：

> 一般評價基點可說如未曾為陷入絕境的臺灣社會、人民指引出路，未曾
> 擬出一個積極、建設的寫作方向，即是一缺失。然而個人在閱讀完守愚
> 所有的短篇小說之後，卻認為揭露現實黑暗面的作品，沒有必要一定要
> 提出一個改造社會、人生的方案。在果戈理、法朗士、魯迅的作品中都
> 沒有直接美好的人生遠景，但這並未降低作品的價值，也正因這些作者
> 對罪惡和暴行的毫不妥協，使他們得以列入那個時代最偉大的人道主義
> 者的行列。[12]

---

[10]施淑，〈在前哨——讀楊守愚的小說〉，《國文天地》第 77 期，頁 28。
[11]許俊雅，〈楊守愚小說的風貌及其相關問題〉，《臺灣文學散論》，頁 235。
[12]許俊雅，〈楊守愚小說的風貌及其相關問題〉，《臺灣文學散論》，頁 259。

可以說，許氏不僅在既有研究基礎上與前人對話，同時也為楊守愚小說建立一個更完整的研究框架。

至於在楊守愚詩作相關研究方面，施懿琳〈試論日治時期楊守愚的新舊體詩〉可謂時間較早、較具代表性者。施氏以楊守愚寫於日殖時期的新詩與漢詩為研究對象，試從「無政府主義」思想、時代背景以及文學環境，分析楊守愚由舊詩而小說、新詩，後又轉回舊詩的創作歷程。施氏在文中指出：「楊守愚的新詩與小說一樣，皆立基於無政府主義者對『弱勢族群』的關懷，同時表現了對強權者的不滿。」[13]至於在漢詩方面，「批判時局、關懷弱者這兩方面的主題在舊詩作品中則著力甚少。」[14]對於這種創作上的轉變，施氏認為真正的原因不在於楊守愚「詩思枯竭、愁懷淹煎」，關鍵還是時代環境，其言：「政治的大力干預，使得真誠面對創作生命的作家，面臨了有苦難伸的致命斲傷。這是日治時期殖民地臺灣知識分子的悲哀，楊守愚文學生命由極度燦爛遽然轉為暗淡，便是至為明顯的例證。」[15]由於前人研究多集中在楊守愚的小說，因此施氏的論文很大程度的補充了楊守愚詩作之研究空白。

在以上這些具啟發性的研究發表後，楊守愚之作品漸受研究者關切。1998 年，由楊守愚後人楊洽人提供、許俊雅編輯的《楊守愚日記》出版，雖只有 1936 年 4 月至 1937 年 2 月之內容，卻為研究者提供了珍貴的文學史料，也幫助研究者尋得新的研究主題，例如，王美惠〈臺灣新文學「反迷信」主題的書寫——以賴和、楊守愚比較為例〉[16]即以《楊守愚日記》為材料探討楊守愚的「反迷信」思想。當然，仍有部分研究者試圖尋求新途徑討論楊守愚作品，例如：羅詩雲〈「國語」與「論語」——以楊逵、楊守

---

[13]施懿琳，〈試論日治時期楊守愚的新舊體詩〉，《中國學術年刊》第 20 期（1999 年 3 月），頁 517。

[14]施懿琳，〈試論日治時期楊守愚的新舊體詩〉，《中國學術年刊》第 20 期，頁 532。

[15]施懿琳，〈試論日治時期楊守愚的新舊體詩〉，《中國學術年刊》第 20 期，頁 534。

[16]王美惠，〈臺灣新文學「反迷信」主題的書寫——以賴和、楊守愚比較為例〉，《崑山科技大學學報》第 2 期（2005 年 11 月）。

愚為分析對象〉[17]專文討論漢文與日語教育對楊逵與楊守愚的影響,並將議題延伸至時代下的集體記憶;林巧崴〈楊守愚古典詩意象研究〉[18]專門討論楊守愚漢詩的意象經營;徐舒怡〈楊守愚的文學世界〉[19]探討俄國文學對楊守愚文學之影響,同時也專章分析楊氏作品中的鄉土性與在地性;謝美娟〈日治時期小說裡的農工書寫——以賴和、楊逵和楊守愚為中心〉[20]、林惠禎〈日據時期農民小說人物與敘事分析——以蔡秋桐、楊守愚、張慶堂為討論中心〉[21]分從比較研究的視野,將楊守愚小說中的工農書寫與其他同時期作家一起比較;林容安〈楊守愚小說的家國寓言研究〉[22]則試著從家國寓言的角度分析楊守愚的小說。[23]

然而,在楊守愚相關研究累積豐碩成果的同時,卻也浮現一些研究上的問題,其一便是部分研究事實上並未能逸出前人研究框架,各研究之間的重疊性高。亦即,關於楊守愚及其作品之研究似已出現疲態。那麼,楊守愚及其相關研究是否仍有其它發展空間?在思索這個問題時,筆者發現既有研究幾乎多集中在楊守愚日殖時期作品,而鮮少涉及其寫於戰後的作品。究其因,應與目前楊守愚可見之戰後作品數量稀少有關。在相關出版品中,目前楊守愚可見之戰後白話作品只有新詩〈同樣是一個太陽〉、雜文〈賴和〈獄中日記〉序言〉、〈隨感錄〉、〈赧顏閒話十年前〉以及另外兩組

---

[17]羅詩雲,〈「國語」與「論語」——以楊逵、楊守愚為分析對象〉,《臺灣文學評論》第 7 卷第 1 期(2007 年 1 月)。

[18]林巧崴,〈楊守愚古典詩意象研究〉(彰化師範大學國文學系碩士論文,2007 年)。

[19]徐舒怡,〈楊守愚的文學世界〉(中央大學中國文學系碩士論文,2010 年)。

[20]謝美娟,〈日治時期小說裡的農工書寫——以賴和、楊逵和楊守愚為中心〉(中興大學臺灣文學研究所,2009 年)。

[21]林惠禎,〈日據時期農民小說人物與敘事分析——以蔡秋桐、楊守愚、張慶堂為討論中心〉(臺南大學國語文學系碩士論文,2011 年)。

[22]林容安,〈楊守愚小說的家國寓言研究〉(新竹教育大學人資處語文教學碩士班碩士論文,2013 年)。

[23]除以上研究外,在期刊論文方面尚有:康原,〈愛的追尋——楊守愚和他的親人〉,《現代文學名家的第二代》(臺北:業強出版社,1998 年)、翁燕玲,〈楊守愚小說中女性形象的表現及其相關書寫〉,《中正大學研究生集刊》第 2 號(2000 年)、陳兆珍,〈試論楊守愚小說中的女性關懷〉,《中國文化大學中文學報》第 15 期(2007 年);學位論文方面則有:周佩雯,〈楊守愚其作品之研究——以小說與新詩為中心〉(文化大學日本研究所碩士論文,2001 年)、嚴小實,〈楊守愚生平及其作品研究〉(靜宜大學中國文學系研究所碩士論文,2002 年)。

題目不詳的文章，漢詩部分由於多未記載發表時間，從標題與內容判斷應有〈偶成〉等近十首作品，這樣的數量與其日殖時期作品相比，自然不能相提並論，也難從中歸納出所謂的寫作主題與風格。

　　不過，細觀這些戰後作品，筆者認為仍微微地透出關於作家的訊息，特別是楊守愚在戰後對國府的看法與態度。是故，本文試以楊守愚寫於戰後之新詩、漢詩與雜文為研究材料，探討他在戰後於政治心境的轉換。

二、祖國來了：從期待到失望

　　1945 年 8 月 15 日，隨著日本在正午 12 時以廣播方式宣布無條件投降，第二次世界大戰終告結束，臺灣脫離日本殖民統治，改由國府接收。對許多內心懷抱濃厚祖國情懷的臺人而言，重回祖國懷抱為他們帶來莫大的喜悅，楊守愚亦是如此。1945 年 11 月，楊守愚在《政經報》第 2 期發表〈賴和〈獄中日記〉序言〉，文章雖為賴和而寫，卻難掩自身對於回歸祖國的喜悅。在文章的前半段，楊守愚力陳賴和之反抗精神，並指出賴和在解放運動上的想法受到魯迅影響，堅信要改變國民精神首推文藝方面的努力。進而，楊守愚如此總結賴和之精神：「楚雖三戶，亡秦必楚。因為先生覺得，只要民族意識不滅，只要大家能夠覺醒起來，不怕他帝國主義的強權怎樣厲害，他是相信我們總有一天是會得到出頭的。」[24]事實上，這不僅是賴和的主張，同時也是楊守愚長期的信仰，其堅信只要民族意識不滅，臺人必能戰勝殖民者日本。由是，站在臺灣脫離殖民統治的歷史時刻，楊守愚激昂地寫道：

　　不是麼？臺灣已經是光復了！被壓迫的兄弟都得到自由了！
　　在這萬眾歡呼之中，反而使我不禁流出眼淚來。很遺憾的，著力於改變民眾的精神的懶雲先生，他不能等著這光明的日子到來，他不能和我們

---

[24]楊守愚，〈賴和《獄中日記》序言〉，收錄於許俊雅主編，《楊守愚作品選集（補遺）》（彰化：彰化縣立文化中心，1998 年），頁 259。

　　一齊站在青天白日旗下額手歡呼，便被凶暴的征服者壓迫而死了！

　　雖然，我相信他在天之靈，一定在慰安地微笑著啊！[25]

可以看到，對於能夠脫離日本殖民統治，楊守愚心情既激動又愉悅。在楊守愚眼裡，戰後臺人終於擺脫了被壓迫的命運，全島為此無不歡欣鼓舞，而從「光復」、「光明」等詞彙，更說明他對國府充滿期待與肯定。面對新局，楊守愚不禁要在國府的旗幟下「歡呼」，同時也為未能親眼看到這一切的賴和感到惋惜。不過，楊守愚堅信，若賴和知曉這一切，必然也會感到欣慰，這某方面來說也是楊氏的自我心理投射。

　　事實上，從楊守愚寫於戰後的其他文字，我們不難理解其喜悅一方面來自對日本殖民政權的厭惡，另方面也建立在長期對祖國的憧憬之上。例如，在收於《楊守愚作品選集（補遺）》一篇沒有題名的文章中，楊守愚在行文間便常常不自覺地流露出其祖國情懷。文中楊守愚提到，賴和曾向他透露，將以在異族統治下的臺灣為背景，並以當時發生的人與事為題材，用假名寫一長篇祕密地在大陸發表。然而隔不到兩年，由於盧溝橋事變以及太平洋戰爭爆發，再加上賴和因被拘患上心病，這個寫作計畫最後就隨著賴和的辭世無疾而終。對此，楊守愚不禁感慨：「所以至今我還時時這樣想：像賴先生這樣大才，不幸竟生於彈丸之地的小島上，更不幸而生為不自由的日本帝國殖民，要是讓他生長於三山五嶽，黃河長江這樣一個壯麗遼闊的國土裡，不知又將創作出多少偉大作品哩。」[26]從楊守愚對賴和的情誼來看，這番感嘆無疑是對賴和之生不逢時，有滄海遺珠之憾。然而，我們卻也看到，當提到若能讓賴和生長於臺島之外時，楊守愚想到的除了中國別無他者，這點便可看出他深厚的祖國情懷。

　　在當時，像楊守愚這般因祖國情懷而對國府充滿期待的臺人不在少數，作家楊逵、葉榮鐘等也都曾在作品中表類似的心情。例如，葉榮鐘即

---

[25]楊守愚，〈賴和《獄中日記》序言〉，《楊守愚作品選集（補遺）》，頁259。
[26]楊守愚，〈無題〉，《楊守愚作品選集（補遺）》，頁270。

曾在〈臺灣經濟建設的原則〉中寫道：

> 臺灣現在是光復了，光復的具體底事實就是臺灣已經重返祖國的懷抱
> 了，土地是中華民國的版圖，人民是中華民國的國民，臺灣人已不是異
> 族的奴隸而是臺灣的主人了，換言之臺灣人的立場與光復前完全相反
> 了，這是臺灣人五十年來忍辱包羞為牛為馬所換來的一箇最寶貴最美滿
> 的對價。[27]

文字中流露的喜悅之情顯而易見，臺人在戰後初期的心情也可見一斑。

　　然而，回歸祖國的喜悅並未停留太久，楊守愚漸漸發現國府在臺施政
出現許多問題，這些問題分別與選舉、人員任用、民生問題等有關。在
〈防止投票〉中，楊守愚直言：「選舉是公民的權利，同時也是種義務，凡
是公民，誰也不能輕易放棄的。」[28]以此批評身為文化之都的彰化，竟在光
復後第一次選舉[29]出現阻止投票的現象。文中指出，由於發放選票的辦事員
太少，再加上選民普遍熱心參與投票，因而造成無法在截止時間前消化排
隊人龍，使市民無法如願完成投票、表達民意。對此，楊守愚批評：「在我
這一個憨百姓看來，這樣一片選舉民的熱意，是值得嘉許的，是應該使民
權盡量暢伸的，誰知道竟大反所料，不特截止受理，甚至連已經受理的公
民證，也一盡擲還。」[30]眼見現場留下幾百個排了一、兩個鐘頭，只為等待
行使「光復後最初的最有意義的選舉權」[31]的市民，楊守愚諷刺的寫道：
「他們那些做官的，大概還不曾見過選舉這麼一回事吧。」[32]

---

[27]葉榮鐘，〈臺灣經濟建設的原則〉，收錄於葉芸芸、陳昭瑛主編，《葉榮鐘全集 7 葉榮鐘早年文
　集》（臺中：晨星出版社，2002 年），頁 345。
[28]楊守愚，〈防止投票〉，《楊守愚作品選集（補遺）》，頁 265。
[29]戰後臺灣首次選舉應為 1946 年 2 月 8 日開始舉辦的「第一屆鄉鎮市區民代表選舉」，性質為直
　選，後續的「縣參議員選舉」以及「省參議員選舉」皆為間接選舉，由此可推論楊守愚所說的應
　是「第一屆鄉鎮市區民代表選舉」。
[30]楊守愚，〈防止投票〉，《楊守愚作品選集（補遺）》，頁 266。
[31]楊守愚，〈防止投票〉，《楊守愚作品選集（補遺）》，頁 266。
[32]楊守愚，〈防止投票〉，《楊守愚作品選集（補遺）》，頁 266。

　　固然，楊守愚所反映的問題一方面是因為國府在臺舉辦選舉經驗不足，以及對於選舉時限的嚴格要求，另方面卻也反映出國府漠視臺人參政熱情的現象。陳翠蓮在《臺灣人的抵抗與認同》即指出，陳儀政府不僅否定日殖時期臺人的參政經驗，甚至質疑臺人行憲與自治的能力。陳氏還引用當時官方報紙《新生報》的社論，指出當時國府認為「光復後臺胞高昂的民主參政熱情只是遭受日人長期壓抑後的精神反動」，因此要求臺人應該去除自滿、知所警惕、虛心學習、以俾行憲。[33]足見，當時國府對於臺人熱心政治的表現相當不以為然，自然也不重視選民的投票權利。諷刺的是，將楊守愚的意見與國府的態度相對比，則楊氏作為臺人，其對選舉真諦的認知，顯然要比輕視臺人的政府官員來得成熟，也無怪乎他會在文末那樣嘲諷官員。

　　此外，接收官員對臺人的輕視還表現在人員的任用上，楊守愚在〈當心著賠本〉寫道：「當公務員，在產業還沒復興的目前，總算是省民唯一的出路，也是能夠協力建設唯一的機會，無如今這一條狹隘的途徑，也發見此路不通了。」[34]楊守愚於此要批評的是在國府接收臺灣近九個月後，許多機關卻未頒發任用書給臺籍公教人員，使臺人毫無名分的工作著，卻又因不具任用資格而被迫「借」工資，一旦上司否認臺人在機關中的身分，則先前的工作都算做白工，但「借」的錢卻成了不能否認的債務，無疑是做了「賠本」的生意。

　　在眾多關於臺灣戰後初期的研究中，論及臺人與國府之隔閡，臺灣人才不被政府重視、任用是關鍵因素之一。在這之中，「國語」往往成為認用的重要依據，「能夠說流利的國語，變成進入政府任職的要件。」[35]陳翠蓮則指出：「臺灣民眾歡欣於復歸中國，以為從此可以『重做主人』。但祖國來的統治者以臺灣沒有人才、臺民不會國語文等種種理由，漠視臺灣人的

[33]陳翠蓮，《臺灣人的抵抗與認同（1920～1950）》（臺北：遠流出版公司，2012 年），頁 352～353。

[34]楊守愚，〈當心著賠本〉，《楊守愚作品選集（補遺）》，頁 266。

[35]蕭阿勤，《重構臺灣：當代民族主義的文化政治》（臺北：聯經出版公司，2012 年），頁 119。

期望，新政權的協力者則藉此保障自身的競爭優勢。」[36]以此對照楊守愚在〈賴和《獄中日記》序言〉中的狂喜，國府對臺人之態度不免讓人有再受壓迫之感，脫離殖民迎接新時代的喜悅正在逐漸消逝。

　　另一方面，楊守愚在〈臺灣版的民生主義〉開門見山地說：「民生主義，是在求得人民的經濟地位的平等，這是粗解三民主義的人，誰都會曉得的。但這是否如現行於公務員末代輔助辦法，那麼『平等』的意義，倒有待於請教精研黨意的大人先生。」[37]文字間不無反諷之意。有鑑於臺灣米價在國府接收後上看 50 市斤，楊守愚認為這種無視人民家庭負擔而「一視平等」的做法，實乃違背民生主義精神。而面對做官的可一日五餐，人民卻只能吃藷簽稀飯的亂象，楊守愚更憤怒的寫道：「不患貧而患不均，餓就大家一同餓。我想要不是具有先天下之憂，後天下之樂的崇高信念，臺灣模範省的建設，怕就等於空談哩。」[38]

　　對戰後初期臺灣興起的「三民主義熱」，徐秀慧在《光復變奏——戰後初期臺灣文學思潮的轉折期（1945～1949）》曾有一番深刻的討論，其認為戰後臺人雖普遍有接觸孫文三民主義學說的興趣，然而真正從批判的眼光閱讀者仍屬具左翼思想的文人：

> 左翼文化人將三民主義當作是改革社會的利器，他們對三民主義的熱衷並不等於絕對擁護國民黨政府，他們視三民主義為革命的主義，可作為建設新臺灣的藍圖，所以儘管「建設臺灣成為三民主義的模範省」是官方與民間文化人的共識，但是左翼文化人顯然認為「國民政府」不是革命的政府，而近似於封建帝國主義的政府。[39]

---

[36]陳翠蓮，《臺灣人的抵抗與認同（1920～1950）》，頁 344。
[37]楊守愚，〈臺灣版的民生主義〉，《楊守愚作品選集（補遺）》，頁 267。
[38]楊守愚，〈臺灣版的民生主義〉，《楊守愚作品選集（補遺）》，頁 267。
[39]徐秀慧，《光復變奏——戰後初期臺灣文學思潮的轉折期（1945～1949）》（臺南：國立臺灣文學館，2013 年），頁 122。

因此，「光復之初，人手一冊三民主義的臺籍知識分子中，左翼的知識分子
是出於社會的民主革命意識來認知三民主義，並非僅僅是出於『祖國意
識』盲目擁抱國民黨政府標榜的『三民主義』。」[40]

　　楊守愚在日殖時期曾加入無政府主義團體「臺灣黑色青年聯盟」，雖
他與郭克明「在無政府主義運動的推展上比較不是那麼積極，但是落實在
藝文活動的層面時，兩人卻都有具體的表現。」[41]同時我們亦可看到，楊守
愚之創作精神常與賴和、王詩琅等相提並論，富含濃厚的左翼色彩。因
此，這樣的左翼精神也決定了楊守愚接受三民主義思想的態度，成為批判
國府施政罔顧民生的依據。而三民主義做為國府在施行「中國化」的基
礎，陳翠蓮指出：

> 「中國化」論述的重點一面強調中國文化的優越性，一面彰顯三民主義
> 的重要性。國民黨機關報《中華日報》社長盧冠群主張重新建立民族文
> 化的基礎，包括三民主義信仰、民族至上精神、四維八德的民族德性
> 等。國民黨臺灣省黨主任委員李翼中認為必須使三民主義成為領導臺灣
> 文化運動的最高原則，方能使文化運動配合建設三民主義新臺灣的偉大
> 任務。[42]

但是，在這偉大的口號背後，國府官員自身卻無法落實三民主義之精神，
這看在楊守愚眼中不免感到失望，因而譏諷所謂將臺灣建設為「三民主義
模範省」恐將只是空談。

　　關於戰後飆漲的米價，葉榮鐘有如下回憶：「民國 35 年 1 月 11 日，長
官公署宣布放棄糧食配給制度，翌日並將各地農倉（農業會倉庫係日據時
代機構）之稻穀封存。不准製米配給，緣此糧價飛漲。」[43]可見，政府在糧

---

[40]徐秀慧，《光復變奏──戰後初期臺灣文學思潮的轉折期（1945～1949）》，頁 127。
[41]施懿琳，〈試論日治時期楊守愚的新舊體詩〉，《中國學術年刊》第 20 期，頁 509。
[42]陳翠蓮，《臺灣人的抵抗與認同（1920～1950）》，頁 364。
[43]葉榮鐘，〈臺灣省光復前後的回憶〉，收錄於葉芸芸等主編，《葉榮鐘選集・文學卷》（臺北：

食政策上的錯誤，是促成米價上漲的原因之一。但是更讓楊守愚不滿的是，國府往往濫用政治宣傳營造願景，實際上卻毫無作為，尤其面對 1946年的米荒，政府幾乎只有空頭支票，其在〈宣傳的效力〉寫道：

> 米啊！肥料啊！衣料啊！大批的、千噸、萬噸、萬萬噸……農民耕完了田地等肥下，市民洗清著鍋子待米炊，可是從民國 34 年一直喊過 35年，同樣還是大著嗓子喊：米，肥料，千噸、萬噸、萬萬噸，臺北號出帆，美國船入港，另一面呢？農民仍站在田畔望著萎黃的稻子，市民仍放著臭屁吃豬蹄。[44]

根據蘇瑤崇的研究，歷來對 1946 年臺灣米荒有眾多說法，然而主要原因卻與二戰以及國府官員的怠惰相關。受戰爭影響，臺灣在日殖末期糧食已出現短缺的現象，其減產原因主要與肥料不足、人力缺乏、颱風劇作、水利破壞等有關。[45]然而，戰後由於行總臺灣分署署長錢宗起並未積極了解臺灣糧食狀況，直至 1945 年 12 月才發現缺糧問題嚴重。所以，「因錢宗起的拖延，使相關工作在 1946 年初才開始；而糧食與肥料的輸入臺灣，又遲至 4月與 5 月之後。」[46]更嚴重的是：

> 新政府藉口糧食不足向聯合國善後救濟總署要求肥料援助，是以聯總提供 24 萬噸肥料協助臺灣糧食增產，但 24 萬噸肥料運抵上海後，只有 13萬噸多運來臺灣，更且這 13 萬噸多肥料卻僅不到一萬噸用於糧食生產，這一萬噸肥料也以超出合理價格的一倍售給農民，其餘則用於蔗糖

　人間出版社，2015 年），頁 150。

[44]楊守愚，〈宣傳的效力〉，《楊守愚作品選集（補遺）》，頁 268。

[45]蘇瑤崇，〈戰後臺灣米荒問題新探（1945～1946）〉，《中央研究院近代史研究所集刊》第 86 期（2014 年），頁 101。

[46]蘇瑤崇，〈戰後臺灣米荒問題新探（1945～1946）〉，《中央研究院近代史研究所集刊》第 86期，頁 110。

　　生產與其他用途。[47]

國府官員如此草率處理糧食問題，不僅造成前述米價高漲的現象，也使民眾逐漸喪失對政府的信任。有鑑於此，楊守愚向政府提出警告，其言：「虛張聲勢，有時也能嚇慌了對方，但一被看出了破綻，這反動可不是玩的。不信，請試看米、麥粉、甘藷的騰勢！」[48]

　　從內容來看，本節所討論之文章多是楊守愚在戰後寫於 1946 年前的作品。可以看到，楊守愚在當時仍維持著日殖時期敢言的批判精神，在迎接祖國的同時，也對國府在臺施政的諸多問題加以批評。並且，楊守愚最看重的兩項議題：人民參政與民生問題，是他自日殖時期即相當關心的部分。原以為脫離日本殖民統治後，臺人的處境將有所不同，楊守愚長久關心的問題可獲解決。然而從這些文章，我們不難察覺楊守愚的期待是落空了，並且，隨著政治環境越來越險峻，我們也將看到楊守愚不再直言不諱地批判政府，而是改以較隱晦的方式表達意見。

三、黯淡的餘生：戒嚴與冷戰的二重奏

　　1948 年 8 月，楊守愚於《臺灣文學叢刊》第一輯發表新詩〈同樣是一個太陽〉。《臺灣文學叢刊》由臺灣文學社發行，實際的負責人為楊逵，該刊的執筆人有蔡秋桐、吳新榮、王詩琅、廖漢臣、張彥勳、揚風……等 22 位作家，[49]其中楊守愚亦名列其中，但在發行的三輯中僅於第一輯發表新詩一首。《臺灣文學叢刊》匯集同楊逵一般具左翼精神之作家，寫作對社會帶有批判性的作品，因此，臺灣在戰後初期的亂象以及政府之施政不力，這

---

[47]蘇瑤崇，〈戰後臺灣米荒問題新探（1945～1946）〉，《中央研究院近代史研究所集刊》第 86 期，頁 126。

[48]楊守愚，〈宣傳的效力〉，《楊守愚作品選集（補遺）》，頁 268。

[49]詳細名單可見黃惠禎，〈楊逵與戰後初期臺灣新文學的重建──以《臺灣文學叢刊》為中心的歷史考察〉，《臺灣現當代作家研究資料彙編 04・楊逵》（臺南：國立臺灣文學館，2011 年），頁 294。

些都成為作家們批判的目標。

在前人研究中，論者多將焦點置於楊守愚日殖時期之詩作，對其戰後的作品較少討論。黃惠禎在其以楊逵與《臺灣文學叢刊》開展的研究中曾對楊守愚新詩〈同樣是一個太陽〉有以下介紹：「楊守愚〈同樣是一個太陽〉敘述田地因久旱無雨而秧苗不長，農民只能詛咒同樣帶來光明的太陽而望天興嘆。以太陽象徵青天白日旗，影射國民政府接收後的臺灣民不聊生。」[50]筆者以為，這段解析精準地掌握到楊守愚以詩諷刺時局的想法。

楊守愚〈同樣是一個太陽〉全詩如下：

> 同樣是一個太陽，
> 近來，人家老對著它發愁；
> 每當聽到喔喔雞聲，
> 總擔心著它露臉出頭。
>
> 它雖給與人們光明，
> 同時，卻把地面的水分吸收。
> 你看！
> 田稻不是日在枯萎？
> 地底下的筍兒，
> 不也是在掙扎著鑽不出頭！
>
> 農民們儘呆對著天空
> 眼睜睜地，滿懷著雲霓之望；
> 只要是一點一滴，
> 也勝似玉液瓊漿。
> 　天仍是日日放晴，

---

[50]黃惠禎，〈楊逵與戰後初期臺灣新文學的重建——以《臺灣文學叢刊》為中心的歷史考察〉，收錄於黃惠禎主編，《臺灣現當代作家研究資料彙編04‧楊逵》，頁307。

　　　燒紅了底銥球似的太陽，
　　　還是西下，東昇。

　　　柳條兒懶慵慵地一動不動，
　　　黃鶯兒，也乾瘦著喉嚨，
　　　懶得高唱。

　　　眼看那自己血汗栽培的秧苗
　　　無法生長，
　　　眼看拚自己氣力耕鋤的田地
　　　漸見裂縫，
　　　詛咒！他們詛咒！
　　　詛咒給光明與人們的太陽。[51]

全詩映入眼簾的是一個烈日當空，再也擠不出一滴水的農村，包含人類在內的一切生物都為其失去生機。而誠如黃惠禎所說，詩中的太陽對照到當時的臺灣社會，確實讓人不自覺的聯想到以青天白日旗為代表的國府。

　　如同既有研究指出，農民向來是楊守愚關心的對象，他發表於日殖時期的作品幾乎多與農民相關。因此，以農民為書寫對象，就某方面來說可視為楊守愚在書寫主題上的延續，而他詩中的農村又不禁讓人聯想到戰後的臺灣米荒。上節，筆者提到楊守愚曾寫有〈臺灣版的民生主義〉、〈宣傳的效力〉等文章批評米價飆漲以及政府農業政策不力等問題，並且引用蘇瑤崇之研究，指出國府在當時確實沒有將所有援助臺灣的肥料供農民使用的事實。於此同時，又發生政府向民間「搶米」的事件，於是，「停止配給並封存米糧，加上土匪般的搜刮搶劫民間餘糧，這才是造成 1946 年 1 月以

---

[51] 楊守愚，〈同樣是一個太陽〉，收錄於許俊雅主編，《楊守愚詩集》（臺北：師大書苑，1996年），頁 235～237。

後市場米量急凍,『民無米可食』,也就是『米荒』的主要原因。」[52]由此觀看楊守愚詩中第二段「將地面水分吸乾」的太陽,不正是與民搶米的政府形象?又,第三段那個天天放晴不降一滴甘露的太陽,也有影射國府把持肥料資源卻不願發放給農民使用之意。於是,農民只好如同楊守愚在〈宣傳的效力〉最後說的那樣,望著萎黃的稻子,然後詛咒著太陽(政府)。

　　進而,若我們將詩中的農村作為臺灣整體社會的縮影,則除了上數的農業問題外,楊守愚透過詩作所呈現的應是戰後臺人從期待到失望的心情。詩中說太陽為人們帶來了光明,正如臺人在戰後脫離日本殖民統治,並對重回祖國懷抱抱持光明的熱望。然而國府來臺後,不僅在語言使用與人員任用等方面與臺人產生隔閡,同時部分官員來臺後也露出貪腐面貌。於是,原先眾人期待的太陽,卻成了爭相走避的對象。眼看期待落空,既有資源又遭到掠奪,人們意識到自己迎來的不是光明的未來,而是再一次的壓迫,怎能教臺人不對政府產生怨懟。進而,若我們再從兩個統治者:日本與國府來看,則標題「同樣是一個太陽」似乎更有將日本的「太陽旗」與國府的「青天白日旗」相比較的意味。在「同樣是」的語境下,相較於舊太陽統治下的臺灣,臺人在迎來新太陽後生活竟陷入另一種困境,令人難受的是,過去乃受迫於異族統治,而今在祖國的太陽下,卻還是處處被打壓[53],一切就如陳翠蓮所說:

> 從臺灣人的眼光來看:日本統治下臺灣人痛恨殖民壓迫,企盼同文同種的祖國重光;戰後祖國降臨,卻以征服者之姿,露出與日本殖民者同樣的面目!他們取代舊殖民者統治權力的同時,也複製了舊殖民者的統治模式、語言政策,甚至優越的心態、控訴的口吻,都與前殖民者如出一轍。無論是異族或同族的殖民者,都是欺壓人民,動輒叱喝臺灣人不服

---

[52]蘇瑤崇,〈戰後臺灣米荒問題新探(1945～1946)〉,《中央研究院近代史研究所集刊》第 86 期,頁124。
[53]此一看法,乃「彰化市作家學術研討會」本文講評者周益忠教授之提醒,謹此致謝。

統治就離去！光復並未帶來解放，卻是再殖民的開始。[54]

由是，從後殖民主義的角度，陳翠蓮認為戰後國府在臺施政，實際上屬於一種內部殖民。不同於異民族之間的殖民與被殖民關係，筆者認為，基於臺人對同文同種之祖國的期待，國府戰後於臺灣施行的內部殖民在民族情感上對臺人有更大的傷害，乾裂的不只是楊守愚詩中的土地，也包含臺人與國府之間的關係。

是故，從期待到失望，進而又從失望到憤怒，我們看到了楊守愚在 1945 年到 1948 年間政治心境的轉換。與此同時，筆者認為雖然楊守愚對國府的不滿逐漸加深，在創作表現上卻轉為隱晦。可以看到，在筆者於上節討論的那些雜文中，楊守愚對於國府施政上的問題採取的是較直接的批評與嘲諷。然而，這首發表於 1948 年的〈同樣是一個太陽〉由於採用新詩的形式，因而讀者只能從其意象進行聯想，批評力道因此受到影響。於此，或許我們可從兩個方向討論這種轉變：其一，前述的雜文未能看到其發表出處，因而可能只是楊守愚私下有感而發之作，故行文較為直接。而〈同樣是一個太陽〉卻是發表在刊物上，因而為避風險，楊守愚改採較迂迴的方式書寫；其次，有別於 1946 年，這首新詩發表於 1948 年 8 月，前年 2 月臺灣發生了二二八事件，臺島上下人心惶惶，政治成了危險話題。也許，正是在這兩項考量下，楊守愚才選擇以新詩的形式表達他對國府的不滿。

1949 年 5 月 19 日，有鑑於國府在國共內戰中的頹勢，臺灣省政府主席兼警備總司令陳誠宣布《臺灣省戒嚴令》，臺灣就此進入長達 38 年的戒嚴時期，白色恐怖事件頻傳。在這種嚴峻的政治氣氛下，楊守愚幾乎再也沒有公開發表的作品問世。相較於日殖時期面對殖民者的仗義敢言，楊守愚在國府的統治下卻就此噤聲，國府在臺灣的專制、威權形象不言自明，

---

[54]陳翠蓮，《臺灣人的抵抗與認同（1920～1950）》，頁 382。

也難怪楊守愚在漢詩〈偶作〉如此寫道：

> 時代寧容更慕陶，持躬胡敢訕清高。
> 生無勳業從人誚，老有童心強自豪。
> 歲月忍教消簡牘，衰遲時益厭塵囂。
> 而今祇剩看書興，對案猶焚午夜膏。[55]

此詩雖未記錄發表時間，但從內容來看應是楊守愚戰後邁入中年的作品，詩文中他陳述自己在當時只剩下讀書的興致，對於世間的是是非非已感到厭煩。然而楊守愚之所以如此並非為了突顯自己的「清高」，而是在那樣的時代下，除了學習陶潛隱居讀書自樂外，似乎也別無他法了，讀書度餘生遂成為他晚年的寫照。

　　另一方面，雖然楊守愚在戰後的詩作已盡量不涉政治，然而面對 1949 年後兩岸政治分裂局勢，他仍寫有漢詩表達其憂心。1954 年，兩岸於 9 月 3 日爆發「九三炮戰」，戰事持續到 1955 年才結束，又稱「第一次臺海危機」。在寫於 1954 年的〈五十自述〉中楊守愚寫道：

> 塵海茫茫裡，浮沉五十年。
> 立言虛素願，坐擁祇青氈。
> 老尚因兒累，衰堪又病纏。
> 河清殷待望，大地有烽煙。[56]

詩中除了描述自己的貧病交加的生活，在最末句尚藉由盼望河清之日來臨，表達對烽煙再起的關心。又如在寫於同年的〈甲午八月既望小集蘭

---

[55] 楊守愚，〈偶作〉，《楊守愚詩集》，頁 30。
[56] 楊守愚，〈五十自述〉，《楊守愚詩集》，頁 57。

廬〉末句，楊守愚亦以「世局亂離猶此日，蕭疏無怪鬢成絲」[57]展現自己對時局的憂慮。

至於楊守愚又是如何觀看 1949 年後兩岸分裂局勢？楊守愚在〈感懷〉寫道：

> 劫後神州面目非，重重鐵幕已低垂。
>
> 埋憂此日曾無地，誤國當年究是誰。
>
> 人溺幾思由己溺，行危尤不厭言危。
>
> 解懸亟待收殘局，進退全憑一著棋。[58]

詩中楊守愚以「鐵幕」（即「鐵幕」）低垂形容中國，這是冷戰時期以美國為首的政治集團對共產世界的一種說法，由此可知，在國府政權與冷戰體制下生活的楊守愚，由於無法直接接觸關於新中國的訊息，因而在描寫兩岸局勢時，在詞彙使用上也落入了冷戰的意識形態框架之中。與此同時，國共戰後滿目瘡痍的中國也令楊守愚感到擔心，因而他認為抱著人溺己溺的精神，他還是得不顧言論危險，呼籲政府盡快解決兩岸分裂局勢。有趣的是，針對詩中那句「誤國當年究是誰」，楊守愚想追究的到底是誰？是將中國大陸政權拱手讓人的國府？抑或是站在反共的立場批評中共？楊守愚在此為我們留下了懸念。不過，從楊守愚急籲政府收拾殘局來看，其希望祖國能夠完整而不分裂的想法還是比較清楚的。亦即，儘管由國府作為代表的「祖國」讓楊守愚感到失望，他心中的那股祖國情懷卻一直存在著。[59]

---

[57]楊守愚，〈甲午八月既望小集蘋廬〉，《楊守愚詩集》，頁 62。

[58]楊守愚，〈感懷〉，《楊守愚詩集》，頁 81。

[59]類似的心情也出現在葉榮鐘身上，呂正惠曾如此分析葉榮鐘及其友人莊遂性在戰後面對祖國的態度：「他們雖然痛恨國民黨，但從來沒有懷疑中國文化的價值，也從未斷絕過對中國前途的關心。」呂正惠，〈歷盡滄桑一文人〉，《葉榮鐘選集・文學卷》，頁 18。

四、結語

　　在橫跨臺灣日殖時期到戰後的作家中，楊守愚是個特別的存在。不同於楊達、葉榮鐘等人在戰後仍留有不少作品，日殖時期創作最豐的楊守愚在戰後可見的作品並不多，公開的言論也較楊達等人少得多。或許，正是因為這樣在前行研究中人們才較少對楊守愚的戰後作品進行討論。

　　在本文，筆者先就楊守愚戰後雜文加以分析，進而勾勒其在戰後對國府由期待到失望的心境變化，而到了發表新詩〈同樣是一個太陽〉時，詩中的農村景象事實上已隱含一把怒火。這樣的心境變化在當時並非特例，在許多同時期作家身上我們都能看到類似的軌跡，然而，在此之前卻很少有人提到楊守愚亦是如此，而是將注意力集中在如葉榮鐘等著述較多的作家身上。

　　從 1945 年到 1959 年，在這僅占其生命不到四分之一長度的歲月裡，楊守愚迎來了祖國的懷抱，卻也體驗到國府施政的腐敗以及對人民的專制、威權，1949 年他更目睹祖國在國共戰爭下分裂的事實。於是，楊守愚變得更加沉默，如其〈五十自述〉所言，他只剩下讀書的樂趣，對其他事已不再關心（或者無法關心）。然而，對於國府的灰心並不代表楊守愚心中的祖國夢破滅，這點從他在〈感懷〉中的期待便可感之。楊守愚卒於 1959 年，當時的臺灣仍處於國府高壓統治之下，這不禁讓人為這位手握健筆卻有口難言的作家感到不勝唏噓。

參考文獻

專書

・施懿琳，《楊守愚作品選集：小說、民間文學、戲劇、隨筆》（彰化：彰化縣立文化中心，1995 年）。

・施懿琳，《楊守愚作品選集——詩歌之部》（彰化：彰化縣立文化中心，1996 年）。

・徐秀慧，《光復變奏——戰後初期臺灣文學思潮的轉折期（1945〜1949）》

（臺南：國立臺灣文學館，2013 年）。

- 張恆豪主編，《楊守愚集》（臺北：前衛出版社，1991 年）。

- 許俊雅，《臺灣文學散論》（臺北：文史哲出版社，1994 年）。

- 許俊雅、楊洽人編，《楊守愚日記》（彰化：彰化縣立文化中心，1998 年）。

- 許俊雅主編，《楊守愚作品選集（補遺）》（彰化：彰化縣立文化中心，1998 年）。

- 許俊雅主編，《楊守愚詩集》（臺北：師大書苑，1996 年）。

- 陳翠蓮，《臺灣人的抵抗與認同（1920～1950）》（臺北：遠流出版公司，2012 年）。

- 黃惠禎主編，《臺灣現當代作家研究資料彙編 04・楊逵》（臺南：國立臺灣文學館，2011 年）。

- 葉芸芸、陳昭瑛主編，《葉榮鐘全集 7・葉榮鐘早年文集》（臺中：晨星出版社，2002 年）。

- 葉芸芸等編，《葉榮鐘選集・文學卷》（臺北：人間出版社，2015 年）。

- 蕭阿勤，《重構臺灣：當代民族主義的文化政治》（臺北：聯經出版公司，2012 年）。

期刊

- 王美惠，〈臺灣新文學「反迷信」主題的書寫──以賴和、楊守愚比較為例〉，《崑山科技大學學報》第 2 期（2005 年 11 月），頁 151～168。

- 施淑，〈在前哨──讀楊守愚的小說〉，《國文天地》第 7 卷第 5 期（1991 年 10 月），頁 23～28。

- 施懿琳，〈試論日治時期楊守愚的新舊體詩〉，《中國學術年刊》第 20 期（1999 年 3 月），頁 505～534。

- 翁燕玲，〈楊守愚小說中女性形象的表現及其相關書寫〉，《中正大學研究生集刊》第 2 號（2000 年 9 月），頁 178～190。

- 陳兆珍，〈試論楊守愚小說中的女性關懷〉，《中國文化大學中文學報》第

15 期（2007 年 10 月），頁 169～190。

- 黃武忠，〈楊守愚的小說世界〉，《文學界》第 11 期（1984 年 8 月），頁 66～71。

- 羅詩雲，〈「國語」與「論語」──以楊逵、楊守愚為分析對象〉，《臺灣文學評論》第 7 卷第 1 期（2007 年 1 月），頁 5～27。

- 蘇瑤崇，〈戰後臺灣米荒問題新探（1945～1946）〉，《中央研究院近代史研究所集刊》第 86 期（2014 年 12 月），頁 95～134。

學位論文

- 周佩雯，〈楊守愚其作品之研究──以小說與新詩為中心〉（中國文化大學日本研究所碩士論文，2001 年）。

- 林巧崴，〈楊守愚古典詩意象研究〉（彰化師範大學國文學系研究所碩士論文，2007 年）。

- 林容安，〈楊守愚小說的家國寓言研究〉（新竹教育大學人資處語文教學碩士班碩士論文，2013 年）。

- 林惠禎，〈日據時期農民小說人物與敘事分析──以蔡秋桐、楊守愚、張慶堂為討論中心〉（臺南大學國語文學系碩士論文，2011 年）。

- 徐舒怡，〈楊守愚的文學世界〉（中央大學中國文學系研究所碩士論文，2010 年）。

- 謝美娟，〈日治時期小說裡的農工書寫──以賴和、楊逵和楊守愚為中心〉（中興大學臺灣文學研究所碩士論文，2009 年）。

- 嚴小實，〈楊守愚生平及其作品研究〉（靜宜大學中國文學系研究所碩士論文，2002 年）。

──選自葉連鵬編《磺溪精神的形塑與發揚──彰化市作家學術研討會會議論文集》
彰化：彰化市公所，2016 年

輯五◎
研究評論資料目錄

作家生平、作品評論專書與學位論文

學位論文

1. 周佩雯　楊守愚及其作品之研究——以小說與新詩為中心　中國文化大學日
本語文學系　碩士論文　陳藻香教授指導　2001 年 5 月　188 頁

本論文研究楊守愚的生平及其作品,兼探析楊守愚所處的時代背景,以及當時文壇
發展概況。全文共 5 章:1.緒論;2.楊守愚時代背景及其生平;3.楊守愚作品之探
討;4.對於知識份子的描述;5.結論。正文後附錄〈楊守愚年譜及作品寫作風格〉。

2. 嚴小實　楊守愚生平及其作品研究　靜宜大學中國文學系　碩士論文　陳萬
益教授指導　2002 年 7 月　125 頁

本論文探究楊守愚一生,以及其對臺灣新文學的貢獻。全文共 6 章:1.緒論;2.楊守
愚生平;3.楊守愚參與社會運動的歷程;4.楊守愚參與新文學運動的歷程;5.楊守愚
的文學及其精神;6.結論——屹立臺灣新文學的最前哨。正文後附錄〈楊守愚生平及
作品年表〉。

3. 林巧崴　楊守愚古典詩意象研究　彰化師範大學國文學系　碩士論文　周益
忠教授指導　2007 年 6 月　274 頁

本論文從楊守愚古典詩中的意象與意象群分析著手,深入地探究楊守愚古典詩歌所
蘊含的情感與思考,並給予適當的評價與定位。全文共 6 章:1.緒論;2.楊守愚的生
平與交遊;3.楊守愚古典詩意象探討;4.楊守愚古典詩意象群探討;5.楊守愚古典詩
意象塑造的形式表現與內容特色;6.結論。

4. 謝美娟　日治時期小說裡的農工書寫——以賴和、楊逵和楊守愚為中心　中
興大學臺灣文學與跨國文化研究所　碩士論文　朱惠足教授指導
2009 年　65 頁

本論文從日治時期的農工小說,探析賴和、楊逵、楊守愚三位作家所關懷的壓迫面
向。全文共 5 章:1.敘論;2.從賴和的農工小說談「民族」壓迫;3.從楊逵的農工小
說談「階級」壓迫;4.從楊守愚的小說談「女性」農工的多重壓迫;5.結論。

5. 徐舒怡　楊守愚的文學世界　中央大學中國文學系　碩士論文　李瑞騰教授
指導　2010 年 6 月　169 頁

本論文以楊守愚的個人經歷為基礎,將其文本主題依照思想內涵作分類,論述作品

的主題性以及社會背景，藉此挖掘作家的人生態度與文學特色。全文共 6 章：1.緒論；2.楊守愚的生平及其創作背景；3.自傳性：呈現知識分子的困境及態度；4.鄉土性：展現地理風貌與悲憫苦難者；5.批判性：統治者、資本家與社會風氣；6.結論。

6. 林慧禎　日據時期農民小說人物與敘事分析——以蔡秋桐、楊守愚、張慶堂為討論中心　臺南大學國語文學系　碩士論文　王建國教授指導 2011 年 7 月　165 頁

本論文綜合蔡秋桐、楊守愚與張慶堂的書寫視角，以日據時期農民小說為論述核心，探究在被殖民的時代背景下，寫實主義農民小說的人物與敘事分析。全文共 5 章：1.緒論；2.蔡秋桐、楊守愚、張慶堂與農民小說的發展關係；3.農民小說的人物形象；4.作品情節與敘事分析；5.結論。正文後附錄〈張慶堂與賴和之往返書信〉。

7. 林容安　楊守愚的家國寓言小說研究　新竹教育大學人資處語文碩士班　碩士論文　陳惠齡教授指導　2013 年 7 月　233 頁

本論文從後殖民角度出發，探究楊守愚小說中如何以「家」的空間及觀細透顯出日本殖民下社會結構下的失衡。全文共 5 章：1.敘論；2.家屋寓言——小說中的家庭塞境與現實參仿；3.家屋視域的再開拓——殖民語境中的家國論述；4.家國論述交匯下的後殖民詮釋；5.結論。正文後附錄〈楊香雲訪問稿〉、〈楊守愚作品年代表〉、〈楊守愚生平與著作時間軸〉。

作家生平資料篇目

自述

8. 守　愚　我的文學回顧——赧顏閒話十年前　臺北文物　第 3 卷第 2 期 1954 年 8 月　頁 62—64

他述

9. 毓　文　諸同好者的面影（一）　臺灣文藝　第 2 卷第 1 號　1934 年 12 月 頁 35—37

10. 廖漢臣　諸同好者的面影——守愚先生　國民文選・散文卷 1　臺北　玉山社出版公司　2004 年 8 月　頁 285—286

11. 楊　逵　臺灣文壇の明日を擔ふ人ヶ〔楊守愚部分〕[1]　文学案内　第 2 卷第

---

[1] 本文後由涂翠花譯為〈臺灣文壇的明日旗手〉。

6 號　1936 年 6 月　頁 55

12. 楊　逵　臺灣文壇の明日を擔ふ人ヶ〔楊守愚部分〕　日本統治期臺灣文學
文藝評論目錄・第 3 卷　東京　綠蔭書房　2001 年 4 月　頁 10

13. 楊　逵　臺灣文壇の明日を擔ふ人ヶ〔楊守愚部分〕　楊逵全集・第九卷・
詩文卷（上）　臺南　文化資產保存研究中心籌備處　2001 年 12
月　頁 454—459

14. 楊逵著；涂翠花譯　臺灣文壇的明日旗手〔楊守愚部分〕　楊逵全集・第九
卷・詩文卷（上）　臺南　文化資產保存研究中心籌備處　2001 年
12 月　頁 460—465

15. 楊逵著；涂翠花譯　臺灣文壇的明日旗手〔楊守愚部分〕　日治時期臺灣文
藝評論集・雜誌篇 2　臺南　國家臺灣文學館籌備處　2006 年 10
月　頁 54

16. 黃武忠　中文作品最多的一位——楊松茂　日據時代臺灣新文學作家小傳
臺北　時報文化公司　1980 年 8 月　頁 65—67

17. 王晉民，鄺白曼　楊守愚　臺灣與海外華人作家小傳　福州　福建人民出版
社　1983 年 9 月　頁 16—17

18. 康　原　從彰工校歌談起　文學的彰化——彰化縣新文學作家小傳　彰化
彰化縣立文化中心　1992 年　頁 20—24

19. 〔杜慶忠編〕　楊守愚小傳　彰化縣作家資料檔案摘要　彰化　彰化縣立文
化中心　1993 年 6 月　頁 298

20. 崔之清　文化、教育、藝術、社會科學界——文學家、作家、詩人、評論家
——楊守愚　當代臺灣人物辭典　鄭州　河南人民出版社　1994 年
7 月　頁 274

21. 施懿琳　序　楊守愚作品選集（上冊）　彰化　彰化縣立文化中心　1995 年
6 月　〔3〕頁

22. 楊洽人　憶父親　文學臺灣　第 22 期　1997 年 4 月　頁 82—84

23. 楊洽人　憶父親　楊守愚日記　彰化　彰化縣立文化中心　1998 年 12 月

頁 352—354

24. 康　　原　　愛的追尋——楊守愚和他的親人　國文天地　第 147 期　1997 年 8
月　頁 96—101

25. 康　　原　　愛的追尋——楊守愚和他的親人　現代文學名家的第二代　臺北
業強出版社　1998 年 8 月　頁 34—40

26. 陳銘芳　　寫盡窮民悲苦的楊守愚——記日據時代一位臺灣小說作家　臺灣新
聞報　1997 年 9 月 30 日　14 版

27. 彭瑞金　　楊守愚——為弱勢仗義直言的小說家　臺灣新聞報　1998 年 6 月
22 日　13 版

28. 彭瑞金　　楊守愚——為弱勢仗義直言的小說家　臺灣文學步道　高雄　高雄
縣立文化中心　1998 年 7 月　頁 74—77

29. 彭瑞金　　楊守愚——為弱勢仗義直言的小說家　臺灣文學 50 家　臺北　玉
山社出版公司　2005 年 7 月　頁 148—153

30. 許俊雅　　以詩筆行俠仗義的楊守愚　聯合文學　第 188 期　2000 年 6 月　頁
35—37

31. 林政華　　臺灣本土小說名家與名作——日政時期的臺灣本土小說名家及其作
品——楊守愚　臺灣文學汲探　臺北　文史哲出版社　2002 年 3 月
頁 132—133

32. 〔趙遐秋，呂正惠主編〕　　臺灣文學革命和臺灣新文學的誕生——大力開通
臺灣新文學創作實踐的陽光大道〔楊守愚部分〕　臺灣新文學思潮
史綱　臺北　人間出版社　2002 年 6 月　頁 64

33. 〔蕭蕭，白靈編〕　　楊守愚簡介　臺灣現代文學教程：新詩讀本　臺北　二
魚文化公司　2002 年 8 月　頁 52

34. 林政華　　道盡苦難時代的悲哀文人——楊守愚　臺灣新聞報　2002 年 9 月
25 日　12 版

35. 林政華　　道盡苦難時代悲哀的文人——楊守愚　臺灣古今文學名家　桃園
開南管理學院通識教育中心　2003 年 3 月　頁 26

36. 王景山　　楊守愚　臺港澳暨海外華文作家辭典　北京　人民文學出版社
　　　2003 年 7 月　頁 718—719

37. 許俊雅　　瑞生——作者登場　日治時期臺灣小說選讀　臺北　萬卷樓圖書公
　　　司　2003 年 8 月　頁 49—50

38.〔彭瑞金選編〕　　作者簡介　國民文選・小說卷 1　臺北　玉山社出版公司
　　　2004 年 7 月　頁 148—149

39.〔陳萬益選編〕　　楊守愚　國民文選・散文卷 1　臺北　玉山社出版公司
　　　2004 年 8 月　頁 154

40. 陳健珍　　日據時期新詩反抗意識遞嬗——楊守愚　日據時期臺灣新詩中的反
　　　抗與耽美意識　佛光人文社會學院文學系　碩士論文　陳信元教授
　　　指導　2006 年 6 月　頁 70

41. 許俊雅　　楊守愚小傳　臺灣文學家年表六種　臺北　臺北縣政府　2006 年
　　　12 月　頁 60—61

42.〔封德屏主編〕　　楊守愚　2007 臺灣作家作品目錄　臺南　國立臺灣文學館
　　　2008 年 7 月　頁 1086

43.〔藍建春主編〕　　想像殖民地臺灣的新途徑——日治時期臺灣新文學運動—
　　　—新文學運動作家作品〔楊守愚部分〕　親近臺灣文學——歷史、
　　　作家、故事　臺中　耕書園出版公司　2009 年 2 月　頁 100—101

44. 林銘章　　楊守愚（1905~1959）　傳記文學　第 581 期　2010 年 10 月　頁
　　　136—144

45. 許俊雅　　《臺灣文藝》與臺灣新文學的發展——臺灣文藝聯盟分裂始末〔楊
　　　守愚部分〕　足音集：文學記憶・紀行・電影　臺北　萬卷樓圖書
　　　公司　2011 年 12 月　頁 177—180

年表

46. 張恆豪　　楊守愚生平寫作年表　楊守愚集（臺灣作家全集）　臺北　前衛出
　　　版社　1991 年 2 月　頁 413—415

47.〔杜慶忠編〕　　楊守愚著作年表　彰化縣作家資料檔案摘要　彰化　彰化縣

立文化中心　1993 年 6 月　頁 301—303

48. 施懿琳　楊守愚生平及新文學作品寫作表　楊守愚作品選集（下冊）——小說‧民間文學‧戲劇‧隨筆　彰化　彰化縣立文化中心　1995 年 6 月　頁 444—451

49. 施懿琳　楊守愚生平及新文學作品寫作表　楊守愚作品選集——詩歌之部　彰化　彰化縣立文化中心　1996 年 7 月　頁 156—164

50. 施懿琳　楊守愚新文學作品繫年　楊守愚作品選集（下冊）——小說‧民間文學‧戲劇‧隨筆　彰化　彰化縣立文化中心　1995 年 6 月　頁 452—460

51. 許俊雅　守愚新詩作品繫年　楊守愚詩集　臺北　師大書苑　1996 年 5 月　頁 240—241

52. 許俊雅　楊守愚先生生平著作年表初稿　文學臺灣　第 23 期　1997 年 7 月　頁 152—173

53. 許俊雅　楊守愚先生生平著作年表初稿　楊守愚作品選集（補遺）　彰化　彰化縣立文化中心　1998 年 12 月　頁 274—298

54. 下村作次郎，黃英哲　楊守愚略年譜　日本統治期台湾文学——台湾人作家作品集（別巻）　東京　緑蔭書房　1999 年 7 月　頁 431—434

55. 周佩雯　楊守愚寫作年表　楊守愚及其作品之研究——以小說與新詩為中心　中國文化大學日本語文學系　碩士論文　陳藻香教授指導　2001 年 5 月　頁 167—179

56. 嚴小實　楊守愚生平及作品年表　楊守愚生平及其作品研究　靜宜大學中國文學系　碩士論文　陳萬益教授指導　2002 年 7 月　頁 84—125

57. 許俊雅　楊守愚生平著作年表初編　臺灣文學家年表六種　臺北　臺北縣政府　2006 年 12 月　頁 62—98

58. 林芷琪　楊守愚小說年表　日本時代漢字文學中書寫語言的「透濫」現象（1920—1930 年代）　成功大學臺灣文學研究所　碩士論文　楊翠教授指導　2008 年 9 月　頁 123—126

59. 許俊雅　　《臺灣文藝》重要作家作品篇目表〔楊守愚部分〕　足音集：文學記憶・紀行・電影　臺北　萬卷樓圖書公司　2011 年 12 月　頁195

其他

60. 許俊雅　　楊守愚特輯緣起　文學臺灣　第 21 期　1997 年 1 月　頁 126—127
61. 許俊雅　　有關「瘦鶴」為守愚筆名之說明　楊守愚詩集　臺北　師大書苑1997 年 5 月　頁 244—251

作品評論篇目

綜論

62. 張恆豪　　守愚　一群失業的人（光復前臺灣文學全集）　臺北　遠景出版社1979 年 7 月　頁 1—2
63. 黃武忠　　心緒茫然蕭瑟裡——初探楊守愚的小說世界[2]　文藝的滋味　臺北自立晚報社文化出版部　1983 年 10 月　頁 111—120
64. 黃武忠　　楊守愚的小說世界　文學界　第 11 期　1984 年 8 月　頁 66—71
65. 黃武忠　　心緒茫然蕭瑟裡——初探楊守愚的小說世界　親近臺灣文學　臺北九歌出版社　1995 年 3 月　頁 122—138
66. 朱　南　　試論三十年代臺灣小說〔楊守愚部分〕　臺灣研究集刊　1984 年第2 期　1984 年 5 月　頁 28
67. 陳千武　　光復前後臺灣新詩的演變——詩人的作品與風格〔楊守愚部分〕笠　第 130 期　1985 年 12 月　頁 12
68. 葉石濤　　臺灣新文學運動的開展——成熟期——楊守愚　臺灣文學史綱　高雄　文學界雜誌社　1987 年 2 月　頁 43—44
69. 葉石濤　　臺灣文學史綱——臺灣新文學運動的展開〔楊守愚部分〕　葉石濤全集・評論卷五　臺南，高雄　國立臺灣文學館，高雄市文化局2008 年 3 月　頁 47—48

---

[2]本文後改篇名為〈楊守愚的小說世界〉。

70. 李　倩　　楊守愚的小說　現代臺灣文學史　瀋陽　遼寧大學出版社　1987 年
　　　　　　　12 月　頁 149—155

71. 包恆新　　楊雲萍與楊守愚的創作　臺灣現代文學簡述　上海　上海社會科學
　　　　　　　院出版社　1988 年 3 月　頁 93—98

72. 古繼堂　　楊守愚　臺灣小說發展史　臺北　文史哲出版社　1989 年 7 月　頁
　　　　　　　57—61

73. 古繼堂　　楊守愚及其小說　楊守愚集（臺灣作家全集）　臺北　前衛出版社
　　　　　　　1991 年 2 月　頁 405—410

74. 張恆豪　　無產者的輓歌──《楊守愚集》序　楊守愚集（臺灣作家全集）
　　　　　　　臺北　前衛出版社　1991 年 2 月　頁 11—14

75. 張恆豪　　無產者的輓歌──《楊守愚集》　短篇小說卷別冊（臺灣作家全
　　　　　　　集）　臺北　前衛出版社　1994 年 3 月　頁 17—20

76. 朱雙一　　日據時期的臺灣新詩〔楊守愚部分〕　臺灣新文學概觀（下）　廈
　　　　　　　門　鷺江出版社　1991 年 6 月　頁 89—90

77. 粟多桂　　為弱小人物吶喊、抗爭的代言人──楊守愚、陳虛谷、楊雲萍　臺
　　　　　　　灣抗日作家作品論　重慶　西南師範大學出版社　1991 年 6 月　頁
　　　　　　　57—69

78. 莊明萱　　楊雲萍與楊守愚的文學活動與創作　臺灣文學史（上）　福州　海
　　　　　　　峽文藝出版社　1991 年 6 月　頁 407—422

79. 施　淑　　在前哨──讀楊守愚的小說　國文天地　第 77 期　1991 年 10 月
　　　　　　　頁 23—28

80. 施　淑　　在前哨──讀楊守愚的小說　復活的群像　臺北　前衛出版社
　　　　　　　1994 年 6 月　頁 63—73

81. 施　淑　　在前哨──讀楊守愚的小說　兩岸文學論集　臺北　新地文學出版
　　　　　　　社　1997 年 6 月　頁 139—148

82. 〔施淑編〕　　楊守愚　日據時代臺灣小說選　臺北　前衛出版社　1992 年
　　　　　　　12 月　頁 74

83. 〔施淑編〕　　楊守愚　日據時代臺灣小說選　臺北　麥田出版公司　2007 年
　　　9 月　頁 80

84. 陸士清　　春訊先知的報春花——楊華、楊守愚和陳虛谷的創作　臺灣文學新
　　　論　上海　復旦大學出版社　1993 年 6 月　頁 143—149

85. 楊　義　　賴和的同輩及受其影響的一群〔楊守愚部分〕　中國現代小說史・
　　　第 2 卷　北京　人民文學出版社　1993 年 7 月　頁 717—719

86. 許俊雅　　楊守愚小說的風貌及其相關問題[3]　臺灣文學散論　臺北　文史哲出
　　　版社　1994 年 11 月　頁 235—271

87. 許俊雅　　楊守愚小說的風貌及其相關問題　中國現代文學國際研討會論文集
　　　——民族國家論述　臺北　中央研究院中國文哲所　1995 年 6 月
　　　頁 359—388

88. 許俊雅　　有關楊守愚及其小說的幾個問題　種子落地　臺中　晨星出版社
　　　1996 年 5 月　頁 172—210

89. 許俊雅　　楊守愚的小說及其相關的幾個問題　臺灣文學論：從現代到當代
　　　臺北　南天書局　1997 年 10 月　頁 61—108

90. 許俊雅　　不納朱門履，情甘徹骨窮——談楊守愚的小說及其相關的幾個問題
　　　（代序）　楊守愚作品選集（補遺）　彰化　彰化縣立文化中心
　　　1998 年 12 月　頁 1—35

91. 施　淑　　書齋、城市與鄉村——日據時代小說中的左翼知識分子〔楊守愚部
　　　分〕　賴和及其同時代的作家：日據時期臺灣文學國際學術會議論
　　　文　新竹　清華大學　1994 年 11 月 25—27 日　頁 7—8

92. 施　淑　　書齋、城市與鄉村——日據時代的左翼文學運動及小說中的左翼知
　　　識分子〔楊守愚部分〕　文學臺灣　第 15 期　1995 年 4 月　頁 89
　　　—91

---

[3] 本文探討楊守愚小說的創作背景，並就取材和語言兩方面論述其小說中的思想內容與作品風貌。
全文共 6 小節：1.前言；2.楊守愚的身世背景及其寫作題材；3.楊守愚小說蘊含的思想內容；4.守
愚小說語言的風貌；5.一些問題的澄清；6.結論。後改篇名為〈楊守愚的小說及其相關的幾個問
題〉與〈不納朱門履，情甘徹骨窮——談楊守愚的小說及其相關的幾個問題〉。

93. 施　淑　　書齋、城市與鄉村——日據時代的左翼文學運動及小說中的左翼知識份子〔楊守愚部分〕　中華現代文學大系（貳）‧臺灣一九八九—二〇〇三評論卷（一）　臺北　九歌出版社　2003 年 10 月　頁123—125

94. 〔張超主編〕　　楊守愚　臺港澳及海外華人作家辭典　江蘇　南京大學出版社　1994 年 12 月　頁 591—592

95. 許俊雅　日據時期臺灣小說之作者及其背景分析——小說作者之相關資料及生平略傳——楊守愚　日據時期臺灣小說研究　臺北　文史哲出版社　1995 年 2 月　頁 232—233

96. 許俊雅　序　楊守愚詩集　臺北　師大書苑　1996 年 5 月　頁 2—13

97. 施懿琳　日據時期文學發展概述——日據晚期——楊守愚（一九〇五——一九五九年）　彰化文學圖像　彰化　彰化縣文化中心　1996 年 6 月　頁 106—107

98. 施懿琳　日據時期文學發展概述——日據時期彰化地區新文學——楊守愚（一九〇五——一九五九年）　彰化文學圖像　彰化　彰化縣文化中心　1996 年 6 月　頁 116—117

99. 施懿琳　序　楊守愚作品選集——詩歌之部　彰化　彰化縣立文化中心　1996 年 7 月　〔5〕頁

100. 黃琪椿　楊守愚與臺灣新文學運動　清華大學中國文學系 95 學年度研究生論文研討會　新竹　清華大學中國文學系　1997 年 3 月 25 日

101. 黃琪椿　社會變遷與小說創作——楊守愚作品析論[4]　第二屆臺灣本土文化國際學術研討會論文集——臺灣文學與社會　臺北　臺灣師範大學文學院國文學系，臺灣師範大學人文教育研究中心　1997 年 5 月　頁 99—109

102. 施懿琳，楊翠　成熟期彰化新文學的花實（1925—1937）——時代的浮雕——楊守愚　彰化縣文學發展史（上）　彰化　彰化縣立文化中

---

[4]本文藉由楊守愚的作品分析，探討其作品中對於農工大眾的關懷以及當時社會變遷之描繪。

心　1997 年 5 月　頁 183—198

103. 施懿琳，楊翠　　日治中、晚期彰化地區傳統文學之發展——日治中期彰化

傳統詩作者的兩種類型——楊守愚　彰化縣文學發展史（上）

彰化　彰化縣立文化中心　1997 年 5 月　頁 246—247

104. 施懿琳　　試論日治時期楊守愚的新舊體詩[5]　中國學術年刊　第 20 期　1999

年 3 月　頁 505—534

105. 施懿琳　　論日治時期楊守愚的新舊體詩　第一屆臺杏臺灣文學學術研討會

論文集：殖民地經驗與臺灣文學　臺北　遠流出版公司　2000 年

2 月　頁 113—158

106. 施懿琳　　楊守愚新舊體詩之比較　從沈光文到賴和　高雄　春暉出版社

2000 年 6 月　頁 517—557

107. 陳芳明　　臺灣新文學史——寫實文學與批判精神的抬頭——楊逵與三〇年

代的左翼作家〔楊守愚部分〕　聯合文學　第 185 期　2000 年 3

月　頁 140—141

108. 陳芳明　　臺灣寫實文學與批判精神的抬頭——楊逵與一九三〇年代的左翼

作家〔楊守愚部分〕　臺灣新文學史　臺北　聯經出版公司

2011 年 10 月　頁 134—136

109. 陳芳明　　台湾写実文学と批判精神の台頭——楊逵と一九三〇年代の左翼

作家　台湾新文学史　東京　株式會社東方書店　2015 年 12 月

頁 132—135

110. 張明雄　　無產者的悲歌——楊守愚的小說　臺灣現代小說的誕生　臺北

前衛出版社　2000 年 9 月　頁 46—56

111. 翁燕玲　　楊守愚小說中女性形象的表現及其相關書寫[6]　中正大學中國文學

---

[5] 本文主要透過楊守愚在日治時期新、舊體詩之分析，來探討其作品在前、後期的不同風格與特質。全文共 6 小節：1.前言；2.楊守愚的思想取向；3.日治時期楊守愚作品的分類及繫年；4.楊守愚新詩的主題思想；5.楊守愚舊詩的內容特色；6.結論。本文後改篇名為〈楊守愚新舊體詩之比較〉。

[6] 本文觀察楊守愚在小說中書寫女性的模式，評價其文學風格和成就。全文共 4 小節：1.前言；2.女性問題的呈現；3.女性角色之形塑及書寫；4.結論。

研究所研究生論文集刊　第 2 期　2000 年 9 月　頁 178—190

112. 陳逸雄　《臺灣抗日小說選》的「前言」及其他〔楊守愚部分〕　兩個海外臺灣人的閒情心思　臺北　前衛出版社　2000 年 12 月　頁 235—236

113. 洪健智等編[7]　楊守愚小說研究　彰中學報　第 23 期　2002 年 4 月　頁 319—336

114. 陳芳萍　楊守愚　彰化應社及其詩作研究　清華大學中國文學系　碩士論文　呂興昌教授指導　2002 年　頁 71—86

115. 王萬睿　消極的生存之道？——論楊守愚佃租爭議書寫　第 3 屆島嶼‧島語研究生論文發表會　臺南　成功大學臺灣文學系主辦　2004 年 6 月 4 日

116. 蔣朗朗　臺灣日據時期小說文本精神內涵的解讀——以受難感為例[8]　海南師範學院學報　2005 年第 1 期　2005 年 3 月　頁 72—81

117. 王美惠　臺灣新文學「反迷信」主題的書寫——以賴和、楊守愚比較為例　崑山科技大學學報　第 2 期　2005 年 11 月　頁 151—168

118. 楊宗翰　冒現期臺灣新詩史——楊守愚　創世紀　第 145 期　2005 年 12 月　頁 163—166

119. 張雙英　創新、寫實與超現實（1923—1947）——楊守愚　二十世紀臺灣新詩史　臺北　五南圖書出版公司　2006 年 8 月　頁 44—48

120. 羅詩雲　「國語」與「論語」——以楊逵、楊守愚為分析對象[9]　臺灣文學評論　第 7 卷第 1 期　2007 年 1 月 15 日　頁 5—27

121. 陳萬益　論 1930 年代初期的新詩運動——以《臺灣新民報》「曙光」欄為

---

[7]編者有洪健智、賴孟群、粘晏瑜、吳宗榮。

[8]本文列舉賴和、蔡秋桐、楊雲萍、楊逵、呂赫若、楊守愚、張文環、龍瑛宗、吳濁流、王昶雄等作家之小說文本，探討作品中對悲情與受難感的理解。

[9]本文透過楊逵及楊守愚之作品，探討日治時期的臺灣文學作家，對於殖民地教育體制的看法。全文共 4 小節：1.前言；2.殖民話語下的身體規訓；3.「國語」與「論語」：殖民地教育體制的批判；4.結論——集體記憶的轉成。

主的討論[10]　2007 彰化文學國際學術研討會　彰化師範大學　國
家臺灣文學館，彰化師範大學國文系暨臺灣文學研究所　2007 年
6 月 8—9 日　17 頁

122. 陳兆珍　　試論楊守愚小說中的女性關懷[11]　中國文化大學中文學報　第 15
期　2007 年 10 月　頁 169—190

123. 李詮林　　日據時段的國語（白話）文學——賴和、楊守愚、周定山等人的
國語（白話）文學創作——楊守愚　臺灣現代文學史稿　福州
海峽文藝出版社　2007 年 12 月　頁 180—185

124. 李詮林　　日據時段的臺灣現代文言創作——賴和與陳虛谷、楊守愚等人的
文言創作——楊守愚　臺灣現代文學史稿　福州　海峽文藝出版
社　2007 年 12 月　頁 106—108

125. 李詮林　　光復初期國語（白話）文學——概述：光復初期國語（白話）文
學的復甦——創作用語由日文向中文轉換的困難與適應〔楊守愚
部分〕　臺灣現代文學史稿　福州　海峽文藝出版社　2007 年 12
月　頁 418—419

126. 王美惠　　理想與現實的衝突：楊守愚的民間文學理念與實踐　1930 年代臺
灣新文學作家的民間文學理念與實踐——以《臺灣民間文學集》
為考察中心　成功大學歷史學系　博士論文　林瑞明教授指導
2008 年 2 月　頁 107—152

127. 陳春妤　　知識分子的精神圖像與現代性想像——以楊守愚、劉吶鷗、吳新
榮為例[12]　日治時期知識分子對殖民現代工程的批評　靜宜大學中
國文學系　碩士論文　王惠珍教授指導　2008 年 6 月　頁 85—
148

---

[10] 本文從文學運動史的角度，探討曾在《臺灣新民報》「曙光」欄發表作品的作家，如賴和、楊守
愚、陳虛谷等人之文學成就與彼此的交誼。
[11] 本文分析楊守愚作品中女性的形象，並歸結作家對女性議題的關懷。全文共 4 小節：1.生平與時
代背景；2.楊守愚小說中所塑造的女性形象；3.女性的困境與自覺；4.結語。
[12] 本文比較楊守愚、劉吶鷗、吳新榮三位同時代不同典型的作家，從其日記與文學作品了解日治時
期知識分子面對殖民的社會思想與心靈。

128. 李桂媚　從三道語言伏流透視日治新詩標點符號運用——以賴和、楊守
　　　　　愚、翁鬧、王白淵為例[13]　翁鬧的世界——翁鬧百歲冥誕紀念學術
　　　　　研討會　彰化　國立臺灣文學館，明道大學主辦　2009 年 5 月 1
　　　　　日

129. 李桂媚　日治時期彰化詩人標點符號運用——以賴和、王白淵、楊守愚、
　　　　　翁鬧為例[14]　臺灣新詩標點符號運用——以彰化詩人為例　臺北教
　　　　　育大學臺灣文化研究所　碩士論文　陳俊榮教授指導　2010 年 7
　　　　　月　頁 43—70

130. 趙勳達　「文藝大眾化」的左右之爭——左右的齟齬之二：認識世界與改
　　　　　變世界之別——楊守愚的文學：「左死右死，晚上就索性凍死在這
　　　　　裡」　大眾文藝化的三線糾葛：一九三〇年代臺灣左、右翼知識
　　　　　分子與新傳統主義的文化思維及其角力　成功大學臺灣文學研究
　　　　　所　博士論文　林瑞明教授指導　2010 年 6 月　頁 210—211

131. 石廷宇　勞力至上，忠誠未滿——論殖民地作家筆下的「受殖失業者」形
　　　　　象　日治時期臺灣新文學小說中的貧困書寫——以社會事業作為
　　　　　參照閱讀的策略　清華大學臺灣文學研究所　碩士論文　柳書琴
　　　　　教授指導　2011 年 1 月　頁 173—174

132. 石廷宇　勞力至上，忠誠未滿——論殖民地臺灣作家筆下的「受殖失業
　　　　　者」形象　臺灣文學論叢（四）　新竹　清華大學臺灣文學研究
　　　　　所　2012 年 3 月　頁 55—58

133. 石廷宇　勞力至上，忠誠未滿——論殖民地作家筆下的「受殖失業者」形
　　　　　象　日治時期臺灣新文學小說中的貧困書寫——以社會事業作為
　　　　　參照閱讀的策略　臺北　花木蘭出版社　2013 年 3 月　頁 193—
　　　　　195，213—216

---

[13]本文選用賴和、楊守愚、翁鬧、王白淵四位彰化詩人詩作，揭示日治時期臺灣新詩標點符號運用
的共生與殊相。全文共 5 小節：1.前言；2.音樂性：點與標的聲情音韻；3.語義性：具形標點與隱
形標點的多元表現；4 圖像性：類圖像詩的技巧實驗；5.小結。
[14]本文從「音樂性」、「語義性」與「圖象性」三個角度，分析賴和、王白淵、楊守愚、翁鬧等作
家的詩作。全文共 3 節：1.音樂性；2.語義性；3.圖像性。

134. 陳婉嫈　西方文明初體驗：啟蒙主義小說中的民俗議題與文化論述——昏
　　　　　　昏沉睡的人們・醒來吧：迷信、傳統婚儀與楊守愚的人文主義論
　　　　　　述[15]　日治時期臺灣新文學中的民俗議題與文化論述：以小說為中
　　　　　　心（1920～1937）　清華大學臺灣文學研究所　碩士論文　陳建
　　　　　　忠教授指導　2011 年 8 月　頁 45—61

135. 黃信彰　那些新文化運動的人們——楊守愚（1905—1959）　從進步走向
　　　　　　幸福——臺灣新文化運動在彰化特展專刊　臺北　臺灣新文化運
　　　　　　動紀念館籌備處　2012 年 10 月　頁 103

136. 陳淑容　文學社群與文藝雜誌——賴和與彰化作家群〔楊守愚部分〕
　　　　　　「曙光」初現——臺灣新文學的萌芽時期（1920—1930）　臺南
　　　　　　國立臺灣文學館　2012 年 12 月　頁 145—146

137. 林容安　楊守愚小說中的疾病書寫探析　第三屆市北教大、新竹教大、屏
　　　　　　東教大、臺東大學四校中國語文學系、華語文學系研究生討論會
　　　　　　新竹　新竹教育大學主辦　2013 年 4 月 12 日

138. 高幸佑　男性作家筆下女性角色的塑造——外向式批判——楊守愚　日治
　　　　　　時期臺灣小說中的女性形象　中山大學中國文學系　碩士論文
　　　　　　蔡振念教授指導　2015 年 7 月　頁 65—70

139. 許達然　台灣詩裡的疏離和抗議，1924～1952（上）——1924～1945 年臺
　　　　　　灣詩裡的疏離〔楊守愚部分〕　鹽分地帶文學　第 60 期　2015 年
　　　　　　10 月　頁 124，128—129，130—131

140. 吳明宗　同樣是一個太陽——戰後楊守愚政治心境之轉換磺溪精神的形塑
　　　　　　與發揚[16]　彰化市作家學術研討會　彰化　彰化市公所主辦　2016
　　　　　　年 5 月 14 日—5 月 15 日

141. 吳明宗　同樣是一個太陽——戰後楊守愚政治心境之轉換磺溪精神的形塑
　　　　　　與發揚　彰化市作家學術研討會會議論文集　彰化　彰化縣彰化

---

[15]本文分析楊守愚創作當中殖民者的壓迫、性別的壓迫、教育的守舊與箝制，點出楊守愚不同面向
的人道關懷。

[16]本文以楊守愚寫於戰後的新詩、漢詩與雜文為研究對象，探討其戰後政治心境的轉換。

市公所　2016 年 7 月　頁 63—89

142. 劉雅薇　　初萌的身體意識：論楊守愚小說底層女性的身體書寫[17]　臺灣文學
　　　　　　　場域的生成與典律反思——第十二屆全國臺灣文學研究生學術研
　　　　　　　討會論文集　臺南　臺灣文學館　2016 年 5 月　頁 253—283

分論
◆多部作品
單篇作品

143. HC 生　　文藝時評〔〈兩對摩登夫婦〉〕　第一線　第 1 期　1935 年 1 月 6
　　　　　　　日　頁 56

144. 雷石榆　　我所切望的詩歌——批評四月號的詩〔〈農忙〉部分〕　臺灣文
　　　　　　　藝　第 2 卷第 6 期　1935 年 6 月 10　頁 125—126

145. 雷石榆　　我所切望的詩歌——批評四月號的詩〔〈農忙〉部分〕　日本統
　　　　　　　治期臺灣文學文藝評論目錄・第 2 卷　東京　綠蔭書房　2001 年
　　　　　　　4 月　頁 162—165

146. 雷石榆　　我所切望的詩歌——批評四月號的詩〔〈農忙〉部分〕　日治時
　　　　　　　期臺灣文藝評論集・雜誌篇 1　臺南　國家臺灣文學館籌備處
　　　　　　　2006 年 10 月　頁 250—251

147. 宮安中　　開刀〔〈赤土與鮮血〉部分〕　臺灣新文學　第 1 卷第 4 號
　　　　　　　1936 年 5 月　頁 94

148. 徐玉書　　臺灣新文學社創設《新文學》第一、二、三期作品的批評〔〈赤
　　　　　　　土與鮮血〉部分〕　臺灣新文學　第 1 卷第 4 號　1936 年 5 月
　　　　　　　頁 99

149. 宮安中　　五、六、七月號作品漫評〔〈移溪〉部分〕　臺灣新文學　第 1
　　　　　　　卷第 7 號　1936 年 8 月　頁 83

150.〔彭瑞金選編〕　〈移溪〉賞析　國民文選・小說卷 1　臺北　玉山社出版

---

[17]本文以身體書寫角度，探討楊守愚小說中底層女性的身體意識之書寫。全文共 6 小節：1.前言；2.
關於「底層女性」的「身體書寫」；3.規訓或出走：突破規訓，開始出走的身體；4.健美或疾病：
原初健美，後患疾病的身體；5.父權或母性：父權視角，堅韌母性的身體；6.結語。

公司　2004 年 7 月　頁 169—170

151. 廖炳惠　神秘現代——臺灣文學中的乩童及幾個參照的殖民戲劇場景
〔〈移溪〉部分〕　臺灣與世界文學的匯流　臺北　聯合文學出
版社　2006 年 5 月　頁 73—76

152. 陳南宏　日治時期農民小說中的菁英主義與農民形象——日治時期農民小
說中的菁英主義與農民形象〔〈移溪〉〕　日治時期農民小說中
的菁英主義與農民形象　成功大學臺灣文學系　碩士論文　游勝
冠教授指導　2007 年 6 月　頁 54—57

153. 洪醒夫　〈一群失業的人〉賞析　大家文學選‧小說卷　臺中　明光出版
社　1981 年 10 月　頁 95—97

154. 洪醒夫　楊守愚〈一群失業的人〉賞析　洪醒夫全集‧評論卷　彰化　彰
化縣文化局　2001 年 6 月　頁 143—145

155. 賴松輝　自然主義小說的寫實形式——寫實觀念的演變——〈一群失業的
人〉的寫實手法　日據時期臺灣小說思想與書寫模式之研究　成
功大學中國文學系　博士論文　呂興昌教授指導　2002 年 7 月
頁 141—143

156. 許俊雅　結論：日據時期臺灣小說總評——寫作技巧與文學成就〔〈一對
情侶〉部分〕　日據時期臺灣小說研究　臺北　文史哲出版社
1995 年 2 月　頁 703—704

157. 彭瑞金　楊守愚小說〈顛倒死？〉　臺灣文藝　第 148 期　1995 年 4 月
頁 28—31

158. 〔張默，蕭蕭編〕　〈蕩盪中的一個農村〉鑑評　新詩三百首（上）　臺
北　九歌出版社　1995 年 9 月　頁 278—282

159. 黎湘萍　文學母題及其變奏——失敗的反叛：「圍城」母題〔〈鴛鴦〉部
分〕　揚子江與阿里山的對話——海峽兩岸文學比較　上海　上
海文藝出版社　1995 年 12 月　頁 133

160. 黎湘萍　失敗的反叛：「圍城」母題〔〈鴛鴦〉部分〕　文學臺灣——臺灣

知識者的文學敘事與理論想像　北京　人民文學出版社　2003 年
3 月　頁 65

161. 施　淑　日據時代臺灣小說中頹廢意識的起源〔〈誰害了她〉部分〕　兩
岸文學論文集　臺北　新地文學出版社　1997 年 6 月　頁 112—
113

162. 許俊雅　〈瑞生〉集評　日據時期臺灣小說選讀　臺北　萬卷樓圖書公司
1998 年 11 月　頁 74—75

163. 陳建忠　導讀〈瑞生〉　二十世紀臺灣文學金典：小說卷（日治時期）
臺北　聯合文學出版社　2006 年 1 月　頁 79—80

164. 陳建忠　被詛咒的文學？——戰後初期（1945—1949）臺灣小說的歷史考
察〔〈阿榮〉部分〕　臺灣現代小說史綜論　臺北　行政院文建
會，聯經出版公司　1998 年 12 月　頁 48

165. 陳建忠　被詛咒的文學？：戰後初期臺灣小說的歷史考察——「二二八事
件」前臺灣小說的歷史考察〔〈阿榮〉部分〕　被詛咒的文學：
戰後初期〔1945—1949〕臺灣文學論集　臺北　五南圖書出版公
司　2007 年 1 月　頁 28

166. 蘇慧貞　勇敢「決裂」的楊守愚〔〈決裂〉〕　聯合文學　第 180 期
1999 年 10 月　頁 119—123

167. 賴松輝　以意識為中心的左翼文論、鄉土文學——光譜說——楊守愚〈決
裂〉的形式分析　日據時期臺灣小說思想與書寫模式之研究　成
功大學中國文學系　博士論文　呂興昌教授指導　2002 年 7 月
頁 163—169

168. 陳淑容　殖民統治、文化抗爭與臺灣文學的萌芽——文學描圖與時代顯影
〔〈決裂〉部分〕　「曙光」初現——臺灣新文學的萌芽時期
（1920—1930）　臺南　國立臺灣文學館　2012 年 12 月　頁 27
—28

169. 陳雅惠　表裡不一的書房先生——評〈開學的頭一天〉　日據時代臺灣文

學的童年經驗　清華大學中國文學系　碩士論文　陳萬益教授指
導　2000 年 6 月　頁 51—54

170. 許俊雅　日據時期臺灣文化人與上海〔〈夢〉部分〕　臺灣文學評論　第 2
卷第 2 期　2002 年 4 月　頁 42

171. 許俊雅　日據時期臺灣文化人與上海〔〈夢〉部分〕　中華現代文學大系
（貳）‧臺灣一九八九—二〇〇三評論卷（二）　臺北　九歌出版
社　2003 年 10 月　頁 1135

172. 許俊雅　日治時期臺灣文化人與上海〔〈夢〉部分〕　見樹又見林——文
學看臺灣　臺北　渤海堂文化公司　2005 年 2 月　頁 37

173. 〔白靈，蕭蕭編〕　楊守愚〈詩〉賞析　臺灣現代文學教程：新詩讀本
臺北　二魚文化公司　2002 年 8 月　頁 52

174. 蕭　蕭　酒所盪開的現代詩潮浪（上）〔〈詩〉部分〕　臺灣日報　2002
年 11 月 4 日　23 版

175. 〔陳萬益選編〕　〈小學時代的回憶〉賞析　國民文選‧散文卷 1　臺北
玉山社出版公司　2004 年 8 月　頁 170

176. 許俊雅　日治時期臺灣小說中的民俗風情〔〈過年〉部分〕　見樹又見林
——文學看臺灣　臺北　渤海堂文化公司　2005 年 2 月　頁 142

177. 黃紅春　日據時期臺灣本土作家小說創作中的「中國情結」〔〈過年〉部
分〕　世界華文文學論壇　2008 年第 4 期　2008 年 12 月　頁 28

178. 陳欽育　清同治年間的台灣民間故事——〈壽至公堂〉所反映的歷史事實
第壹屆俗文學與通識教育學術研討會論文集　臺北　大同大學通
識教育中心　2007 年 11 月　頁 111—136

179. 曾筱琳　〈壽至公堂〉之民間傳說初探　中正臺灣文學與文化研究集刊
第 1 期　2007 年 12 月　頁 3—20

180. 蔡蕙如　民間傳說故事的蒐集、整理與研究——提倡民族性的民間故事整
理——歷史文化的傳承〔〈壽至公堂〉部分〕　日治時期臺灣民
間文學觀念與工作之研究　成功大學中國文學系　博士論文　胡

萬川教授、陳昌明教授指導　2008 年 7 月　頁 226—227

181. 朱惠足　　在地口傳的殖民演繹——「書寫」阿罩霧林家傳聞——「借勢欺
　　　　　　　人，橫行鄉里的果報」：楊守愚〈壽至公堂〉　「現代」的移植與
　　　　　　　翻譯——日治時期臺灣小說的後殖民思考　臺北　城邦文化公司
　　　　　　　2009 年 8 月　頁 201—211

182. 李詮林　　結論：臺灣現代文學：語言轉換中的中華文化脈搏〔〈貧婦吟〉
　　　　　　　部分〕　臺灣現代文學史稿　福州　海峽文藝出版社　2007 年 12
　　　　　　　月　頁 508—509

183. 朱雙一　　從遷移到扎根：海與山的交會——福佬人：遵奉「愛拼才會贏」
　　　　　　　的準則〔〈女丐〉部分〕　臺灣文學與中華地域文化　廈門　鷺
　　　　　　　江出版社　2008 年 9 月　頁 127

184. 鄭清鴻　　走入民間，臺灣新文學世代「反迷信」的思考與實踐　第六屆中
　　　　　　　區研究生臺灣文學學術論文討論會　臺中　靜宜大學臺灣文學系
　　　　　　　主辦　2011 年 5 月 21 日

185. 徐禎苓　　理性與感性——漢人社會的診斷——除舊佈新——日治臺人作家
　　　　　　　的國故新貌——迷信與殖民的批判：賴和〈鬥鬧熱〉、楊守愚〈美
　　　　　　　人照鏡〉　現代臺灣文學媽祖的編寫與解讀　臺北　大安出版社
　　　　　　　2013 年 12 月　頁 121—122

186. 林秀蓉　　反抗與真理：臺灣小說「瘋癲」之敘事意涵——臺灣戰前小說
　　　　　　　「瘋癲」形象及其特質——屈從者：反省傳統婚姻的桎梏〔〈瘋
　　　　　　　女〉部分〕　眾身顯影：臺灣小說疾病敘事意涵之探究（1929—
　　　　　　　2000）　高雄　春暉出版社　2013 年 2 月　頁 96

187. 羅秀美　　當代都市文學「史前史」——1979 年以前臺灣文學中的都市書寫
　　　　　　　——日治時期的都市書寫〔〈人力車夫的叫喊〉部分〕　文明‧廢
　　　　　　　墟‧後現代——臺灣都市文學簡史　臺南　國立臺灣文學館
　　　　　　　2013 年 8 月　頁 48—49

多篇作品

188. 陳漪亭　日據時期臺灣小說裡的工人〔〈一群失業的人〉、〈瑞生〉、〈十字街頭〉、〈罰〉、〈顛倒死？〉部分〕　臺灣與世界　第 3 期　1983年 8 月　頁 29—30

189. 許俊雅　日據時期臺灣小說蘊含的思想內容——譴責日本殖民統治——農場監督者之淫虐〔〈誰害了她〉、〈鴛鴦〉〕　日據時期臺灣小說研究　臺北　文史哲出版社　1995 年 2 月　頁 457—458

190. 許俊雅　日據時期臺灣小說中的人物形象〔〈生命的價值〉、〈一個晚上〉部分〕　日據時期臺灣小說研究　臺北　文史哲出版社　1995 年 2 月　頁 605—613

191. 沈乃慧　日據時代臺灣小說的女性議題探析（下）——女性角色的反思與社會批判〔〈瘋女〉、〈誰害了她〉、〈鴛鴦〉、〈女丐〉部分〕　文學臺灣　第 16 期　1995 年 10 月　頁 170—187

192. 陳明台　日據時代臺灣民眾詩之研究〔〈蕩盪中的一個農村〉、〈冬夜〉部分〕　臺灣現代詩史論：臺灣現代詩史研討會實錄　臺北　文訊雜誌社　1996 年 3 月　頁 8—17

193. 許俊雅　日治時期臺灣白話詩的起步——起步時期各類詩體舉隅〔〈困苦和快樂〉、〈頑強的皮球〉部分〕　臺灣現代詩史論：臺灣現代詩史研討會實錄　臺北　文訊雜誌社　1996 年 3 月　頁 43—44

194. 許俊雅　日據時期臺灣白話詩的起步〔〈困苦和快樂〉、〈頑強的皮球〉部分〕　臺灣文學論：從現代到當代　臺北　南天書局公司　1997 年 10 月　頁 178—180

195. 施　淑　日據時代小說中的知識份子〔〈嫌疑〉、〈決裂〉部分〕　兩岸文學論集　臺北　新地文學出版社　1997 年 6 月　頁 48

196. 李漢偉　關懷窮困苦疾〔〈孤苦的孩子〉、〈人力車夫的叫喊〉、〈暴風警報〉、〈一個恐怖的早晨〉部分〕　臺灣新詩的三種關懷　臺北　駱駝出版社　1997 年 10 月　頁 173—174，176—177，179—180

197. 許俊雅　　日據時期臺灣小說中知識分子形象〔〈一個晚上〉、〈嫌疑〉、〈決
　　　　　　裂〉部分〕　臺灣文學二十年集 1978—1998：評論二十家　臺北
　　　　　　九歌出版社　1998 年 3 月　頁 449—450

198. 歐宗智　　殖民統治的生活困境——日據時代小說中的庶民悲劇〔〈醉〉、
　　　　　　〈移溪〉、〈升租〉、〈瑞生〉、〈一群失業的人〉部分〕　書評　第
　　　　　　35 期　1998 年 8 月　頁 10—12

199. 下村作次郎，黃英哲　　楊守愚作品解說——〈斷水之後〉、〈鴛鴦〉　日本
　　　　　　統治期台湾文学——台湾人作家作品集（別卷）　東京　綠蔭書
　　　　　　房　1999 年 7 月　頁 434—435

200. 趙勳達　　抵殖民的文學現象——揭破富麗堂皇的假象〔〈一群失業的人〉、
　　　　　　〈赤土與鮮血〉、〈鴛鴦〉部分〕　《臺灣新文學》（1935—1937）
　　　　　　的定位及其抵殖民精神研究　成功大學臺灣文學研究所　碩士論
　　　　　　文　林瑞明教授指導　2003 年 4 月　頁 150，152—153

201. 徐國能　　日據時期的臺灣小說——日據時期臺灣小說之作家與作品——楊
　　　　　　守愚及其小說〈瑞生〉、〈決裂〉　臺灣小說　臺北縣　國立空中
　　　　　　大學　2003 年 12 月　頁 37—39

202. 梅家玲　　身體政治與青春想像：日據時期的臺灣小說[18]　正典的生成：臺灣
　　　　　　文學國際研討會　臺北　中央研究院中國文哲研究所，哥倫比亞
　　　　　　蔣經國基金會中國文化及制度史研究中心主辦　2004 年 7 月 15—
　　　　　　17 日　頁 45—60

203. 〔林瑞明選編〕　　〈我不忍〉、〈冬夜〉賞析　國民文選·現代詩卷 1　臺北
　　　　　　玉山社出版公司　2005 年 2 月　頁 64

204. 彭瑞金　　臺灣新文學的民間信仰態度及其影響〔〈移溪〉、〈美人照鏡〉部
　　　　　　分〕　臺灣文學史論集　高雄　春暉出版社　2006 年 8 月　頁

---

[18]本文內容談及楊守愚〈女丐〉、〈一個晚上〉；楊逵〈送報夫〉；周金波〈水癌〉、〈助教〉、
〈志願兵〉；呂赫若〈山川草木〉；賴和〈一桿秤仔〉、〈可憐她死了〉；張文環〈閹雞〉、
〈頓悟〉；王詩琅〈青春〉；朱點人〈紀念樹〉；龍瑛宗〈植有木瓜樹的小鎮〉、〈黃昏月〉；
陳火泉〈道〉等作品。

31，32—33

205. 許達然　「介入文學」：日治時期臺灣短篇小說量化探討〔〈元宵〉、〈瘋女〉、〈開學的頭一天〉部分〕　臺灣文學史書寫國際學術研討會論文集・第二集　高雄　春暉出版社　2008 年 6 月　頁 210—217

206. 陳冠文　顛倒的風景：農民運動與現代小說中的「農」——成為風景的（起源？）瞬間即被遺忘〔〈兇年不免於死亡〉、〈升租〉、〈醉〉、〈一群失業的人〉部分〕　農作為一種風景：日治時期農民書寫思想史研究　清華大學臺灣文學研究所　碩士論文　陳萬益教授指導　2011 年 7 月　頁 60—67

207. 陳婉婷　從地方和大眾輸入新血：普羅小說中的民俗議題與文化論述——天猶乾淨留斯土・何用他鄉歎寂寥：鄉野奇譚與楊守愚的采風論述〔〈壽至公堂〉、〈美人照鏡〉部分〕　日治時期臺灣新文學中的民俗議題與文化論述：以小說為中心（1920～1937）　清華大學臺灣文學研究所　碩士論文　陳建忠教授指導　2011 年 8 月　頁 162—171

208. 石廷宇　殖民地臺灣社會事業的認知衝突與建構——兼論小說中「窮民」形象作為話語爭奪的場域〔〈一群失業的人〉、〈女丐〉部分〕　文學臺灣　第 81 期　2012 年 1 月　頁 222—223

209. 林秀蓉　寫實與貧窮：臺灣小說「肺結核」之敘事意涵——臺灣小說「肺結核」形象及其特質——喀血者：貧窮身體的顯影〔〈處於貧病之中〉、〈一個晚上〉、〈赤土與鮮血〉部分〕　眾身顯影：臺灣小說疾病敘事意涵之探究（1929—2000）　高雄　春暉出版社　2013 年 2 月　頁 59—62

210. 陳冠文　被顛倒的「風景」：農民運動與現代小說中的「農」——風景的誕生〔〈凶年不免於死亡〉、〈升租〉部分〕　臺灣文學論叢（五）　新竹　清華大學大學臺灣文學研究所　2013 年 4 月　頁 159—164

211. 崔末順　日據時期臺灣小說所反映的現代性接受樣態〔〈凶年不免於死

亡〉、〈升租〉、〈醉〉部分〕　海島與半島：日據臺韓文學比較
臺北　聯經出版公司　2013 年 9 月　頁 214—216

212. 崔末順　封建性與現代性的衝突〔〈鴛鴦〉、〈誰害了她〉、〈女丐〉部分〕
海島與半島：日據臺韓文學比較　臺北　聯經出版公司　2013 年
9 月　頁 254—255

作品評論目錄、索引

213. 張恆豪　楊守愚小說評論引得　楊守愚集（臺灣作家全集）　臺北　前衛
出版社　1991 年 2 月　頁 411—412

214.〔杜慶忠編〕　楊守愚評論引得　彰化縣作家資料檔案摘要　彰化　彰化
縣立文化中心　1993 年 6 月　頁 304

215.〔封德屏主編〕　楊守愚　臺灣現當代作家評論資料目錄（五）　臺南
國立臺灣文學館　2010 年 11 月　頁 3529—3539

216. 丁鳳珍　緒論——《辛酉一歌詩》——楊清池演唱、賴和記錄、楊守愚潤
稿的《辛酉一歌詩》　「歌仔冊」中的歷史詮釋——以張丙、戴
潮春起義事件敘事歌為研究對象（第一冊）　臺北　花木蘭出版
社　2013 年 3 月　頁 10—11

國家圖書館出版品預行編目資料

臺灣現當代作家研究資料彙編.81,楊守愚 / 許俊雅編
選. -- 初版. -- 臺南市:臺灣文學館,2016.12
　面;　公分
ISBN 978-986-05-0135-3(平裝)

1.楊守愚 2.傳記 3.文學評論

863.4　　　　　　　　　　　　　105018727

【臺灣現當代作家研究資料彙編】81
楊守愚

發 行 人　廖振富
指導單位　文化部
出版單位　國立臺灣文學館
　　　　　地　　址／70041 臺南市中西區中正路 1 號
　　　　　電　　話／06-2217201　　　　　傳　　真／06-2218952
　　　　　網　　址／www.nmtl.gov.tw　　　電子信箱／pba@nmtl.gov.tw

總 策 畫　封德屏
顧　　問　林淇瀁　張恆豪　許俊雅　陳信元　陳義芝　須文蔚　應鳳凰
工作小組　白心瀞　呂欣茹　郭汶伶　陳映潔　陳鈺翔　張　瑜　莊淑婉
編　　選　許俊雅
責任編輯　郭汶伶
校　　對　白心瀞　呂欣茹　郭汶伶　陳映潔　陳鈺翔　張　瑜　莊淑婉
計畫團隊　財團法人台灣文學發展基金會
美術設計　翁國鈞・不倒翁視覺創意
印　　刷　松霖彩色印刷事業有限公司

著作財產權人　國立臺灣文學館
　　　　本書保留所有權利。欲利用本書全部或部分內容者,須徵求著作財產權人
　　　　同意或書面授權。請洽國立臺灣文學館研究典藏組(電話:06-2217201)

經銷展售　國家書店松江門市(02-25180207)
　　　　　國立臺灣文學館藝文商店(06-2217201*2960)
　　　　　三民書局(02-23617511)　　　　　五南文化廣場(04-22260330)
　　　　　台灣的店(02-23625799)　　　　　府城舊冊店(06-2763093)
　　　　　南天書局(02-23620190)　　　　　唐山出版社(02-23633072)
　　　　　草祭二手書店(06-2216872)

初版一刷　2016 年 12 月
定　　價　新臺幣 350 元整
　　　　　第一階段 15 冊新臺幣 5500 元整　第二階段 12 冊新臺幣 4500 元整
　　　　　第三階段 23 冊新臺幣 8500 元整　第四階段 14 冊新臺幣 5000 元整
　　　　　第五階段 16 冊新臺幣 6000 元整　第六階段 10 冊新臺幣 3800 元整
　　　　　全套 90 冊新臺幣 27000 元整

GPN　1010502242(單本)　　ISBN　978-986-05-0135-3(單本)
　　　1010000407(套)　　　　　　　978-986-02-7266-6(套)

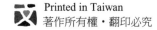